MELANIE RAABE • DIE WÄLDER

MELANIE RAABE

DIE WÄLDER

Thriller

btb

Vollmond

Die alte Frau beeilte sich. Außer ihr war niemand mehr unterwegs, und auch sie wollte daheim sein, bevor die Straßenlaternen verloschen. Bevor die Dunkelheit auf das Dorf herabfiel wie ein Vorhang aus Finsternis. Der Vollmond spendete kein Licht heute Nacht, er hielt sich hinter dichten Wolken verborgen. Auf Höhe der uralten Linde musste sie kurz innehalten, um zu verschnaufen. Einen Moment nur. Sie war ja fast zu Hause. Schwer stützte sie sich auf ihren Stock, und während sie Atem schöpfte, schweifte ihr Blick unwillkürlich zu den letzten Häusern des Ortes, die sich ein Stück weit die Straße hinunter abzeichneten. Hinter ihnen begannen die Wälder.

Die Wälder waren gefährlich. Sie erstreckten sich vom Rand des Dorfes unendlich weit und wurden immer finsterer, je tiefer man in sie vordrang. Die Wälder veränderten die Menschen, die es wagten, sie zu durchqueren. Manche gingen alt und gebeugt hinein und kamen jung und aufrecht wieder heraus, doch bei den meisten war es genau umgekehrt. Einigen verhalfen die Wälder zu Klarheit, anderen verwirrten sie den Sinn. In ihrem Zentrum waren sie so schwarz, dass jeder, der einmal in dieses Dunkel blickte, auf immer sein Augenlicht verlor. Mitten durch sie hindurch lief eine Schlucht, so tief, dass ein Stein, den man hineinwarf, ein Jahr lang fiel, bevor er auf den Grund traf.

Die Wälder waren lebendig. Bevölkert von Wesen, so alt wie die Erde selbst. Manchmal riefen sie nach den Menschen, griffen nach ihnen, wenn sie unvorsichtig genug waren, dem Waldrand zu nahe zu kommen.

Und manchmal, ganz selten, kam des Nachts etwas heraus aus den Wäldern, angezogen von den warmen Körpern und den Träumen der Menschen, und ging um in den Straßen des Dorfes.

Die alte Frau kannte die Sagen.

Sie setzte sich wieder in Bewegung, bog in ihre Straße ein, hörte bereits das Plätschern des Baches, der das Dorf durchfloss. Gerade war sie an die Brücke gekommen, die sie überqueren musste, um zu ihrem Häuschen zu gelangen, als das Licht um sie herum verlosch. Erschrocken sog sie die Luft ein. Nicht der Dunkelheit wegen, die sie plötzlich umgab, sondern wegen dem, was sie einen Wimpernschlag lang wahrgenommen hatte, bevor die Straßenbeleuchtung abgeschaltet worden war, genau auf der Schnittstelle zwischen Licht und Finsternis.

Am anderen Ende der Brücke stand etwas.

Die alte Frau starrte in die Schwärze vor ihr. Horchte.

»Ist da wer?«

Ihre Stimme klang fremd. Sie wartete, erhielt keine Antwort.

Sagte sich, dass sie sich getäuscht haben musste. Dass sie nicht die ganze Nacht hier stehen bleiben konnte. Gerade hatte sie sich wieder vorsichtig in Bewegung gesetzt – sie brauchte kein Licht, um sich in der Dunkelheit zurechtzufinden, sie kannte diesen Weg im Schlaf –, als der Mond hinter den Wolken hervorkam und die kleine Brücke vor ihr in silbriges Licht tauchte.

Und da war sie wieder. Die Erscheinung. Es war ein junges Mädchen. Es stand am anderen Ende der Brücke und sah sie aus starren Augen an.

Die alte Frau hielt sich am Geländer der Brücke fest. Sie war neunundachtzig Jahre alt, aber völlig klar und bei Verstand, und auch ihre Augen waren immer noch gut. Sie bildete sich das nicht ein. Sie sah das Geistermädchen ganz genau.

Das weiße Gewand im Mondlicht, ein Segel im Wind.

Die durchscheinende Haut, das wehende Haar, schwarz wie die Nacht selbst.

Und die dunklen Augen, die Dinge erblickt hatten, die nicht von dieser Welt waren.

All das sah die alte Frau.

Aber die dünne Blutspur, die der Geist hinterließ, als er sich umwandte und in Richtung der Wälder verschwand, die sah sie nicht.

1

Die Finsternis brach urplötzlich herein. Von einer Sekunde auf die andere. Sie hielt drei Tage, fünfzehn Stunden und vierunddreißig Minuten lang an.

Nina war gerade auf dem Heimweg, die Schicht steckte ihr in den Knochen. Eigentlich hatte sie für Halloween freigenommen, doch der Kollege, der sie hätte ablösen sollen, war nicht rechtzeitig aus dem Urlaub zurückgekehrt, Pilotenstreik oder so was, also war sie geblieben. Fast achtundvierzig Stunden lang. Die halbe Nacht über hatte sie in der Notaufnahme mit der Pinzette Glassplitter aus Handflächen und Knien geholt, Mägen ausgepumpt, Platzwunden genäht, gebrochene Nasen versorgt. Ein kleiner *Superman*, der höchstens zwölf oder dreizehn sein konnte und aussah, als wäre er einer ordentlichen Menge Kryptonit ausgesetzt gewesen, der offiziell jedoch mit Alkoholvergiftung eingeliefert worden war, hatte sie aus halb geschlossenen Augen angeschaut und sie gefragt, ob sie ein Engel sei, bevor er sich auf ihren Kittel übergeben hatte.

Mit Wehmut hatte Nina an das Prinzessin-Leia-Kostüm gedacht, das ungetragen in ihrem Zimmer hing. Ihre Mitbewohnerin hätte ihr die Haare geflochten, sie hatte sich eigens ein Tutorial auf Youtube dafür angeschaut, und sie wären auf die Party eines gemeinsamen Freundes gegangen.

Egal. Es war, wie es war. Niemand hatte sie gezwungen, Ärztin zu werden.

Sie hatte dem Jungen die Haare aus der verschwitzten Stirn gestrichen und war sich umziehen gegangen. Viel Glück, Kleiner. *Möge die Macht mit dir sein.*

Als der Kollege sie dann doch noch abgelöst hatte und Nina das Krankenhaus verließ, hätte sie eigentlich taumeln müssen vor Erschöpfung, doch sie war hellwach. Das Runterfahren dauerte immer lange bei ihr, die Müdigkeit würde auch heute auf sich warten lassen – und der Schlaf erst recht. Nina entschied, nicht direkt vor dem Krankenhaus in die U-Bahn zu steigen, sondern ein paar Straßen weiter die S-Bahn zu nehmen. Sie brauchte Auslauf.

Trotz der feuchten Kälte, die in den letzten Tagen von der Stadt Besitz ergriffen hatte, waren die Straßen immer noch voll, und je näher Nina der Haltestelle kam, desto lauter und gedrängter wurde es. Sirengeheul, Gelächter und Gebrüll. An der großen Kreuzung, auf die sie zusteuerte, sah es aus, als könnte jeden Moment der Straßenkampf losbrechen. Überall Betrunkene, viele von ihnen verkleidet. Skelette, Vampire, Zombiehorden. Die Stimmung war irgendwo zwischen ausgelassen und aggressiv, unmöglich zu sagen, in welche Richtung sich das gleich noch entwickeln würde hier, die Luft schmeckte nach Tequila und Beton. In der Ferne zuckte das Blaulicht eines Krankenwagens. Es knirschte unter Ninas Schuhen, in dieser Nacht waren schon so viele Bierflaschen zu Bruch gegangen, dass es kaum noch möglich war, *nicht* in Scherben zu treten. Streitende Pärchen, junge Männer in kleinen Grüppchen, vermutlich auf der Suche nach einem Club, der sie auch ohne Mädels im Schlepptau nicht abweisen würde.

Ein Taxifahrer hupte einen Mann an, der sich als Franken-
steins Monster verkleidet hatte und ihm direkt vor den Wagen
gelaufen war. Der Fahrer legte die Hand auf die Hupe und
nahm sie einfach nicht wieder runter. Der Lärm war ohrenbe-
täubend. An einer Straßenecke schoss eine junge Frau mit aus-
rasierten Schläfen mit einer Schreckschusspistole in den Himmel, vertrieb die letzten Rotkehlchen auf sieben Jahre aus der
Stadt. Zwei Dragqueens, von denen sich die eine als gute und
die andere als böse Fee verkleidet hatte, bewarfen Passanten
mit Glitzer. Nina überquerte die Kreuzung, wich einer Gruppe
Dementoren aus, die ihr entgegenkam, und stieß mit einem
dunkelhaarigen Mann zusammen, der komplett in Schwarz
gekleidet war, rote Kontaktlinsen und kunstvoll aufgeklebte
Hörner trug, die tatsächlich aussahen, als wüchsen sie direkt
aus seiner Stirn. Ein paar Meter weiter wurde Nina auf vier
Mädchen aufmerksam, die sich als *Ghostbusters* verkleidet
hatten. Kurz sah sie ihnen nach und fragte sich, wo man bloß
diese absolut echt aussehenden Protonenpacks bekam, die sie
sich auf die Rücken geschnallt hatten, als ihr klar wurde, dass
das Mobiltelefon in ihrer Hosentasche vibrierte.

Der Anruf brachte alles zurück.
Das Dorf und die Wälder.
Das röteste Rot und das schwärzeste Schwarz.
Den kalten Zigarettenrauch. Die Friedhofsblumen. Dahlien
und Astern. Milchzähne in Plastikbehältern und Schlüpfer auf
der Leine. Herbststürme und Blindschleichen und Hagebut-
tensträucher und Kohleöfen. Die feuchte Erde und den Ge-
schmack von Metall.
Und die Wölfe. Vor allem die.

2

Sie schaffte es gerade so nach Hause. War froh, die Wohnung verwaist vorzufinden. Jessie war wohl noch feiern, und Bill Murray, Ninas Hund, lag friedlich in seinem Körbchen. Sie schleppte sich in die Küche, goss sich mit zittriger Hand ein Glas Wasser ein, trank und ließ sich auf einen der Stühle fallen. Saß kurz einfach so da. Sie fühlte sich, als wäre gerade eine Blendgranate vor ihr detoniert.

Als Nina hörte, wie die Wohnungstür geöffnet wurde, blickte sie auf und sah eine betrunkene Jessie in den Raum stolpern. Sie war als Untote verkleidet, als *Corpse Bride* in einem mit Blut und Friedhofserde besudelten Brautkleid.

»Na, du Verräterin?«, sagte Jessie, als sie Nina am Küchentisch sitzen sah. »Hast du dich doch noch entschieden, mal wieder nach Hause zu ko…«

Sie stockte, als sie Ninas Gesichtsausdruck bemerkte.

»Ist alles in Ordnung?«

In diesem Moment brachen alle Dämme.

»Oh mein Gott, Nina! Was ist denn bloß passiert?«

Nina war nicht in der Lage, zu antworten.

»Süße«, sagte Jessie. »Was ist denn nur los?« Und dann, alarmiert: »Hat dir jemand was getan?«

Nina schüttelte den Kopf.

»Es ist Tim«, stieß sie hervor.

»Was ist mit ihm?«

Nina versuchte, die Worte zu formen, doch mehr als ein Schluchzen brachte sie nicht zustande. Sie stand auf, riss ein Stück Küchenrolle ab und putzte sich die Nase. Atmete tief durch.

»Rita hat mich angerufen. Seine Mutter«, sagte sie. »Er hat ... sie sagt, er hat ... er ist nicht mehr da.«

Er ist weg, einfach so.

Jessie blinzelte. Es dauerte einen Moment, bis sie begriff.

»Oh mein Gott!«

Nina ließ sich wieder auf einen der Küchenstühle sinken und barg das Gesicht in den Händen. Die Uhr über der Tür tickte unbeeindruckt. Draußen hupte ein Auto.

Jessie streifte ihre weißen Pumps ab und setzte sich ihrer Mitbewohnerin gegenüber.

»Wie ...« Sie suchte nach Worten. »Was ist denn bloß passiert?«

»Ein Unfall. Mehr weiß ich nicht.«

»Fuck, Nina«, murmelte Jessie. »Ich weiß gar nicht, was ich sagen soll.«

Nina hörte sie kaum. Irgendwie begann sie ja selbst erst, zu begreifen.

Tim.

Wie unzertrennlich wir als Kinder waren, damals, im Dorf, dachte sie.

Wie weh es tat, ihn zurückzulassen, als ich fortzog mit meinen Eltern. Wie ungewöhnlich es alle fanden, dass wir es schafften, Kontakt zu halten. Über die Kindheit, über das Heranwachsen, über einfach alles hinaus. Mal mehr, mal weniger natürlich.

Manchmal habe ich monatelang nichts von ihm gehört. Dann wieder fast täglich. Manchmal, wenn er Drogen nahm, hatte ich keine Lust, ranzugehen, wenn er anrief. Aber wenn ich die Worte »bester Freund« gehört habe, habe ich immer nur an ihn gedacht. Tim hätte alles für mich getan. Genauso wie ich für ihn. Und jetzt ist er weg. Einfach so.

»Wir haben uns viel zu lange nicht gesprochen«, sagte Nina.

Und genau in dem Moment, als sie das sagte, traf es sie.

Oh mein Gott.

Nina spürte, wie ihre Hände zu zittern begannen.

Wie konnte ich das nur vergessen?

»Jessie«, sagte sie, und sie hörte ihre eigene Stimme wie von fern. »Ich muss jetzt einen Moment für mich sein.«

Als sich die Tür hinter ihrer Mitbewohnerin schloss, atmete Nina aus. Barg erneut den Kopf in den Händen. Stand auf. Setzte sich wieder hin. Kramte ihr Handy hervor und legte es vor sich auf den Küchentisch. Starrte es an.

Tim hatte doch vor ein paar Tagen noch versucht, sie zu erreichen.

Wie zum Teufel konnte ich das vergessen?

Tim hatte ein Talent dafür, zur Unzeit anzurufen. Er meldete sich am liebsten mitten in der Nacht oder dann, wenn Nina gerade am Arbeiten war. Außerdem war er unter seinen Freunden bekannt dafür, weitschweifige Mailboxnachrichten zu hinterlassen, und Nina fand, seit sie den Job im Krankenhaus angetreten hatte, nicht immer sofort die Zeit, sie abzuhören. Einmal hatte Tim sie angerufen, bloß um ihr mitzuteilen, dass er gerade die ersten Mauersegler des Jahres am Himmel entdeckt hatte. Minutenlang hatte er ihr den halben

Wikipedia-Eintrag über die kleinen Zugvögel auf die Mailbox gesprochen. Ein anderes Mal – da war er gerade aus dem Theater gekommen – hatte er ihr einen kompletten Shakespeare-Monolog als Voicemail hinterlassen. Oft rief er sie auch einfach von Konzerten aus an, um ihr Songs, von denen er glaubte, dass sie sie mögen würde, auf die Mailbox laufen zu lassen.

Für gewöhnlich rief Nina Tim einfach zurück, wenn sie mehr Zeit hatte. So hatte sie es sich auch dieses Mal vorgenommen. Nur: Sie hatte es nicht getan. Sie hatte es über die langen, hektischen Arbeitstage im Krankenhaus, die ihr alles abverlangt hatten, schlicht vergessen.

Ich habe Tim vergessen.

Nina kniff die Augen so fest zusammen, dass sie Sternchen sah, und presste die Fäuste dagegen, als könnte sie so die Tränen zurückhalten, die sich schon wieder Bahn brechen wollten.

Mein Gott, dachte sie. Er war mein bester Freund, und ich habe mir noch nicht einmal die Mühe gemacht, seine Mailboxnachricht abzuhören.

Sie versuchte sich in Erinnerung zu rufen, wann sie ihn das letzte Mal gesehen hatte. Das war bei seiner Ausstellungseröffnung in London gewesen. Wie lange war das her? Ein Jahr? Vielleicht sogar ein bisschen mehr. Tims Gesicht tauchte vor ihrem inneren Auge auf. Die großen, braunen Augen, das kurze, dunkle Haar, die Grübchen, der Enthusiasmus, die Wärme. Sie erinnerte sich so gut an diesen Abend. Nina hatte Tim dabei zugeschaut, wie er versiert Small Talk betrieb, Interviews gab und für Fotos posierte, während sie sich mit Prosecco betrank und große Augen bekam, als sie die Berühmtheiten erkannte, die sich unter die Gäste der Vernissage gemischt hatten. Später waren sie noch zu zweit in eine Bar gegangen. Tim, der seit Jahren clean war und nicht einmal mehr Alkohol anrührte, bestellte einen Pinot Grigio für Nina und ein Wasser mit Zitrone für sich und begann, sie über ihr Leben auszufragen, obwohl sein eigenes deutlich interessanter war. Und schließlich war das Thema unweigerlich auf das Dorf gekommen.

»Du solltest noch mal hinfahren«, sagte Tim und nippte an seinem Wasser. »Es ist kein schlechter Ort.«

Nina schüttelte den Kopf.

»Nie wieder. Das habe ich mir geschworen.«

Sie dachte an die Kiste. Die, die in der dunkelsten, hintersten Ecke ihres Kellers stand und alle Informationen enthielt, die sie über die Geschehnisse von damals gesammelt hatten. Sie würde sie nie wieder öffnen.

»Ich bin fertig mit dem Dorf. Wir werden das letzte Puzzleteil niemals finden. Ich bin fertig mit der Sache. Und ich bin fertig mit den Wäldern.«

Sie würde die Kiste wegwerfen, mitsamt ihrem Inhalt.

Tim lächelte und zeigte seine Grübchen.

»Das verstehe ich«, sagte er. »Aber du könntest einfach so hinfahren!«

»Wozu? Ich weiß doch eh, wie es dort aussieht.«

»Die Dinge ändern sich«, sagte Tim.

»Das tun sie nie«, versetzte Nina.

Doch ihr bester Freund ließ nicht locker.

»Es wäre gut für dich, als Erwachsene zurückzukehren. Dem Trauma ins Gesicht zu sehen.«

»Ich habe kein Trauma.«

Und ich will nicht daran denken.

»Warum warst du dann so lange nicht wieder dort?«, fragte Tim.

»Weil ich dieses Kaff hasse.«

»Tust du nicht. Du hasst nur ein Teil davon. Und glaub mir, das hasse ich auch. Aber es ist nicht das ganze Dorf.«

Nina nahm einen großen Schluck von ihrem Wein. Aus irgendeinem Grund nervte es sie, dass Tim immer wieder davon anfing. Sie verstand ihn ja. Er war noch näher dran als sie. Aber trotzdem. Tim tat, als wären sie damals einem Kinderschänder in die Hände gefallen oder so was.

»Warum musst du immer wieder mit diesen alten Geschichten anfangen?«

Tim zuckte mit den Schultern, so, wie er es paradoxerweise häufig tat, bevor er etwas äußerte, das ihm besonders wichtig war.

»Unsere Geschichten bedeuten etwas«, sagte er. »Wo wir herkommen, bedeutet etwas.«

»Ja«, antwortete Nina. »Es bedeutet, dass wir Landeier sind.«

Tim lachte und gab auf.

Sie hatten sich nie wiedergesehen. Der letzte Teil ihres Studiums hatte Nina geschluckt, mit Haut und Haaren. Und Tim reiste ununterbrochen als Fotograf in der Weltgeschichte umher. Aber wäre das so schwer gewesen? Sich die Zeit zu nehmen, einander zu sehen? Klar, sie hatten immer mal wieder gesprochen. Aber am Telefon war es doch nicht dasselbe.

Nina putzte sich die Nase und griff nach dem Handy. Die Nachricht musste sich noch auf der Mailbox befinden. Mit zittrigen Fingern entsperrte sie das Telefon …

Ja, da war sie. Siebenundvierzig Sekunden Tim.

»Okay«, sagte Nina leise, wie um sich selbst Mut zu machen. »Okay, ich mach das jetzt einfach.«

Ihr Zeigefinger schwebte über dem Symbol für Play. Sie zögerte. Plötzlich hatte sie Angst davor, Tims vertraute Stimme zu hören. Was er wohl gewollt hatte? Ihr von einer Ausstellungseröffnung erzählen? Von einer Reise? Einer neuen Eroberung?

Nina wappnete sich, dann tippte sie auf *Play* und presste sich das Telefon ans Ohr.

Seine Stimme zu hören war wie ein Schlag in die Magengrube.

Nina. Ich bin's. Bitte ruf mich so schnell wie möglich zurück. Es ist wirklich wichtig.

Dann war da eine Pause, so, als hätte er auflegen wollen, es sich aber im letzten Moment anders überlegt.

Ich bin ins Dorf zurückgekehrt und …
Ich bin hier auf etwas gestoßen.
Wir …
Ich weiß gar nicht, wo ich anfangen soll.

Es gab eine kurze Pause.

Die Nacht damals. Erinnerst du dich?

Die, über die wir nie wieder gesprochen haben.

Die, wegen der wir geschworen haben ...

Erinnerst du dich?

Ich habe es gefunden.

Das letzte Puzzleteil. Verstehst du?

Ich weiß jetzt alles.

Ich habe dir alles aufgeschrieben.

Behalte den Brief. Verlier ihn nicht.

Okay?

Darin steht alles.

Und sollte mir etwas passieren, dann wird es an dir sein, zu ...

Tim unterbrach sich mitten im Satz.

Nein. Vergiss diesen letzten Teil. Das war bescheuert von mir.

Sorry. Ich bin ein bisschen mit den Nerven runter, aber ...

Er unterbrach sich erneut, und als er weitersprach, hörte Nina die Entschlossenheit in seiner Stimme.

Ich kriege ihn dran.

Ich schwöre es dir, Nina. Dieses Mal kriege ich ihn dran.

Die Nachricht brach ohne Gruß einfach ab, und Nina legte das Telefon weg. Als sie sich erhob, um ans Fenster zu treten, fühlten sich ihre Beine taub an.

Oh, Tim. Selbstverständlich erinnere ich mich.

Sie blickte auf die Straße hinab und spürte, wie die innere

Unruhe, die die Voicemail in ihr ausgelöst hatte, wuchs. Von welchem Brief redete Tim da? Nina hatte keinen Brief erhalten. Sie wandte sich um, ging in den Flur und warf einen Blick in das Körbchen, in das sie und Jessie stets die Post für die jeweils andere legten. Leer. Sie lief auf Socken die Treppe hinunter ins Erdgeschoss, sah im Briefkasten nach. Nichts.

Vielleicht hat Tim sich wirklich einfach etwas zurechtfantasiert, dachte Nina.

Doch der Gedanke beruhigte sie nicht.

Etwas sagte ihr, dass es stimmte. Dass Tim tatsächlich gefunden hatte, wonach sie einst so verbissen gesucht hatten. Dass er es wirklich hatte.

Das letzte Puzzleteil.

3

Nina spürte, wie die alte Obsession nach ihr greifen wollte. Versuchte sie abzuschütteln. Das war nur der Schock, redete sie sich ein. Der Schock nach seinem Tod. Jahrelang hatte sie gemeinsam mit ihren Freunden nach der Lösung dieses Rätsels gesucht. Sie hatten immer wieder darüber gesprochen, immer wieder die spärlichen Fakten gewälzt. Nina war fast wahnsinnig geworden darüber. Bis sie endlich beschlossen hatte, dass sie nicht zulassen durfte, dass diese eine Sache ihr ganzes Leben überschattete. Sie hatte es aufgegeben, darüber nachzudenken. Sie hatte akzeptiert, dass sie das letzte Puzzleteil niemals finden würden. Sie hatte das Dorf nicht wieder betreten. Sie war erwachsen geworden. Sie hatte gelernt und Prüfungen abgelegt, sie hatte sich an der Uni eingeschrieben, sie hatte noch mehr gelernt und noch mehr Prüfungen abgelegt, sie war mit ein paar sehr netten, sehr harmlosen Männern zusammen gewesen, von denen keiner in der Lage gewesen war, sie im Kern zu berühren. Arbeit und Abende vor dem Fernseher. Normalität. Über so viele Jahre hinweg hatte sie nach Stabilität gestrebt. Und dann glaubte Tim, das mit einem einzigen Anruf davonfegen zu dürfen?

Nina stand auf und goss sich noch ein Glas Wasser ein, trank im Stehen. Ihre Gedanken irrlichterten. Wo sie wohl gewesen war, was sie wohl gerade getan hatte, als Tim gestorben war?

Wieder brach sie in Tränen aus. Sie griff nach ihrem Handy, gab den Namen ihres besten Freundes bei Google ein und klickte auf die Rubrik *News*. Das hatte sie in den letzten Jahren häufig so gemacht, wenn sie Tim nicht erreichen konnte, weil er in der Weltgeschichte herumreiste. Seit er so erfolgreich geworden war, war das Internet oft der schnellste Weg, um herauszufinden, was Tim gerade trieb. Als sich sein schönes, lächelndes Gesicht nun auf dem Display aufbaute, stockte ihr der Atem. Nicht nur, weil sie Stück für Stück zu begreifen begann, dass sie ihn niemals wiedersehen würde. Sondern auch wegen der Bildunterschrift: Tims voller Name, sein Alter – und daneben ein kleines Kreuz.

Ninas bester Freund war tot. Sie hatte die Nachricht noch nicht annähernd verdaut, und das Internet wusste es schon. Hastig klickte sie die Nachrichtenseite weg.

Wann genau war Tim überhaupt gestorben? Das wusste das Internet ebenso wenig wie sie, doch urplötzlich kam ihr diese Frage unfassbar wichtig vor.

Sie musste noch einmal mit Tims Mutter sprechen. Die Küchenuhr zeigte kurz vor halb sieben. Es war gerade mal anderthalb Stunden her, dass Nina die Todesnachricht erhalten hatte, und doch fühlte es sich so an, als wären seitdem ganze Tage vergangen. Sie stellte das leere Glas weg, nahm ihr Handy und tippte eine SMS.

Rita, sind Sie wach?

Die Antwort kam fast augenblicklich.

Bin ich.

Nina atmete tief durch, dann wählte sie Ritas Nummer. Tims Mutter hob sofort ab.

»Nina.«

Dieses Mal klang sie anders als zuvor. Klarer. Stabiler.

»Entschuldigen Sie, dass ich Sie störe«, sagte Nina.

»Ach, du störst mich doch nicht, Liebes. Was möchtest du denn?«

Nina runzelte die Stirn. Damit, dass Rita so aufgeräumt klingen würde, hatte sie nicht gerechnet. Sie suchte nach den richtigen Worten. Hatte sie Tims Mutter, als die ihr vorhin die Todesnachricht überbracht hatte, eigentlich schon ihr Beileid ausgesprochen?

»Möchtest du Tim sprechen?«, fragte Rita.

Nina blinzelte.

»Wie bitte?«

»Ob du Tim sprechen willst«, wiederholte Rita, plötzlich heiter. »Der ist nämlich gerade nicht da.«

»Ich verstehe nicht.«

»Seid ihr verabredet oder so was?«

Nina hielt sich an der Tischkante fest.

»Rita«, sagte sie langsam. »Ich…«

Sie brach ab, denn sie hatte keine Ahnung, wie dieser Satz enden sollte. Schon oft in ihrem Leben hatte sie von Menschen gehört, die über den Kummer, den der Verlust eines Kindes auslöste, wahnsinnig geworden waren. Aber nie hatte sie angenommen, dass das wortwörtlich gemeint war.

»Rita«, sagte sie sanft. »Tim ist tot. Sie selbst haben mich vorhin angerufen, um mir das zu sagen, erinnern Sie sich?«

Kurz kroch nur Stille durch den Hörer, dann atmete Rita mit einem Geräusch, das schmerzhafter klang als jedes Schluchzen, laut ein.

»Natürlich«, sagte sie. »Natürlich.«

Plötzlich klang sie fahrig, und Nina sah vor ihrem inneren Auge, wie die Mutter ihres besten Freundes in ihrem Wohnzimmer auf und ab ging, wie sie sich, das Telefon am Ohr, mit der freien Hand zittrig über das tränennasse Gesicht wischte.

»Mein herzliches Beileid«, sagte Nina. »Es tut mir so unendlich leid. Ich weiß gar nicht, ob ich das vorhin schon gesagt habe. Ich stand völlig neben mir. Ich stehe immer noch völlig neben mir.«

Rita schluchzte.

»Da bist du nicht die Einzige«, sagte sie und ließ ein kleines, trauriges Lachen vernehmen, das auch Nina wieder die Tränen in die Augen trieb.

»Danke, dass Sie sich vorhin extra die Mühe gemacht haben, mich anzurufen«, sagte sie leise.

»Natürlich«, antwortete Rita. »Das ist doch selbstverständlich. Du bist seine beste Freundin.« Sie korrigierte sich. »Du warst seine beste Freundin.«

Schweigen trat ein, und Nina atmete tief durch.

»Ich habe eine Frage«, sagte sie. »Ich hoffe, es ist okay, dass ich das frage.«

Sie zögerte.

»Du möchtest wissen, wie Tim gestorben ist«, sagte Rita.

Nina schwieg. Von Wollen konnte keine Rede sein.

»Es war ein Unfall«, sagte Tims Mutter.

»Ein … Autounfall?«

»Nein«, antwortete Rita. »Es …«

Sie sprach nicht weiter, und Nina beschloss, sie keinesfalls zu drängen.

»Wann ist er denn passiert?«, fragte Nina sanft. »Der Unfall?«

»Ach, Nina«, sagte Rita. »Welche Rolle spielt das jetzt noch?«

»Wahrscheinlich keine«, sagte Nina. »Ich weiß auch nicht, warum das so wichtig für mich ist, aber irgendwie muss ich es wissen. Ich muss wissen, wo ich in diesem Moment war. Was ich in diesem Moment getan habe.«

Und ich muss wissen, wie viel Zeit zwischen Tims vergeblichem Anruf bei mir und seinem Tod lag.

Kurz wurde es still in der Leitung.

»Vorgestern. Vorgestern Abend. Auf dem Totenschein steht zweiundzwanzig Uhr elf.«

»Es tut mir so furchtbar leid«, wiederholte Nina. »Ehrlich gesagt fehlen mir die Worte.«

»Ich weiß schon, Liebes. Weißt du, es …«

Die ältere Frau stockte, und einen Augenblick lang sagte keiner etwas. Nina hörte einfach stumm zu, wie Tims Mutter leise weinte. Schließlich sammelte sie sich.

»Weißt du, es ist einfach gerade ein bisschen viel.«

»Ja. Das ist es.«

Erneut trat Schweigen ein.

»Konnten Sie denn heute Nacht wenigstens ein bisschen schlafen?«, fragte Nina schließlich.

»Ich werde erst wieder ein Auge zutun können, wenn wir sie gefunden haben.«

Kurz war Nina verwirrt.

»Wen meinen Sie?«

»Oh, Nina«, sagte Rita. »Du weißt es gar nicht?«

»Ich weiß *was* nicht?«, fragte Nina alarmiert.

»Gloria«, sagte die ältere Frau. »Sie ist weg.«

Nina, die die Luft angehalten hatte, atmete aus.

»Ach so. Doch. Natürlich weiß ich das«, sagte sie sanft. »Ich stand gerade auf dem Schlauch. Entschuldigung.«

Jeder, der irgendeine Verbindung zum Dorf hatte, wusste, dass Gloria, Tims siebzehnjährige Schwester, verschwunden war. Niemand konnte so recht sagen, ob sie einfach nur abgehauen oder ob ihr etwas zugestoßen war.

»Weißt du«, sagte Rita. »Zwischen mir und Gloria hat es nie besonders gut gestanden. Ich wünsche mir nichts sehnlicher, als das wieder geradebiegen zu können.«

Nina wusste nicht, was sie sagen sollte.

»Tim hat Gloria gesucht«, fuhr Rita fort. »Er hat gesagt, er würde sie finden.«

Deswegen ist er also ins Dorf zurückgekehrt.

Das Gespräch mit Rita war kurz gewesen, doch es hatte etwas ausgelöst in Nina. Ein ungutes Gefühl, das über die Katastrophe von Tims Tod hinausging. Alles vermischt sich, dachte sie. Das Dorf und mein jetziges Leben, Gegenwart und Vergangenheit.

Tim war tot, Gloria war verschwunden, und draußen auf den Straßen tobten die letzten Dämonen der Nacht.

Nina betrat ihr spartanisch eingerichtetes Zimmer und hielt inne, als sie sah, wie der schlafende Billy im Traum mit den Pfoten zuckte. Kurz musste sie lächeln, trotz allem. Nina hatte die kleine, zottelige Mischung, in der angeblich ein Anteil Jagdhund enthalten war, was Bill Murrays freundliches, durch und durch harmloses Gemüt bisher allerdings ganz gut kaschiert hatte, vor einigen Jahren aus dem Tierheim geholt, und er hatte ihr nicht nur durch einige Trennungen, sondern auch durch die stressigsten Phasen des Studiums geholfen.

Dann fiel ihr Blick auf den schweren Bildband neben ihrem Bett, der den Titel *Travels in Search of Home* trug und in dem einige von Tims schönsten Arbeiten versammelt waren. Sie widerstand dem Drang, ihn aufzuschlagen, wischte eine einzelne Träne fort, die sich nun doch wieder auf ihr Gesicht verirrt hatte.

Legte sich hin. Konnte nicht einschlafen. Es war einfach alles zu viel. Und kaum, dass sie das gedacht hatte, schlief sie doch noch ein.

Als sie erwachte, zeigte der Radiowecker neben ihrem Bett 14:08 Uhr an. Sie hatte fast sieben Stunden lang tief geschlafen und fühlte sich erholt. Dann kam die Erkenntnis zurück. *Eine Welt ohne Tim*, dachte Nina, und alle ihre Glieder wurden schwer wie Blei. Sie stand auf und trat ans Fenster. Allerheiligen. Über der Welt lag ein Filter, der sie aller Farben beraubte und ihre Konturen verschwimmen ließ. Die grauen Fassaden gegenüber wuchsen aus dem Boden in den ebenso grauen Himmel, sodass man gar nicht mehr sagen konnte, was was war. Die Straßen waren leer gefegt.

Die Kaffeemaschine, die Nina angeworfen hatte, gab gurgelnde Laute von sich, und der Duft, der sogleich die Küche erfüllte, hatte etwas Tröstliches. Jessie hatte sich noch nicht wieder blicken lassen, musste aber immerhin schon wach sein, denn auf dem Küchentisch lagen die Tageszeitung und ein paar Werbeprospekte. Kurz überlegte Nina, ob sie bei ihrer Mitbewohnerin klopfen sollte, sie musste dringend mit ihr reden. Denn nun würde sie, nach all den Jahren, doch noch ins Dorf zurückkehren. Um Tims Beerdigung zu besuchen. Vielleicht würde sie David wiedersehen. Rita. Womöglich sogar Henri. Vielleicht würde das, was Tim sich so gewünscht und seit Jahren eingefordert hatte, dass *die alte Bande* endlich mal wieder zusammenkam, *so wie früher*, tatsächlich passieren. Wie eng sie damals gewesen waren, Tim, David und sie. Bevor sich alles verändert hatte. Nina schob den Gedanken beiseite und schlug die Zeitung auf. Sie überblätterte Politik und Wirtschaft, Sport, Kultur und Panorama, unfähig, etwas zu finden, das ihr Interesse weckte, und sich ein wenig abzulenken. Ihre Gedanken schweiften permanent ab. Ob in der Tageszeitung, die die alten Leute im Dorf lasen, bereits eine Todesanzeige für Tim erschienen war? Wie sie wohl lautete? Und was hatte Tim eigentlich im Dorf gemacht? War er wirklich auf der Suche nach Gloria? Und überhaupt, warum hatte er Nina nicht gefragt, ob sie ihn begleiten wollte? Das hatte er doch sonst jedes Mal getan, und zwar äußerst penetrant.

Es wäre gut für dich, als Erwachsene zurückzukehren. Dem Trauma ins Gesicht zu sehen.

Wie auch immer. Egal. Es spielte keine Rolle. Tim hatte fantasiert. Es gab keinen Brief. Es gab kein letztes Puzzleteil. Das war Nina jetzt, wo sie den ersten Schock über Tims Tod verwunden hatte, vollkommen klar. Sie würde trauern um diese Supernova, die ihr Leben einige viel zu kurze Jahre lang berührt hatte. Aber irgendwann würde die Wunde heilen. Irgendwie würde Nina klarkommen, weitermachen. Das tat sie immer. Stabilität und Ordnung. Sie würde jeden Tag hart daran arbeiten, so vielen Menschen wie möglich zu helfen, und abends erledigt auf die Couch sinken. Hin und wieder wäre da eine Leere, aber vielleicht würde sie einen weiteren netten, harmlosen Mann finden, der ihr ein Gefühl von Gemeinschaft und Geborgenheit vermitteln konnte. Irgendwann würde der Schmerz an Schärfe verlieren, das musste er einfach.

Nina legte die Zeitung beiseite, griff sich die Werbeblättchen. Und dabei fiel er vor ihr auf den Küchentisch. Der Brief, der zwischen den Prospekten auf sie gewartet hatte.

Buchstaben wie schiefe Zähne.

Sie erkannte Tims Handschrift sofort.

4

In der folgenden Nacht träumte Nina zum ersten Mal nach langer Zeit wieder von den Wäldern. Sie war umhergeirrt im Dunkel, eine formlose Bedrohung im Nacken, hatte sich vorangetastet, während es um sie herum knarrte und wisperte. Sie hatte versucht, die Körper, die in den Bäumen hingen, nicht anzusehen. Hatte versucht, den Ausgang zu finden, und war doch immer nur tiefer und tiefer hineingeraten in die Fänge des Waldes.

Nachdem sie mitten in der Nacht hochgeschreckt war, hatte sie nicht wieder einschlafen können. Noch nicht einmal, nachdem sie sicher eine halbe Stunde lang auf die gleichmäßigen Atemzüge von Billy gelauscht hatte.

Nina war aufgestanden, hatte sich angezogen und war in den Keller des Mietshauses hinuntergestiegen. Sofort war ihr ein feuchter, leicht modriger Geruch entgegengeschlagen. Es roch, als habe das Haus Karies. Nina öffnete das Schloss, das an dem Verschlag, der zur Wohnung gehörte, angebracht war. Überall Umzugskartons. Wahrscheinlich vollgestopft mit Kram, der nie wieder verwendet werden würde. Die meisten Kartons gingen auf Jessies Konto, aber auch Nina hatte hier nach ihrem Einzug vor knapp einem Jahr einiges eingelagert. In einer Ecke stand ihr BMX-Rad, das sie in der Stadt sowieso nicht fuhr, daneben, wie eine dicke, stoische Frau, das Cello in seiner Kunststoffhülle, das sie, seit ihre Eltern ihr nicht mehr sagen konnten, was sie zu tun oder zu lassen hatte, nicht mehr angerührt hatte. Und daneben ein paar Kisten, alle bis auf eine – die in der dunkelsten, hintersten Ecke des Kellers lagerte – säuberlich beschriftet. Nina bahnte sich einen Weg, indem sie einige von Jessies Kartons beiseiteräumte, und griff nach der unbeschrifteten Kiste. Sie war schwerer, als sie es in Erinnerung hatte. Als ihr Blick auf einen Umzugskarton mit der Aufschrift SENTIMENTALES fiel, der neben ihrem Werkzeugkasten stand, hielt sie inne. Sie stellte die Kiste ab und öffnete stattdessen den Karton. Obenauf lag der Plüschhase, den sie als Kind von ihrer Patentante geschenkt bekommen hatte. Darunter fanden sich Liebesbriefe, Plunder, den sie von Urlaubsreisen mitgebracht hatte, Kinokarten und Fotoalben. Und irgendwo dazwischen fand sie die Postkarte, die sie gesucht hatte. Sie zeigte einen kleinen Jungen, der in einem altmodischen Batman-Kostüm steckte. Über seinem Foto ein Schriftzug.

The most important thing in life is to be yourself.
Und darunter:
Unless you can be Batman. Always be Batman.
Auf der Rückseite standen nur wenige Worte in Tims krummer und schiefer Handschrift.
Fröhliche Weihnachten, Superheldin.
Unvermittelt musste Nina lächeln. Tims Vorstellung von einer Weihnachtskarte. Sie schob sie in die hintere Tasche ihrer Jeans, griff sich erneut die Kiste und machte sich auf den Weg zurück in die Wohnung.

Dort hatte sie gerade ihren ersten Kaffee getrunken, als ihr Handy klingelte. Nina erstarrte. Auf dem Display stand Tims Name.

Was zum Teufel?

»Hallo?«

»Hallo«, entgegnete eine weibliche Stimme. »Spreche ich mit Nina?«

Sie klang jung. Hell. Nina kannte sie nicht, da war sie sich ziemlich sicher.

»Ja«, sagte sie. »Wer ist denn da?«

»Tims Geist«, sagte die Stimme.

Kurz war Nina sprachlos. Dann legte sie auf. Ihr Herz schlug so schnell, dass sie kaum noch Luft bekam. Bald darauf klingelte ihr Telefon erneut, doch sie ging nicht dran. Wer auch immer da Tims Handy in die Finger bekommen hatte, hatte einen unfassbar widerlichen Sinn für Humor.

Einen Augenblick lang stand Nina da und versuchte sich zu sammeln.

Es gibt jede Menge kranke Leute da draußen. Leute, die das Leid anderer unterhaltsam finden. Das weißt du doch.

Sie würde der Anruferin nicht den Gefallen tun, ihr mehr Aufmerksamkeit zu schenken als nötig. Nina blockierte die Nummer, von der aus der Anruf getätigt worden war, dann entschied sie, sich abzulenken. Sie wischte sich die Tränen vom Gesicht, die ihr sofort wieder gekommen waren, fütterte Bill Murray, dann begann sie, den Tisch zu decken und Frühstück zu machen. Ignorierte das Zittern ihrer Finger. Es war gerade mal kurz nach acht, sicher würde bald eine verschlafene Jessie die Küche betreten. Nina, die sich den ganzen vergangenen Tag über in ihrem Zimmer verkrochen hatte, wollte ihr zeigen, dass sie sich keine Sorgen um sie machen musste.

Sie bereitete gerade Rührei zu – mit Tomate und Koriander für Jessie, die kein Fleisch aß, und mit Speck für sich selbst –, als ihre Mitbewohnerin auch schon in die Küche kam. Billy sprang sofort auf und wuselte Jessie um die Beine.

»Hey«, sagte sie, wuschelte dem Hund durchs Fell und schenkte sich ein Glas Wasser ein.

»Hey.«

»Wie geht's dir heute Morgen?«

»Ganz okay.«

»Du siehst schlimm aus.«

»Ich weiß.«

Nina hatte sich erschreckt, als sie vorhin in den Spiegel gesehen hatte. Natürlich waren ihre Augen vom Weinen völlig verquollen. Doch die Veränderung in ihrem Gesicht ging viel weiter. Fast kam es ihr so vor, als hätte sie über Nacht massiv an Gewicht verloren – und wäre zudem um ein paar Jahre gealtert.

»Ich muss irgendwie immer wieder an deinen Freund denken«, sagte Jessie.

Nina nahm die Pfanne vom Herd und begann konzentriert, eine Tomate in Stücke zu schneiden.

»Weißt du, was mir geholfen hat, als mein Vater gestorben ist?«, fuhr Jessie fort.

Nina legte das Messer weg und sah ihre Freundin an.

»Was?«

»Die Zeit.«

Nina unterdrückte ein Seufzen. *Die Zeit heilt alle Wunden, jaja.*

»Nein, so meine ich das nicht«, sagte Jessie, als hätte sie ihr in den Kopf geschaut. »Ich meine, ich habe damals viel gelesen. Viel wissenschaftlichen Kram. Wusstest du, dass die moderne Physik Zeit für eine Illusion hält?«

Nina hob die Schultern.

»Das heißt, dass alles gleichzeitig geschieht. Vergangenheit, Gegenwart und Zukunft existieren gleichzeitig. Verstehst du, was das bedeutet?«

»Nicht wirklich.«

»Wenn das stimmt«, sagte Jessie, »dann ist dein Freund zwar tot. Aber gleichzeitig lebt er auch noch. Und wurde noch gar nicht geboren. Alles genau jetzt, in diesem Moment.«

Jessie lächelte und steckte sich ein Stück Tomate in den Mund, während Nina sich nicht entscheiden konnte, ob sie das gerade hilfreich fand oder nicht.

Ich brauche keine tröstenden Worte und auch keine Physikreferate, dachte sie schließlich. Ich brauche etwas zu tun.

5

Es ist zurück, dachte Nina, als sie, Tims Brief vor sich, eine halbe Stunde später wieder allein am Küchentisch saß. *Ob ich will oder nicht.*

Ihr Blick fiel auf die fest verschlossene, unbeschriftete Kiste, die sie aus dem Keller geholt hatte und die nun in einer Ecke der Wohnküche stand. Kurz entschlossen stellte Nina sie auf den Esstisch, atmete tief durch – und öffnete sie.

Der Kaffee, den sie sich gekocht hatte, war kalt geworden, und sie leerte ihn in einem einzigen großen Schluck. Immer wieder gingen ihr Satzfetzen des Briefs durch den Kopf, in dem Tim seinen Plan geschildert hatte.

Ich muss ihn alleine erwischen.

Sie stand auf und trat ans Fenster, sah auf die Straße hinab. Die kleine, steinalte Nachbarin aus dem Erdgeschoss führte ihren riesigen Hund aus.

Eigentlich bin ich über die perfekte Gelegenheit eher gestolpert.

Die leuchtende Bekleidung der Männer von der Müllabfuhr zeichnete orangefarbene Tupfer ins Grau.

Eine winzige Jagdhütte.

Nina sah ihnen einen Moment lang zu, hielt sich an der Normalität fest, die sie ausstrahlten.

*Ich bin überzeugt, dass er Gloria und vielleicht auch noch
andere Mädchen dort gefangen gehalten hat.*
Der kalte Kaffee hatte einen bitteren Nachgeschmack in
ihrem Mund hinterlassen. Sie schluckte schwer.
*Ich werde ihm klarmachen, dass ich ihn gehen lasse, wenn
er mich nur zu ihr führt. Er wird reden. Ich werde ihm keine
andere Wahl lassen.*

Nina schauderte. Es half alles nichts, sie musste mit David
reden.

David. Sie hatten sich nicht mehr häufig gesehen als Erwachsene. Das meiste von dem, was sie über sein Leben wusste, hatte
Tim ihr zugetragen, aber auch mithilfe dieser Infos konnte sie
sich nur ein sehr spärliches Bild zusammensetzen. Sie wusste,
dass er nach dem Abitur eine Zeit lang als Backpacker unterwegs gewesen war. Sie wusste, dass er erst begonnen hatte, Jura
zu studieren, und schließlich zur Polizei gegangen war. Sie
wusste, dass ihm die Frauen immer noch in Scharen hinterher-
liefen, was er für gewöhnlich nicht mitbekam – etwas, worüber
sich Nina und Tim regelmäßig schlapp gelacht hatten.

Mit Tim war es einfach gewesen. Man traf sich sporadisch,
aber egal, wie groß der zeitliche Abstand zwischen den Begeg-
nungen war, wenn man sich dann mal sah, war sofort alles wie
immer. Als wäre keine Zeit vergangen. Nein, als gäbe es gar
keine Zeit. Tim war mehr Bruder als Freund.

Mit David war es anders. Er bedeutete ihr viel, aber er
machte sie auch wahnsinnig. Sie konnte sich nicht erinnern,
mit einem anderen Menschen in ihrem Leben so viel gestritten zu haben wie mit ihm. Und dann war alles noch ein bisschen komplizierter geworden ...

Es war viele Jahre her, dass Nina gemeinsam mit Tim in dessen verrostetem Lada das Land durchquert hatte, um mit David in dessen Studenten-WG seinen einundzwanzigsten Geburtstag zu feiern. Tim hatte wie immer in dieser Zeit viel zu viel getrunken und war irgendwann mit dem schönsten Mädchen der Party in der Badewanne gelandet. Nina hingegen hatte in der WG-Küche gesessen, an ihrem Rotwein genippt, Kette geraucht und sich die meiste Zeit über mit Davids Mitbewohner und einer hübschen Jurastudentin unterhalten, die sich für dieselben Hilfsorganisationen interessierten wie sie selbst. Schließlich hatte sie sich auf den Balkon zurückgezogen, um durchzuatmen – und dort David angetroffen, der alleine in den Himmel guckte und Bier trank. Und sie wusste auch nicht mehr so genau, welcher Teufel sie geritten hatte, aber sie hatte David geküsst. Und David hatte sie zurückgeküsst. Ganz kurz nur. Denn dann war die hübsche Jurastudentin, die sich in diesem Moment als Davids Freundin entpuppte, auf den Balkon getreten – und zwei Schrecksekunden später heulend davongestürmt. David war ihr nach. Natürlich.

Nina hatte sich über ihre Blödheit geärgert. Man fing nichts mit so engen Kumpels an, das gefährdete nur die Freundschaft. Und tatsächlich waren Nina und David seither seltsam befangen, wenn sie einander sahen. Was – obwohl sie in derselben Stadt lebten – selten genug vorkam.

Auch jetzt mochte sie ihn nicht anrufen. Aber was sie mochte und was nicht, zählte aktuell nicht mehr. Einer von ihnen war tot, und das änderte alles.

David hob fast sofort ab.

»Nina.«

Seine Stimme klang dunkel und warm.

Bitte mach, dass er es schon weiß, dachte sie. *Bitte mach, dass ich es ihm nicht sagen muss.*

»Weißt du es schon?«, fragte sie.

»Ja«, sagte er, und dann sagten sie beide eine ganze Weile lang nichts.

»Wie hast du davon erfahren?«, fragte Nina schließlich.

»Meine Mutter. Meine Tante lebt ja immer noch im Dorf. Sie hat es meiner Mutter erzählt, und die hat mich gleich angerufen. Und du?«

»Ich habe mit Tims Mutter gesprochen«, sagte Nina.

»Oh, verdammt. Wie geht's ihr?«

»Nicht gut. Ich glaube, sie braucht unsere Hilfe.«

»Was können wir tun?«

»Wir müssen sie finden.«

»Was? Wen? Wovon redest du?«

»Von Tims Schwester. Von Gloria. Sie ist immer noch verschwunden. Tim hat sie bis zu seinem Tod gesucht.«

Er schwieg.

»Wir müssen sie finden, David«, drängte Nina. »Wir müssen was unternehmen!«

»Was willst du denn machen?«

»Das, was wir schon vor langer Zeit hätten machen sollen. Es zu Ende bringen.«

David antwortete nicht.

»Tim hat nach ihr gesucht«, sagte Nina. »Und jetzt ist er tot.«

»Was hat das eine mit dem anderen zu tun?«, fragte David.

»Ich habe gehört, dass er an einer Überdosis gestorben ist.
Tim war ein Junkie. Das weißt du so gut wie ich.«

Nina schloss kurz die Augen. *Das kann nicht stimmen. Als ich zuletzt mit ihm gesprochen habe, war er clean.*

»Das glaube ich nicht«, sagte sie. »Nie im Leben. Tim war fertig mit dem Zeug.«

David antwortete nichts darauf, und das musste er auch nicht. Nina war ohnehin klar, dass er sie gerade unfassbar naiv fand. Ja, auch Drogenabhängige, die schon so lange clean waren wie Tim, konnten rückfällig werden. Das wusste sie selbst. Und dennoch. Da stimmte etwas nicht.

»Er war clean«, wiederholte sie.

»Er ist tot«, sagte David sachlich. »Und es sieht alles nach einer Überdosis aus.«

»Ich kann das nicht glauben. Aber selbst, wenn es stimmt...
Hast du dich jemals gefragt, *warum* Tim damit angefangen hat, Drogen zu nehmen?«

»Du wirst es mir bestimmt gleich sagen.«

»Vielleicht, weil er mit dem, was damals geschehen ist, nicht klargekommen ist.«

David seufzte.

»Es gab viele Dinge, mit denen Tim nicht klargekommen ist.«

Nina biss sich auf die Zunge. Das Letzte, was sie jetzt brauchte, war ein Streit mit David. Sie benötigte seine Hilfe. Sie waren alle drei unterschiedlich mit dem umgegangen, was damals geschehen war. Sie war zum Workaholic mutiert. Tim hatte Drogen genommen. Und David war eben hart geworden.

»Hilf mir, Gloria zu finden«, sagte Nina. »Tim hätte gewollt, dass wir sie finden.«

»Wie sollen wir das denn anstellen?«, antwortete David. »Wo sollen wir ansetzen? Wir wissen *nichts* über dieses Mädchen.«

»Wir wissen beide ganz genau, was mit ihr passiert ist«, sagte Nina. »*Er* hat sie gesehen. Sie hat ihm gefallen. Also hat er sie sich geholt. Und er ist damit durchgekommen. Genau so, wie er auch sonst mit allem durchgekommen ist. Und Rita hat darüber und über Tims Tod den Verstand verloren. Du hättest sie hören sollen!«

David sagte nichts.

»Hilf mir. Bitte!«

»Selbst wenn ich es wollte. Wie stellst du dir das vor? Wie sollen wir sie finden? Wenn es der Polizei nicht gelungen ist?«

»Du bist doch auch Polizist!«

Er lachte kurz auf, so, als hätte sie etwas unendlich Dummes gesagt.

»Es gibt so etwas wie Zuständigkeiten«, antwortete er.

»Da ist etwas, das die Polizei, die dafür zuständig wäre, nicht weiß«, fuhr Nina unbeirrt fort. »Und wir schon. Wenn jemand Gloria etwas getan hat, dann war es Wolff.«

Der Name hallte nach. Keiner von ihnen nahm ihn leichtfertig in den Mund.

»Komm schon«, sagte David. »Fang nicht schon wieder davon an. Du klingst schon wie Tim!«

»Weil Tim recht hatte! Wir haben gesehen, wozu dieser Mann fähig ist. Du weißt es, ich weiß es, und Tim wusste es auch. Und nun ist Tim tot.«

»Du kannst nicht ernsthaft glauben, dass *er* Tim umgebracht hat«, sagte David.

42

»Was er damals getan hat, hat Tim umgebracht«, antwortete Nina. »Rita ist daran kaputtgegangen. Und Tim auch.«

David erwiderte nichts.

»Wir haben uns etwas geschworen«, sagte Nina. »Wir waren Kinder.«

»Es gibt immer noch Kinder im Dorf, Kinder wie wir damals«, sagte Nina. »Sind die dir egal, oder was?«

David sagte nichts.

»Wie alt ist dein Neffe heute?«, fragte Nina.

»Er ist zehn«, antwortete David, und kurz veränderte sich seine Stimme, so als lächelte er unwillkürlich. »Er ist unglaublich cool. So clever! Und so selbstbewusst! Stapft mit seinem Walkie-Talkie durch die Gegend wie ein kleiner Boss.«

»Wer hat denn heutzutage noch Walkie-Talkies?«

»Ich habe ihm welche geschenkt.«

David schwieg kurz.

»Mein Neffe und seine Freunde erinnern mich irgendwie an uns damals.«

Nina konnte beinahe hören, wie er nachdachte, wie er sich erinnerte.

»Ob *er* überhaupt noch dort lebt?«, fragte David schließlich. »Du weißt, wen ich meine.«

Er hat immer noch Angst, seinen Namen zu sagen, wie damals, als wir noch klein waren, dachte Nina. *Ich auch.*

»Er heißt Wolff«, sagte sie. »Wir können ihn ruhig beim Namen nennen. Und ja: Das tut er.«

»Ist er nicht weggezogen? Vor einer ganzen Weile schon?«

»Er ist wieder zurück«, antwortete Nina.

»Er muss alt sein jetzt.«

»So alt auch wieder nicht.«

Eine Pause entstand.

»Hilf mir«, sagte Nina. »Komm mit mir. Wir machen das, was wir damals beschlossen haben.«

Wieder lachte David, erneut klang es völlig humorlos. »Du willst ihn umbringen?«, fragte er.

Sein Lachen verebbte.

»Ich will ihn überführen«, sagte Nina. »Ihm das Handwerk legen. Und ich will, dass du mir dabei hilfst.«

»Das ist doch verrückt.«

»Wir haben es einander geschworen.«

»Als wir Kinder waren!«

»Welchen Unterschied macht es, wie alt wir waren?«, fragte Nina. »Er ist mit etwas davongekommen, womit er nie hätte davonkommen dürfen. Wir waren ihm damals nicht gewachsen. Jetzt sind wir es!«

»Moment«, sagte David. »Was genau möchtest du? Gloria finden? Dich für das rächen, was damals passiert ist? Oder Tims Tod verarbeiten?«

Alles drei, dachte Nina, sagte aber nichts.

»Okay«, sagte David. »Aber wenn ich mich recht erinnere, haben wir damals beschlossen, erst dann etwas zu unternehmen, wenn wir beweisen können, dass er es wirklich war. Wenn wir das letzte Puzzleteil gefunden haben.«

»Das ist genau das Ding«, sagte Nina. »Ich glaube, Tim hat es gefunden.«

Kurz schwieg David, und als er weitersprach, klang seine Stimme verändert.

»Ihr hattet Kontakt?«

»Ja«, sagte Nina. »Immer mal wieder. Und neulich hat er mir eine merkwürdige Nachricht auf der Mailbox hinterlassen.«

»Wahrscheinlich war er high.«

»Das glaube ich nicht.«

»Was hat er denn gesagt?«

»Ich finde, das solltest du dir selbst anhören. Kannst du vorbeikommen? Jetzt gleich? Es gibt da auch noch etwas anderes, das ich dir dringend zeigen muss.«

David seufzte.

»Ich bin Polizist, Nina. Ich *heirate* im Frühjahr. Ich habe einen Job. Ein Leben. Du kannst nicht von mir erwarten, dass ich alles stehen und liegen lasse und jetzt sofort zu dir komme, um mit dir das Monster unserer Kindheit zu jagen.«

»Was, und du denkst, *ich* habe *kein* Leben?«

»Das wollte ich damit nicht sagen, ich …«

»Tim ist tot«, sagte Nina, böse jetzt. »Wir wissen, wer dafür verantwortlich ist. Und wenn Gloria tatsächlich etwas zugestoßen ist, wenn sie nicht einfach nur abgehauen ist oder so, dann können wir uns, denke ich, beide gut vorstellen, wer sie entführt, ganz sicher vergewaltigt und höchstwahrscheinlich ermordet hat. Willst du wirklich einfach weiter die Klappe halten?«

Als David erneut sprach, klang er, als versuchte er, ein minderbemitteltes Kind zu überzeugen.

»Wir wissen gar nichts mit Sicherheit. Und für Tims Tod ist nur einer verantwortlich: Tim.«

Kurz wusste Nina nicht, was sie sagen sollte. Das war nicht der David, den sie kannte. Wann war er bloß so ein Arschloch geworden?

»Wenn du mir nicht hilfst, dann mache ich es alleine«, sagte sie. »Ich finde Gloria. Ich prügele aus Wolff raus, was er mit ihr gemacht hat, wenn es sein muss.«

»Du bist verrückt, Nina. Der bringt dich um.«

»Dann hilf mir, sie zu finden.«

Eine ganze Weile lang antwortete David nicht.

»David? Bist du noch da?«

»Selbst wenn ich wollte ...«, antwortete er. »Wie sollen wir das anstellen? Wie willst du ihn überführen?«

»Tim hatte einen Plan.«

David schnaubte.

»Du hast also auch einen Brief bekommen«, sagte er.

Kurz war Nina sprachlos.

»Was, du auch?«

»Denkst du, nur du warst mit ihm befreundet?«

»Nein«, sagte Nina. »Aber ich denke, dass nur ich mich auch so benehme.«

Er schwieg getroffen.

»Du weißt also Bescheid?«, fragte Nina. »Über die Jagdhütte und alles?«

David gab ein Geräusch von sich, das sie als Zustimmung wertete.

»Warum fragst du so blöd, ob er noch im Dorf wohnt und so, wenn du eh alles weißt?«

David ging darüber hinweg.

»Tims Plan ist Wahnsinn«, sagte er. »Völlig verrückt.«

»Moment. Stopp. Warte eine Sekunde«, sagte Nina. »Du hast vermutlich genau denselben Brief bekommen wie ich. Ohne zu wissen, dass ich auch einen erhalten habe. Und du hattest vor, einfach gar nichts zu tun?«

Stille trat ein.

„Ja, der Plan ist verrückt«, sagte Nina, als David nicht reagierte. »Aber irgendwie ist er auch genial.«

»Wenn das Ziel ist, zu sterben oder im Gefängnis zu landen, dann ja«, antwortete er.

»Und trotzdem reden wir noch darüber.«

David sagte nichts.

»Wir machen uns auf den Weg«, drängte Nina. »In die Wälder. Wir schnappen uns Wolff. Wir konfrontieren ihn direkt in seinem Versteck. Dort, wo er Gloria gefangen gehalten hat.«

»Wo er *Tims Meinung nach* Gloria gefangen gehalten hat«, warf David ein, doch Nina ging darüber hinweg.

»Er wird keine andere Wahl haben, als uns die Wahrheit zu sagen.«

»Nina«, sagte David. »Gewalt ist kein Witz. Gewalt neigt dazu, außer Kontrolle zu geraten. Im schlimmsten Fall ist am Ende jemand tot. Willst du das?«

»Natürlich nicht. Aber so muss es ja nicht kommen!«, sagte Nina.

»Jetzt hör aber mal auf«, rief David. Erstmals klang er wirklich aufgebracht. »Ich kann kaum glauben, was ich hier höre. Du willst, ohne genau zu wissen, ob du überhaupt recht hast mit deinen Vermutungen, einen Haufen Straftaten begehen und erwartest auch noch, dass ich dir dabei helfe?«

Sie schwieg.

»Das kannst du vergessen, Nina! Ich werde ganz bestimmt nicht wegen eines Verdachts alles aufs Spiel setzen, was ich mir in den letzten Jahrzehnten aufgebaut habe. Ich werde dir ganz bestimmt nicht dabei helfen, jemanden zu *entführen* und die Wahrheit aus ihm *herauszuprügeln*. Und ich werde auch nicht zulassen, dass du so etwas tust. Wenn du Wolff entführst, wenn du ihm auch nur ein Haar krümmst, weil du glaubst, dass er Gloria etwas getan hat oder wegen dieser Geschichte von früher, dann gehst du dafür ins Gefängnis. Ich werde dich nicht decken. Hast du das verstanden?«

Kurz war Nina, als hätte er ihr ins Gesicht geschlagen. *Wegen dieser Geschichte von früher* ... Hatte David das wirklich gerade gesagt, in diesem lapidaren Tonfall? Er war doch dabei gewesen in dieser Splitterbombe von einer Nacht! Nina presste die Lippen zusammen.

»Wir können ihn drankriegen«, sagte sie. »Er muss bezahlen für die Dinge, die er getan hat. Denk an Tim. Denk an Gloria. Um Himmels willen, denk an Rita! Niemand wird ihr helfen, wenn wir es nicht tun. Sie verdient es, zu erfahren, was mit ihrer Tochter passiert ist. Und wenn wir ihr nur die Leiche bringen, damit sie sie beerdigen kann.«

Schweigen.

»Wenn du *mir* schon nicht helfen willst, dann tu es für Tim«, rief Nina.

Sie wartete still, während David nachdachte. Sie kannte ihn gut genug, um zu wissen, dass sie ihn nicht weiter drängen durfte. Er musste selbst zu einer Entscheidung kommen. Wenn er die erst einmal getroffen hatte, wäre sie unumstößlich.

»Wenn wir der Sache nachgehen«, sagte David schließlich, sprach den Satz nicht zu Ende, verfiel wieder in Schweigen, setzte neu an. »Wenn wir es machen, dann machen wir es auf meine Art.«

BÖSE ZEICHEN

Peter wusste nicht mehr so genau, wie die Obsession mit dem Fremden begonnen hatte. Aber ihm war klar, dass sein Auftauchen Unheil bedeutete.

Der Fremde war unberechenbar. Man konnte sich nicht auf ihn einstellen. Manchmal tauchte er an zwei Tagen in Folge auf, nur um danach wochenlang wegzubleiben. Niemand schien so richtig zu wissen, wer er war und was er machte. Er kam nicht häufig ins Dorf, aber wenn, dann meist am Abend oder spät in der Nacht. Zum ersten Mal war er Peter in der Nähe des Friedhofs aufgefallen. Er, Winnie, Kante und Eddie waren auf den Fahrrädern unterwegs gewesen, als ein großer, dunkler Wagen langsam an ihnen vorbeirollte. Peter hatte dieses Auto im Dorf noch nie gesehen und warf neugierig einen Blick ins Innere. Hinter dem Steuer saß ein Mann, groß, düster und unheimlich.

In der folgenden Nacht fiel der alte Herr Roth, der in dem Häuschen neben der Kirche wohnte, von einer Leiter und brach sich die Hüfte.

Als der fremde Mann zum zweiten Mal im Dorf auftauchte, sah Peter, der mit Eddie auf der Bank gegenüber der einzigen Bushaltestelle des Ortes saß, ihn nur von Weitem. Ein Schemen im Inneren des Wagens.

In der folgenden Nacht brannte die Scheune von Albrechts nieder.

Als Peter eines Spätsommerabends alleine durch die Straßen des Dorfes lief und den großen, dunklen Wagen in der Nähe des Schrottplatzes stehen sah, wusste er daher sofort, dass etwas Schreckliches geschehen würde.

* * *

Es war ein paar Tage, nachdem seine Oma gestorben war. Als seine Mom ihm das mit der Oma gesagt hatte, hatte er komischerweise gar nicht geweint, aber als er später allein in seinem Zimmer war, konnte er gar nicht mehr aufhören damit. Und er konnte nicht mehr schlafen. So war es auch an diesem Abend gewesen. Es war stickig in seinem Zimmer, aber wenn er das Fenster öffnete, kamen bloß die Mücken rein.

Als Peter es drinnen nicht mehr aushielt, zog er sich an und schlich die Treppen hinunter ins Erdgeschoss. Im Wohnzimmer lief der Fernseher, seine Mom würde die Haustür nicht hören.

Draußen war es abgekühlt, von der Hitze des Tages war kaum noch etwas zu spüren. Niemand war mehr unterwegs, er war allein. Vor der Dunkelheit fürchtete er sich schon lange nicht mehr. Er ging über den Kiesweg, der zur Dorfstraße führte, an deren unterem Ende der Friedhof und an deren oberem Ende der Sportplatz lag. Die wenigen Straßenlaternen, die sie säumten, spendeten gelbliches Licht. Peter ging mitten auf der Straße, einfach, weil er es konnte. Polly, die kleine Katze von der netten Frau Müller, die ihm hin und wieder Süßigkeiten schenkte, begleitete ihn ein Stück, wie ein Schatten, doch als er die Wiese passierte, auf der im Frühjahr der Maibaum gesetzt worden war, schlug sich das Tier in die Büsche.

Und dann, gerade noch rechtzeitig, bevor sie ihn entdecken konnten, bemerkte Peter, dass Dennis und seine Clique vor der Bushaltestelle abhingen.

Er zog sich zurück, überquerte die Wiese und umging die Bushaltestelle in einem weiten Bogen, der ihn an den Rändern des Schrottplatzes entlangführte, vorbei am Grundstück der alten Frau Meier, die immer noch mit einem kleinen Kohleofen heizte und deren Schlüpfer auf der Wäscheleine im Wind flatterten, groß und weiß wie Konfirmationshemden, über die kleine Brücke zum oberen Teil des Dorfes und zu dem Teich mit den Enten hin. Hier stand nicht nur das Haus seiner Oma, ganz in der Nähe wohnten auch Kante und Eddie. Kurz überlegte Peter, ihnen Steinchen an die Fensterscheiben zu werfen, aber dann fiel ihm wieder ein, dass er geheult hatte und dass man das womöglich sah, und er überlegte es sich anders. Ohnehin waren die Fenster der meisten Häuser längst dunkel. Plötzlich fühlte er sich unendlich einsam.

Er wandte sich um, um den Weg, den er gekommen war, zurückzugehen, als er sie sah.

Gloria. Sie hatte ein weißes Kleid an, was seltsam war – sonst trug sie immer und ohne Ausnahme Schwarz –, das sich kaum von ihrer porzellanfarbenen Haut abhob. Ihr langes, dunkles Haar fiel ihr über die Schultern.

Sie lief die Straße hinab in Richtung Bushaltestelle, vor der inzwischen keine Jungs mehr standen und rauchten, weiter, weiter, an den Häusern vorbei, in denen Peters Freunde schliefen, an den Ställen vorbei, in denen die Kaninchen schliefen, die der Bauer Peter manchmal hatte streicheln lassen, als er noch klein gewesen war, vorbei am Vorgarten seiner Tante Elke, in dem die Dahlien schliefen, auf die sie so stolz war. Peter dachte gar nicht nach, er duckte sich einfach in die Schatten und folgte ihr.

Dabei hätte er sich gar nicht verbergen brauchen, denn sie achtete nicht auf ihn. Kein einziges Mal sah sie sich um.

Sie ging eine Schleife, und Peter dachte schon, sie würde sich auf den Heimweg machen, doch dann scherte sie plötzlich nach links aus und verschwand auf dem Gelände des Schrottplatzes. Und da erkannte Peter den Wagen.

Er blieb stehen. Er mochte den Schrottplatz nicht. Und den schwarzen Volvo mochte er noch weniger. Warum hatte der fremde Mann ihn hier stehen lassen? Und wohin wollte Gloria? Am Ende war Peters Neugier stärker als seine Angst, und er nahm die Verfolgung auf.

Der unheimliche Fremde war nirgends zu sehen, und Peter beeilte sich, das Mädchen einzuholen. War froh, als sie den Schrottplatz hinter sich ließen. In der Nähe der kleinen Brücke verlor er sie kurz aus den Augen. Doch dann holte er Gloria wieder ein und sah, wie sie den Kiesweg zum kleinen Häuschen seiner Mom entlangging. Die Straßenlaternen waren inzwischen verloschen, und das Mondlicht lag auf Glorias Haar und ihren Schultern wie ein kostbarer Umhang. Plötzlich hielt sie inne, mitten auf dem Weg, einfach so, den Kopf leicht zum Himmel gehoben, und Peter konnte es zwar nicht sehen, aber er glaubte zu spüren, dass sie die Augen geschlossen hatte. Wie jemand, der betet. Oder jemand, der seine Kraft sammelt. Oder wie jemand, der sich verabschiedet. Oder nein, wie jemand, der versucht, den nötigen Mut aufzubringen für das, was vor ihm liegt. Ja, genau so.

Sie blieb vielleicht eine Minute lang so stehen, mitten auf dem Weg. Peter kauerte sich hinter einen Wagen, der am Rand des Kieswegs geparkt war, und wartete. Schließlich sah er, wie sie sein Haus links liegen ließ und auf den Waldrand zulief.

Sie sieht wirklich aus wie ein Geist, dachte er, als sie mit ihrem wehenden Kleid und ihrem wehenden Haar über die nächtliche Wiese ging. Sie durchquerte das hohe Gras wie einen seichten See, durch den man nicht schwimmen, sondern nur mit hochgekrempelten Hosenbeinen waten kann. Dann war sie am Waldrand angelangt. Und tauchte ein ins Dunkel.

Unwillkürlich hielt Peter den Atem an. Was tat dieses verrückte Mädchen da? Die Wälder waren tagsüber schon fürchterlich genug. Aber nachts?

Dann hörte er ihren Schrei, einen Schrei wie aus einem Horrorfilm, lang und schrill und voller Entsetzen. Er ging ihm durch Mark und Bein und endete abrupt.

Peter rannte los. Und obwohl ihm danach gewesen wäre, so schnell wie möglich nach Hause zu laufen, tat er das genaue Gegenteil. Er rannte auf die Stelle zu, von der dieser schreckliche Schrei gekommen war. Er dachte gar nicht nach. Wenn jemand so schrie, musste man helfen. Peter rannte über die Wiese, so schnell er konnte, was gar nicht so leicht war, so uneben, wie der Boden war. Als er am Waldrand angelangt war, völlig außer Atem, spähte er ins Dunkel.

»Gloria?«

Peter trat noch näher an die ersten Bäume des Waldes heran, kniff die Augen zusammen, um besser sehen zu können. Und genau in diesem Moment hörte er die Stimme. Sie war dunkel und grollend, als hätte der Wolf aus dem Märchen nicht Kreide, sondern Scherben gefressen.

»Gloria, verdammt!«

Der Mann. Es war der fremde Mann. Er war sehr groß, und von seiner dunklen Gestalt ging etwas so Bedrohliches aus, dass es Peter fast den Atem verschlug. Schnell wich er einen Schritt zurück, aber dabei trat er wohl auf einen kleinen Ast, jedenfalls gab es ein unglaublich lautes Krachen. Der Mann sah zu ihm herüber. Peter kauerte sich auf dem Boden zusammen und schloss die Augen. Versuchte, ganz leise zu atmen, dem Hämmern seines Herzens zum Trotz.

Peter lauschte, doch er hörte nichts außer dem Rauschen in seinen Ohren. Brauchte einen Moment, bis er sich traute, einen weiteren Blick zu riskieren.

Verflucht! Der Mann war noch da. Und er kam näher.

Er sucht mich, dachte Peter. *Verfluchte Scheiße, der sucht mich!*

Peter konnte das fürchterliche Gesicht des Mannes erkennen, der groß und breitschultrig nur ein paar Meter von ihm entfernt stand, sich umsah – und schließlich auf ihn zukam. Es war hell hier am Rand der Wiese, wenn man sich einmal an das Licht gewöhnt hatte, das der Vollmond spendete. Viel zu hell. Unmittelbar vor dem Baum, hinter dem sich Peter verbarg, blieb der Mann stehen. Peter sah nur noch die Stiefel des Fremden, so nah, dass er sie hätte berühren können, wenn er nur die Hand ausstrecken würde. Er hielt in seinem Versteck den Atem an. Zwei, drei Ewigkeiten lang. Dann sah er, wie der Mann sich umdrehte, langsam wieder in die entgegengesetzte Richtung die Wiese entlangging und schließlich erneut in den Wald eintauchte.

Peter zählte bis zehn, dann rannte er los.

6

Er schlug zu, mit der Linken, so hart er konnte. Dann mit der Rechten. Noch mal und noch mal. Hörte, wie auch neben ihm Schläge und Tritte geübt wurden, wie Springseile durch die Luft surrten. Er setzte noch einen Schlag.

»Etwas höher«, sagte seine Trainerin und deutete auf einen Punkt auf dem Sandsack. »Genau hier!«

David versuchte sich zu konzentrieren. Er war lange nicht beim Training gewesen, aber heute brauchte er es. Wenn er sich tagsüber nicht komplett auspowerte, würde er in der Nacht kein Auge zutun. Erst die Nachricht von Tims Tod. Und dann auch noch dieser Anruf von Nina.

Er wusste nicht, wie er damit umgehen sollte. Auf eigene Faust Nachforschungen anzustellen, um Wolff zu überführen, so wie er es Nina vorgeschlagen hatte, war vollkommen unsinnig. Aber wenigstens hatte er sie damit von dem irren Plan abgebracht, den Tim entworfen hatte.

Das alles schmeckte ihm überhaupt nicht. Zwar fühlte auch er sich Tim gegenüber verpflichtet. Natürlich wollte auch David ihm seinen letzten Wunsch erfüllen. Andererseits hatte er absolut kein Interesse daran, Nina wiederzusehen. Und nicht die geringste Lust, seinen Job zu gefährden. Aber jetzt waren nun mal nur noch er und sie übrig. Wie hätte er sie da im Stich lassen können?

Auch er hatte geschworen, *ihm* eines Tages das Handwerk zu legen, ebenso wie seine Freunde, da hatte Nina schon recht.

David wusste nicht mehr, ob die Idee zu schwören, von Tim oder von Nina gekommen war, er wusste nur, dass hinterher nie wieder direkt über die Ereignisse gesprochen worden war. Sie hatten alle sofort und auf der Stelle gewusst, dass es keine Worte für das Geschehene gab und dass sie es vergessen mussten. Ihm war das mehr oder weniger gelungen – obgleich Wolff auch heute noch hin und wieder in seinen Alpträumen auftauchte. Das meiste hatte er verdrängt. Er wusste noch, dass er ein paar Wochen lang kaum mehr gesprochen hatte, worauf seine Eltern ihn auf Anraten einer Lehrerin zu einem Kinderpsychologen in die Stadt geschickt hatten, den er ein paar Sitzungen lang konzentriert angeschwiegen hatte. Aber was genau damals passiert war ... lag irgendwie im Nebel.

Seltsam, dass er sich nicht an den Auslöser, aber umso besser an das Danach erinnerte – an die Mischung aus Hilflosigkeit und Wut in seinem Bauch. Ja, sie hatten geschworen, eines Tages Rache zu nehmen und *ihn* zu töten. Auch David. Aber damals war er ein Kind gewesen. Nun war er erwachsen.

Er hätte ganz gerne die irritierenden Lücken in seinem Gedächtnis aufgefüllt, doch natürlich konnte er Nina nicht einfach so darauf ansprechen. Wie hätte das gehen sollen?

Nina? Ich muss dich was fragen. Also, ich weiß ja, dass wir damals diesen Mann ausspioniert haben. Es war kaum mehr als ein Spiel für uns, ihm ein wenig hinterher zu schnüffeln. Es war kaum mehr als ein Spiel, weil wir damals noch nicht begriffen hatten, dass Kindern schlimme Dinge passieren können, weil wir glaubten, wir seien unverwundbar, denn unsere Eltern hatten uns gesagt, dass wir nicht auf dem zugefrorenen Teich rumlaufen sollten, weil wir sonst einbrechen würden, aber wir liefen darauf herum, und eingebrochen sind wir nie. Wir sollten nicht mit vollem Magen schwimmen gehen, weil wir sonst ertrinken würden, aber wir schlugen uns die Bäuche voll mit Kartoffelsalat und Würstchen und Apfelkuchen und allem, was wir kriegen konnten – wir hatten immer Hunger –, und dann sprangen wir in den See, und wir ertranken nie. Und sie hatten uns auch gesagt, dass wir unsere Nasen nicht ständig in die Angelegenheiten anderer Leute stecken sollten, weil wir sonst irgendwann richtig Ärger bekommen würden, aber wir taten es trotzdem. Weil immer alles gut ging. Nur dieses eine Mal nicht. Weil wir Wolff hinterherschlichen und weil wir etwas sahen, das wir nicht sehen sollten, und dann...

Na ja, dann ist etwas wirklich Schlimmes geschehen. Und, tja, mir ist das jetzt ja selbst auch ein bisschen unangenehm, aber ich weiß einfach nicht mehr, was genau es war. Wo die Erinnerung sein sollte, ist nur ein schwarzes Loch. Kannst du meinem Gedächtnis kurz auf die Sprünge helfen?

Nein, das konnte er Nina nicht fragen. David visierte die Stelle an, die die Trainerin ihm gezeigt hatte, und hieb noch einmal auf den Sandsack ein. Wieder und wieder. Schließlich traf er.

7

Die Kopie des Zeitungsausschnitts, den Tim seinem Brief beigelegt hatte, lag vor ihr auf dem Küchentisch. Nina war allein. Jessie war längst zur Yogastunde entschwunden, und Billy schlief nebenan. Der einzige Laut in der Küche war das seltsam beruhigende Geräusch der Spülmaschine. Unter der Überschrift *Mädchen (17) verschwunden* befand sich ein Foto. Es zeigte eine schneewittchenhafte Schönheit, die ihren Fotografen mit einem etwas unschlüssigen, vielleicht auch misstrauischen Blick ansah. Zu welcher Gelegenheit das Bild entstanden sein mochte, konnte Nina nur erahnen.

Gloria. Der Name von Tims Schwester hatte ihr immer gefallen, während ihre Eltern sich stets darüber lustig gemacht hatten, dass ausgerechnet die ungebildete Frau, die mit wechselnden Männern in ihrem Häuschen am Dorfrand lebte, ihrer Tochter einen so überkandidelten Namen gegeben hatte.

Nina hatte den Zeitungsbericht bereits Dutzende Male gelesen, obwohl ja doch wenig Erhellendes darin stand: Die Schülerin Gloria K. habe am Abend des ersten September das Haus verlassen und sei daraufhin spurlos verschwunden. Eine Zeugin wollte gesehen haben, wie sie in den nahe gelegenen Wald gegangen war, doch die Suche nach dem Mädchen war ergebnislos verlaufen.

Der Zeitungsartikel war erst einen Monat nach ihrem Verschwinden erschienen. Insgesamt war das Interesse am Schicksal des Mädchens gering geblieben; kein großes Medienecho, keine groß angelegte Suchaktion – was wohl daran gelegen hatte, dass selbst die Mutter es zunächst für wahrscheinlich hielt, dass Gloria einfach nur abgehauen war. Nina legte den Zeitungsartikel beiseite, als sie aus dem Augenwinkel sah, wie ihr Mobiltelefon, das sie auf dem Küchentresen liegen hatte, aufleuchtete. Als sie die fünf Anrufe registrierte, die während eines recht kurzen Zeitraums eingegangen waren, runzelte sie unwillkürlich die Stirn. Sie waren alle von David. Der wollte doch nicht etwa einen Rückzieher machen?

Nina tippte auf seinen Namen und wartete, bis der Anruf sich aufgebaut hatte. David meldete sich erneut fast augenblicklich.

»Ich bin's«, sagte Nina. »Du hast angerufen.«

»Gut, dass du so schnell zurückrufst.«

David klang anders als am Morgen, alles Zögern, jegliche Unsicherheit war aus seiner Stimme verschwunden. Sie versuchte ihn sich vorzustellen, das schöne Gesicht mit den hellen Augen, die kleine Narbe über der Augenbraue – es gelang ihr nicht.

»Der Empfang ist ziemlich schlecht«, sagte Nina.

»Ich bin im Auto. Freisprechanlage. Falls ich plötzlich weg bin, rufe ich wieder an.«

»Okay.«

»Wir haben nicht viel Zeit«, sagte David. »Morgen kann ich unglücklicherweise noch nicht weg, wenn ich nicht auf der Stelle meinen Job verlieren will. Aber übermorgen können wir uns auf den Weg machen. Wir gehen allen Spuren nach. Im Dorf. Und in den Wäldern. Vielleicht finden wir etwas, das bisher übersehen wurde. Und wenn nicht, dann haben wir es wenigstens versucht. *Für Tim.*«

Nina trat ans Fenster und blickte auf die Straße hinab. Es hatte angefangen, zu regnen.

»Nina?«, hörte sie David sagen. »Alles klar bei dir?«

»Ich dachte ehrlich gesagt kurz, dass du einen Rückzieher machen willst.«

»Nein«, sagte er. »Ich bin dabei. Du hattest recht. Wir sind es Tim schuldig. Und Rita. Ich kann dir nichts versprechen. Keine Ahnung, ob wir noch eine Spur von Gloria finden. Sie ist schon viel zu lange weg. Vermisste, die nicht in den ersten Tagen oder Wochen nach ihrem Verschwinden wieder auftauchen, werden für gewöhnlich überhaupt nicht wieder gefunden. Aber ich gebe dir recht. Wir sollten es wenigstens versuchen.«

»Ich bin so froh, dass du an Bord bist«, sagte Nina. »Danke, David.«

»Aber wie gesagt, wir machen es auf meine Art. Und das heißt, es gibt ein paar Regeln.«

»Was denn für Regeln?«

»Regel Nummer eins ist, dass wir nicht losziehen und Informationen aus jemandem herausprügeln«, sagte David. »Hast du ... ste noch?«

»Was?«

»Ich habe gefragt, ob du die Kiste noch hast. Du weißt schon. Tims Kiste. Er hat sie dir doch zur Aufbewahrung überlassen, als er weggezogen ist, oder?«

Ninas Blick fiel auf die Box, die sie am frühen Morgen aus dem Keller geholt hatte.

»Ja. Die Kiste ist hier.«

»Gut. Wir sehen noch einmal alles durch, was Tim über Wolff gesammelt hat. Anschließend schauen wir uns im Dorf um, machen uns unser eigenes Bild. Und wenn wir es für sinnvoll halten, sprechen wir mit ... Wolff.«

»Okay«, sagte Nina.

»Ich meine ... Wir müssen ja eh ins Dorf. Du weißt schon.« *Die Beerdigung.*

»Ich weiß«, sagte Nina.

»Okay. Ich muss dann ...«

»David?«, sagte Nina schnell.

»Was?«

»Dieses Mal kriegen wir ihn.«

Eine kleine Pause entstand.

»Dieses Mal kriegen wir ihn«, wiederholte David.

Nina wollte gerade auflegen, als ihr noch etwas einfiel.

»Warum hast du eigentlich so oft bei mir angerufen?«, fragte sie.

»Ich habe mir Sorgen gemacht.«

»Um mich? Brauchst du nicht. Ich bin schon groß.«

»Ich weiß. Aber irgendwie hatte ich ein ungutes Gefühl. Ich hatte Angst, dass du Dummheiten machst, dass du dich alleine in Tims Kamikazeplan stürzt.«

Um ein Haar hätte Nina aufgelacht. Da hatte David ihren Bluff von wegen »Wenn du mir nicht hilfst, dann mache ich es eben alleine« doch tatsächlich geglaubt. Dabei hätte sie sich lieber eigenhändig einen Finger abgehackt, als Wolff alleine zu konfrontieren. Beim bloßen Gedanken an ihn bewegte sich der Boden unter ihr, fingen die Gläser im Küchenschrank an zu klirren.

»Keine Sorge«, sagte Nina, die sich eine Spitze nicht ver-

61

kneifen konnte. »Du warst deutlich. Wenn ich Wolff auch nur ein Haar krümme, gehe ich ins Gefängnis. Du wirst mich nicht decken. Das habe ich verstanden.«

»Das habe ich nicht so gemeint«, sagte David.

»Ich weiß«, antwortete Nina. »Also. Wir machen das zusammen. Keine Alleingänge.«

»Versprochen?«

»Sicher.«

»Ich will, dass du es sagst.«

»Okay, okay! Versprochen!«

Es hatte aufgehört zu regnen, als Nina mit Billy das Haus verließ, und die Sonne hatte sich ein wenig zwischen den Wolken hervorgewagt. Nach einem unnatürlich langen Sommer, der bis weit in den September hinein brütend heiß gewesen war, hingen selbst jetzt noch grell rote und gelbe Blätter an den Bäumen. Den Hund an der Leine, der fröhlich voran lief, ging Nina die Straße entlang, überquerte sie und bog in die Allee ein, die zum Park führte.

Als ihr Handy schon wieder kurz vibrierte, angelte sie es aus ihrer Manteltasche. Erleichtert atmete sie aus. Die Antwort ihres Chefs, dem sie kurz zuvor eine Nachricht geschickt hatte. Er kondolierte ihr zum Verlust ihres Freundes. Und ja, sie könne ein paar Tage freinehmen, sofern sie jemanden fand, der den Dienst mit ihr tauschen würde. Nina hatte schon vorsorglich den Kollegen gefragt, für den sie an Halloween eingesprungen war, es ging also alles klar. Sie konnte sich übermorgen zusammen mit David auf den Weg machen. Sie war frei.

Statt das Telefon wieder wegzustecken, wählte Nina Ritas Nummer. Ließ lange klingeln. Sie wollte gerade aufgeben, als sich die Stimme einer Frau meldete, die eindeutig nicht Rita war.

»Ja, wer ist denn da?«

»Mein Name ist Nina Schwarz. Kann ich bitte Rita sprechen?«

»Also, da weiß ich jetzt auch nicht recht, wie ich das sagen soll«, antwortete die Frauenstimme, und Nina schoss unvermittelt das Bild einer alten, neugierigen Frau in den Kopf. Dicke Oberarme, geblümte Kleider, Dauerwelle. Das Haus am Ende der Dorfstraße, das mit dem grünen Zaun davor und dem frechen Terrier dahinter – damals wenigstens.

»Die Rita ist von uns gegangen«, sagte die Stimme.

Nina spürte, wie alles Blut aus ihrem Gesicht wich.

»Was?«

»Ja! Ich kann es selbst noch gar nicht glauben. Ich habe sie gefunden. Ich wollte ihr etwas zu essen bringen, sie hat nicht mehr richtig auf sich geachtet, seit ...«

Sie unterbrach sich.

»Ich habe geklopft, aber sie hat nicht aufgemacht, obwohl ich ja sehen konnte, dass der Fernseher läuft. Also bin ich ins Haus. Die Rita hat ja nie abgeschlossen. Und da habe ich sie gefunden. Hirnschlag wahrscheinlich, hat der Notarzt gesagt.«

Nina hatte Schwierigkeiten, das zu erfassen.

»Sie ist tot?«, fragte sie dumpf.

»Schrecklich, nicht? Erst der Sohn, und nur ein paar Tage später die Mutter. Es war der Schock. Sie hat sich einfach zu sehr aufgeregt. Es ist wirklich furchtb...«

Nina ließ das Handy sinken.

Es war, als hätte jemand einen roten Filter über ihre Welt gelegt. Ihr Herz schlug gegen ihre Brust wie eine geballte Faust. *Sie sind weg. Rita, Gloria, Tim – die ganze Familie. Wolff hat seine Drohung von damals wahr gemacht. Er hat die gesamte Familie ausgelöscht.*

Nina ließ diese Erkenntnis einsickern, und als sie die Tragweite dessen völlig erfasst hatte, war die Angst, die sie die letzten zwanzig Jahre mit sich herumgetragen hatte, zwar nicht verschwunden, doch sie zählte plötzlich so viel weniger. Dafür wusste sie mit einem Schlag, was sie zu tun hatte.

Und sie wusste, dass sie es alleine tun musste.

MUTPROBEN

Gloria, die durch das nächtliche Dorf streifte wie ein Geist aus den japanischen Gruselfilmen, die Kante so gerne sah. Der unheimliche Fremde. Der Schrei.

Unter normalen Umständen wäre Peter mit einer solchen Geschichte sofort zu Winnie, Eddie und Kante gerannt. Doch obwohl der Fremde ihn nicht verfolgt hatte, wollte Peter nur noch nach Hause. Zu seiner Mom. Zu Emmi, seiner Katze, die ihn einfach immer aufmuntern konnte. Und er wollte einen heißen Kakao oder irgendetwas anderes, das nach Trost schmeckte. Hastig zog er den Schlüssel aus seiner Hosentasche, als er die Haustür erreichte, blickte sich noch einmal um, sperrte auf, schlüpfte in den Flur und drückte die Tür hinter sich ins Schloss.

Vielleicht zum ersten Mal in seinem Leben wurde ihm bewusst, wie sicher er sich zu Hause fühlte, und wie wertvoll das war. Doch als er ins Wohnzimmer kam, stellte er fest, dass seine Mom bereits schlafen gegangen war, und auch von Emmi war nichts zu sehen. Wieder hatte er Glorias Schrei im Ohr. Es half nichts, er musste seine Mom wecken. Er musste ihr berichten, was er gesehen hatte. Dann konnte sie die Polizei rufen oder so was. Peter öffnete die Tür zum Schlafzimmer seiner Mutter, ganz leise, so wie sie es immer bei ihm machte, wenn sie glaubte, dass er schon im Bett war. Sie war nicht da. Enttäuscht schloss Peter die Tür wieder.

65

Mit einem kalten Glas Kakao in der Hand, den er sich in der Küche selbst zusammengerührt hatte und in dem überall kleine braune Klumpen schwammen, betrat er sein Zimmer und setzte sich aufs Bett. Das Gebräu schmeckte sehr süß, aber überhaupt nicht tröstlich. Er dachte an Gloria. Was hatte sie mitten in der Nacht im Wald zu suchen? Warum hatte sie so geschrien? Wer war der Fremde? Und woher kannte er ihren Namen?

Auf dem Bett lag sein Walkie-Talkie, und Peter versuchte, seine Freunde anzufunken, erst Winnie, dann Eddie, schließlich Kante, doch anscheinend war keiner von ihnen mehr wach. Vielleicht war es besser so. Was, wenn sie ihm nicht glauben würden? Wie nach der Sache mit dem Tiger?

* * *

Die Sache mit dem Tiger hatte mit einer Mutprobe begonnen. Peter war mit Winnie und Eddie im Dorf unterwegs gewesen, wie eigentlich immer in diesem Sommer. Kante fehlte, er war für drei Wochen mit seinen Eltern auf Mallorca, und als er zurückkam, hatte er den schlimmsten Sonnenbrand, den die Welt je gesehen hatte. Aber das ahnte, als die Sache mit dem Tiger passierte, natürlich noch keiner.

Es waren verregnete Ferien, zumindest am Anfang. Erst hatten sie sich die Zeit im Hobbykeller von Winnies Vater vertrieben. Dann tranken sie literweise kalten Pfefferminztee aus den coolen Gläsern mit dem dicken Boden, die sie in der Vitrine im Wohnzimmer gefunden hatten, während sie Billard spielten, was natürlich außer Winnie, die hin und wieder mit ihrem Vater geübt hatte, keiner von ihnen konnte. Wenn sie genug hatten von Billard und Whiskey und Kaugummizigaretten warfen sie Dartpfeile auf eine fantasievolle Zeichnung ihrer Klassenlehrerin Frau Pohlmann, die Eddie, der Einzige von ihnen, der gut in Kunst war, angefertigt hatte. Winnie, die, wie jeder wusste, die Schlauste von ihnen war, versuchte wie immer, Peter dazu zu bringen, um die Autogrammkarte zu spielen, auf die er so stolz war, aber Peter war natürlich nicht blöd genug, seinen wertvollsten Besitz einzusetzen. Schon gar nicht bei einem Spiel, das Winnie für gewöhnlich gewann.

Wenn sie ungestört sein wollten, gingen sie zu Peter nach Hause, denn seine Mutter arbeitete den ganzen Tag im Nachbarort und kam erst abends heim. Dann verteilten sie sich auf die verschiedenen Zimmer des kleinen Häuschens am Waldrand und spielten mit den Walkie-Talkies, die Kantes Onkel ihnen geschenkt hatte, nachdem sie sich bitterlich darüber beschwert hatten, dass ihre Eltern sich weigerten, ihnen eigene Handys zu kaufen. Dennis machte sich immer über die Walkie-Talkies lustig – *Hey, Fickfehler! Die Achtziger haben angerufen, sie wollen ihre Walkie-Talkies zurück!* –, aber das war Peter egal, er und seine Freunde liebten die Dinger. Manchmal brachte Winnie Peter auch ein paar der englischen Wörter bei, die sie von ihrer Mutter gelernt hatte. Peter mochte die englische Sprache, weil sein Vater, den er nie kennengelernt hatte, aus Amerika kam. Peter mochte *alles*, was amerikanisch war. Burger. Diese coolen großen Autos. Pistolen. Vor allen Dingen Pistolen.

Nachmittags kochte Peter ihnen dann viel zu weiche Spirelli mit Ketchup, und sie aßen zu dritt direkt aus dem Topf, während sie mit Emmi auf dem Sofa im kleinen Wohnzimmer saßen und zum hundertsten Mal *Ghostbusters* oder andere steinalte Filme schauten.

Dann, ziemlich genau in der Mitte der Sommerferien, war das Wetter endlich besser geworden, und sie hatten sich wieder draußen treffen können, um im Dorf herumzustromern, Blindschleichen aufzustöbern und Kirschen vom Baum zu essen, wenn die Eigentümer nicht aufpassten.

Bei der Sache mit dem Tiger war es um die unheimliche, verfallene Steinhütte im Wald gegangen. Eigentlich lag sie gar nicht richtig im Wald, oder höchstens gerade so. Und es war auch keine richtige Hütte mehr. Eher Mauerreste und Steine, die andeuteten, dass an diesem Ort mal eine Hütte gestanden hatte.

Es war schon abends, als Winnie und Eddie ihn dazu herausforderten, zur Hütte im Wald zu gehen und von dort einen Stein mitzubringen. Winnie und Eddie zankten permanent, aber darin waren sie sich plötzlich einig, was wieder mal typisch war. Peter musste schlucken, aber er wusste auch, dass die beiden alles Recht der Welt dazu hatten, ihm diese Aufgabe zu stellen.

Am Vorabend war Eddie ganz alleine über den Friedhof gelaufen, der in der herannahenden Dämmerung vollkommen verlassen dalag, vorbei an der Totenhalle, am Komposthaufen aus vermoderten Astern und Dahlien und an den Gräbern.

Und Winnie hatte dem pensionierten Lehrer, der schräg gegenüber der Bushaltestelle wohnte und hinter dessen Zaun der bösartigste Hund des Dorfes lauerte, einen brennenden Silvesterböller in den Briefkasten gesteckt. Beide Male: Peters Idee. Und nun war eben er dran.

Die Sonne hatte sich bereits an den Abstieg gemacht und würde bald untergehen. Die Wiese mit dem hohen Gras, das ihm fast bis zur Hüfte reichte, war noch in goldenes Licht getaucht, doch im Schatten zwischen den Bäumen reckte und streckte sich bereits die Nacht.

Peter warf seinen Freunden einen Blick zu, dann setzte er sich in Bewegung. Das war nicht seine erste Mutprobe, und er wusste,

68

dass es keinen Sinn hatte, die Dinge hinauszuzögern, das machte alles nur schlimmer.

Let's go!

Mit jedem Schritt, den er tat, schien die Temperatur um ein paar Grad zu sinken. Sofort stellten sich die Härchen an seinen nackten Armen auf. Dort, ein Stück vor ihm, war die Hütte bereits zu erkennen. Peter blieb stehen, wandte sich um. Seine Freunde waren nicht mehr zu sehen. Die tief hängenden Äste der Fichten schienen nach ihm zu greifen. Es kam ihm wie eine Ewigkeit vor, doch letztlich konnte es nur Sekunden gedauert haben, bis er die halb verfallene Steinmauer erreichte. Er bückte sich, um einen großen Stein aufzuklauben, fand genau den richtigen, schloss die Hand darum – und in diesem Moment fühlte er es. Da war etwas, zwischen den Bäumen. Etwas Großes. Peter traute sich nicht, den Blick zu heben, denn er war sich sicher, dass er es nicht sehen wollte, was immer es war, es war fürchterlich. Und nun hörte er es auch. Ein Geräusch irgendwo zwischen Fauchen und Grollen. Ein Monster, schoss es Peter durch den Kopf, und seine Knie wurden weich.

Nein, dachte er. Stopp. Es gibt in echt keine Monster, auch hier nicht, höchstens Rehe und Füchse. Der Wald ist der Wald, mehr nicht. Er richtete sich auf, hob den Blick.

Und da war er, direkt vor ihm.

Er war riesig.

Später wusste Peter nicht mehr, wie er lebend wieder aus dem Wald herausgekommen war. Er rannte los, in heller Panik, lief über die Wiese auf seine Freunde zu, schrie, sie sollten rennen, so schnell sie konnten, doch sie lachten nur, als sie ihn sahen. Es brauchte eine Weile, bis er sich halbwegs beruhigt hatte. Erst als er genügend Entfernung zwischen sich und den Waldrand gebracht hatte, sah er sich um und stellte fest, dass nichts und niemand ihm auf den Fersen war.

Natürlich glaubte ihm keiner. Winnie und Eddie dachten, er wollte sie auf den Arm nehmen. Und alle anderen hielten ihn entweder für übergeschnappt oder für einen Wichtigtuer. Hier gab es keine Tiger. In diesem Wald nicht, im ganzen Land nicht, ja, noch nicht einmal auf diesem Kontinent. Peter solle froh sein, dass er nicht wirklich einem Tiger begegnet war, denn der hätte ihn garantiert angegriffen. Wahrscheinlich hatte er ein Wildschwein gesehen. Wenn überhaupt.

Das war so was von peinlich gewesen. Und obwohl es eine halbe Ewigkeit her war, musste Peter hin und wieder immer noch daran denken, wie sich das anfühlte, wenn einem keiner glaubte. Irgendwann zweifelte er selbst an dem, was er gesehen hatte, und sich selber nicht zu glauben, fühlte sich noch schlimmer an, als wenn die anderen es nicht taten.

Aber das war ja auch Quatsch. Er mochte nicht die hellste Kerze auf der Torte sein, wie die bescheuerte Frau Pohlmann mal zu ihm gesagt hatte. Doch noch nicht einmal *er* war so blöd, ein Wildschwein für einen Tiger zu halten. Er wusste, was er gesehen hatte.

Aber immerhin hatte er gelernt, dass man sich ganz genau überlegen musste, wem man was erzählte.

* * *

Peter nahm einen letzten Schluck Kakao, dann ging er in die Küche, um sein Glas zu spülen. Zurück in seinem Zimmer trat er ans Fenster. Langsam wurde er unruhig. Wo seine Mom bloß steckte? War sie so spät noch zu einer Freundin gegangen? Er drückte die Nase an die Scheibe, als draußen das Licht anging, konnte auf dem Weg, der zum Haus führte, jedoch niemanden erkennen. Vielleicht hatte eine Katze den Bewegungsmelder ausgelöst. Oder ein Fuchs. Peter öffnete gerade das Fenster und streckte den Kopf heraus, um zu sehen, ob Emmi draußen herumstreunte – und in diesem Moment hörte er ein vorbeifahrendes Auto, von der Dorfstraße her. Peter hob den Blick und sah ihn gerade noch davonfahren. Den großen, dunklen Wagen.

8

Sie würde es nicht mehr schaffen. Unmöglich.
Nina rannte die Treppen zum U-Bahnhof hinunter. Die
Türen der Bahn begannen, sich zu schließen, beherzt rammte
sie einen Arm dazwischen, zwang sie wieder auf. Sie ignorierte
den wütenden Kommentar des Fahrers, der über die Lautsprecher kam, ebenso wie die genervten Blicke der anderen Passagiere. Ihr Handy zeigte 18.23 Uhr an. Doch. Noch konnte sie es
schaffen, zumindest theoretisch. Aber sie hatte wirklich keine
Zeit mehr zu verlieren. Die Bahn setzte sich ruckartig in Bewegung, und anstatt, wie sie es sonst vielleicht getan hätte, die
Gesichter der anderen Fahrgäste zu studieren oder neugierig
einen Blick auf die Lektüre des Jünglings ihr gegenüber zu erhaschen, ging Nina in Gedanken noch einmal alles durch, was
sie in den letzten paar Stunden, seit sie von Ritas Tod erfahren
und ihren Entschluss gefasst hatte, erledigt hatte. *Auslöschung*,
so nannte sie es in Gedanken. Tims ganze Familie – weg. Vom
Angesicht der Erde verschwunden. Tim tot. Rita tot. Gloria
weg und – wenn das stimmte, was Tim vermutet hatte und
was auch Nina für wahrscheinlich hielt – ebenfalls nicht mehr
am Leben. Es war zu viel auf einmal, um es wirklich zu erfassen, und vermutlich fühlte es sich deswegen so erleichternd
an, etwas Konkretes zu tun zu haben. Sie würde Tims Plan,
den David irrsinnig genannt hatte, den sie angesichts der *Aus-*

löschung aber plötzlich sehr vernünftig fand, umsetzen. Weil Tim es nicht mehr konnte. Und weil es richtig war.

Erneut ging sie den Wortlaut des Briefes, den sie inzwischen fast auswendig kannte, im Kopf durch. Ja. Sie hatte alles. Nina hatte verschiedene Dinge eingekauft, alles in ihren Rucksack gestopft und in einem Anflug von Sentimentalität noch ihren persönlichen Talisman dazugesteckt. Anschließend hatte sie ein paar weitere Erledigungen machen müssen. Sie war im Krankenhaus gewesen und hatte Jessie von unterwegs eine Sprachnachricht hinterlassen, um ihr zu sagen, dass sie in das Dorf ihrer Kindheit fahren müsse, noch am selben Abend. Ob sie für ein paar Tage auf Billy aufpassen könne? Sie hatte noch nichts von ihrer Mitbewohnerin gehört, ging aber mal davon aus, dass alles klar ging. Das musste es einfach. Am Hauptbahnhof stand ein Wagen, der sich Punkt 19 Uhr auf den Weg Richtung Dorf machen würde und in dem ein Platz für sie reserviert war. Oder nein, eigentlich nicht für sie. Für Tim. Und diesen Wagen durfte sie auf gar keinen Fall verpassen.

Als sich die Türen der U-Bahn an der nächsten Haltestelle öffneten, war sie als Erste draußen. Die S-Bahn zum Hauptbahnhof fuhr um 18.31 Uhr. Im Laufen warf Nina einen weiteren Blick auf ihr Handy und sah, wie die Anzeige von 18.30 Uhr auf 18.31 Uhr sprang. Sie nahm die letzten Stufen, kam keuchend am Bahnsteig an, von dem die S-Bahnen abfuhren und sah die, die sie hatte nehmen wollen, nur noch von hinten. Nina fluchte und wollte gerade nachschauen, wann die nächste kam, als ihr Handy klingelte.

»Jessie?«

»Nina, hi! Ich habe gerade deine Mailboxnachricht abgehört. Ist alles okay bei dir?«

»Alles okay, ich bin nur furchtbar in Eile. Kannst du dich für ein paar Tage um Billy kümmern?«

»Genau deswegen rufe ich an. Ich würde dir da ja gerne helfen, aber wie du anscheinend vergessen hast, fliege ich morgen früh für einen Workshop nach Amsterdam.«

Oh, verdammt.

Nina sah all ihre Pläne wie ein Kartenhaus zusammenstürzen. Aber das ging nicht. Sie durfte nicht scheitern, zu viel hing von ihr ab. Schnell überschlug sie im Kopf. Wenn sie sich jetzt erst auf den Weg zur WG machte, um Billy abzuholen, würde sie es auf keinen Fall pünktlich zum Hauptbahnhof schaffen. Von der Tatsache, dass es völlig absurd war, ihn mitzunehmen, mal ganz zu schweigen.

»Bist du sicher, dass alles okay ist?«, fragte Jessie. »Du klingst wahnsinnig gestresst.«

»Ich muss um neunzehn Uhr am Hauptbahnhof sein, um meine Mitfahrgelegenheit nicht zu verpassen.«

»Kannst du da nicht anrufen und sagen, dass du dich ein bisschen verspätest?«

»Ich habe keine Nummer.«

»Kannst du nicht später fahren?«

»Das ist alles ein bisschen kompliziert. Das Dorf, aus dem ich komme, liegt total ab vom Schuss. Mit Bus und Bahn kommt man da nicht hin, und mit dem Auto geht es stundenlang durch den Wald. Da fährt nicht alle naselang jemand hin.«

»Okay, verstehe ich«, sagte Jessie. »Aber was machen wir jetzt mit dem Hund?«

»Könntest du ihn mir an den Hauptbahnhof bringen? Und seine Transportbox?«

»Was, jetzt?«

»Du hättest echt was gut bei mir.«

Kaum dass Nina aufgelegt hatte, fuhr die nächste S-Bahn ein. Sie stieg zu und setzte sich auf einen freien Fensterplatz. Draußen zogen die Lichter der Stadt vorbei, Menschen und Autos, Neonreklamen und Dreck. Nina konnte ihr Spiegelbild in der Scheibe ausmachen. Starrte sie einen Augenblick lang an, die Fremde mit den noch leicht feuchten blonden Haaren, in Jeans und einer schwarzen Lederjacke, die für die Jahreszeit etwas zu dünn war, die sie da aus großen Augen ansah. Nina schnappte sich eine der Haarsträhnen, die ihr ins Gesicht hingen und schnüffelte daran. Täuschte sie sich oder konnte man das Mittel, mit dem sie sich vor einigen Stunden ihr rehbraunes Haar gefärbt hatte und das sie offensichtlich in ihrer Eile nicht hundertprozentig ausgespült hatte, noch riechen? Ganz leicht nur? Sei's drum. Wenn, dann wäre der Geruch nur wahrnehmbar, wenn man ihr ganz nahe kam. Und sie hatte nicht vor, in den nächsten Stunden jemanden so nahe an sich herankommen zu lassen.

Schnell rechnete sie nach. Sie würde mit der Bahn um 18.55 Uhr am Hauptbahnhof ankommen. Dann musste sie die Treppen runter, Jessie am Starbucks treffen, sich Billy schnappen und mit ihm zum Hauptausgang. Dann über die Ampel und links in die erste Parallelstraße. Dort wartete der Wagen. Nicht zu machen in fünf Minuten, aber vielleicht in zehn – sofern Jessie, die es zum Hauptbahnhof nicht ganz so weit hatte wie

Nina, pünktlich war. Wenn Jessie sich sofort mit Billy auf den Weg gemacht hatte, konnte es klappen, sofern der Fahrer nicht, wie angedroht, absolut pünktlich losfuhr, unabhängig davon, ob die Fahrgäste nun da waren oder nicht. Die Passage aus Tims Brief ging Nina durch den Kopf. *Punkt 19 Uhr. Der Fahrer wartet nicht.* Und natürlich konnte sie auch zu einem späteren Zeitpunkt ins Dorf fahren. Doch Tims Plan lebte von seinem Timing. Wenn Nina die Mitfahrgelegenheit, die er organisiert hatte, verpasste, war seine ganze Arbeit dahin. Und wer weiß, ob sie die Entschlusskraft, die ihr die Nachricht von Ritas Tod verliehen hatte, noch einmal aufbringen konnte. Jetzt oder nie, dachte Nina. Jetzt oder nie.

Ihr Handy vibrierte. David. Verdammt.

Sie hatte in den letzten Stunden mehrere seltsame, teils illegale Dinge getan, die sie vor wenigen Tagen noch für unmöglich gehalten hätte und über die sie lieber nicht so genau nachdenken wollte. Doch ein schlechtes Gewissen empfand sie nur angesichts der Tatsache, dass sie sich dazu entschieden hatte, David zurückzulassen. Er würde ihr nicht verzeihen. Doch er hatte seine Position deutlich gemacht: *Wenn wir es machen, dann machen wir es auf meine Art.*

Aber genau das ging nicht. David wollte nach den Regeln spielen. Doch gegen jemanden wie *ihn* konnte man so nicht gewinnen.

Sollte sie den Anruf annehmen? Nein, das war keine gute Idee. David würde es merken, wenn sie ihn belog. Wahrscheinlich wollte er ohnehin nur hören, ob alles klarging mit morgen, ihr noch einmal versichern, dass er Punkt acht Uhr bei ihr sein würde, um sie abzuholen. Nina wartete also, bis sein Name von ihrem Display verschwand. Allerdings begann ihr Handy kurz darauf erneut zu vibrieren, David war offensichtlich nicht bereit, so schnell aufzugeben. Nervös schaute Nina auf die digitale Anzeige in der Bahn, die ihr verriet, dass sie ihr Ziel an der übernächsten Haltestelle erreicht haben würde. Kaum, dass David aufgelegt hatte, verkündete ein heller Signalton bereits den Eingang einer Sprachnachricht auf ihrer Mailbox. Hektisch tippte Nina die Nachricht an. Was war denn bloß so dringend?

»Nina«, hörte sie David sagen, »Ruf mich doch mal bitte zurück, es ist wichtig.«

Die Bahn hielt, ein paar neue Fahrgäste stiegen zu, und die Türen schlossen sich hinter ihnen.

Schnell denken jetzt. Zurückrufen oder ignorieren? Zurückrufen. Aber bis zur nächsten Haltestelle musste sie David abgewimmelt und das Telefonat beendet haben, denn sobald sich die Türen öffneten, musste sie losrennen, um eine Chance zu haben, den Fahrer doch noch zu erwischen. Die Bahn fuhr ab.

Nina tippte Davids Namen auf dem Display an, und er meldete sich, kaum, dass sich der Anruf aufgebaut hatte.

»Hey«, sagte David. »Wo bist du?«

»In der Bahn«, antwortete Nina und versuchte, beiläufig zu klingen. »Warum?«

»Nur so. Ich wollte nur hören, ob mit morgen früh alles klargeht.«

»Absolut. Acht Uhr. Ich werde abmarschbereit auf dich warten.«

»Okay.«

Nächste Haltestelle: Hauptbahnhof, sagte eine mechanisch klingende Frauenstimme.

»Du, ich muss an der nächsten Haltestelle raus. Wir sehen uns morgen, okay?«

»Warte noch kurz, ich wollte noch was mit dir besprechen«, sagte David.

Die Bahn fuhr in den Hauptbahnhof ein, und Nina brachte sich an der Tür in Position.

»Kann das nicht bis morgen warten?«

Die Bahn verlor an Geschwindigkeit, hielt.

»Es ist wichtig«, sagte David.

Die Türen öffneten sich.

»Ich kann dich nur noch ganz schlecht verstehen«, log Nina. »Ich rufe dich gleich zurück, wenn ich besseres Netz habe, okay?«

Sie legte auf und rannte los. Keine Zeit für Gewissensbisse. Jetzt ging es um alles.

9

Er war noch da. Der schon etwas in die Jahre gekommene Wagen, nach dem sie gemäß Tims Anweisungen Ausschau halten sollte, stand da und wartete auf sie. An das Auto gelehnt, dem Nieselregen trotzend, stand ein Mann und rauchte. Schnellen Schrittes ging Nina auf ihn zu. Sie war zwar völlig außer Atem von ihrem Spurt, aber es hatte tatsächlich alles reibungslos geklappt. Jessie hatte sie mit Billy bereits vor dem Starbucks erwartet.

Der Fahrer hatte Nina noch nicht gesehen, schnippte seine Zigarette in die Dunkelheit und stieg in den Wagen, ohne sich noch einmal umzuschauen.

»Hey«, rief sie und rannte erneut los. Das fehlte noch, dass sie ihn auf den letzten Metern doch noch verpasste.

Sie erreichte den Wagen, öffnete die Tür und stieg, ohne eine Einladung abzuwarten, ein. Billys Transportbox schob sie auf den Sitz hinten rechts, ihren Rucksack daneben, sie selbst setzte sich direkt hinter den Fahrer.

»Guten Abend«, sagte sie. »Sorry, dass ich so spät bin.«

Der Fahrer drehte sich zu ihr um, sie sah ihn nur im Profil. Er musste um die sechzig sein. Kurz geschnittenes graues Haar, tiefe Falten in einem markanten Gesicht.

»Ich habe einen Mann erwartet«, sagte er. »Kein Mädchen mit Hund.«

Schnell denken.

»Wenn ich eine Mitfahrgelegenheit suche, gebe ich immer einen Männernamen an«, sagte Nina. »Das scheint mir sicherer.«

Sie griff in ihre Jackentasche und holte den Umschlag hervor, in dem sich hundert Euro in fünf 20-Euro-Scheinen befanden, und hielt ihn dem Fahrer hin.

»Ihr Geld.«

Kurz begegneten sich ihre Blicke im Rückspiegel. Dann nahm der Fahrer den Umschlag, öffnete ihn, zählte durch, legte ihn schließlich ins Handschuhfach.

Nina schnallte sich an.

»Können wir?«, fragte sie.

Der Mann sagte nichts, startete jedoch den Motor.

Während sie aus der Stadt herausfuhren und Nina sich allmählich an den kalten Rauch gewöhnte, der in den Polstern des Wagens hing, sah sie durch die regennasse Scheibe nach draußen und versuchte, ihre Gedanken zu ordnen. Angesichts der Umstände war sie erstaunlich ruhig. Draußen zogen Fast-Food-Läden und Spielhallen, arabische Gemüseläden und chinesische Schnellrestaurants vorbei. Nina betrachtete die Menschen auf dem Gehweg, das streitende Pärchen vor der Reinigung, den Mann, der sich mit Sauce bekleckerte, als er in seinen Döner biss, das Kleinkind, das sich von der Hand seiner Mutter losriss, um in eine Pfütze zu springen.

Bald würden sie das brodelnde Leben der Metropole hinter sich lassen. Bald ginge es auf die Autobahn, für eine Stunde oder zwei. Und dann nur noch endlos durch den nächtlichen Wald.

Nina warf einen Blick nach rechts. Billy schlief. Und der Fahrer schenkte ihr keinerlei Beachtung. Gut so. Nina musste an die Warnungen denken, die jede Frau, jedes Mädchen schon Dutzende Male gehört hatte: Steig nie zu einem fremden Mann ins Auto! Was ihre Mutter wohl gesagt hätte, wenn sie gewusst hätte, was Nina gerade tat?

Da war sie schon, die Autobahnauffahrt. Der Fahrer setzte den Blinker, wechselte die Spur. Er fuhr schnell, aber sicher, vielleicht sogar etwas konservativ. Sie würde sich also wahrscheinlich zumindest keine Sorgen machen müssen, in die Statistik der Verkehrstoten einzugehen.

»Was riecht hier so?«, fragte der Fahrer plötzlich.

»Was meinen Sie?«

Kurz schwieg der Mann, während Nina schnüffelte. Sie selbst nahm rein gar nichts wahr.

»Es riecht irgendwie chemisch«, sagte er.

Das sind meine Haare, dachte Nina und unterdrückte den Impuls, erneut an einer Strähne zu schnuppern.

»Ich rieche nichts«, sagte sie.

»Hm«, machte der Fahrer.

Nina betrachtete seinen Hinterkopf – oder den Teil, den sie trotz der Kopfstütze vor ihr sehen konnte. Eine Passage aus Tims Brief ging ihr durch den Kopf.

Er hat oft in der Stadt zu tun und nimmt dann immer mal Passagiere mit, wenn er durch den Wald zurück ins Dorf fährt. Ein Zubrot.

Erneut trat Schweigen ein, während der Fahrer den Wagen über die Autobahn lenkte, und Nina hing ihren eigenen Gedanken nach. Noch einmal ging sie alle Punkte durch, die Tim in seinem Brief aufgeführt hatte – und die, die sie eigenmächtig hinzugesetzt hatte. So hatte sie sich nicht nur die Haare gefärbt, sondern vor allem hatte sie ihrerseits einen Brief geschrieben, der, sollte ihr etwas zustoßen, Aufschluss über ihren Verbleib gab und gleichzeitig ihre Beweggründe erklärte. Natürlich hätte sie sich gerne gewissenhafter vorbereitet, aber vielleicht war es letztlich ganz gut, dass sie so kurzfristig aufgebrochen war. So hatte sie nicht genügend Zeit gehabt, die Angst zu bekommen, die angemessen gewesen wäre.

Sie musste an David denken. Ob er wohl immer noch auf ihren Rückruf wartete? Ob er ihr noch einmal auf die Mailbox gesprochen hatte? Nina hätte es nicht sagen können, ihr Handy lag stumm neben ihr. Flugmodus. Was er wohl gerade machte? Ob er daheim saß, mit seiner Verlobten? Ob er Dienst hatte? Und wann er wohl merken würde, dass Nina ihr Versprechen gebrochen und sich zu genau dem Alleingang aufgemacht hatte, von dem er sie mit allen Mitteln hatte abhalten wollen?

Ihre Gedanken kamen abrupt zum Halten, als der Fahrer den Blinker rechts setzte und einen kleinen Autobahnparkplatz anfuhr, der aus nichts bestand als ein paar Parkbuchten. Am anderen Ende des Areals stand ein LKW, in dessen Koje wahrscheinlich ein erschöpfter Pole oder Bulgare ein kurzes Schläfchen hielt, ansonsten war der Parkplatz leer. Nina wurde sofort mulmig zumute, als der Fahrer wortlos in einer der Buchten hielt, sich zu ihr herumdrehte und ihr direkt ins Gesicht sah. Nina schaute unverwandt zurück.

»Wie heißen Sie eigentlich?«, fragte er.

»Was?«

»Wir werden einige Stunden zusammen verbringen«, sagte er. »Da will ich wenigstens wissen, mit wem ich es zu tun habe.«

»Ich heiße Jessica«, sagte Nina.

»Okay«, sagte der Fahrer. »Jessica.«

Ninas ungutes Gefühl verstärkte sich. Dafür hatte er extra anhalten müssen?

Er wandte sich wieder nach vorne, schnallte sich ab, öffnete die Tür und stieg aus.

Was zum Teufel?

Ninas rechte Hand wanderte zum Reißverschluss ihres Rucksacks, öffnete ihn einen Spaltbreit, glitt hinein, tastete nach etwas, womit sie sich verteidigen könnte.

Doch der Fahrer öffnete nicht *ihre* Tür, um sie aus dem Wagen zu zerren, wie sie kurz befürchtet hatte, sondern er ging zum Heck des Wagens und öffnete den Kofferraum. Als er sich wieder hinters Steuer setzte, hatte er eine Wasserflasche in der Hand, aus der er ein paar tiefe Züge nahm, bevor er sie in die dafür vorgesehene Halterung neben sich stellte. Erneut startete er den Motor des Volvos, verließ den Parkplatz, und Nina atmete auf. Sie waren unterwegs Richtung Dorf.

Und dann erst fiel es ihr auf. Sie hatte ihn eben gar nicht gefragt, wie *er* hieß. Das war unnatürlich, oder? Wenn man nach dem eigenen Namen gefragt wurde, erwiderte man die Frage. Alles andere wirkte merkwürdig. Oder etwa nicht?

»Und Sie?«, fragte sie daher, obwohl sie die Antwort kannte.

»Was, und ich?«, sagte der Fahrer.

»Na, Sie wissen jetzt, wie ich heiße«, sagte Nina. »Und wie heißen Sie?«

Er lachte kurz auf, und Nina fand, dass sein Lachen wie das Scharnier einer Tür klang, die lange nicht mehr geöffnet worden war.

»Wolff«, sagte der Mann. »Ich heiße Wolff.«

83

GLORIA

Manchmal hatte Peter das Gefühl, dass er in zwei verschiedenen Dörfern lebte. Das nächtliche gehörte den Schatten und zog Gestalten wie den Fremden an. Aber tagsüber war es vertraut und freundlich. Tagsüber gehörte es ihm. Als er am Morgen nach der Begegnung am Waldrand wach wurde, war seine Mom schon wieder weg, aber auf dem Küchentisch lag ein Zettel von ihr.

Wir müssen über was reden, mein Spatz. Heute Abend, ja?
Ich hab dich lieb!

Er war froh, dass sie ihm wieder Zettel schreiben konnte, dass sie wieder gesund war. Als er kleiner war, war seine Mom häufig krank gewesen, ein halbes Jahr hatte er in der ersten Klasse sogar bei der Oma gelebt, weil seine Mom sich nicht um ihn kümmern konnte. Sie hatte ihm versprochen, nie wieder so krank zu werden, und bisher hatte sie sich daran gehalten. Die großen Flaschen mit dem dicken Glas waren aus dem Kühlschrank verschwunden, und seine Mom sah wieder richtig schön aus. Überhaupt war sie die schönste Frau des Dorfes, denn sie war sehr groß und so dünn wie ein Model, und sie hatte die längsten roten Locken auf dem Planeten. Peter legte den Zettel beiseite und rief nach Emmi, die auch prompt angelaufen kam, was ihn übertrieben glücklich machte.

Am Vorabend hatte er ja eigentlich auf seine Mom warten wollen, um ihr das mit Gloria zu erzählen, weil, irgendwer musste doch schließlich nach ihr sehen. Aber bevor sie heimgekommen war, war er eingeschlafen.

Als er mit dem Frühstück fertig war, putzte er sich die Zähne, wusch sich, auch hinter den Ohren, was seine Oma immer übertrieben wichtig fand, und dann fiel ihm ein, dass seine Oma gestorben war, und er schüttelte schnell den Kopf, und tatsächlich schaffte er es, den Gedanken loszuwerden, bevor er ihn wirklich fertig denken konnte. Peter ging in den Flur und schnürte seine Turnschuhe. Vorm Spiegel blieb er stehen, guckte sich eine ganze Weile an und wunderte sich, dass er genauso aussah, wie er aussah und kein bisschen anders. Dann schnappte er sich seinen Schlüssel und schwang sich aufs Rad. Er musste nachschauen, ob Gloria daheim und in Ordnung war.

＊ ＊ ＊

Peters Cousine Gloria war das schönste und geheimnisvollste Mädchen des Dorfes. Seit ein paar Jahren lebte sie bei seiner Oma in dem kleinen Haus in der Nähe vom Schilfteich, weil sie nicht bei ihrer Mutter bleiben konnte.

Peter wusste eine Menge über Gloria: Sie war gerne alleine, und sie mochte die Wälder. Sie roch immer leicht nach Zimt, was an den roten Kaugummis lag, die sie häufig kaute. Sie sprach wenig, was schade war, weil sie die abgefahrenste Stimme hatte, die Peter je gehört hatte. Sie klang irgendwie... silbrig, fand er. Und sie lispelte ein bisschen, wegen der kleinen Lücke zwischen ihren Schneidezähnen. Gloria hatte im Dorf eigentlich nur eine

Freundin, die ältere Tochter des Bäckers, Annette. Gloria trug meistens ihre schwarze Lederjacke mit ganz vielen kleinen Buttons von diesen steinalten Musikern dran, die sie gerne mochte. *Nirvana* und so. Auf einem anderen schwarzen Button stand in einer seltsam unheimlichen Schrift *GOTH.* Peter hatte noch nicht rausgefunden, was das bedeutete. Und Gloria las gerne Bücher. Ihr Lieblingsbuch war eines mit *Huckleberry Finn*, was merkwürdig war, weil das eigentlich ein Kinderbuch war und sie viel zu alt dafür. Gloria schrieb andauernd in ihr Tagebuch. Sie hörte so laut Musik, dass Peter die Ohren wehtaten davon, aber ihr nie. Und sie machte Mixtapes, mit richtigen Kassetten. Manchmal nannte sie ihn»Peter Pan«, was ihn irgendwie ärgerte, denn er hatte ihr schon hundertmal erklärt, dass man seinen Namen englisch aussprach, *Piiiiieter.* Aber das kümmerte Gloria nicht.

Früher, als Peter noch häufiger bei seiner Oma gewesen war, bevor sie schwach und dünn und so seltsam durchscheinend geworden war, hatte seine Cousine ihm manchmal englische Wörter beigebracht – sie kannte viel coolere als Winnies Mutter – und ihm hin und wieder sogar das eine oder andere Lied, das er besonders gerne mochte, übersetzt. Sie saßen dann auf den Küchenstühlen, während die Oma Pfannkuchenteig anrührte. Einmal hatte er Gloria gefragt, ob sie ihm nicht auch mal eines ihrer Mixtapes machen könne, doch sie hatte ihn nur ausgelacht. Aber er war immer froh, wenn sie lachte, denn meistens war Gloria traurig, auch wenn man ihr das manchmal nicht wirklich ansah. Winnie meinte, dass das ziemlich sicher mit Glorias Mutter zu tun hatte, die sie nicht haben wollte, und je öfter Peter mit Gloria sprach, desto klarer wurde ihm, dass Winnie recht hatte. Gloria fragte ihn nämlich immer mal wieder nach seiner eigenen Mom, ob sie ihn abends ins Bett bringe und was sie ihm zum Frühstück mache und so.

»Wo ist eigentlich *deine* Mom?«, fragte Peter eines Tages, als er mit Gloria auf der Bank im Hof saß und Erdbeeren aß, während die Oma Wäsche aufhängte.

Gloria sah ihn an, als hätte er gerade etwas richtig Schlimmes oder Ekliges gemacht. Dann hob sie die Schultern. »Wollte mich nicht haben, die fette Kuh. Sie mochte meinen Bruder immer lieber als mich.«

»Und was ist mit deinem Vater?«

»Der ist cool«, sagte Gloria. »Aber bei ihm kann ich nicht wohnen.«

Die Oma rief nach Peter, er ignorierte sie.

»Warum nicht?«, fragte er.

Gloria zuckte mit den Schultern.

»Und deiner?«, fragte sie.

Er breitete die Arme aus, wie er es mal in einem italienischen Film gesehen hatte.

»Hab keinen«, sagte er.

Peter hörte, wie die Oma erneut nach ihm rief.

»Unbefleckte Empfängnis, oder was?«

Gloria lachte. Peter wusste nicht, was das heißen sollte, wollte aber auch nicht fragen.

»Genau«, sagte er, und Gloria lachte noch mehr.

»Wie heißt dein Bruder?«, fragte Peter, um abzulenken.

Gloria wurde ernst, antwortete jedoch nicht. Peter ärgerte sich über sich selbst. Jetzt hatte er ihr die Laune verdorben. Wieder rief die Oma nach ihm, dieses Mal schon deutlich ungeduldiger.

»Na, geh schon«, sagte Gloria.

Zu ihrem Zimmer hatte Peter keinen Zutritt, aber er hatte hin und wieder einen Blick durch die sich schließende Tür erhaschen können. Glorias Zimmer war klein. Es hingen keine Poster von Rappern und Schauspielern an den Wänden wie bei ihm und auch keine von Pferden wie bei Winnie. Es gab ein Bett, einen kleinen Schreibtisch mit drehbarem Stuhl und ein Schränkchen, auf dem die Stereoanlage thronte. Davor lagen für gewöhnlich ein paar CDs auf dem alten Holzboden verstreut. Doch was Peter wirklich anzog, war Glorias Tagebuch. Sie notierte alles, was ihr im Kopf herumging. Und sie schrieb an ihrer Radieschenliste. Das hatte sie ihm einmal selbst erklärt. Auf ihrer Radieschenliste standen alle Dinge, die sie in ihrem Leben machen wollte, bevor sie die Radieschen von unten betrachten würde. Peter hätte zu gerne gewusst, was darauf stand, doch sie verriet es ihm nicht. Auch ihr Tagebuch bekam er nie in die Hände. Irgendwann gab er auf und begann, seine eigene Radieschenliste zu schreiben.

* * *

Hoffentlich war Gloria okay, dachte er, als er sich nun auf sein Rad schwang. Er würde erst einmal nachsehen, bevor er die Pferde scheu machte. Vielleicht war ja gar nichts Schlimmes passiert, und sie war zu Hause.

Es war erst kurz vor neun, aber die Sonne meinte es bereits absolut ernst. Der Himmel war so blau wie die bescheuerten Schlümpfe, die Kante früher so super gefunden hatte, was ihm heute übertrieben peinlich war.

Der Briefträger kam Peter entgegen, Peter grüßte ihn, und der Mann mit der großen, rötlichen Nase, die – wie Winnie einmal bemerkt hatte – Ähnlichkeit mit einer unreifen Erdbeere aufwies, grüßte zurück.

Peter trat stehend in die Pedale, ließ die Schotterstraße hinter sich, fuhr die Hauptstraße entlang und behielt den Weg vor ihm genau im Auge. Letztens hatte er mit Kante einen Film gesehen, in dem jemand ein Drahtseil über die Straße gespannt hatte, was für den Radfahrer, auf den er es abgesehen hatte, echt fiese Konsequenzen gehabt hatte, und seitdem grauste es Peter beim Radfahren ein bisschen, aber er war fast schon wieder drüber hinweg. Auf Höhe der Bäckerei sah er den stummen Hans, den Dennis den Dorfdepp nannte, was Winnie jedes Mal auf die Palme brachte, auf einer Bank sitzen, hatte aber leider keine Zeit, anzuhalten, also winkte er Hans nur zu, und Hans winkte zurück.

* * *

Am Haus seiner Oma angekommen, lehnte Peter sein Fahrrad gegen den Zaun, den seine Oma grasgrün gestrichen hatte, und drückte die Klingel. Er wartete. Klingelte noch mal. Niemand machte auf. Peter sah sich um.

Irgendwo hatte jemand einen Rasenmäher angeschmissen. Die Tulpen im Vorgarten hatten ihre roten und gelben Köpfe bereits weit geöffnet und tranken die Morgensonne in großen Schlucken. Eine Schwalbe flog ein paar Schleifen über seinem Kopf. Bei den Nachbarn wackelte die Gardine, aber es war niemand zu sehen.

Er drehte eine große Runde durchs Dorf und begegnete zwar einer Kindergartengruppe, die mit Frau Haas auf dem Weg zum Sportplatz war und die ihn aus Dutzenden kugelrunden Augen neugierig anstarrte, was ihn dazu brachte, freihändig und *very cool* an ihnen vorbeizufahren und die Arme lässig hinter dem Kopf zu verschränken. Aber Gloria fand er nicht.

10

Es kam ihr immer noch wie eine Szene aus einem Alptraum vor, mit Wolff durch die Nacht zu fahren, doch allmählich ging Ninas Herzfrequenz wieder nach unten. Sie hatte versucht, sich für die Begegnung zu wappnen. Aber darauf, welches Grauen seine Gegenwart in ihr auslösen würde, hatte sie sich nicht ausreichend vorbereiten können. Inzwischen war sie sich sicher, dass Wolff sie nicht erkannt hatte. Ihre Sorge war völlig unbegründet gewesen. Wie hätte er die Frau in Jeans, Lederjacke und Baseballkappe, unter der blonde Haare hervorragten, auch mit dem kleinen, braunhaarigen Mädchen in Verbindung bringen sollen, das er vor zwei Jahrzehnten zuletzt gesehen und an das er wahrscheinlich in seinem Leben noch keinen Gedanken verschwendet hatte?

Endlich kommt mir mein Allerweltsgesicht mal zugute, dachte Nina und entspannte sich ein wenig. Dass sie mit *ihm* in einem Wagen saß, wirkte surreal auf sie. Eigentlich hatte Tim diese Fahrt für sich selbst arrangiert, nicht für sie. Er hatte geglaubt, beweisen zu können, dass Wolff etwas mit dem Verschwinden seiner Schwester Gloria zu tun hatte. Seit Wochen hatte Tim, so stand es in seinem Brief, nach einer Möglichkeit gesucht, Wolff alleine zu erwischen. Und schließlich hatte sich ihm die perfekte Gelegenheit geboten, als er herausgefunden hatte, dass der hin und wieder gegen Bezahlung Fahrgäste mitnahm. Tim hatte vor, ein solcher Fahrgast zu sein. Er hatte sich unter falschem Namen bei Wolff gemeldet und den Treffpunkt in einer eher heruntergekommenen Straße jenseits des Hauptbahnhofs arrangiert.

Da Tim seinen Plan nicht mehr umsetzen konnte, würde Nina es tun. Das war zunächst ganz simpel, und einen der schwierigsten Schritte hatte sie bereits getan, als sie den Mut aufbrachte, in Wolffs Volvo zu steigen. Sie hatte darauf geachtet, dass niemand sie erkannte, als sie zustieg – und das war absolut kein Problem gewesen. Selbst wenn sie in diesem Moment jemand beobachtet hätte, hätte derjenige in der Dunkelheit nur eine schmale Gestalt mit Baseballkappe ausmachen können. Insofern war alles gut. Niemand hatte sie mit Wolff gesehen, und er hatte keine Ahnung, mit wem er es zu tun hatte. Bis zum Kilometer hundertachtundfünfzig der Landstraße, die mitten durch den Wald führte, musste sie eigentlich nur abwarten und sich ruhig verhalten. Wichtig war nur, dass Wolff auch wirklich durch den Wald fuhr. Das hatte ebenfalls im Brief gestanden.

Es ist essentiell, dass er den Weg durch die Wälder nimmt, und nicht hintenrum über die neue Talbrücke fährt. Die meisten Leute fahren den Weg, den sie schon immer genommen haben, zumal er kürzer ist. Aber manche sagen, der Weg hintenrum sei schneller, seit es die Talbrücke gibt. Ich werde also aufpassen müssen, dass Wolff auch wirklich durch den Wald fährt. Danach muss ich eigentlich nur noch achtgeben, dass mich keiner mit ihm sieht. Das heißt: an Tankstellen, Raststätten, auf Parkplätzen den Kopf unten halten und um keinen Preis aussteigen. Mehr ist zunächst eigentlich nicht zu tun.

Sollte sie sich einfach darauf verlassen, dass er den richtigen Weg einschlug? Oder sollte sie proaktiv vorgehen? Und was, wenn sie feststellte, dass er die Wälder mithilfe der neuen Talbrücke umfahren wollte? Wie sollte sie ihn davon abhalten? *Das* hatte – wie so vieles – *nicht* in Tims Brief gestanden.

Nur kurz wog Nina ihre Optionen ab. Sie musste handeln. Wenn Wolff den falschen Weg einschlug, dann war von Anfang an alles gelaufen.

»Dass die Talbrücke gesperrt ist, wissen Sie, oder?«, sagte sie und sah, wie der Fahrer ihr über den Rückspiegel einen kurzen Blick zuwarf.

»Was?«

»Ich habe mich nur gerade gefragt, ob sie durch die Wälder oder hintenrum über die Talbrücke fahren wollen. Die ist nämlich gesperrt.«

»Seit wann?«

»Keine Ahnung. Ein paar Tage?«

Wolff sagte nichts, und Nina fragte sich, ob sie einen Fehler gemacht hatte. Was, wenn er es besser wusste? Wenn er vielleicht sogar am selben Morgen noch über die Brücke gefahren war, auf dem Weg in die Stadt, und weit und breit nichts von Schildern, die eine Sperrung ankündigten, zu sehen gewesen war?

»Ich fahre immer durch den Wald«, sagte Wolff. »Das ist immer noch der schnellste Weg.«

Nina kommentierte das nicht, atmete aber auf.

Nun ginge es noch ein ganzes Stück über die Stadtautobahn und dann bis zum nächsten Autobahnkreuz, erst dann würden sie abfahren und bald die Bundesstraße erreichen, die sie tiefer und tiefer in den Wald hineinführen würde.

Wolff schaltete das Radio ein und schenkte ihr keine weitere Beachtung, Billy schlief, und Nina sah, wie sich draußen der Abend darauf vorbereitete, zur Nacht zu werden. Wohnhäuser waren schon länger nicht mehr in Sicht, an den Rändern der Autobahn, links und rechts von ihr, erblickte sie die typischen Ingredienzien eines Industriegebiets. Autohäuser und Carwash, Lagerhallen und Versandzentren, ein Möbelhaus. Auf der Straße war, je weiter sie sich vom Stadtzentrum entfernten, immer weniger los. Gott sei Dank, dachte Nina. Es fehlt noch, dass ich mit diesem Mann im Stau stehe. Während die Ausläufer der Stadt im Rückspiegel verschwanden, ließ Nina ihre Gedanken schweifen. Sie hatte sich Tim schon lange nicht mehr so nahe gefühlt wie in den letzten Stunden. Seinen Plan an seiner statt umzusetzen, machte etwas mit ihr. Ein letztes gemeinsames Abenteuer, wenn man so wollte.

Unvermittelt musste sie an den Tag denken, an dem sie Tim zum ersten Mal gesehen hatte. Sie war gerade erst mit ihren Eltern aufs Dorf gezogen. Im Gegensatz zu Tims junger, lustiger, lebensfroher Mutter waren ihre eigenen Eltern steinalt und hatten entschieden, aufs Land zu ziehen, um dort die Arztpraxis zu übernehmen, deren vorheriger Inhaber kurz zuvor verstorben war. Zurück zu einem ursprünglicheren Leben, so hatten es ihre Eltern genannt. Dafür nahmen sie Nina von der Schule, steckten sie in ein Auto, das gar nicht so anders ausgesehen und gerochen hatte als das, in dem sie sich jetzt gerade befand, und waren mit ihr durch den Wald gefahren, nur, um in einem Dorf anzukommen, das auf das Stadtkind wirkte, als wäre sie nicht nur an einem anderen Ort, sondern in einer anderen Zeit gelandet. Auch wenn sie das damals noch nicht so genau hätte artikulieren können, kam ihr doch alles in dem Dorf furchtbar klein und rückständig vor. Vor allem aber fehlten ihr die Farben und Geräusche der Stadt. Im ganzen Dorf gab es nichts außer einer Kirche, ein paar kleine Häuser drumherum, ein paar Bäume, einen Dorfplatz, einen Friedhof, einen Sportplatz, auf dem kaum jemals jemand Sport machte und einen kleinen Einkaufsladen.

Da sie in den großen Ferien umgezogen waren, hatte Nina ihre neuen Schulkameradinnen noch nicht kennengelernt, aber Freundinnen wie die, die sie zurückgelassen hatte, würde sie hier nicht finden, da war sie sicher.

Nina war viel alleine in diesen ersten Wochen, sie las und lernte und übte auf ihrem vermaledeiten Cello, und dann und wann streifte sie durchs Dorf, um ihre neue Umgebung zu erkunden. Als sie eines heißen Nachmittags an der großen Linde vorbeikam, die sich in der Dorfmitte befand und von einer Wiese umgeben war, auf der noch ein verwitterter Maibaum stand, traf sie auf zwei Jungen, die ungefähr in ihrem Alter waren.

»He«, sagte der Kleinere von ihnen, als er auf Nina aufmerksam wurde.

»Hallo«, antwortete Nina und verlangsamte ihre Schritte, unsicher, ob sie stehen bleiben oder weitergehen sollte.

»Wie heißt du?«, fragte der Junge.

»Nina. Nina Schwarz. Ich bin vor zwei Wochen mit meinen Eltern hergezogen. Mein Papa hat die Arztpraxis übernommen.«

Die Jungen nickten.

»Wir haben Fanta und Bifi«, sagte der Kleinere. »Willst du?«

Nina setzte sich zu ihnen, obwohl die beiden Jungs waren und sie es aus der Stadt gewohnt war, mit Mädchen abzuhängen und Jungs bescheuert zu finden. Aber ihr war in den letzten Tagen so furchtbar langweilig gewesen, und die hier schienen ganz okay zu sein.

Kurz darauf hatte sie erfahren, wie die Jungen hießen und dass sie nach den Sommerferien alle in dieselbe Klasse gehen würden.

»Wir wollen nachher noch zur alten Eisenbahnbrücke«, sagte Tim, der Kleinere, schließlich ganz beiläufig, was dem anderen, David, ein theatralisches Stöhnen entlockte, das Tim routiniert ignorierte. »Kommst du mit?«

»Die Eisenbahnbrücke ist gefährlich«, sagte David. »Es ist verboten, da hinzugehen.«

»Na und?«, fragte Tim.

»Und du hast Höhenangst!«, versetzte David.

Tim zog die Nase kraus.

»So ein Quatsch. Ich habe doch keine Höhenangst!«

David hatte bald darauf nach Hause gemusst, doch Nina hatte Tim tatsächlich begleitet. Die alte Eisenbahnbrücke sah aus wie etwas aus einer anderen Welt. Die wuchtigen Träger komplett vom Rost zerfressen, das Holz zwischen den Schienen so morsch, dass es eher an zerkochtes Rindfleisch erinnerte als an etwas, das Menschen tragen konnte. Unter der Brücke ging es zehn Meter in die Tiefe. Nina und Tim blieben stehen und ließen diesen Anblick auf sich wirken. Links und rechts von ihnen war verwuchertes Grün, aber unter der Brücke befand sich etwas, das aussah wie ein trockenes Flussbett. Und bis zur anderen Seite waren es bestimmt dreißig Meter.

Tim setzte einen Fuß auf die Brücke. Machte ein paar vorsichtige Schritte. Obwohl er sehr klein und dünn war, knarrte das Holz unter seinen Füßen. Doch es gab nicht nach. Vorsichtig folgte ihm Nina. Sie gingen schweigend, während die Sonne ihnen Arme und Nacken versengte. Sie waren fast in der Mitte der alten Brücke angekommen, da blieb Tim vor ihr stehen.

»Was ist los?«, fragte Nina.

»Ich kann nicht weiter.«

»Wieso nicht?«

Er drehte sich halb zu ihr um, und Nina sah, dass sein Gesicht schweißüberströmt war.

»Ich habe Höhenangst«, sagte er.

»Was?«

Tim antwortete nicht, wandte sich wieder um.

»Ich habe nach unten geguckt. Das hätte ich nicht machen sollen.«

Er klang zittrig, so, als würde er gleich anfangen zu weinen.

»Lass uns umkehren«, sagte Nina. »Komm.«

»Wir können nicht zurück«, antwortete Tim. »Ich habe allen gesagt, dass ich die Brücke überquere.«

»Aber außer uns ist doch keiner hier«, sagte Nina. »Und mir musst du nichts beweisen.«

Tim wischte sich den Schweiß vom Gesicht.

»Ich muss da rüber.«

Nina überlegte einen Moment lang.

»Okay«, sagte sie. »Ich gehe vor. Setz die Füße einfach an die selben Stellen wie ich. Und guck nicht auf die Löcher, okay?«

Umständlich manövrierte sie sich an Tim vorbei und setzte vorsichtig einen Fuß vor den anderen. Nach ein paar Schritten warf sie einen Blick über die Schulter, und tatsächlich: Tim folgte ihr, leise Flüche murmelnd. Und dann hatten sie das andere Ende der Brücke erreicht.

Tim warf einen Blick zurück, als könnte er gar nicht glauben, dass er diese Brücke gerade tatsächlich überquert hatte. Dann brach er in ein Gelächter aus, das Ninas Mutter als hysterisch bezeichnet hätte, und gab Nina ein High Five.

»Freu dich nicht zu früh, wir müssen noch zurück«, sagte sie.

»Scheiße, stimmt«, antwortete Tim und wurde wieder blass. Er presste die Lippen zusammen.

»Dieses Mal gehe ich vor«, sagte er.

Der Rückweg war leichter als der Hinweg. Sie wussten bereits, dass die Bohlen sie trugen, und kamen deutlich schneller voran. Nina, die zur Sicherheit ein paar Meter Abstand zu Tim hielt, spürte, dass er noch immer Angst hatte, doch er blieb nicht wieder stehen, ehe er die andere Seite erreicht hatte. Dort warf er die dünnen Arme in die Luft und stieß eine Art Kampfschrei aus. Nina musste grinsen.

»Gut gemacht!«, rief sie.

Und in diesem Moment brach sie ein. Das Holz unter ihr gab nach, und Nina hatten keinen Boden mehr unter den Füßen. Sie keuchte auf, in Panik, und griff instinktiv nach dem Rand der Bohle vor ihr. Ihre Beine baumelten in der Luft, und es war wohl nur ihrem Rucksack zu verdanken, dass sie nicht einfach widerstandslos durch die Lücke hindurchgerutscht, zehn Meter tief gefallen und auf den Boden unter ihr aufgeschlagen war. Nina versuchte, sich wieder nach oben zu arbeiten, doch dadurch verschob sich irgendetwas in ihrem Rucksack, ihre Jacke vielleicht oder eines ihrer Bücher, und sie sackte weiter ab. Nina schrie auf, strampelte mit den Beinen, doch dass da unter ihr nichts war, kein Widerstand, nur schreckliche Leere, vergrößerte ihre Panik nur. Noch ein paar Sekunden, und sie würde durch die Lücke rutschen und in die Tiefe stürzen. Ihre Hände schwitzten, sie konnte sich nicht mehr halten. Verzweifelt versuchte sie, sich an der Bohle festzuklammern, Tränen in den Augen vor Angst und Anstrengung, dann war Tim bei ihr.

Um ein Haar wäre an diesem Tag alles vorbei gewesen. Aber irgendwie gelang es Tim, sie wieder nach oben zu ziehen. Irgendwie hatten sie es mit vereinten Kräften geschafft. Keuchend und schwitzend. Irgendwann hatte Nina wieder Boden unter den Füßen gespürt und hätte am liebsten geheult vor Erleichterung.

Die letzten Meter bis zum Ende der Brücke hatten sie auf allen vieren zurückgelegt, halb aus Angst, noch einmal einzubrechen, halb aus Erschöpfung.

Als sie in Sicherheit waren, ließen sie sich nebeneinander ins Gras fallen und sagten eine Weile lang gar nichts.

Dann, als ihre Herzen aufgehört hatten zu rasen und ihre Atemzüge wieder länger wurden, sahen sie sich an.

»Das war so was von cool«, sagte Tim.

Kurz starrte Nina ihn entgeistert an, dann musste sie lachen wie nie zuvor in ihrem Leben.

Den Heimweg legten sie schweigend zurück, so, wie nur Freunde es können.

Und das war das.

Nina tauchte aus ihren Gedanken an Tim auf, als Wolff scharf bremste. Der Verkehr war wieder dichter geworden, und kurz ging es nur langsam weiter, Stoßstange an Stoßstange. Es hatte erneut zu regnen begonnen, die Lichter der anderen Autos zeichneten hellgelbe und rote Rinnsale auf die Seitenscheibe des Volvos. Nina ließ Billy, der von der heftigen Bewegung wach geworden war, aus seiner Transportbox und setzte ihn sich auf den Schoß, wo er sich sofort an sie kuschelte. Sie warf einen Blick auf die Verkehrsschilder, die ein Stück vor ihnen aus dem Boden wuchsen, und sah, dass sie ohnehin nur noch ein paar Kilometer auf der Autobahn zurückzulegen hatten. Dann ginge es auf die Bundesstraße, und bald darauf käme der Wald. Der Hort ihrer wiederkehrenden Alpträume. Nina versuchte sich einzureden, dass ihre Angst kindisch war. Und es war auch nur so eine Ahnung. Ein ungutes Gefühl in ihrer Magengrube. Doch irgendetwas sagte ihr, dass in den Wäldern Furchtbares auf sie wartete.

DAS VIELE BLUT

Peter kannte die Wälder schon sein ganzes Leben lang. Sie erhoben sich am Dorfrand wie eine dunkle Woge, und auch wenn sie ihm, als er noch klein gewesen war, große Angst gemacht hatten, hatte ihr Anblick doch etwas Vertrautes. Aber als er nun die letzten Häuser des Ortes hinter sich ließ und auf den Waldrand zulief, kam es ihm so vor, als sähe er diesen Ort mit völlig neuen Augen. Hier war etwas Schreckliches geschehen, und langsam beschlich Peter das Gefühl, dass er Gloria nie mehr wiedersehen würde.

Er versuchte, diesen Gedanken zu verscheuchen, aber es gelang ihm nicht, er war hartnäckig, wie eine Fliege. Zumindest würde er sich vor seinen Freunden nichts anmerken lassen.

Die anderen waren schon da, als Peter am Waldrand eintraf. Er hatte sie bereits per Walkie-Talkie über Glorias Verschwinden in den Wäldern und die Verwicklung des unheimlichen Fremden in den Fall informiert.

»Na, ihr Nasen?!«

»Hi, Peter«, sagten Eddie und Winnie beinahe wie im Chor; Kante hingegen hob nur kurz das Kinn und nickte ihm zu. Typisch Kante. Peter war der Mutigste der Bande, Winnie die Schlauste, Eddie der Witzigste – aber in Sachen Coolness konnte keiner von ihnen Kante das Wasser reichen.

Winnie hatte die Polaroid-Kamera ihres Vaters dabei, die der eh nicht mehr benutzte, wie sie sagte.

»So können wir Beweise sammeln«, meinte sie.

»Super«, sagte Peter. »Gute Idee. Darf ich mal?«

Er nahm die Kamera und machte ein Foto vom Waldrand.

»Hey, mach lieber ein Foto von uns«, rief Eddie.

Winnie verdrehte die Augen.

»Wollen wir nach Gloria suchen oder Quatsch machen?«

»Beides!«, sagte Eddie.

»Okay. Ein Foto«, entschied Peter.

»Aber nur, wenn Eddie nicht wieder kindische Grimassen schneidet!«

»Hey«, protestierte Eddie. »Kindische Grimassen sind mein Markenzeichen!«

»Ich hätte gerne mal ein einziges Foto, auf dem keiner von uns total bekloppt aussieht«, antwortete Winnie.

»Okay, okay«, sagte Eddie. »Aber nur eines!«

»Kommt mal alle neben mich«, rief Peter.

Umständlich drehte er die Kamera herum und fühlte, wie sich seine Freunde um ihn drängten.

»Wir müssen dichter zusammen«, sagte er. »Sonst passen wir nicht alle drauf.«

Sie rückten noch ein Stück näher zusammen. Peter hielt die Kamera mit beiden Armen so weit von sich weg wie möglich. Dann drückte er den Auslöser.

»Hier«, sagte er, als das Foto aus dem Apparat kam, und hielt es Eddie hin, der damit in der Luft herumwedelte.

Dann sah er sich um. Außer ihnen war weit und breit niemand zu sehen. Der Übergang zwischen Wiese und Waldboden war wie mit dem Lineal gezogen, und Peter achtete darauf, zunächst auf der Seite der Wiese zu bleiben. Er dachte an den Tiger, den er hier in der Nähe gesehen hatte, an die verfallene Hütte. Wie alt

Tiger wohl werden konnten? Ob Winnie das wusste? Eddie unterbrach seine Gedanken.

»Ich habe mich umgehört«, sagte er. »Ich glaube, ich weiß jetzt, wer der Fremde ist.«

»Er heißt Wolff«, sagte Kante. »Ihm gehört der Schrottplatz.«

»Wolff«, wiederholte Peter leise.

Trotz der Wärme fröstelte ihn plötzlich. Seine Freunde schienen nichts davon zu merken, und Eddie verdrehte die Augen, genervt, dass Kante ihm die Pointe versaut hatte.

»Wie kommt es, dass wir ihn bis vor ein paar Monaten noch nie gesehen haben?«, fragte Winnie.

»Vielleicht, weil er nicht hier im Dorf wohnt, sondern in diesem kleinen Kaff, du weißt schon, wenn man oben am Sportplatz vorbei und dann rechts reinfährt«, sagte Eddie.

Peter nickte bedächtig. Ja, den Ort kannte er.

»Ich weiß noch mehr«, sagte Eddie, der langsam wieder Oberwasser bekam.

»Spuck's schon aus, Mann«, sagte Kante.

»Er hat ein Geschäft.«

»Was denn für eines?«, fragte Winnie.

»Weiß nicht so genau. Aber mein Vater sagt, dass er von seinem Kumpan übers Ohr gehauen worden ist.«

»Von seinem Kumpan?«, fragte Winnie. »Bist du sicher, dass er nicht gesagt hat: von seinem Kompagnon?«

»Ist doch völlig egal jetzt. Jedenfalls ist der Kumpan oder Kompagnon von ihm, der Greibe, mit dem ganzen Geld aus der Firma über alle Berge.«

»Was'n das für'n Name, Greibe?«, fragte Peter.

»Keine Ahnung, Mann, er heißt halt so. Mein Vater sagt, der liegt jetzt bestimmt irgendwo schön am Strand.«

Peter zog die Nase kraus. Er konnte sich kaum vorstellen, dass es jemanden gab, der sich traute, den unheimlichen Fremden übers Ohr zu hauen. In Gedanken versunken rannte er in Winnie rein, die vor ihm ging und plötzlich stehen geblieben war.

»Was ist los?«

»Seht ihr das?«, sagte Winnie, statt zu antworten.

»Was?«, fragte Peter, und auch Eddie und Kante, die vorangegangen waren, hielten inne und wandten sich zu ihr um.

Doch statt zu antworten, machte Winnie einfach zwei, drei Schritte in den Wald hinein, bevor sie erneut stehen blieb.

»Scheiße«, sagte sie, und das erschreckte Peter, denn Winnie fluchte nie, sie wurde zu Hause viel zu hart dafür bestraft.

»Was ist los?«, fragte Eddie.

Er klang alarmiert.

»Kommt her! Seht euch das an!«

Zögerlich traten die Jungen in den Schatten des Waldes.

»Seht ihr das?«, fragte Winnie.

Ihre Stimme zitterte. Und da sahen sie es tatsächlich. Das viele Blut.

11

Es waren seine Augen, die ihn verrieten. Immer wieder ertappte Nina sich dabei, wie sie Wolff im Rückspiegel beobachtete, während er den Blick auf die Fahrbahn gerichtet hielt. Er hatte ein bemerkenswertes Gesicht, kantig, voller Furchen. Da waren sogar Lachfalten, die ahnungslose Menschen vermutlich täuschen, die ihnen einen Eindruck von Freundlichkeit vermitteln konnten. Doch Wolffs Augen waren die grausamsten, die Nina je gesehen hatte.

Er fuhr an, als sich die Autos vor ihnen erneut in Bewegung gesetzt hatten, schloss aggressiv die Lücke, die zwischen ihm und dem roten Kleinwagen vor ihnen entstanden war, und stoppte erneut. Es dauerte eine Weile, bis es weiterging, und kurz hörte Nina der seichten Popmusik zu, die aus dem Autoradio kam. Dann setzten sie sich erneut in Bewegung, und obwohl sie zunächst nur im Schritttempo vorankamen, mussten sie doch zumindest nicht mehr stehen bleiben. Als der Verkehr wieder in schnellerem Tempo zu fließen begann, kam die nächste Ausfahrt in Sicht, und Nina hörte, dass Wolff den Blinker setzte.

»Dass es so was noch gibt«, sagte er, während er von der Autobahn abfuhr und an der nächsten roten Ampel hielt.

»Was meinen Sie?«, fragte Nina, die damit beschäftigt gewesen war, Billy wieder sicher zu verstauen.

»Da vorne steht eine Anhalterin an der Straße.«

Oh Gott, dachte Nina. Er wird doch nicht…

»Ich nehme sie mit«, sagte Wolff.

Verdammt. Das Letzte, was Nina auf dieser Fahrt gebrauchen konnte, war eine weitere Passagierin. Dann wäre Tims ganzer Plan im Eimer. Dann wäre alles umsonst. So leid ihr die junge Frau, die da mit einem mit Edding beschriebenen Stück Pappe im Nieselregen stand, auch tat, einsteigen lassen durfte sie sie auf keinen Fall.

»Das geht nicht«, sagte Nina.

Der kantige Kopf des Fahrers ruckte ein Stück zu ihr herum.

»Was haben Sie gesagt?«

Seltsam, dass er so ruhig sprechen und dabei trotzdem so drohend klingen konnte. Wo lernte man das? Bei der Polizei? Beim Militär?

»Wir können die Frau nicht mitnehmen«, sagte Nina.

»Und warum nicht?«

Schnell denken.

»Mein Hund mag keine fremden Frauen. Er würde total durchdrehen.«

»Aber mit fremden Männern kommt er klar«, sagte Wolff, und seine Stimme vibrierte vor Misstrauen.

»Keine Ahnung, warum das so ist, aber es war schon immer so. Ich habe ihn aus dem Tierheim, vielleicht ist mit einer Frau mal was vorgefallen.«

Sie merkte selbst, dass das keinen Sinn ergab, dass sie sich um Kopf und Kragen redete.

»Jedenfalls ist er da echt eigen. Keine Ah…«

»Interessiert mich nicht«, unterbrach Wolff sie und fuhr an, als die Ampel auf Grün sprang. »Wir nehmen sie mit.«

Nina wollte ihm gerade einen Fünfziger extra dafür anbieten, dass er das nicht täte, als sie sah, wie ein Auto, das die Ampel vor ihnen passiert hatte, anhielt und das Mädchen zusteigen ließ. Erleichtert atmete sie aus.

Viel Glück, Kleine, dachte sie noch, als sie den weißen Wagen davonbrausen sah. Hoffentlich bist du zu einem besseren Menschen ins Auto gestiegen als ich.

Wolff kommentierte die Tatsache, dass ihm das Mädchen durch die Lappen gegangen war, nicht, sondern fuhr stumm weiter, bis vor ihnen die gelbe Leuchtreklame der Tankstelle auftauchte, nach der Nina seit geraumer Zeit Ausschau gehalten hatte. Sie dachte an die Formulierung, die Tim gewählt hatte.

Die Tankstelle ist der point of no return. *Danach geht es noch ein paar Kilometer auf freiem Feld über die Bundesstraße, dann kommt noch eine Kreuzung, und danach geht es in die Wälder. Die Wälder, das bedeutet: kein Zurück mehr. Keine anderen Menschen mehr. Kein verlässlicher Handyempfang mehr. Die Wälder, das bedeutet: nur noch er und ich.*

Wolff blinkte wie erwartet und fuhr die Tankstelle an.

»Das hier ist für eine ganze Weile unser letzter Stopp«, sagte er. »Wenn Sie noch was erledigen müssen, tun Sie es jetzt.«

Nina schüttelte den Kopf.

»Alles gut.«

Sie würde den Teufel tun, jetzt auszusteigen und sich an der hell erleuchteten Tankstelle mit Wolff blicken zu lassen.

»Ich tanke noch einmal komplett voll«, fuhr der fort und hielt ihr ein paar Geldscheine hin. »Zahlen Sie schon mal drinnen, ich muss noch den Reifendruck überprüfen. Ich habe das Gefühl, der Wagen schwimmt.«

Mist.

»Ehrlich gesagt würde ich die Zeit gerne nutzen, um dem Hund ein wenig Auslauf zu verschaffen. Und ich muss dringend noch mal telefonieren, bevor es in den Wald geht und ich kein Netz mehr habe«, sagte Nina.

Wolff drehte sich zu ihr herum und sah sie an, und etwas ging vor sich in seinem Gesicht. Da war er wieder, der grausame Mann, den sie in Erinnerung hatte, und ihr drehte sich der Magen um. Ohne seine Antwort abzuwarten, stieg sie aus, zog sich die Baseballkappe tief ins Gesicht, ging um das Auto herum und holte Billy aus seiner Transportbox, leinte ihn an und entfernte sich ein wenig mit ihm vom Wagen, achtete allerdings darauf, nicht zu weit weg zu laufen. Sie traute Wolff durchaus zu, dass er seine verwöhnte Passagierin, die sich noch nicht einmal dazu bequemen wollte, ihm den Gang in die Tankstelle abzunehmen, einfach stehen ließ. Sie sah ihm dabei zu, wie er den Reifendruck überprüfte, dann erneut ins Auto stieg und es an eine der Zapfsäulen fuhr. Nina versuchte, tief in den Bauch hinein zu atmen, um die Panik niederzukämpfen, die sich eingestellt hatte, als Wolff sie gerade so angesehen hatte. Sie hatte diesen Blick schon einmal gesehen, aber das, was danach passiert war, hatte sie in eine dunkle Kammer ganz weit hinten in ihrem Kopf gesperrt, und diese Kammer musste zubleiben, sonst würde sie komplett auseinanderfallen, und das durfte nicht passieren, auf gar keinen Fall, auf gar keinen Fall, auf gar keinen Fall. Aber die Panik war da, glühend rot. Billy winselte, er spürte sofort, dass mit Nina etwas nicht in Ordnung war, doch sie konnte ihn nicht beruhigen, sie konnte ja noch nicht einmal sich selbst beruhigen. Plötzlich wurde ihr klar, wie verrückt Tims Plan tatsächlich war. Heller Wahnsinn. Allein durch den nächtlichen Wald mit *ihm*. So, als hätten sie nicht in einer schrecklichen Nacht, nach der keiner von ihnen mehr derselbe war, sie nicht, David nicht und Tim schon gar nicht, am eigenen Leib erfahren, wozu *er* fähig war.

Sie konnte ihn sehen. Seine Gestalt neben dem Volvo. Seine brutale, seltsam soldatische Art, sich zu bewegen. Wieder stieg die Übelkeit in ihr auf.

Sie konnte das nicht. Sie musste zwischenzeitlich wahnsinnig gewesen sein zu glauben, dass sie es allein mit ihm aufnehmen konnte. Kurz konnte sie Davids Stimme hören.

Das kannst du nicht machen, Nina. Er bringt dich um.

Es ging nicht.

Verzeih mir, Tim, aber es geht nicht.

Ich muss hier weg.

Nina sah Wolff dabei zu, wie er sich vom Wagen entfernte und die Tankstelle betrat, dann wanderte ihr Blick weiter und sie sah, dass der weiße Kleinwagen, der die junge Anhalterin mitgenommen hatte, an der Zapfsäule schräg vor dem Volvo stand. Die Frau mit den kurzen, blonden Haaren, die das Mädchen aufgenommen hatte, telefonierte am Handy, kurz wehte ihr perlendes Lachen herüber. Plötzlich kam sie Nina wie ein rettender Engel vor.

Zurück am Wagen steckte sie Billy, der es brav mit sich geschehen ließ, wieder in seine Transportbox, schnappte sich ihren Rucksack. Sie würde die Frau bitten, sie mitzunehmen. Sie hatte bereits eine Anhalterin aufgegabelt, vielleicht würde sie auch noch eine zweite mitnehmen. Und wenn nicht, dann würde Nina sich ein Taxi rufen, das sie nach Hause brachte. Wolff würde das nicht groß scheren, er hatte sein Geld. Und

Nina konnte zurückkehren in ihre WG und zu Jessie, zum Krankenhaus und ihren morgendlichen Joggingrunden, zu Stabilität und Ordnung. Ihr Blick schweifte erneut zur Tankstelle hinüber und blieb an Wolffs Gestalt hängen. Er stand in einer kleinen Schlange an der Kasse, und obwohl er unbeweglich wartete, sah Nina ihm die körperliche Bedrohung, die von ihm ausging, an.

Oder liegt es daran, dass ich weiß, was er ist?

Nina wollte gerade den Blick abwenden, ihren Rucksack schultern und die blonde Autofahrerin ansprechen, um herauszufinden, wohin sie unterwegs war, als sie merkte, dass die junge Frau, die gerade an der Kasse zahlte, die Anhalterin von vorhin war. Als sie Wolff, der nach wie vor in der Schlange wartete, passierte, warf der ihr einen Blick zu, den die Anhalterin gar nicht wahrnahm, der Nina aber durch Mark und Bein ging. Kurz fragte sie sich, was wohl passiert wäre, wenn sie sich nicht entschieden hätte, Tims Platz im Volvo einzunehmen. Wäre Wolff eine Minute früher losgefahren? Wäre die Anhalterin dadurch nicht zu der fröhlichen blonden Frau, sondern zu ihm in den Wagen gestiegen? Und dann?

Sie musste an Gloria denken. Tim war so sicher gewesen, dass Wolff etwas mit ihrem Verschwinden zu tun hatte, und sie war es auch. Noch nicht einmal David zweifelte ernsthaft daran. Für die Polizei mochte Tims Indizienkette nicht ausreichen, aber sie war schlüssig. Das wusste Nina.

Gloria.

Wo war sie nur? War sie längst tot? Oder lebte sie noch? Hielt er sie irgendwo fest? Tat ihr schlimme Dinge an? Immer noch, Tag für Tag aufs Neue? Man las und hörte immer wieder von so etwas. Von Männern, die Frauen hielten wie Tiere, wochen-, monate-, manchmal jahrelang. Was, wenn er Gloria gefangen hielt?

Was, wenn Nina die Einzige war, die ihr helfen konnte?

Die Anhalterin verließ die Tankstelle und lief, den Arm voller Schokoriegel und Chipstüten, zu dem weißen Wagen hinüber, stieg lachend ein. Die beiden jungen Frauen würden Spaß haben auf ihrer Fahrt, sie würden Musik hören und Schokolade essen und sich gegenseitig von ihrem Leben erzählen. Irgendwie fand Nina den Gedanken tröstlich.

Sie hingegen hatte anderes zu tun.

Ich muss sie finden.

Nina stellte Billys Transportbox wieder auf die Rückbank, legte den Rucksack daneben, stieg ein und zog die Tür hinter sich zu. Bald darauf sah sie Wolff auf den Volvo zukommen. Wortlos stieg er ein, ließ den Motor an und fuhr los. Die Lichter der Tankstelle verschwanden in der Heckscheibe.

Schweigen breitete sich aus, während der Wagen durch die Schwärze schnitt. Eine Bundesstraße. Eine Kreuzung. Sie überquerten sie, links und rechts von ihnen nächtliche Felder. Kilometer um Kilometer.

Ein winziges Dörfchen zur Linken, dann sehr lange nichts mehr, bis schließlich die tiefste Dunkelheit unmittelbar vor ihnen aus dem Boden wuchs wie eine schwarze Wand aus Mythen und Fichten.

Es ging in die Wälder.

12

Kurz war die Dunkelheit um sie komplett. Der schmale Kegel, den die Scheinwerfer des Autos beleuchteten, schien alles zu sein, was von der Welt übrig war. Ein bisschen Asphalt mit einer weißen Linie mittendurch und je ein schmaler Streifen Nadelwald an seinen Rändern. *Weltall, dachte Nina. Ich gleite in einer Kapsel durchs Weltall, und der einzige andere Passagier ist der Mann, den ich fürchte und verabscheue wie keinen zweiten.* Billy gab einen leisen, seltsam aufmunternden Laut von sich, als wollte er sagen: *Ihr seid keineswegs allein, meine Schöne. Euer Held ist ja da, und er beschützt Euch mit seinem Leben.*

Kurz entlockte er ihr ein Lächeln, und sie gelobte, ihn – sobald das hier vorüber war – mit all seinen liebsten Leckerlis nur so zu überhäufen.

Dann fiel ihr wieder ein, was sie zu tun hatte, und sie beugte sich im Dunkel des Wagens ein wenig nach vorn, um einen Blick auf den Kilometerstand zu erhaschen. Den musste sie ab jetzt im Auge behalten. *Kilometer hundertachtundfünfzig nach der letzten Tankstelle.* Dort ging es los. Wie viel Strecke hatten sie wohl seit der Tankstelle gemacht? Nina fiel ein, dass im Radio gerade die Nachrichten begonnen hatten, als sie wieder losgefahren waren, es musste also Punkt 21 Uhr gewesen sein. Sie warf einen Blick auf ihre Armbanduhr, dann auf den

Tacho, überschlug schnell im Kopf, legte sich fest. Sie hatten seit der Tankstelle rund sechs Kilometer zurückgelegt. *Noch hundertzweiundfünfzig.* Sie prägte sich die Zahl ein, auf der der Kilometerzähler stehen würde, wenn sie ihr Ziel erreicht hatte. Bis dahin konnte sie sich eigentlich noch ein wenig entspannen. So weit das unter den Umständen möglich war.

Erneut sah sie sich im Auto um. Keinerlei persönliche Gegenstände. Nichts in den kleinen Aufbewahrungsfächern links und rechts neben ihr, auch vorne: nichts. Im Handschuhfach befand sich wahrscheinlich nicht mehr als eine Karte, vielleicht Fahrzeugpapiere. Und im Kofferraum? Nina ärgerte sich, dass sie die Zeit, die Wolff in der Tankstelle verbracht hatte, nicht dazu genutzt hatte, nachzusehen, was sich in seinem Kofferraum befand.

Glorias schönes Gesicht blitzte vor Ninas innerem Auge auf, und sie zwang ihre irrlichternden Gedanken, zur Ruhe zu kommen.

Vor mir sitzt der Mann, der ein siebzehnjähriges Mädchen entführt, ziemlich sicher vergewaltigt und ziemlich sicher umgebracht hat. Ich darf keine Sekunde lang in meiner Konzentration nachlassen.

Sie starrte in die Dunkelheit.

»Können Sie mich nachher mal ablösen?«, riss Wolff sie aus ihren Gedanken.

»Was?«

»Hören Sie schlecht?«

»Nein, ich kann Sie *nicht* ablösen«, sagte Nina und sah, wie Wolff im Rückspiegel ihr Gesicht suchte. »Ich habe keinen Führerschein.«

Ein kurzes, abfälliges Lachen.

»Stadtkinder.«

Nina erwiderte nichts darauf, hörte dem 90er-Jahre-Pop zu, der leise aus den Boxen des Autoradios drang.

Noch hundertzweiundfünfzig Kilometer.

»Erzählen Sie mir was von sich«, sagte Wolff.

Und dann, als Nina nicht gleich reagierte:»Wenn Sie mich schon nicht ablösen können, dann können Sie wenigstens versuchen, mich wach zu halten.«

»Was wollen Sie denn wissen?«

Er antwortete nicht.

»Ich bin Studentin«, sagte sie.»Deutsch und Englisch.«

»Eine Studierte, ich bin beeindruckt«, sagte Wolff in einem Ton, der das genaue Gegenteil ausdrückte.»Und was macht man damit?«

»Ich studiere auf Lehramt«, log Nina.»Und Sie?«

»Ich arbeite mit meinen Händen«, sagte Wolff.

Und dann, als leitete er ein Verhör:»Weiter.«

»Ich weiß gar nicht, was ich Ihnen sonst noch erzählen kann. Ich wohne mit meinem Freund zusammen, arbeite nebenher in einem Café.«

»Kellnerin.«

»Ja. Ein paar Tage die Woche.«

»Aber Sie wollen Lehrerin werden.«

»Genau.«

»Warum?«

»Ich mag einfach Kinder«, sagte Nina leichthin.»Aber wer tut das nicht?«

Noch so ein kurzes, trockenes Lachen, das sagte *Ich zum Beispiel!* – und Nina alle Farbe aus dem Gesicht trieb. Gut, dass es in diesem gottverdammten Wagen so dunkel war.

»Gefällt es Ihnen in der Stadt?«, fragte Wolff.

»Ja«, sagte Nina. »Klar.«

»Wieso sagen Sie *klar*?«

»Ich verstehe die Frage nicht.«

»Was ist klar daran, gerne in der Stadt zu leben?«

»*Ich* lebe gerne in der Stadt, das ist alles, was ich sagen wollte.«

»Es gibt so Leute«, sagte Wolff, »Die denken, dass jeder so leben will wie sie.«

Der spinnt, dachte Nina. Was will er denn jetzt von mir? *Er hat dich erkannt. Nein, das ist unmöglich. Beruhige dich.* »Wo leben *Sie* denn?«, fragte Nina und hoffte, dass sie beiläufig klang, ganz so, als hätte sie Wolffs plötzliche Aggression gar nicht wahrgenommen.

»Im Dorf«, sagte er. »Ich fahre nur in diese dreckige Stadt, wenn es unbedingt sein muss.«

Er sagte das so, als nenne er sie, *Nina*, dreckig, und nicht die Stadt, in der sie lebte. Schweigen trat ein. Es hatte wieder zu regnen begonnen. Ein einzelner Wagen kam ihnen entgegen, verschwand bald im Rückspiegel. Am Straßenrand lag ein totes Tier, eine Katze vielleicht oder ein Fuchs. Im Autoradio sang Sting. Nina betrachtete den Lichtkegel des Volvos, der durch die Dunkelheit pflügte, die Scheibenwischer, die versuchten, der Wassermassen Herr zu werden. Der Anblick hatte etwas Hypnotisches, und kurz lullte er Nina beinahe ein, fast sah es aus, als bewegten sie sich gar nicht voran; die Straße vor ihnen und der Waldrand links und rechts unveränderlich, immer gleich, ganz so, als kämen sie trotz der 100 km/h, die der Tacho anzeigte, gar nicht vom Fleck.

Doch die Zahl, die der Kilometerzähler anzeigte, stieg.

Noch hundertfünfzig Kilometer.

Noch hundertfünfundvierzig.

Ninas Gedanken drifteten weg. Und dann war da plötzlich etwas auf der Straße, und Wolff stieg hart in die Eisen. Ein Tier, dachte sie noch, dann wurde sie von den Fliehkräften nach vorn geschleudert, und schließlich schlug ihr Kopf hart gegen die Kopfstütze hinter ihr, als der Volvo mit quietschenden Reifen zum Stehen kam.

»Verfluchte Scheiße«, sagte Wolff.

Nina rieb sich benommen den Kopf, blinzelte. Und war mit einem Schlag hellwach. Dort, vor ihnen auf der Straße, hier, mitten im Wald, mitten in der Nacht, stand ein Mann.

FEINDE

Für den Abend berief Peter eine weitere Versammlung ein. Seine Mom war in ihrer Mittagspause kurz nach Hause gekommen und hatte ihm erlaubt, seine Freunde zum Essen einzuladen. Sie hatte sogar versprochen, ihnen Burger zu machen, und ihm Geld gegeben, damit er beim Metzger Hackfleisch holen konnte. Zum Mittagessen machte sie ihm Pfannkuchen, was ihm gleich verdächtig vorkam, weil sie das immer nur dann machte, wenn sie ein schlechtes Gewissen hatte. Und dann wusste er für gewöhnlich, warum. Dieses Mal hatte er keine Ahnung, was sie glaubte, vergessen oder verbockt zu haben. Dann allerdings, als sie sich mit diesem ernsten Erwachsenenausdruck zu ihm setzte, fiel ihm wieder ein, dass sie ja noch mit ihm hatte sprechen wollen, das bisher aber nicht getan hatte. Und jetzt machte sie auch keine Anstalten, zur Sache zu kommen. Peter war zwar irgendwie neugierig, aber er fragte nicht nach, er war ja nicht bescheuert. Wenn seine Mom so rumdruckste, dann gab es schlechte Nachrichten – für gewöhnlich einen neuen Typen, der für eine Weile zu ihnen zog und Lärm und Dreck machte, bevor er irgendwann wieder verschwand – und auf die konnte er verzichten. Peter schaffte sieben Pfannkuchen, was einen persönlichen Rekord darstellte.

* * *

Als er sich auf den Weg zum Fleischer machte, war es bereits Nachmittag. Peter nahm den Weg hintenrum, um Dennis und seinen idiotischen Freunden zu entgehen, die Winnie als seine Schergen bezeichnete und die in den Ferien oft zu fünft oder zu sechst an der Bushaltestelle herumhingen. Er hatte keinerlei Bedürfnis, ihnen zu begegnen. Also machte er den Umweg über die Wiese mit der großen Linde. Auf der Brücke, die über den kleinen Bach führte, direkt vorm Haus vom alten Herrn Pfeiffer, der diesen gemeinen kleinen Dackel hatte, blieb er kurz stehen und betrachtete das Wasser. Es gab da so eine Stelle, an der es einen Wirbel bildete, und Kantes kleiner Bruder hatte mal gesagt, dass das Wasser so aussähe, als wäre es kitzelig, und daran musste Peter nun jedes Mal denken, wenn er diesen Strudel sah. Und weil er abgelenkt war, hörte er sie auch nicht kommen. Jedenfalls nicht, bis es zu spät war.

»Sieh mal einer an.«

Natürlich erkannte er Dennis' schleimige Stimme sofort. Peter drehte sich um und sah, dass er mit den Schergen unterwegs war, und erneut fiel ihm auf, dass die, abgesehen von Dennis, der unerklärlicherweise ihr Anführer war, irgendwie alle exakt gleich aussahen. Sie trugen alle Jeans und schwarze T-Shirts und Stiefel, die um die Jahreszeit viel zu warm sein mussten, und die Haare so kurz, dass man darunter ihre schweinchenrosa Kopfhaut sehen konnte.

»Wen haben wir denn da?«, sagte Dennis.

Peter sah sich nach einem Fluchtweg um, aber keine Chance. Hinter ihm das Brückengeländer, vor ihm Dennis, kaum größer als er selbst, aber einige Jahre älter und böser, und links und rechts die Schergen.

»Lasst mich in Ruhe«, sagte er, aber seine Stimme kam so leise aus ihm raus, dass er sich sofort wünschte, er hätte einfach gar nichts gesagt.

»Du bist ganz schön unfreundlich«, sagte Dennis, und Peter bekam gar nicht so richtig mit, wie es passierte, aber in der einen Sekunde stand er noch auf dem Gehweg, und in der nächsten lag er auf dem Boden und hatte Dennis' Stiefel im Nacken, und die Münzen, die er sich in die Hosentasche gesteckt hatte und mit denen er das Hackfleisch bezahlen wollte, rollten über den Asphalt.

»Wo hast'n du die Kohle her?«, fragte Dennis, während die Schergen grinsend zuschauten.

»Von meiner Mom«, sagte Peter, obwohl er ahnte, dass Dennis sich nicht wirklich dafür interessierte.

»Da muss deine dreckige Mutter aber viele Schwänze für lutschen«, sagte Dennis. »Bist du sicher, dass du die Kohle nicht geklaut hast?«

Peter spürte, wie ihm vor Wut die Tränen in die Augen traten. Er würde diesem Mistkerl die Fresse polieren, eine rechte Gerade mitten ins picklige Gesicht. Er versuchte aufzustehen, doch das brachte ihm nur einen Tritt in die Seite ein. Er konnte einen kleinen Schmerzenslaut nicht unterdrücken, für den er sich augenblicklich hasste.

»Warum könnt ihr mich nicht einfach in Ruhe lassen?«

Er sah aus dem Augenwinkel, wie Dennis sich, die Hände auf die Oberschenkel gestützt, zu ihm herunterbeugte.

»Weil du hier nicht hingehörst«, sagte er. »Hast du das verstanden?«

Peter hatte keine Ahnung, was er sagen sollte. Er schluckte und schmeckte ein bisschen Blut. Der Boden roch nach heißem Teer. Hinter den Schergen, vielleicht hundert Meter weit weg, konnte er den Birnbaum im Garten seiner Oma in den Himmel ragen sehen.

»Fang jetzt bloß nicht an zu heulen, du kleines Stück Scheiße«, sagte Dennis. »Wenn du jetzt anfängst zu heulen, bringen wir dich um, hast du das verstanden?«

Peter presste die Lippen so fest zusammen, wie er nur konnte.

»Ich finde, du solltest dich entschuldigen«, sagte Dennis.

Peter sagte nichts. Er war einfach froh, dass seine Freunde nicht da waren, dass keiner das hier sah. Dennis schien auf etwas zu warten.

»Wofür denn?«, brachte Peter schließlich hervor.

»Dafür, dass du das Geld gestohlen hast«, sagte Dennis, bückte sich, griff nach den Münzen und steckte sie in seine Hosentasche.

»Habe ich nicht!«, rief Peter. »Gib das wieder her!«

Ein weiterer Tritt, dieses Mal in die andere Seite.

»Ich warte«, sagte Dennis.

»Fick dich«, murmelte Peter.

»Was hast du gesagt?«

Ein weiterer Tritt.

»Tschuldigung.«

Kurz verstärkte sich der Druck des Stiefels in seinem Nacken, dann verschwand er. So schnell er konnte rappelte Peter sich hoch, rechnete damit, einen weiteren Tritt zu kassieren, doch als er wieder auf den Füßen war, stellte er fest, dass Dennis und die anderen schon wieder das Interesse an ihm verloren hatten und die Straße entlang Richtung Bushaltestelle liefen.

Als Peter sich die Sachen abklopfte, bemerkte er, dass der alte Herr Pfeiffer am Gartentor stand und den Jungen hinterhersah, und da wurde ihm klar, dass er wohl schon die ganze Zeit über dort gestanden hatte. Und er war sich nicht sicher, aber irgendwie war ihm, als unterdrückte der alte Mann ein Grinsen. Herr Pfeiffer sagte nichts, und Peter sagte auch nichts, aber er strich Herrn Pfeiffer ein für alle Mal von seiner Liste der coolen Leute.

Peter betastete seine Lippe, doch da war kein Blut. Er rieb sich den Nacken, kämpfte die Tränen zurück und klopfte seine Hosentaschen ab. Die Münzen, die ihm aus der Tasche gefallen waren, hatten sie ihm abgenommen, aber zwei waren noch da. Als er sich sicher war, dass er nicht doch noch anfangen würde, loszuheulen, steckte er das Geld zurück in seine Tasche und setzte seinen Weg fort.

Bevor er bei der Fleischerei anlangte, begegnete er Frau Gehrke, der schwangeren Kindergärtnerin. Er hatte mit den anderen eine Wette laufen, wann das Baby kommen würde und betrachtete ihren Bauch daher mit besonderem Interesse. Frau Gehrke war blond und hübsch und sehr nett, er war im Kindergarten selber eine ganze Weile in ihrer Gruppe gewesen, und als er sie neulich beim Bäcker getroffen hatte, hatte sie ihm erlaubt, die Hand auf ihren Bauch zu legen, was echt verrückt gewesen war, denn das Baby hatte Schluckauf, das konnte Peter deutlich fühlen. Der kleinste Schluckauf der Erde.

»Wie geht's dir?«, fragte Frau Gehrke, als sie ihn jetzt sah, und als sie das so lieb fragte, hätte er fast doch noch heulen müssen.

»Beautiful«, sagte Peter.

Das war sein Lieblingswort auf dem ganzen Planeten.

Frau Gehrke hielt ihren Bauch, als hätte sie einen stramm aufgepumpten Basketball unter ihrem Blümchenkleid, der sonst herunterfallen würde.

»Tut mir leid, das mit deiner Oma«, sagte sie.

Peter nickte und inspizierte seine Turnschuhe. Er hatte sich angewöhnt, das Weiß mit einer alten Zahnbürste zu schrubben, es wurde mal wieder Zeit.

»Wann kommt denn das Baby?«, fragte er.

»Noch ein paar Tage.«

Das war gut. Er hatte getippt, dass das Baby am neunten September kommen würde. Hoffentlich hielt Frau Gehrke noch so lange durch, sie sah wirklich aus, als müsste sie bald platzen, aber dieses Mal machte er nicht den Fehler, ihr das zu sagen.

»Wird es ein Junge oder ein Mädchen?«, fragte er.

»Ein Mädchen.«

»Wie cool!«

Frau Gehrke lachte.

»Findest du?«

»Na klar! Wir werden garantiert gute Kumpels. Ich kann ihr zeigen, wie man Billard spielt.«

»Das würde mich freuen«, sagte sie und wandte sich zum Gehen.

»Frau Gehrke?«, fragte Peter.

»Was?«

»Finden Sie, dass ich hier nicht hingehöre?«

»Wer sagt denn so was?«

Peter zuckte mit den Schultern, und Frau Gehrke guckte ihn komisch an.

»Natürlich gehörst du hier hin«, sagte sie. »Und ich würde hier nicht halb so gerne wohnen, wenn du nicht da wärst.«

Peter betrachtete wieder seine Turnschuhe.

»Und du verstehst das jetzt vielleicht noch nicht«, sagte Frau Gehrke. »Aber ein gutes Leben ist die beste Rache. Vergiss das nicht. Okay?«

»Okay«, sagte Peter.

Kurz darauf betrat er die Fleischerei. Der Opa von Lisa, die mit ihm zur Schule ging, stand hinter dem Tresen, was super war, denn der war nett und schenkte Peter immer eine Scheibe Wurst, wenn er einkaufen kam. Noch war er mit einer alten Frau beschäftigt. Peter hätte nicht sagen können, wessen Oma das war, die alten Damen ähnelten sich alle ziemlich.

Als sie – ihre Tüte mit Aufschnitt in der einen, ihren Stock in der anderen Hand – den Laden verlassen hatte, legte Peter die zwei Münzen, die ihm geblieben waren, auf die gläserne Ablage vor sich.

»Wie viel Hackfleisch bekomme ich dafür?«

Lisas Opa lächelte gutmütig.

»Ich will mal sehen, was ich tun kann«, sagte er und machte sich daran, die richtige Menge abzuwiegen.

Peter vertrieb sich die Zeit damit, die Innereien anzuschauen, die am äußeren Ende der Auslage zu finden waren und bei deren Anblick ihn stets ein Schauer überlief. Er war in die Betrachtung eines glänzenden Stückes Leber vertieft, als das Glöckchen an der Tür bimmelnd kundtat, dass ein weiterer Kunde den Laden betreten hatte. Peter schnappte sich das Hack und das Scheibchen Wurst, das Lisas Opa ihm hinhielt, steckte es sich in den Mund, drehte sich um – und da sah er ihn. Der Mann war riesig und breitschultrig, und als er den Mund öffnete, um seine Bestellung aufzugeben, klang er nach Glasscherben und Blut. Auf weichen Beinen verließ Peter die Fleischerei, vorbei an dem schwarzen Volvo, der direkt davor geparkt war.

13

Der Volvo war gerade noch rechtzeitig zum Stehen gekommen. Wäre der Bremsweg nur ein paar Meter länger gewesen, hätte der Wagen den Mann, der da auf der nächtlichen Straße stand, womöglich erwischt. Nina atmete tief aus und versuchte, das Adrenalin, das ihr durch die Blutbahn schoss, unter Kontrolle zu bekommen. Auch Wolff keuchte. Dann schnallte er sich ab.

»Hey, wo wollen Sie hin?«

Er antwortete nicht, und das war auch nicht nötig. Er wollte nachschauen, was auch sonst. Nina sah zu, wie Wolff den Wagen verließ und auf die Gestalt zuging, die ihm, den Arm gegen das blendende Licht der Scheinwerfer vors Gesicht erhoben, am Straßenrand entgegenkam. Nina konnte sie nur in Umrissen erkennen. Sie schnallte sich ab und stieg ebenfalls aus, um hören zu können, was dort gesprochen wurde, doch die Männer unterhielten sich leise, und der Novemberwind trug die Worte nicht zu ihr herüber. Also stieg sie wieder ein.

Sie sah, wie Wolff wieder auf den Volvo zukam, während sich der Mann in die andere Richtung entfernte. Was zum Teufel war da los?

Wolff stieg ein, schnallte sich an.

»Was ist?«, fragte Nina.

»Der Mann hat eine Panne.«

Nina runzelte die Stirn.

»Wo ist denn sein Auto?«

»Hinter der nächsten Kurve. Er war gerade dabei, die Stelle, an der er liegen geblieben ist, zu sichern, als wir auf ihn zukamen.«

»Und wo ist er jetzt hin?«

»Zu seinem Wagen. Seine Sachen holen.«

Oh, verdammt, dachte Nina. Er will ihn mitnehmen.

»Wozu?«, fragte sie trotzdem.

»Wir nehmen ihn mit.«

»Lässt sich sein Auto nicht reparieren?«

Wolff drehte sich im Sitz zu ihr herum.

»Haben Sie Lust, mitten in der Nacht in diesem Regen ein Auto zu reparieren?«

Nina schwieg.

»Ich auch nicht«, sagte Wolff und ließ den Motor an.

»Wir sollten es trotzdem versuchen.«

»Wir nehmen ihn mit«, wiederholte Wolff.

Nina fröstelte. Sie dachte angestrengt nach, während Wolff den Gang einlegte und langsam auf die Kurve zurollte, hinter der der liegen gebliebene Wagen stehen sollte, der auch bald in Sicht kam. Ein ungutes Gefühl breitete sich in ihr aus. Etwas stimmte nicht mit diesem Typen.

Nein. Irgendetwas stimmt nicht mit dieser kompletten Situation. Irgendwie wirkte das Ganze inszeniert. Die Panne und überhaupt alles. Als hätte er auf uns gewartet.

Eine junge Frau und zwei fremde Männer, allein im Wald, dachte Nina. Konnte das wirklich Zufall sein? Ein Mann, hier, weit weg von allem, den ausgerechnet sie und Wolff als Erste fanden? Aber was sollte es sonst sein? Ein abgekartetes Spiel?

Von wem? Nein, das machte keinen Sinn. Wenn Wolff gegen ihren Willen einen weiteren Fahrgast mitnehmen wollte, hätte er das doch viel leichter haben können. Außerdem dachte Wolff, dass er die Fahrt mit einem Mann antreten würde. Tim sollte eigentlich in diesem Wagen sitzen, nicht sie. Wolff hatte nicht gewusst, dass er eine junge Frau an Bord haben würde. Der kranke Gedanke, dass Wolff sich mit einem Komplizen verabredet hatte, um eine weitere junge Frau zu verschleppen, machte also keinen Sinn. Es sei denn …

Der Gedanke traf Nina wie ein Kübel Eiswasser.

Es sei denn, er hätte mit jemandem gesprochen, nachdem sie zugestiegen war. Nina überlegte fieberhaft. Hatte sie Wolff telefonieren sehen, als sie an der Tankstelle gehalten hatten? Nein, hatte sie nicht. Aber das hieß gar nichts. Sie war viel zu sehr mit sich selbst beschäftigt gewesen, sie hatte ihn nicht permanent im Blick behalten. Was, wenn er …?

Ninas Gedanken überschlugen sich. Sollte sie abhauen? Sie befanden sich mitten im Wald, und im Zweifel war zumindest der Fremde, der angesichts der Art, wie er sich bewegte, um einiges jünger als Wolff zu sein schien, schneller als sie. Außerdem würde sie Billy niemals zurücklassen. Aber was sollte sie sonst tun? Einfach sitzen bleiben, abwarten und das Beste hoffen? Der Gedanke gefiel ihr nicht, aber sie sah aktuell keine andere Option. Zumal es trotz allem im Bereich des Möglichen lag, dass der Mann wirklich einfach nur eine Panne hatte. Nina ging die Gegenstände in ihrer Reichweite durch, die sie als Waffe verwenden könnte. Währenddessen hielt Wolff neben dem anderen Auto, einem dunklen Kombi, und Nina sah, wie der fremde Mann – in Jeans und Kapuzenpullover unter der schwarzen Jacke – sich einen Rucksack über die Schulter warf, sich herumdrehte und auf den Volvo zukam.

Der Fremde war ziemlich groß – Nina schätzte ihn auf einen Meter fünfundachtzig –, und aus irgendeinem Grund wirkte die Art, wie er sich bewegte, potenziell gefährlich auf sie. Als der Mann den Wagen erreicht hatte, stieg er ein und legte seinen Rucksack in den Fußraum des Beifahrersitzes. Dann drehte er sich zu Nina herum und warf ihr einen so abgrundtief finsteren Blick zu, dass er ihren Magen um ein paar Millimeter absacken ließ. Billy, der ihren Schreck spürte, schlug an und bellte in seiner Box, als ob es um sein Leben ginge. Nina begriff sofort, dass sie einen riesengroßen Fehler gemacht hatte. Niemals hätte sie zulassen dürfen, dass Wolff ihn zusteigen ließ.

In diesem Moment trat Wolff aufs Gas und fuhr los.

14

»Sie wollte, dass ich dich im Regen stehen lasse«, sagte Wolff zu seinem neuen Beifahrer.

Der wandte sich erneut halb zu Nina um. Als er seine Kapuze abstreifte, kam kurzes, dunkelblondes Haar zum Vorschein.

»Das ist aber nicht sehr nett!«, sagte er, und seine hellen Augen funkelten im Halbdunkel des Wageninnenraums. »Bist du immer so hilfsbereit? Wir sind hier mitten im Wald, kein Mensch weit und breit. Und bis zur nächsten Tankstelle sind es mindestens zwanzig Kilometer.«

Dreizehn Kilometer, dachte Nina.

»Das habe ich nicht gesagt«, gab sie zurück. »Ich habe mich nur gefragt, ob sich Ihr Auto nicht reparieren lässt, das ist alles.«

»Nichts zu machen. Ich werde den Schrotthaufen wohl abschleppen lassen müssen. Aber nicht mehr heute Nacht.«

»Was stimmt denn nicht damit?«

»Ich bin kein Kfz-Mechaniker.«

Kurz sagte niemand etwas. Billys Kläffen war in ein tiefes Knurren übergegangen, ganz so, als spürte er die Aufregung seines Frauchens, doch die beiden Männer störten sich gar nicht an ihm. Leise redete Nina ihm gut zu, und er hörte zwar auf zu knurren, wollte sich aber einfach nicht beruhigen.

Ich weiß, dachte Nina. Das ist alles überhaupt nicht gut. Sie musste unbedingt versuchen, ihn wieder loszuwerden. Nur wie? Ob sie Wolff dazu bringen konnte, ihn rauszuschmeißen? Unwahrscheinlich. Doch wenn sie ihn in ein Gespräch verwickelte, würde er vielleicht etwas sagen, das Wolff an die Decke gehen ließ. Immerhin wusste sie, wie aufbrausend der sein konnte, das hatte er ihr vorhin noch einmal vor Augen geführt, als sie es gewagt hatte, zu sagen, dass sie gerne in der großen Stadt wohnte. Ein einziges *Klar!* hatte ihn, zumindest kurzfristig, gegen sie aufgebracht. Einen Versuch war es wert.

»Wie heißen Sie eigentlich?«, fragte sie.

»Ich wüsste nicht, was dich das anginge, *Jessica*.«

»Woher kennen Sie meinen Namen?«

Die beiden Männer lachten.

Die haben da draußen über mich gesprochen, dachte Nina.

Egal, weiter.

Schnell denken.

»Und wo willst du hin?«, fragte sie. »Ist ja nicht so, als gäbe es sonderlich viel am Ende dieser Straße.«

»Wenn du *mich* fragst, gibt es da eine ganze Menge.«

»Ach ja? Was denn?«, fragte Nina.

»Eine Handvoll kleiner Dörfer.«

»Und was willst du da?«

»Fotos machen. Es gibt nicht mehr viele so abgelegene Ortschaften. Die sind was Besonderes. Und du?«

Nina ignorierte die Frage.

»Du bist also Fotograf«, sagte sie. »Wo ist denn dein Equipment?«

Er deutete mit dem Kinn auf seinen Rucksack.

»Sonderlich professionell sieht das nicht aus«, sagte Nina.

»Bist du wirklich Fotograf?«, schaltete sich nun auch Wolff ein. »Dann machen wir nachher einen Abstecher, und ich zeige dir was. Wird dir gefallen.«

Nina sah, wie er im Rückspiegel ihren Blick suchte.

»Ich bin sicher, Jessica hat nichts gegen einen kleinen Umweg.«

Scheiße.

»Darf ich deine Kamera mal sehen?«, sagte Nina. »Ich fotografiere selbst ein wenig.«

Das war natürlich gelogen. Aber wenn sich in dem Rucksack nicht wirklich eine Kamera befand, würde Wolff vermutlich misstrauisch werden.

»Sorry.«

»Na komm, ich mache sie schon nicht kaputt«, sagte Nina.

»Wenn es nach dir ginge, stünde ich immer noch da draußen im Regen. Da gebe ich dir bestimmt nicht meinen wertvollsten Besitz in die Hände.«

»Deinen wertvollsten Besitz, den du im strömenden Regen in einem einfachen Rucksack transportierst«, sagte Nina, erhielt jedoch keine Antwort.

Kurz war nichts zu hören außer den Geräuschen des Volvos, dem leisen Sound des Autoradios und den Scheibenwischern, die gegen den Regen anarbeiteten, der allmählich wieder schwächer wurde.

»So langsam glaube ich, du bist gar kein Fotograf«, sagte Nina.

Sie spürte, dass Wolff die Konversation genau verfolgte. Was würde er tun, wenn sich herausstellte, dass sein neuer Beifahrer gelogen hatte?

»Nun zeig ihr schon deine verdammte Kamera«, sagte er.

»Wenn sie dann endlich Ruhe gibt«, antwortete der Beifahrer, öffnete seinen Rucksack und holte eine große Kameratasche hervor. Er öffnete sie, und zum Vorschein kam eine professionell wirkende Spiegelreflex. Er nahm die Verschlusskappe ab, drehte sich zu Nina herum und sagte: »Cheese!«

Der Blitz war so hell, dass sie einen Augenblick lang wie blind war.

»Dein Gesichtsausdruck! Unbezahlbar!«

Sogar Wolff lachte.

»Arschloch!«, sagte Nina. »Das löschst du sofort wieder!«

»Nein. Das behalte ich. Kleines Andenken an dich.«

Er steckte die Kamera wieder weg.

Verdammt. Ihr Fehler. Sie hätte zwar schwören können, dass er gelogen hatte, als er sagte, in seinem Rucksack befinde sich eine Kamera, aber ihr hätte klar sein müssen, dass kein halbwegs intelligenter Mensch Lügen vorbrachte, die so leicht zu enthüllen waren. Sie schwieg, unschlüssig, wie sie weiter vorgehen sollte. Warf einen Blick auf den Kilometerzähler, so, als hätte sich die Distanz zu ihrem Ziel in den letzten Minuten eklatant verringert.

Noch hundertvierundvierzig Kilometer.

Schon ziemlich lange war ihnen kein anderes Auto mehr entgegengekommen. Nina starrte aus dem Fenster, während sie versuchte, sich darüber klar zu werden, was nun zu tun war. Die Minuten verflogen, ohne dass ihr etwas einfiel, und plötzlich war sie froh, dass bestimmt noch gut zwei Stunden zwischen ihnen und Kilometer hundertachtundfünfzig lagen. Dank des ungebetenen zusätzlichen Passagiers würde sie diese Zeit brauchen.

»Cooler Wagen«, sagte der gerade.

»Zuverlässig wie nur was«, entgegnete Wolff. »Ich würde nie wieder etwas anderes fahren.«

Im Radio ertönten die ersten Klänge von *Road to Nowhere* von den Talking Heads, und in einer anderen Konstellation hätte Nina jetzt vermutlich angemerkt, wie gut der Song zu dieser Situation passte, denn auch sie waren ja unterwegs auf einer Straße ins Nirgendwo. Aber ganz sicher hätte das Wolff gleich wieder aggressiv gemacht. Ein Affront gegen sein Dorf. Sie konnte regelrecht seine Stimme in ihrem Kopf hören. *Wie meinen Sie das, Nirgendwo? Denken Sie, im Dorf gibt es nichts? Denken Sie, nur Ihre schmutzige Stadt zählt?*

»Passt ganz gut gerade, der Song, oder?«, kam es vom Beifahrersitz.

»Wieso?«, fragte Wolff.

»Na, *Road to Nowhere*, Straße ins Nirgendwo. Passt doch irgendwie zu unserer Reise, oder?«

Wolff lachte und drehte das Radio lauter, und Nina, die für einen Augenblick die Luft angehalten hatte, atmete wieder aus. Wenn *sie* das gesagt hätte, wäre Wolff garantiert an die Decke gegangen, aber bei ihm nahm er es hin, lachte sogar darüber. *Weil er ein Mann ist und du eine Frau. Und Frauen mag er nicht besonders, erinnerst du dich?*

Nina versuchte, die Musik auszublenden. Sie musste nachdenken.

Noch hundertachtunddreißig Kilometer.

»Das waren die Talking Heads«, sagte eine männliche Stimme im Radio. »Und das hier sind The Smashing Pumpkins. *Tonight, Tonight.*«

Kurz schloss Nina die Augen, als die ersten Zeilen erklangen. Das war einst Davids Lieblingssong gewesen. Damals, als er und Nina sich noch nahe gestanden hatten. Sie lauschte der Musik, und es war, als beamte sie die Stimme des Sängers, der von der Vergänglichkeit der Jugend sang und davon, dass die Dinge sich tatsächlich ändern konnten, so weit fort. Plötzlich saß sie nicht mehr in Wolffs schwarzem Volvo. Plötzlich war sie wieder sehr, sehr jung, saß in ihrem Zimmer und spielte dieses Lied rauf und runter.

Sie liebte diesen Song. Wie lange hatte sie ihn schon nicht mehr geh...

»Ekelhaft«, sagte Wolff und drehte das Radio ab. »Was für ein weinerlicher Mist.«

Ausnahmsweise war Nina ihm dankbar, sie hatte jetzt keine Zeit für Sentimentalitäten. Sie wollte gerade fragen, was es mit diesem vermeintlichen Fotomotiv auf sich hatte, für das er einen Umweg fahren wollte, als sie spürte, wie er die Geschwindigkeit drosselte. Dazu gab es keinen ersichtlichen Anlass, vor ihnen lag keine Kurve, und ein anderes Auto war ihnen schon lange nicht mehr entgegengekommen. Wolff fuhr rechts ran, hielt, und Nina wappnete sich, ihre Hand wanderte in den Rucksack.

»Was ist los?«, fragte sie.

»Ich muss pissen.«

Er zog den Schlüssel aus der Zündung und stieg aus. Und Nina fing aus Richtung Beifahrersitz einen Blick auf, der ihr durch Mark und Bein ging.

»Was sollte das denn? Hm?«

»Was sollte was?«, sagte Nina.

»Diese Scheiße mit der Kamera! Wolltest du, dass er mich

vor die Tür setzt? Mitten im Nirgendwo? Bist du von allen guten Geistern verlassen?«

»Dann hättest du dir halt ein Taxi gerufen«, antwortete Nina.

Ihr Blick suchte Wolff, der sich ein paar Meter vom Wagen entfernt hatte.

»Du hältst ab jetzt die Klappe, verstanden?«

Nina kam fast die Galle hoch.

»Ist das eine Drohung?«

»Wenn du so willst«, antwortete er und musterte sie. »Jessica...«

Er klang, als sei das der lächerlichste Name, den er je in seinem Leben gehört hatte. Bevor Nina noch etwas erwidern konnte, war Wolff zurück, und sie biss sich auf die Zunge. Wenn es hart auf hart kam, würde Wolff vermutlich eher *sie* im Wald zurücklassen als seinen neuen Beifahrer. Vielleicht war es wirklich besser, wenn sie zunächst den Mund hielt und ihre Gedanken sortierte.

Wolff ließ den Wagen an, und sie waren wieder unterwegs. Eine ganze Zeit lang fuhren sie schweigend, und die Kilometer schmolzen dahin.

Der Fahrer konzentrierte sich auf die Straße, sein Co-Pilot hingegen holte sein Handy aus dem Rucksack und tippte darauf herum.

»Du hast hier Empfang?«, fragte Wolff.

»Vorhin ging gar nichts, aber jetzt habe ich gerade welchen.«

Nina griff nach ihrem eigenen Handy, schaltete den Flugmodus ab. Tatsächlich. Auch ihr Telefon hatte Empfang. Kaum, dass es das Netz gefunden hatte, ging eine Nachricht von David ein. Nina warf einen Blick in Richtung Rückspiegel, doch Wolff beobachtete sie nicht, er konzentrierte sich auf die Straße. Und sein Beifahrer hatte sich demonstrativ von ihr abgewandt und starrte stur aus dem Seitenfenster. Hektisch öffnete sie die SMS.

Glaub mir, Nina. Wenn sie noch da draußen ist, dann finden wir sie.
Wir überführen ihn.
Aber nicht heute Nacht. Nicht so.
Ich kann nicht zulassen, dass du wegen ihm ins Gefängnis gehst.

Nina legte ihr Handy weg. Einen Augenblick lang wusste sie nicht, was sie denken, was sie fühlen sollte. Ihre Pläne lagen in Scherben. Sie betrachtete den Hinterkopf des Mannes, der da neben Wolff saß.

Und als hätte er ihren Blick gespürt, drehte sich David auf dem Beifahrersitz zu ihr um und sah ihr kurz in die Augen, bevor er sich wieder der Straße zuwandte.

GLÜCK UND GLAS

Das Dorf wisperte. Während Peter mit Winnie, Eddie und Kante in seinem Zimmer saß, wurde ihm klar, dass er bei Weitem nicht der Einzige war, der Gloria in ihrem weißen Kleid gesehen hatte. So hatte Winnie ein Gespräch ihrer Eltern belauscht, in dem es um die alte Frau Weber gegangen war. Die hatte Winnies Mutter über den Gartenzaun hinweg erzählt, dass es umgehe im Dorf. Die Geister liefen des Nachts durch die Straßen, erst gestern wieder habe sie einen gesehen, ganz deutlich. Die alte Dame hatte die Geistererscheinung genau beschrieben, und im Gegensatz zu ihrer Mutter, die aus der Erzählung den Schluss zog, dass Frau Weber zu viel allein war und mindestens eine Schraube locker hatte, begriff Winnie sofort, dass es sich bei dem »Geist« um Gloria gehandelt hatte.

»Frau Weber braucht einen Hund«, sagte Kante und kratzte sich am Hinterkopf, eine Angewohnheit, die ihm in der ersten Klasse das Gerücht eingebracht hatte, er hätte Läuse. »Wenn alte Leute zu lange alleine sind, werden sie wunderlich, und dann ist es am besten, sie holen sich einen Hund.«

»Oder eine Katze«, warf Peter ein. »Wie Emmi.«

Winnie nickte und drehte Peters Autogrammkarte, die er extra für sie aus ihrer Hülle geholt hatte, in den Händen.

»Jedenfalls hatte Peter ausnahmsweise recht«, sagte Kante. »Gloria ist verschwunden. Wahrscheinlich ist das am Waldrand wirklich ihr Blut.«

»Klar Mann«, sagte Peter. »Was hast du denn gedacht? Dass ich Gespenster sehe? Und was heißt hier *ausnahmsweise*?« Kantes Art nervte Peter in letzter Zeit ein bisschen. Irgendwie waren sie nicht mehr so dicke wie früher, und Kante stellte ihn bei jeder Gelegenheit infrage. Das alles hatte begonnen, als Kante in der Schule Geld geklaut und Peter die Schuld dafür auf sich genommen hatte, weil er wusste, dass Kantes Vater ihn häufig mit dem Gürtel schlug und ihn wahrscheinlich umbringen würde, wenn er davon Wind bekam. Peter hatte eine Menge Ärger gekriegt deswegen. Zwar hatte Peter nicht erwartet, dass Kante ihm vor Dankbarkeit um den Hals fiel oder so was. Aber er hatte gedacht, dass sie dadurch noch bessere Freunde werden würden. So war es nur nicht, im Gegenteil. Irgendwie war da plötzlich eine unsichtbare Wand zwischen ihnen.

* * *

Kante rümpfte die Nase, als sie die Küche betraten, weil Peters Mom rauchte und er nichts so sehr hasste wie Zigarettenqualm. Er schluckte sein übliches »Wisst ihr eigentlich, wie ungesund das ist?« jedoch hinunter und ließ sich mit den anderen am Küchentisch zum Burgeressen nieder. Winnie – die, seit sie vor zwei Wochen eine Dokumentation über Tiertransporte gesehen hatte, kein Fleisch mehr aß – bekam stattdessen eine vegetarische Tiefkühlpizza, über die sie sich hermachte, als hätte sie in ihrem Leben noch nie etwas Besseres gegessen, was vermutlich stimmte, denn Fast Food hatten ihre Eltern streng verboten.

»Winnie kriegt eine Extrawurst«, witzelte Eddie. Und dann, als keiner lachte: »Kapiert ihr's? Eine vegetarische Extrawurst!«

»Oh Mann, Eddie«, sagte Winnie. »Du bist so eine Nervensäge!«, worauf Eddie ziemlich gut das Geräusch imitierte, das eine Kreissäge machte, und sich mit Kante zusammen schlapp lachte. Peter fragte sich, ob es vielleicht gar nicht stimmte, dass Eddie der Lustigste von ihnen war. Manchmal war das, was er machte, an sich gar nicht so lustig, aber er musste selber immer so krass über seine eigenen Witze lachen, dass er einen irgendwie damit ansteckte. Der ist gar nicht witzig, dachte Peter. Der ist einfach nur extrem glücklich. Ganz anders als Winnie, irgendwie. Die war nur dann so richtig glücklich, wenn sie eine Eins nach Hause tragen konnte, und dann auch immer nur ganz kurz.

Na, jedenfalls mochten sie beim Essen nicht über Glorias Verschwinden und den unheimlichen Fremden sprechen, denn Peters Mom stand daneben und spülte die Pfanne, in der sie das Fleisch gebraten hatte. Peter biss in seinen Burger. Eigentlich waren Hamburger seine Leibspeise, aber heute schmeckte er kaum etwas.

»Habt ihr den Aufsatz schon fertig, den wir in den Ferien schreiben sollen?«, fragte Winnie. »Ihr wisst schon, darüber, was wir mal werden wollen?«

Peter hörte sie kaum. Er konnte nur noch an die Stelle am Waldrand denken. Die mit dem vielen Blut.

»Ich nicht«, sagte Kante.

»Ich schon«, rief Eddie. »Ich werde Lehrer. Meine Mutter sagt, Lehrer haben ständig frei. Und du?«

Peter blinzelte, versuchte das Grauen, das ihn gepackt hatte, abzuschütteln. Warum war er eigentlich der Einzige, den das alles so übertrieben fertigmachte?

»Ich werde Richterin«, sagte Winnie. »Oder Bundeskanzlerin.«

»Macht Sinn«, erwiderte Eddie trocken.

Winnie wurde rot.

»Und du, Peter?«, fragte sie.

»Ich was?«

»Mann, der Aufsatz!«, rief Eddie.

»Ich werde Astronaut, schätze ich«, sagte Peter. »Kommt, wir gehen wieder nach oben.«

* * *

Das mit dem Gläserrücken war Kantes Idee gewesen, der das mal in einem Film gesehen hatte. Natürlich fand Winnie das idiotisch, und Eddie fand es super.

»Es gibt keine Geister«, sagte Winnie. »Das ist totaler Quatsch!«

»Ich glaube, es gibt Geister«, widersprach Peter. »Meine Oma hat geschworen, dass sie sie manchmal in ihrem Haus hören konnte, wenn sie die Augen zugemacht hat und wirklich still gewesen ist.«

Winnie schüttelte den Kopf, entgegnete aber nichts.

»Wir könnten deine Oma rufen«, sagte Eddie.

»Hast du sie noch alle? Auf gar keinen Fall!«

»Dann halt jemand anderes«, meinte Kante.

»Und wen?«

»Gloria«, schlug Eddie vor.

»Man kann beim Gläserrücken nur Tote rufen, du Rübe«, entgegnete Peter.

»Woher willst du wissen, dass Gloria noch lebt?«, fragte Kante.

Peter wurde flau, so wie letztens, als er seine Tetanusimpfung bekommen und versehentlich auf seinen Arm geschaut hatte, in dem die Spritze steckte.

Die sechsundzwanzig Buchstaben, die auf dem kleinen Tischchen, das sie heimlich aus dem Flur geholt hatten, einen Kreis bildeten, hatte Winnie auf hellgelbe Post-it-Zettel geschrieben, die sie auf Peters kleinem Schreibtisch gefunden hatten. Das Glas, das nun in der Mitte stand, hatte er aus der Küche geholt.

Winnie knipste das kleine Lämpchen auf dem Nachttisch an und schaltete die Deckenlampe aus.

»Kerzenlicht wäre sicher besser«, sagte sie.

»Meine Mom bringt mich um, wenn ich hier drinnen Kerzen anzünde«, sagte Peter. »Sie denkt immer gleich, ich fackele das ganze Haus ab.«

»Wir können keinen Geist zum Licht deiner alten Spiderman-Lampe beschwören«, versetzte Kante.

»Kante hat recht«, sagte Eddie.

Im Schrank im Flur fand Peter eine Plastiktüte voller Teelichte, die von Weihnachten übrig geblieben waren.

Als alle brannten, gesellte er sich zu seinen Freunden, die bereits mit ernsten Gesichtern um das Tischchen herum saßen, Winnie im Schneidersitz, Eddie und Kante auf den Knien, als wollten sie beten.

»Und wie geht das jetzt?«, fragte Eddie.

»Wir legen alle einen Finger an das Glas«, sagte Kante. »Und dann stellen wir dem Geist, den wir rufen wollen, Fragen. Und der Geist bewegt das Glas.«

Kurz trat Schweigen ein, nur der Docht eines der Teelichte gab ein leise knisterndes Geräusch von sich.

»Okay?«, fragte Kante.

Alle nickten und legten die Zeigefinger der linken Hand auf den Boden des umgedrehten Glases.

»Wer will die Fragen stellen?«, fragte Eddie.

»Mach du das, Winnie«, sagte Peter, und Winnie nickte.

»Seid ihr bereit? Okay.«

Kurz schwieg sie, als wollte sie sich sammeln.

»Wie fange ich denn an?«, fragte sie schließlich.

»Frag, ob ein Geist anwesend ist«, sagte Kante.

»Alles klar.«

Winnie atmete tief durch.

»Ist ein Geist anwesend?«, fragte sie.

Zunächst passierte nichts. Dann begann das Glas in der Tischmitte zu wackeln.

»I think I spider«, murmelte Peter.

»Wer bist du?«, fragte Winnie.

Dieses Mal bewegte sich das Glas.

»Scheiße«, sagte Kante.

»Pscht!«, machte Winnie.

Das Glas wanderte zum Buchstaben B. Dann zum A. Es bewegte sich erst langsam, dann immer schneller.

»Oh mein Gott«, hauchte Winnie. »B, A, T, -«

Als das Glas beim Buchstaben N verharrte, den Winnie in ihrer ordentlichen Schrift auf einen Zettel gemalt hatte, nahmen sie alle wie einer lautlosen Verabredung folgend die Finger vom Glas.

»B, A, T, M, A, N«, wiederholte Peter.

Es dauerte ein, zwei Sekunden, bis sie begriffen.

»Batman«, sagte Winnie und verdrehte die Augen.

Augenblicklich begann Eddie, sich schlapp zu lachen. Winnie schlug nach ihm.

»Oh mein Gott, Eddie. Du bist so ein Idiot.«

»Ganz toll, Eddie«, sagte Peter. »I laugh me dead.«

Eddie kriegte sich gar nicht wieder ein.

»Also, entweder nehmen wir das hier ernst, oder wir lassen es ganz«, sagte Kante.

»Du klingst schon wie Frau Pohlmann«, witzelte Eddie, doch als niemand lachte, wurde auch er wieder ernst. »Okay, okay. Entschuldigung.«

Er legte seinen Zeigefinger erneut auf das Glas, und die anderen taten es ihm nach.

»Kein Quatsch mehr, okay?«, sagte Winnie.

Alle nickten.

Winnie wartete eine ganze Weile, bevor sie erneut ansetzte.

»Ist ein Geist anwesend?«

Nichts passierte. Weit weg, irgendwo im Erdgeschoss, klingelte das Telefon. Winnie wiederholte die Frage. Dieses Mal begann das Glas zu vibrieren. Peter sah die Anspannung in den Gesichtern seiner Freunde, die nur spärlich vom Kerzenschein beleuchtet wurden.

Alle schauten zu Eddie hinüber, doch der schüttelte nur den Kopf, als wollte er sagen: Ich war das nicht.

»Wer bist du?«, fragte Winnie.

Erneut geschah erst einmal nichts. Dann bewegte sich das Glas langsam auf Winnies geschwungenes großes G zu, nur um anschließend langsam aber sicher Glorias Namen zu buchstabieren.

Peter warf einen Blick in die Runde und sah, dass seine Freunde alle dasselbe dachten. Er schaute jeden einzeln an, alle schüttelten sie leicht die Köpfe.

Peter blinzelte. Das durfte nicht wahr sein! Man konnte nur Geister beschwören, keine Lebenden. Wenn es Gloria war, die ihnen hier antwortete, dann ...

»Wo bist du?«, fragte Winnie.

Wieder geschah eine Zeit lang nichts, dann setzte sich das Glas in Bewegung.

I. M.

W. A. L. D.

Kurz sagte keiner etwas. Alle starrten auf das Glas. Dann hörten sie eine Tür knarren. Dann Schritte auf der Treppe. Im nächsten Moment riss Peters Mom die Tür zu seinem Zimmer auf. Reflexhaft machte Peter sich darauf gefasst, dass sie wegen der Kerzen mit ihm schimpfen würde, doch sie schien das seltsame Bild, das sich ihr bot, gar nicht zur Kenntnis zu nehmen. Sie war kreidebleich. Und Peter wusste, bevor sie auch nur den Mund öffnete, welche Nachricht sie ihnen überbringen würde.

15

Der schwarze Volvo fraß Kilometer um Kilometer, während Davids Puls sich langsam wieder beruhigte. Es war riskant gewesen, Wolff mitten im Wald anzuhalten, und aktuell war er einfach nur unendlich erleichtert, dass es ihm gelungen war. Wie seltsam, dachte er, Nina nun unter diesen Umständen zum ersten Mal seit Jahren wiederzusehen.

David hatte den Song, den Wolff abgewürgt hatte, noch im Ohr, als er sich zu ihr umdrehte und ihr kurz in die Augen sah. Merkwürdig sah sie aus mit den blondierten Haaren unter der Baseballkappe. Ungewohnt. Wirkte sie traurig? Ängstlich? Wütend? Alles gleichzeitig? Es war lange her, dass er in ihr hatte lesen können wie in einem Buch, aber gut genug kannte er sie dann doch noch, um zu wissen, dass sie in all ihrer grandiosen Selbstüberschätzung versuchen würde, Tims Plan in die Tat umzusetzen.

Er wandte sich wieder um und sah starr auf die Fahrbahn vor ihnen, dann warf er aus dem Augenwinkel einen kurzen Blick auf den Kilometerzähler. Es würde noch eine ganze Weile dauern, bis sie an die Stelle kamen, an der sie, wenn sie Tims irrem Plan folgten, mit Wolff auf einen kleinen Waldweg einbiegen würden, um –

»Scheiß Wetter«, murmelte Wolff neben ihm und riss ihn aus seinen Gedanken.

143

David nickte zustimmend, sagte jedoch nichts. Irgendwie konnte er immer noch nicht ganz fassen, in welch absurder Situation er sich hier befand. Jahrelang war er aus Alpträumen hochgeschreckt, in denen er von dem Mann, der neben ihm saß, verfolgt worden war. Und doch war er hier. Seine Gedanken begannen, zu wandern, während der Volvo über die Landstraße rollte.

Er war gerade mit Karolina und einem befreundeten Pärchen essen gewesen in diesem neuen, viel zu teuren französischen Restaurant, das seine Verlobte unbedingt mal hatte probieren wollen, als seine Mutter ihn auf dem Handy angerufen hatte. Und weil seine Mutter ihn eigentlich nie auf dem Handy anrief, sondern immer nur auf dem Festnetz, hatte er sich entschuldigt, war vom Tisch aufgestanden, nach draußen gegangen und hatte den Anruf entgegengenommen.

»Mama«, sagte er, im vollen Bewusstsein, wie merkwürdig es war, dass er sie immer noch so nannte. Er war ein erwachsener Mann von einunddreißig Jahren. Er war Polizist. Er hatte eine Dienstwaffe. Er würde demnächst heiraten und anschließend hoffentlich bald Vater werden. Aber »Mutter« zu sagen, fand er merkwürdig, und seine Eltern beim Vornamen zu nennen, so wie Karolina es bei ihren machte, kam ihm ebenfalls unpassend vor.

»Hast du es schon gehört?«, fragte seine Mutter.

»Habe ich *was* schon gehört?«

Sie antwortete nicht gleich, und David spürte, wie sich seine Brauen zusammenzogen. Es war nicht viel los hier draußen auf der Straße, kaum Passanten unterwegs, nur unmittelbar vorm Eingang des Restaurants standen zwei Raucher, von denen er sich instinktiv ein paar Schritte entfernt hatte. Das Lokal selbst hingegen war brechend voll, und er konnte durch die große Glasfront Karolina sehen, wie sie mit ihrer Stoffserviette ihre Mundwinkel betupfte, bevor sie anmutig ihr Rotweinglas zum Mund führte. Wie schön sie war.

Als hätte sie gespürt, dass er sie ansah, wandte sie den Kopf und starrte in die Dunkelheit, ihre Blicke fanden sich, und er hob kurz die Hand. *Bin gleich zurück.*

Karolina lächelte und wandte sich dem Kellner zu, der gerade die Desserts servierte.

»Mama«, sagte David. »Ich sitze gerade mit Karolina und ein paar Freunden beim Abendessen. Was möchtest du mir sagen?«

»Erinnerst du dich noch an Tim? Aus dem Dorf? Ihr habt doch immer zusammengesteckt, Tim und du.«

Sollte das ein Scherz sein? Dachte sie wirklich, er hätte seinen besten Freund vergessen, den er immer noch so bezeichnete, trotz allem, trotz all der Lichtjahre, die mittlerweile zwischen ihnen lagen?

»Ich weiß, wer Tim ist, Mutter«, sagte er probeweise.

Es klang wirklich seltsam.

»Ich habe vorhin mit deiner Tante telefoniert. Eigentlich wollte ich nur fragen, ob sie an Weihnachten zu uns kommen möchte. Und da hat sie mir erzählt, dass Tim gestorben ist.«

Es fühlte sich an, als steckte ihm etwas Großes, Kantiges in der Kehle, das da jetzt für immer bleiben würde.

»Was?«

»Ja! Ich war auch vollkommen entsetzt, als ich das gehört habe. Er hat ja lange im Ausland gelebt, und dann ist er wohl vor ein paar Wochen ins Dorf zurückgekommen. Irgendwas mit seiner Schwester. Tja, und im Dorf ist er dann wohl auch verstorben.«

»Woran ist er gestorben?«

Seine Mutter senkte die Stimme, und irgendwie machte ihn das wütend.

»An einer Drogenüberdosis. Kannst du dir das vorstellen?«

Ja, das konnte er sich sogar sehr gut vorstellen.

»Ich muss jetzt Schluss machen, Mama.«

Und er legte auf. Steckte das Handy in seine Hosentasche. Nahm es wieder raus. Starrte es an.

Das konnte doch gar nicht sein. Hatte sie gesagt, Tim war tot? Das machte keinen Sinn, bestimmt meinte sie einen anderen Tim. Er war schon drauf und dran, sie zurückzurufen, doch das war natürlich Unsinn.

Es gibt keinen anderen Tim.

David entfernte sich ein paar Schritte von der hell erleuchteten Fensterfront des Restaurants und trat in den nächstgelegenen Hauseingang. Dort wartete er. Dann, als er wusste, dass er sich im Griff hatte, kehrte er ins Restaurant zurück.

Kaum, dass der Kellner den Tisch abgeräumt und den Kaffee gebracht hatte, hätte David nicht mehr sagen können, woraus das Dessert bestanden hatte, das er gerade gegessen hatte. Crème brûlée? Eis? Irgendwas mit Früchten?

In der Nacht darauf besuchten ihn die alten Alpträume. Nachdem er verstört hochgeschreckt war, lag er im Dunkel neben seiner Verlobten. Der Gedanke, der ihm bei seinem Telefonat mit seiner Mutter sofort gekommen war, der aber vom ersten Schock und anschließend von einem Strudel aus Erinnerungen zurückgedrängt worden war, ließ ihn plötzlich nicht

mehr los. Tim war heimgekehrt ins Dorf. Um seine Mutter zu
besuchen, wie David erfahren hatte, nachdem er seine Tante
angerufen hatte, die besser Bescheid wusste. Und um nach
seiner verschwundenen Schwester zu suchen. Aber, so sagte
die Tante, Tim hatte ja früher schon mit Drogen zu tun gehabt,
das wusste jeder. Und eines Nachts hatte er wohl nicht richtig
aufgepasst. Sich verschätzt. So hatte Davids Tante das gesagt:
Vielleicht hat er sich verschätzt.
David hatte sofort an Wolff gedacht. Was, wenn Tim ihm zu
nahe gekommen war?

Den nächsten Tag hatte David damit verbracht, herauszufinden, ob sich die Polizei vor Ort mit Tims Tod befasste – und
falls ja, wer. Schließlich hatte er einen jovial klingenden Kollegen am Apparat gehabt, zu dem er genug Vertrauen gefasst
hatte, um ihm von seinem besten Freund zu erzählen, der jetzt
wahrscheinlich irgendwo in einer Pathologie lag. Er sagte dem
Kollegen, dass er unbedingt wissen musste, dass Fremdver-
schulden ausgeschlossen war, sonst könne er nicht abschließen,
nicht trauern. Der Kollege verstand das und versprach, sich
umzuhören und sich so bald wie möglich wieder zu melden.

Okay, dachte David. Das geht jetzt seinen Gang. Bald weiß
ich mehr. Wahrscheinlich ist mein Verdacht absurd. Hoffentlich ist mein Verdacht absurd.

Während er auf den Rückruf wartete, versuchte er, nicht
daran zu denken. Nicht an Tim zu denken. Nicht ans Dorf zu
denken. Nicht an *ihn* zu denken, an seine brutalen Hände und
an seine fürchterliche Stimme.

Dann kam der Brief.

Dann rief Nina an. Er hörte die Trauer in ihrer Stimme, die
so vertraut klang und so fremd, und alles implodierte.

Er versuchte, sie abzuwimmeln, aber natürlich konnte man Nina nicht abwimmeln.

Er wurde wütend, aber natürlich war ihr das egal.

Als er auflegte, hatte er versprochen, ihr zu helfen. *Gloria finden. Wolff überführen.*

David wusste anschließend selbst nicht so genau, ob er das für sie, für sich selbst, für Tim, für Gloria oder für sie alle vier tat.

Nachdem er das Telefonat mit Nina beendet hatte, versuchte er, in seinen Alltag zurückzufinden, in die Arbeit, in die Hochzeitsvorbereitungen. Doch sein altes Leben schien ihm plötzlich nicht mehr so richtig zu passen, es spannte hier und da, und an anderen Stellen schien es zu weit, wie ein um einige Nummern zu großes Kleidungsstück.

Am Vorabend des Tages, für den er sich mit Nina verabredet hatte, befiel ihn eine zermürbende Unruhe. David hatte sich ein paar Tage Urlaub erkämpft und Karolina gesagt, dass er in das Dorf seiner Kindheit fahren werde, um seine Tante zu sehen, die immer noch dort lebte, und um die Beerdigung eines alten Schulfreundes zu besuchen. Karolina, die gerade einen wichtigen Fall verhandelte, fragte nicht, ob sie ihn begleiten solle, und er war froh darüber. So musste er sich wenigstens keine weiteren Lügen ausdenken.

Er war gerade auf dem Heimweg vom Dienst, stand im Stadtverkehr im Stau und trommelte nervös mit den Finger auf dem Lenkrad herum, als er einen Anruf seiner Tante erhielt. Und da er ohnehin seit Minuten nicht vorangekommen war, nahm er ihn entgegen. Seine Tante kam ohne Umschweife zur Sache. Tims Mutter sei gestorben. An gebrochenem Herzen. So drückte sie es aus. Ach, sie wisse auch nicht genau, warum sie ihm das erzähle. Sie hätte einfach jemanden anrufen müssen, es sei einfach zu schrecklich.

Davids Gedanken waren sofort zu Nina gewandert. Ob sie schon davon wusste? Nein, das konnte sie gar nicht. Im Gegensatz zu ihm hatte sie keine Verwandten im Dorf, die ihr so schnell hätten zutragen können, dass Rita verstorben war. Und doch breitete sich ein ungutes Gefühl in seiner Magengrube aus. Er wählte Ninas Nummer. Sie ging nicht ran. Wo steckte sie bloß? Ob sie noch arbeitete? Er legte auf und wählte ihre Nummer erneut, nur für den Fall, dass sie eine Weile brauchte, um an ihr Handy zu gelangen.

Komm schon, Nina.

Sie hob nicht ab.

Kurzerhand nahm David eine Sprachnachricht für sie auf. Nur die Bitte um einen baldigen Rückruf. Sonst nichts.

Sein Blick wanderte zum Display, das die Uhrzeit anzeigte, und er dachte an den Brief, den Tim ihm kurz vor seinem Tod geschickt hatte und den auch Nina so oder so ähnlich erhalten hatte. An den Brief, in dem Tim seinen verrückten Plan skizzierte, eine Fahrt durch die nächtlichen Wälder anzutreten, Wolff am Steuer, den er schließlich, am Kilometer *hundertachtundfünfzig* nach der letzten Tankstelle...

Davids Herz begann schneller zu schlagen, als ihm der Zeitpunkt einfiel, den Tim in seinem Brief genannt hatte.

Am 3. November, Punkt 19 Uhr. Der Fahrer wartet nicht.

Am dritten November. Heute. Punkt 19 Uhr. Gleich. In wenigen Minuten.

Was, wenn Nina sich entschieden hatte, die Fahrt – allem, was sie mit David besprochen und abgemacht hatte, zum

Trotz – doch noch anstelle von Tim anzutreten? Nein, das würde sie nicht machen. Oder? Und genau in dem Moment klingelte sein Handy.

»Hey«, sagte David. »Wo bist du?«

»In der Bahn«, antwortete Nina. »Warum?«

Klang sie seltsam, oder kam es ihm nur so vor? War er übertrieben misstrauisch, wie man es ihm und seinen Kollegen gerne vorwarf?

»Nur so«, sagte er. »Ich wollte nur hören, ob mit morgen früh alles klargeht.«

Er hatte sich entschieden, ihr nichts von Ritas Tod zu sagen, nicht jetzt.

»Absolut«, sagte Nina. »Acht Uhr. Ich werde abmarschbereit auf dich warten.«

Nein, David hatte sich nicht geirrt, sie klang merkwürdig. Angespannt. Gehetzt.

»Okay«, sagte er.

Immerhin hatte sie nicht über ihren Aufenthaltsort gelogen, sie war tatsächlich in der Bahn, denn kurz darauf sagte eine mechanisch klingende Stimme: *Nächste Station: Hauptbahnhof.*

»Du, ich muss an der nächsten Haltestelle raus. Wir sehen uns morgen, okay?«

Sein Misstrauen wuchs. Was wollte Nina am Hauptbahnhof?

»Warte kurz, ich wollte noch was mit dir besprechen«, sagte David, um sie davon abzuhalten, einfach aufzulegen.

»Kann das nicht bis morgen warten?«

»Es ist wichtig.«

»Ich kann dich nur noch ganz schlecht verstehen«, sagte

Nina. »Ich rufe dich gleich zurück, wenn ich besseres Netz habe, okay?«

»Alles klar. Bis später«, antwortete David, dem sofort zweierlei durch den Kopf schoss. Zum einen, dass Nina ihn gerade angelogen hatte. Und zum anderen, dass sie der starrsinnigste Mensch war, den er kannte.

Er überlegte nur kurz, dann traf er einen Entschluss. Er tankte seinen Wagen voll, und während der Eurobetrag auf der Tankanzeige nach oben schnellte, rief er Karolina an, um ihr zu sagen, dass er sich entschieden hatte, noch am selben Abend ins Dorf zu fahren. Er warf einen weiteren Blick auf die Uhr. Es war bereits kurz vor sieben, und er war ein ganzes Stück von der Straße hinter dem Hauptbahnhof entfernt, an der der Treffpunkt lag, an dem Wolff einen Passagier aufnehmen sollte. Er würde es nicht rechtzeitig schaffen, selbst wenn er fliegen könnte. David zahlte und setzte sich wieder ins Auto, schloss kurz die Augen und ging in Gedanken den Weg durch, den Wolff vom Hauptbahnhof aus in Richtung Autobahn und von dort in Richtung der Straße, die durch die Wälder führte, nehmen würde. David musste die beiden – sollte er recht haben und Nina sich wirklich zu ihm ins Auto gesetzt haben – irgendwie abfangen. Aber wie? Und vor allem: Was dann?

Er wusste es nicht.

David startete den Motor und trat aufs Gas. Er würde es sich während der Fahrt überlegen, er würde irgendwie improvisieren müssen. Hauptsache, er stoppte sie irgendwie. Er war gerade auf die Stadtautobahn aufgefahren, als sein Handy auf dem Beifahrersitz klingelte. Aber es war entgegen seiner Hoffnungen nicht Nina, die doch wie versprochen zurückrief und all seine Befürchtungen Lügen strafte, sondern eine fremde Festnetznummer. Es dauerte einen Moment, bis David die Vorwahl zugeordnet hatte und begriff, dass es der Polizist war, der ihm versprochen hatte, ihm vertraulich, unter Kollegen, Tims Todesursache mitzuteilen. Und dann tat David, der gerade mit einhundertsechzig über die Autobahn raste, etwas, das er noch nie getan hatte. Er trat das Gaspedal noch weiter durch – und ging ran.

16

Der schwarze Volvo pflügte durch die Nacht. Wolff schien sich in Gegenwart seines neuen Beifahrers ausgesprochen wohlzufühlen. Während die beiden Männer sich über die Musik im Radio, die Nachrichten des Tages und über Wolffs Wagen unterhielten, versuchte Nina, sich eine neue Strategie zu überlegen. Ihre Chancen, Tims Plan umzusetzen, tendierten inzwischen gegen null – es sei denn, ihr fiel ganz schnell ein, wie sie David auf ihre Seite ziehen konnte. Er hatte seine Position zwar mehr als einmal klargemacht. Er hielt Tims Plan für Wahnsinn. Dennoch musste Nina versuchen, ihn zu überzeugen. Wenn ihr das nicht gelang, hatte sie noch genau zwei Optionen: David loswerden. Oder den Plan aufgeben.

Tims Plan ...

Die Helligkeit des Displays ihres Handys hatte sie auf ein Minimum heruntergedreht, und sie verlagerte ihre Sitzposition ein wenig nach links, sodass Wolff ihr Gesicht im Rückspiegel nicht mehr sehen konnte. Nina holte den Brief, der in ihrer Jeanstasche steckte, hervor, faltete ihn auseinander, beleuchtete ihn mit dem fahlen Licht ihres Mobiltelefons und begann zu lesen. Wie schon beim ersten Mal war ihr, als hörte sie Tims Stimme.

Liebe Nina,

ich weiß gar nicht, ob ich Dir überhaupt schon mal einen Brief geschrieben habe. Postkarten, na klar. Aus London und aus Paris und aus Rom, aus Vietnam und aus New York und aus Brasilien, damals. Und Weihnachtskarten und Grußkarten zum Geburtstag. Aber einen Brief? Ich glaube nicht.

Doch das hier muss ich aufschreiben. Ich will, dass jemand es weiß. Und es reicht nicht, es jemandem zu sagen. Du wirst bald verstehen, wieso.

Ich bin ins Dorf zurückgekehrt, Nina. Wegen Gloria. Und wegen meiner Mutter. Und auch ein bisschen wegen mir.

Du musst Dir das so vorstellen: Ich komme bei meiner Mutter an, ich klingle, und mir macht eine alte Frau auf. Ich war nur kurz weg, ein paar Tage, gefühlt, und in diesen paar Tagen ist sie alt geworden. Und sie freut sich so, dass ich da bin, sie hat Kuchen gebacken und mir einen Kakao gemacht. Nicht, weil sie mich noch für ein Kind hält, sondern weil sie weiß, dass ich Kaffee immer widerlich fand und dass sich daran nichts geändert hat. Und dass ich sterben würde für ihren Kuchen. Und wir sitzen zusammen. Ich habe Schwierigkeiten, ihr liebes Gesicht anzugucken, Du weißt schon, warum, das kann ich hier nicht aufschreiben, aber Du weißt es auch so. Aber irgendwann merke ich trotzdem, dass sie weint. Und ich frage sie, was denn los ist, und sie sagt: Gloria ist verschwunden. Und ich sage: Ich weiß. Es tut mir so leid. Und sie sagt: Du musst sie finden. Und ich sage natürlich: Das mache ich. Versprochen.

Während ich gleichzeitig denke: Wie zum Teufel soll ich das denn anstellen?

Aber weißt Du was, Nina? Mittlerweile glaube ich, ich werde sie finden. Denn ich habe zwar keine Ahnung, wo sie sein könnte, aber dafür weiß ich nur zu gut, wer mit ihrem Verschwinden zu tun hat.

Ich bin ihm neulich begegnet. Er hat mich nicht erkannt. Er hingegen hat sich überhaupt nicht verändert. Als hätte er einen Pakt mit dem Teufel geschlossen und halte so das Alter in Schach.

Es war an meinem zweiten Tag im Dorf, meine Mutter hatte mich am Morgen zum Bäcker geschickt. Den gibt es nämlich noch, an derselben Stelle wie immer, direkt gegenüber vom Rathaus. Die dicke Frau ist nicht mehr da, der dünne Mann schon. Er ist ziemlich alt, ich würde sagen so Mitte sechzig. Das hat mich erstaunt, denn er kam mir auch vor zwanzig Jahren schon wie ein sehr alter Mann vor. Kann es wirklich sein, dass er da erst Mitte vierzig war? Egal. Ich schweife ab, entschuldige.

Meine Mutter hatte mich jedenfalls Brötchen holen geschickt. Ich bin durchs Dorf gelaufen, durch den Regen, es war kaum jemand draußen. Als ich mich der Bäckerei genähert habe, habe ich IHN sofort gesehen. Er stand an der Theke. Es war merkwürdig, ihn wiederzusehen. Ich war so lange so weit weg gewesen, und irgendwie hatte ich mir von den Jahren und von der Entfernung einreden lassen, dass er gar nicht so groß, so breit, so brutal und furchteinflößend war, wie ich ihn in Erinnerung hatte. Dass er jetzt ein erbärmlicher alter Mann sein müsste. Ganz sicher nie-

*mand, der heute noch jemandem was tut. Aber das stimmt
nicht, Nina.*

Er ist genau wie immer.

*Ich habe die Bäckerei betreten, gegrüßt. Der Bäcker hat
geantwortet, er nicht. Er hat sein Brot genommen und sein
Wechselgeld, sich umgedreht und ist gegangen. In dem
Moment kamen drei Kids in die Bäckerei, zwei Jungen und
ein Mädchen, Geschwister vielleicht, so neun, zehn oder
elf, ich kann das bei Kindern heutzutage immer schwer
einschätzen. Es ist ja auch egal. Jedenfalls stieß Wolff mit
einem der Jungen zusammen. Er sagte nichts, kein »Pass
doch auf!« oder so was, er warf den Kids nur einen kurzen
Blick zu, während der Junge, in den er hineingelaufen war,
eine Entschuldigung stammelte, und verschwand draußen
im Regen. Aber, Nina, ich sage dir: Die Kinder wären fast
gestorben vor Angst. Ich habe gesehen, wie sie einen stummen Blick tauschten, und da wusste ich es. Nichts hat sich
verändert, gar nichts. Die Kinder im Dorf haben immer
noch Angst vor ihm. Sie wissen, was er ist. Genau, wie wir
es wussten.*

*Und obwohl wir es wussten, haben wir nichts getan. Ob-
wohl wir es uns geschworen haben, nach dieser schrecklichen Nacht, du weißt, welche ich meine, haben wir nichts
unternommen. Wir haben es uns geschworen, Nina. Wir
haben uns geschworen, dass wir eines Tages erwachsen
sind, und dass wir ihn töten werden.*

Nina schluckte, übersprang einen Teil, fand die Stelle, die sie
gesucht hatte.

An all das habe ich mich erinnert, als ich, die Tüte Bröt-
chen in der Hand, zurück zu meiner Mutter lief. Irgendwie
war es, als wäre ich aus einem jahrzehntelangen Schlum-
mer erwacht. Er hat uns kaputt gemacht, damals. Meine
Mutter, Dich, David. Und mich auch. Und er ist immer
noch so. Er macht immer noch andere kaputt.

Er hat Gloria getötet. Da bin ich mir sicher.

Nachdem ich ihm begegnet war, bin ich zum Wald. Dort-
hin, wo Gloria verschwunden ist. Habe mich umgesehen.
Habe nachgedacht.
Ich werde sie finden, Nina.
Und ihn werde ich überführen, koste es, was es wolle.

Ich habe lange nach dem richtigen Moment gesucht. Ich
muss ihn alleine erwischen. Und ich darf nicht mit ihm
gesehen werden. Gar nicht so einfach. Eigentlich bin ich
über die perfekte Gelegenheit eher gestolpert, als ich vor
einer Weile selbst von der Stadt ins Dorf fahren wollte. Er
macht sich hin und wieder, so einmal im Monat ungefähr,
auf den Weg in die Stadt, um irgendwelchen Geschäften
nachzugehen. Erinnerst Du Dich, wie wir uns damals ge-
wundert haben, dass wir nicht so richtig herausfanden,
was er eigentlich arbeitet? Das ist immer noch so. Anschei-
nend weiß es keiner so recht. Aber er hat oft in der Stadt zu
tun und nimmt dann immer mal Passagiere mit, die er im
Internet findet und denen er dafür ordentlich Spritgeld ab-
knöpft, wenn er durch den Wald zurück ins Dorf fährt. Ein
Zubrot. Seine nächste Fahrt tritt er am 3. November an,

und ich habe ihm online unter falschem Namen geschrieben, dass ich mitfahren will. Ich werde also am 3. November um Punkt 19 Uhr zu ihm in den Wagen steigen. »Punkt 19 Uhr. Der Fahrer wartet nicht.«

In meinem Rucksack werden sich zwei Flaschen Wasser, eine große Plastikflasche voller Benzin, eine Augenbinde, eine Karte der Wälder, ein Foto von Gloria, ein winziger Nirvana-Button, Kabelbinder, ein Taschenmesser und eine geladene Waffe befinden.

Ich werde darauf achten, dass er die richtige Route nimmt.

Es ist essenziell, dass er den Weg durch die Wälder nimmt und nicht hintenrum über die neue Talbrücke fährt. Die meisten Leute fahren den Weg, den sie schon immer genommen haben, zumal er kürzer ist. Aber manche sagen, der Weg hintenrum sei schneller, seit es die Talbrücke gibt. Ich werde also aufpassen müssen, dass Wolff auch wirklich durch den Wald fährt. Danach muss ich eigentlich nur noch achtgeben, dass mich keiner mit ihm sieht. Das heißt: An Tankstellen, Raststätten, auf Parkplätzen den Kopf unten halten und um keinen Preis aussteigen. Mehr ist zunächst eigentlich nicht zu tun.

Die letzte Tankstelle an der Autobahn ist der point of no return. Danach geht es noch ein paar Kilometer auf freiem Feld über die Bundesstraße, dann kommt noch eine Kreuzung, und danach geht es in die Wälder. Die Wälder, das bedeutet: kein Zurück mehr. Keine anderen Menschen mehr. Kein verlässlicher Handyempfang mehr. Die Wälder, das bedeutet: nur noch er und ich.

Am Kilometer hundertachtundfünfzig nach der letzten Tankstelle werde ich nach dem kleinen Waldweg Ausschau halten, der sich dort verbirgt, und ihn dazu bringen, den Wagen dort hinein zu lenken. Gut einen halben Kilometer darauf werden wir an einer winzigen Jagdhütte ankommen.

Oh, Nina, wie lange haben wir danach gesucht? Wolffs Jagdhütte! Das verdammte letzte Puzzleteil! So oft habe ich im Laufe der Jahre irgendeine Jagdhütte in den Wäldern aufgestöbert. Aber letztlich hat sich immer herausgestellt, dass sie nicht ihm gehörte. Dieses Mal ist es anders.

Ich habe die Hütte schon vor einer Weile entdeckt und war mehrfach dort. Sie hat kein Schloss, man kann sie einfach so betreten. Karge Einrichtung. Ein Bett, zwei Stühle. Hinter ihr befindet sich ein Generator, der die Hütte mit Strom versorgt, sodass man drinnen Licht machen kann. Neben dem Generator steht ein Kanister mit Benzin.

Ich bin überzeugt, dass er Gloria und vielleicht auch noch andere Mädchen dort gefangen gehalten hat. Gloria ist nicht dort, ich habe alles abgesucht. Aber sie war dort, Nina. Denn falls Du Dich vorhin beim Lesen gefragt haben solltest, weswegen ich unbedingt einen Nirvana-Button dabeihaben will...

Weil ich ihn vor der Hütte im Wald gefunden habe. Im Laub. Das Motiv ist kaum noch zu erkennen. Aber ich weiß, wem er gehörte. Ich weiß, dass Gloria ihn immer am Revers ihrer Lederjacke trug.

Ich werde Wolff in die Hütte bringen, ich werde ihn mit allem konfrontieren, was ich weiß, und ich werde aus ihm herausprügeln, was er mit Gloria gemacht hat. Ich werde ihm klarmachen, dass ich ihn gehen lasse, wenn er mich nur zu ihr führt. Er wird reden. Ich werde ihm keine andere Wahl lassen.

Ich weiß übrigens, was Du jetzt denkst. Dass ich verrückt bin. Dass ich lieber die Polizei einschalten sollte. Aber auf die Polizei werde ich mich nicht noch einmal verlassen. Sie hat bereits damals versagt. Und ich habe bereits einmal in meinem Leben zuhören müssen, wie er sich aus allem herausgeredet hat. Das ertrage ich nicht noch einmal.

Ach, Nina. Ich frage mich, wo Du gerade bist, wenn Du das hier liest. Ich frage mich, wie es Dir geht und was Du gerade fühlst. Vielleicht hältst Du mich wirklich für übergeschnappt. Vielleicht fragst Du Dich, warum ich Dir das alles überhaupt schreibe. Vielleicht denkst Du, dass ich mir insgeheim wünsche, dass Du mich von meinem Plan abbringst. Aber so ist es nicht.

Ich schreibe Dir, weil ich will, dass Du Bescheid weißt. Weil wir da von Anfang an zusammen drinhingen. Weil Du verdienst zu wissen, dass ich das gefunden habe, wonach wir so lange gesucht haben. Die Suche hat ein Ende, Nina.

Und ... Sollte ich meinen Plan nicht in die Tat umsetzen können, liegt es bei Dir, ob Du es an meiner statt tun möchtest oder nicht. Es steht Dir frei. Egal, was Du tust, es wird richtig sein.

Und ganz egal, wie die Sache ausgeht, ganz egal, wie Du Dich entscheidest, ich möchte, dass Du weißt, dass Du das absolut Größte für mich bist. Vergiss das nicht. Vergiss das nie.

Dein Tim

Diese Nachricht wird sich in zehn Sekunden selbst zerstören, hahahaha.

Nina faltete den Brief zusammen und starrte ein paar Minuten lang schweigend in die Dunkelheit.

»Sie sind so leise«, sagte Wolff.

»Ich spiele Tetris«, log Nina.

Sie entsperrte ihr Handy und tippte eine Nachricht an David.

Ich werde sie finden. Koste es, was es wolle.

David warf einen Blick auf sein Handy. Wie Nina erwartet hatte, ließ er eine halbe Ewigkeit verstreichen, bevor er eine Antwort schrieb, wohl, damit Wolff nicht auf ihn aufmerksam wurde.

Dann ging seine Nachricht bei Nina ein.

Hat euch jemand zusammen gesehen?

Nina registrierte, wie David auf dem Beifahrersitz leicht den Kopf drehte, sodass er sie aus dem Augenwinkel heraus sehen konnte, und schüttelte den Kopf. Natürlich nicht, sie war ja nicht blöd. Seine nächste Frage ging erst nach weiteren Minuten auf ihrem Handy ein.

Bist du etwa bewaffnet?

Nina antwortete nicht. Stattdessen warf sie einen Blick auf den Kilometerzähler.

Noch neunundsiebzig Kilometer.

»Okay«, sagte Wolff plötzlich. »Mach schon mal deine Kamera bereit, Fotograf, in zehn Minuten sind wir da.«

Und damit bog er links in eine Art Waldweg ab, bevor einer seiner Passagiere etwas sagen oder gar protestieren konnte.

17

David fühlte, wie sich sein Körper unwillkürlich anspannte. Wo wollte Wolff mit ihnen hin? Hatte er sie erkannt? Das war kaum möglich, er hatte sie zuletzt gesehen, als sie Kinder waren. Und selbst wenn. Dann fuhr er eben mit ihnen quer durch den Wald. Sie waren zu zweit. David wusste zwar nicht, wie es mit Nina stand, aber er selbst war bewaffnet. Er hatte seine Dienstwaffe dabei. Und Nina war sicherlich ebenfalls nicht ohne Rückversicherung in den Wagen gestiegen. Ob sie in den letzten Jahren einen Waffenschein erworben hatte? David wusste es nicht, er wusste nur, dass sie verdammt entschlossen wirkte. Er konnte sie spüren, auf der Rückbank, die geballte Energie und Willenskraft, die sich in ihrem kaum einen Meter und fünfundsechzig großen Körper konzentrierte. Er fragte sich, wie es in ihrem Kopf aussah, wie sie sich an das damals Geschehene, das er so erfolgreich verdrängt hatte, erinnerte.

Alles, was ihm von den Ereignissen geblieben war, waren gelegentliche Alpträume und ein Widerwille gegen Wolff, der an Entsetzen grenzte.

Was für eine Nacht. David dachte daran, wie er seinen Wagen am Straßenrand geparkt, die Motorhaube geöffnet und auf den schwarzen Volvo gewartet hatte, beinahe eine

Stunde lang. Wie schließlich Scheinwerfer in der Dunkelheit aufgetaucht waren. Wie er den Fahrer zum Anhalten gezwungen hatte, ohne sofort erkennen zu können, dass es sich wirklich um Wolff und Nina handelte. Wie er den Mann, als der ausgestiegen und auf ihn zugegangen war, sofort erkannt hatte, nach all der Zeit noch. Wolff war im Dunkel des Waldes auf ihn zugekommen, schnell und effizient wie ein Soldat, und hatte David völlig auf dem falschen Fuß erwischt. Da war es wieder gewesen, dieses bodenlose Gefühl irgendwo zwischen Horror, Hilflosigkeit und Ekel, das er so lange nicht mehr empfunden hatte und das ihm doch so unendlich vertraut vorkam. In diesem Moment, auf der nächtlichen Straße mitten im Wald, als Wolff plötzlich vor ihm stand mit seinem groben Gesicht mit den intelligenten Augen, da hätte David sich am liebsten einfach umgedreht und wäre davongerannt. Stattdessen hatte er sich zusammengerissen. Hatte ihm seine Lügengeschichte erzählt. Und war zu ihm – und Nina – in den Volvo gestiegen. Hatte gute Miene zum bösen Spiel gemacht, sich von ihm ankumpeln lassen, obwohl alles an Wolff dafür sorgte, dass sich David der Magen umdrehte. Alles. Seine Stimme, sein Geruch, die Adern, die auf seinen großen Händen mit den sauberen, kurz geschnittenen Fingernägeln hervortraten, sein militärischer Haarschnitt, seine Art, den Kopf zu wenden, sein humorloses Lachen.

Es hatte eine Weile gedauert, bis David klar geworden war, dass diese körperliche Reaktion, die Wolff bei ihm auslöste, nackte Angst war. Angst, nicht Rachedurst wie bei Nina. Vielleicht hätte er anders empfunden, wenn er sich bloß erinnern könnte.

Davids Gedanken kehrten in die Gegenwart zurück. Immer noch lenkte Wolff den Wagen über einen schmalen Waldweg, der nicht asphaltiert war und den man nur finden konnte, wenn man genau wusste, dass er da war. David hatte keine Ahnung, anhand welcher Markierung Wolff die Einmündung lokalisiert hatte, für ihn sah die Stelle im Wald, an der er eingebogen war, zumindest in der Dunkelheit aus wie jede andere. Kurz dachte David, dass der Volvo auf dem unebenen Untergrund aufsetzen würde, doch Wolff war hier offensichtlich schon oft entlanggefahren und kannte die Unwegsamkeiten. Nina schwieg auf dem Rücksitz.

»Wohin fahren wir?«, fragte David.

»Ich liefere dir ein Motiv«, entgegnete Wolff.

Nina räusperte sich leise, vielleicht, weil sie einen Frosch im Hals hatte, vielleicht, weil sie David auf die Doppeldeutigkeit der Redewendung aufmerksam machen wollte, die Wolff gerade verwendet hatte.

Du brauchst uns kein Motiv zu liefern. Das haben wir seit zwanzig Jahren.

Eine Weile ruckelten sie schweigend dahin. Dann sah er es.

DER FUND

Wo war Gloria? Was war mit ihr geschehen? War das am Waldrand ihr Blut? Oder stammte es von einem Tier? War sie davon-
gelaufen, einfach so, noch bevor ihre Großmutter unter der Erde
war? Oder gab es einen anderen, einen dunkleren Grund für ihr
Verschwinden? *Wo ist Gloria?* Plötzlich schien sich das ganze Dorf mit dieser Frage zu befassen. Die Männer, die Frauen und natürlich die
Kinder. Selbst die Vögel auf den Stromleitungen schienen kein
anderes Thema zu kennen. *Wo ist Gloria?*
Es war Annette, Glorias beste Freundin, gewesen, die Alarm
geschlagen hatte. Nach dem Tod der Oma hatte Gloria bei Annette übernachten sollen, um nicht ganz alleine in dem Haus
bleiben zu müssen. Doch Gloria war nicht gekommen. Zunächst
hatte Annette geglaubt, sie hätte es sich einfach anders überlegt. Aber als sie auch am nächsten Tag nicht auftauchte und
das Haus verlassen zu sein schien, begann Annette, sich Sorgen
zu machen.

* * *

Es war tatsächlich genauso wie im Film. Sie hatten es von Peters
Fenster aus beobachtet. Die Polizei, die alarmiert worden war und
die zunächst nur aus dem Dorfpolizisten bestand, war schließ-

lich zum gleichen Schluss gekommen wie die Kinder, dass Gloria nämlich zuletzt am Waldrand gesehen worden war. Das halbe Dorf beteiligte sich an der Suche, es wurde gerufen und hin- und hergelaufen, und es wurden Taschenlampen geschwenkt. Doch so beeindruckend die Suchaktion ausgesehen haben mochte, so fruchtlos war sie auch gewesen.

»Wahrscheinlich ist sie einfach nur abgehauen«, sagte Peters Mom, als er zu ihr in die Küche platzte. »Die taucht schon wieder auf.«

Das verwirrte Peter, denn als sie von Glorias Verschwinden gehört hatte, war seine Mom super aufgeregt gewesen. So aufgeregt, dass sie noch nicht einmal daran gedacht hatte, mit ihm zu schimpfen, weil er mit seinen Freunden für das Gläserrücken Teelichte in seinem Zimmer angezündet hatte. Und nun sollte alles doch nicht mehr so wild sein? Manchmal verstand er seine Mom nicht. Was ihn aber noch mehr verwirrte, war das Glas in ihrer Hand.

Sein Blick entging ihr nicht.

»Das eine Glas macht nichts«, sagte sie und lächelte. »Mach dir keine Sorgen.«

* * *

In der folgenden Nacht hatte Peter sich von einer Seite auf die andere gewälzt, und als er am Morgen aufstand und das Fenster öffnete, roch die Welt anders als noch am Tag zuvor. Er dachte an das Haus mit den schweren Fensterläden, in dem die Oma und Gloria gelebt hatten. Nun wohnte niemand mehr darin. Was wohl damit geschehen würde? Ob es verkauft werden würde? Ob bald andere Leute darin wohnen würden?

Plötzlich ertönte Eddies Stimme hinter ihm, und Peter griff nach dem Walkie-Talkie, das neben seinem Bett lag.

»Eddie, was gibt's?«

»Das Auto«, rief Eddie. »Der schwarze Volvo. Er steht am Schrottplatz!«

Peter war sofort hellwach.

»Wo bist du gerade?«

»Daheim«, sagte Eddie. »Ich hatte mein Walkie-Talkie nicht dabei und musste erst nach Hause laufen.«

»Okay«, sagte Peter. »Wir treffen uns in zehn Minuten vor Ort.«

Als Peter am Schrottplatz ankam, war Winnie als Einzige schon da. Sie saß auf den paar Stufen, die zum Vorgarten von Krügers führten, und tat so, als läse sie in einem Buch. Sie wirkte nervös. Das Auto stand direkt hinter dem Eingang zum Schrottplatz. Der Fremde war nicht zu sehen. Und auch sonst niemand.

»Was machen wir jetzt?«, fragte Winnie, als Peter sich neben sie setzte.

»Ich weiß nicht. Ich dachte, wir müssten das Auto mal untersuchen. Aber lass uns auf die anderen warten.«

»Das ist doch viel zu auffällig«, sagte Winnie. »Wenn wir zu viert sind.«

Da hatte sie recht. Wenn sie das Auto unter die Lupe nehmen wollten, dann sollten sie es jetzt sofort tun. Wolff konnte schließlich jeden Moment zurückkommen.

»Ich werfe mal einen Blick in das Auto«, sagte Winnie, »Halt mal!«, und ehe Peter noch etwas entgegnen konnte, hatte sie ihm ihr Buch in die Hand gedrückt, war aufgestanden und hatte die Straße überquert. Ein paar Büsche verbargen den größten Teil des Schrottplatzes vor Peters Blicken. Er sah das Auto, aber er sah nicht, ob sich von der anderen Seite her jemand näherte. Schnell folgte er Winnie, die den Wagen umrundete. Peter warf einen Blick auf den Schrottplatz, die Luft war rein. Kein Wolff. Er nickte Winnie zu und sah, wie sie ins Wageninnere spähte. Er kauerte sich gerade hinter einem Busch zusammen, um den Schrottplatz im Auge zu behalten, als er hörte, wie sich die Autotür öffnete. Peter fuhr herum und sah, wie Winnie auf der Beifahrerseite im Volvo verschwand.

Der hat doch tatsächlich nicht abgeschlossen!, dachte Peter. Die Erwachsenen, die er kannte, schlossen ihre Autos immer ab! Kurz war er abgelenkt. Dann hörte er in der Ferne Schritte auf dem Kies.

»Winnie«, flüsterte Peter. »Winnie, er kommt!«

Sie hörte ihn nicht.

»Winnie!«, sagte Peter erneut.

Hektisch schaute er sich um. Die Schritte kamen viel zu schnell näher.

»Winnie, er kommt zurück!«

Endlich sah er, wie Winnie rückwärts aus dem Wagen krabbelte und leise die Tür zudrückte. Es sah so aus, als hielte sie etwas in der Hand, doch jetzt war nicht der Zeitpunkt, um danach zu fragen. Schnell entfernten sie sich vom Auto, so schnell sie konnten, ohne zu rennen. Es fiel Peter schwer, sich nicht auffällig umzusehen, doch er riss sich zusammen.

Auf der Höhe der Bushaltestelle begegneten ihnen Kante und Eddie.

»Ich dachte, wir wollten uns am Schrottplatz treffen«, sagte Kante. »Und das Auto unter die Lupe nehmen!«

»Bereits erledigt«, sagte Winnie und blickte sich um

Sie sah blass aus, fand Peter.

Und dann öffnete sie die Hand.

18

Es tauchte vor ihnen aus der Dunkelheit auf wie das Wrack eines gesunkenen Schiffes. Nina wusste nicht, womit sie gerechnet hatte, als Wolff einen Abstecher angekündigt hatte. Auf jeden Fall nicht mit... so etwas. Sie konnte nicht gleich einordnen, was sie da sah. Es war riesig und wuchs schroff in den Nachthimmel wie etwas, das den schwarzen Samt des Firmaments durchstochen hatte und nun aus einer anderen Welt in diese hinüberragte. Dann begriff sie, dass das außerweltliche Ungetüm aus Beton und Stahl eine nicht zu Ende gebaute Talbrücke war. Darunter tat sich eine künstliche Lichtung auf, und Nina bemerkte mit Erstaunen, dass sich darauf eine Art kleiner Siedlung befand. Wolff hielt, und Nina konnte hören, wie der Schotter, der hier aufgeschüttet worden war, unten den Reifen des Volvos knirschte. Als Wolff rangierte, um den Wagen neben einem alten roten Kombi zu parken, streiften die Scheinwerfer die drei kleinen Wohnwagen, die sich dicht aneinanderdrängten und ohne die dazugehörigen Autos leicht verloren aussahen. An einem von ihnen glomm eine bunte Lichterkette, und kurz fragte Nina sich, wo hier, mitten im Nirgendwo, der Strom dafür herkam. Sie starrte durch die Scheibe. Ein kleines Camp mitten im Wald, das auf dem Grund der verlassenen Baustelle errichtet worden war.

Wohnten hier, mitten im Wald, etwa Menschen?

»Wo sind wir hier?«, fragte David.

Wolff betätigte die Hupe, lange und aggressiv, und kaum, dass er das getan hatte, warf anscheinend irgendwer irgendwo einen Generator an, denn plötzlich wurde das Camp in kaltes, milchiges Licht getaucht, das von mehreren Baustrahlern kam.

»Warte hier«, sagte Wolff, statt eine Antwort zu geben. »Ich will uns nur kurz ankündigen.«

Er stieg aus und schlug die Tür hinter sich ins Schloss. David warf Nina einen Blick zu, der sie wissen ließ, dass er ebenso verwirrt war wie sie. Wolff war derweil um den Wagen herumgegangen, hatte den Kofferraum geöffnet und holte etwas heraus.

Hier stimmt was nicht, dachte Nina. Das ist eine Falle. Er hat uns erkannt, und er hat eine Waffe im Kofferraum, und wenn ich ihm nicht zuvorkomme, wird er uns …

Nina wandte sich um und tastete nach ihrem Rucksack, sah, dass David ebenfalls nach seiner Tasche griff. Obwohl sie ihn nur im Profil sah, erkannte sie die Härte in seinem Gesicht, und mit einem Mal wurde ihr klar, dass in seinem Rucksack nicht nur eine Kamera steckte, sondern auch eine Waffe.

Mit einem Scheppern, das den ganzen Volvo erschütterte, schloss Wolff den Kofferraum und umrundete den Wagen erneut. In einer Hand trug er eine vollgestopfte Plastiktüte, auf der das Logo eines Supermarkts prangte. Und nun bemerkte Nina auch, dass Wolff ein anderer Mann entgegenkam. Mittelgroß, spindeldürr und mit Glatze, in dunklen Jeans und einem Kapuzenpullover, der ihm viel zu weit war. Wolff blieb stehen, ließ den Mann auf sich zukommen, gab ihm die Hand und schlug ihm auf die Schulter wie einem alten Freund. Sie konnte nicht hören, was die Männer redeten, aber sie sah, wie

Wolff auf den Wagen zeigte. Was besprach er mit dem Fremden? Wer war dieser Mann?

»Das gefällt mir nicht«, sagte David.

Nina antwortete nicht, obwohl es ihr ganz genauso ging.

»Lass uns abhauen, Nina.«

»Ich gehe erst, wenn ich erledigt habe, wofür ich hergekommen bin.«

Was auch immer Wolff hier wollte, sie würde es aussitzen. Sie würde warten, bis er David gezeigt hatte, was er ihm zeigen wollte, dann würden sie die Fahrt fortsetzen. Sie würde ihre Ungeduld zügeln. Bis zu Kilometer hundertachtundfünfzig. Es war nicht mehr weit. Gar nicht mehr weit.

»Das klappt nicht, Nina. Eher bringt er dich um!«, sagte David.

Nina schwieg. Wolff und der Mann sprachen immer noch.

»Und selbst wenn es dir gelingt. Selbst wenn du das wirklich schaffst. Willst du wirklich dein ganzes Leben versauen? Willst du deine besten Jahre im Gefängnis verbringen?«

»Ich gehe nicht ins Gefängnis«, sagte Nina.

»Ach nein?«

Sie sah, wie Wolff wieder auf den Volvo zukam.

»Nein«, sagte sie. »Niemand hat mich mit Wolff gesehen. Niemand außer dir. Und *du* würdest mich nicht ins Gefängnis schicken.«

»Und *du* würdest es mir nicht zumuten, einem anderen Menschen vor meinen Augen Gewalt anzutun.«

Nina sah ihn an. David war Polizist. David war verlobt. David war ihr furchtbar fremd geworden, und trotzdem war er – das wurde ihr gerade klar – immer noch dieser Junge, den sie fast ihr ganzes Leben lang so wütend geliebt hatte.

»Warum beschützt du ihn?«, fragte Nina.

Davids Stirn legte sich in Falten. Er sah sie an, als hätte sie ein für alle Mal den Verstand verloren.

»Ich beschütze nicht *ihn*, ich beschütze *dich*.«

Nina schnaubte.

»Ich habe dich nicht darum gebeten.«

»Und ich habe mit den zuständigen Kollegen gesprochen«, fuhr David unbeirrt fort. »Tim ist tatsächlich an einer Überdosis gestorben. Wolff hatte nichts damit zu tun.«

Sie kam nicht mehr dazu, ihm zu sagen, dass er sich seine Worte sparen konnte, denn Wolff war jetzt bei ihnen und riss die Beifahrertür auf.

»Komm«, sagte er, und David stieg aus.

Nina zögerte. Was, wenn sie wirklich gerade in eine Falle gelaufen waren? Wäre es dann nicht besser, wenn sie und David zusammen blieben? Nein, dachte sie. Du wirst langsam paranoid. Selbst wenn er uns erkannt hätte. Wann hätte er die Zeit finden sollen, uns eine Falle zu stellen? Nina würde einfach im Wagen warten, David käme schon alleine klar. Mit etwas Glück würden sie bald weiterfahren. Und solange niemand sie mit Wolff sah, konnte sie ihren Plan immer noch wie gehabt umsetzen. Sie müsste nur David loswerden. Ob Wolff irgendwie dazu zu bewegen war, ihn hier zurückzulassen? Nein, dachte sie, eher ließe er sie zurück.

»Was ist denn mit Jessica?«, hörte sie David sagen.

Nina hörte nicht, was Wolff, der etwas weiter von ihr entfernt stand, erwiderte.

»Na, wollen wir sie nicht mitnehmen?«, sagte David.

Und dann, in witzelndem Ton: »Nachher haut sie uns noch ab!«

Wolff antwortete etwas, das sie nicht verstand, dann ging er erneut um den Wagen herum, öffnete die Fahrertür und zog den Schlüssel ab.

»Na kommen Sie schon«, sagte er.

Verdammt!

»Ich bleibe im Wagen, danke.«

Wolff wandte den Kopf und sah sie an.

»Mein Auto, meine Regeln«, sagte er.

Nina versuchte blitzschnell, ihre Chancen zu berechnen. Wenn sie sich sperrte, würde er wütend und schmiss sie vielleicht ganz raus und ließ sie hier zurück. Die Wahrscheinlichkeit, dass sich hier jemand ihr Gesicht merkte, war ohnehin gering. Das Areal war nur sehr spärlich beleuchtet. Nina nickte, zog sich ihre Baseballkappe tiefer in die Stirn, raunte Billy ein paar beruhigende Worte zu, stieg aus und wollte gerade nach ihrem Rucksack greifen, doch Wolff hielt sie zurück.

»Den können Sie ruhig im Auto lassen, den klaut hier keiner.«

Um keinen Preis wollte sie ihren Rucksack zurücklassen, aber noch weniger wollte sie Wolff mit der Nase darauf stoßen, dass sich darin etwas Interessanteres verbergen konnte als ganz normales Reisegepäck; Müsliriegel, Wasser, Kleidung zum Wechseln, eine Zahnbürste und ein paar Tampons vielleicht. Also zuckte sie nur mit den Schultern und schlug die Tür zu.

Und nun sah sie auch, dass da neben dem glatzköpfigen Mann, der Wolff zuerst begrüßt hatte, noch andere Menschen waren. Drei Frauen – alle drei jung, deutlich jünger als Nina, dunkelhaarig und hübsch –, noch ein weiterer, ziemlich alter Mann und zwei Kinder: ein Junge, den Nina auf fünf Jahre schätzte, und ein kleines Mädchen, das von einer der Frauen auf der Hüfte getragen wurde. Was war das nur für ein Ort?

»Wo sind wir hier?« fragte David erneut.

»Am Ende der Welt«, antwortete Wolff.

Er bemerkte offensichtlich Davids Irritation, denn er fügte hinzu: »Den Namen habe nicht ich mir ausgedacht.«

»Wer sind diese Leute?«

Die Frauen sind Prostituierte, dachte Nina und wich gerade so einem klapprigen Fahrrad aus, das auf dem Boden lag, bevor sie darüber stolpern konnte. Wer weiß, wo Wolff sie her hat. Unwillkürlich musste sie an Gloria denken. Was, wenn ...?

»Aussteiger«, sagte Wolff. »Obdachlose. Illegale. Leute, die nirgendwo sonst hinkönnen.«

»Wohnen die dauerhaft hier? Auch im Winter? Mit den Kindern?«, fragte Nina, doch Wolff antwortete nicht.

Sie hatten die kleine Gruppe, die sich vor dem mittleren der drei Trailer, dem mit der bunten Lichterkette, versammelt hatte, beinahe erreicht. Nina blieb stehen und nahm wahr, dass auch David instinktiv ein Stück zurückblieb. Wolff wurde indes freudig empfangen und begann, den Inhalt seiner Plastiktüte zu verteilen, die, wie Nina nun sah, Zigaretten, Schokolade für die Kinder und jede Menge weitere Lebensmittel und Haushaltswaren enthielt. Er tritt auf wie ein König, dachte Nina und wandte sich angewidert ab, als Wolff eine der Frauen grob auf den Mund küsste. Gleichzeitig wurde ihr klar, dass Wolff die ganze Zeit über geplant haben musste, diesen »Abstecher« zu machen. Warum sonst hätte er die Einkäufe dabeihaben sollen?

»Mike!«, rief Wolff.

Er winkte David heran, der auf ihn zutrat und schließlich mit ihm, dem dünnen, glatzköpfigen Mann und der Frau mit dem kleinen Mädchen auf dem Arm, in einem der Trailer verschwand, ohne »Jessica« eines weiteren Blickes zu würdigen. Nina stand in einiger Entfernung zum Geschehen und wusste nicht so recht, was sie als Nächstes tun sollte. Sie war eindeutig nicht eingeladen worden, die Männer zu begleiten, und im Grunde war ihr das nur recht. Auch die restlichen Leute schenkten ihr keinerlei Beachtung, was gut war. Der alte Mann kehrte in seinen Wohnwagen zurück, eine der Frauen tat es ihm nach. Das Lächeln, das sie gezeigt hatten, als Wolff mit Zigaretten, Kaffee und Schokolade für die Kinder gekommen war, war sofort von ihren Gesichtern verschwunden, kaum, dass er ihnen den Rücken zugekehrt hatte. Nina beobachtete, wie die dritte der Frauen dem kleinen Jungen die Schokolade wegzunehmen versuchte, die er bereits aufgerissen hatte. Mit weit geöffnetem Mund biss er ab und schlang sie gierig in sich hinein.

»Das ist meine!«, rief er.

Er war sehr klein, sehr zart, mit kurzen, dunklen Haaren, riesigen braunen Augen und einem noch größeren Mund. Er strotzte vor Energie. Er sieht aus wie eine hungrige kleine Comicfigur, dachte Nina und hätte beinahe schmunzeln müssen. Unter anderen Umständen hätte sie sich gerne mit ihm und seiner Mutter unterhalten, aber so, wie die Dinge standen, war es besser, wenn sie sich bedeckt hielt und auf das konzentrierte, was vor ihr lag.

Die Frau versuchte erneut, dem Jungen das, was von der Schokolade übrig war, abzunehmen, doch er entwischte ihr, indem er sich aus dem Anorak wand, den ihm die Frau, vermut-

lich in Eile, als sie Wolffs Hupe gehört hatte, angezogen hatte. Er
rannte, nur noch mit seinem Pyjama bekleidet, davon und kletterte schließlich, die Schokolade zwischen die Zähne geklemmt,
auf den knorrigen Baum, neben dem Wolff den Volvo geparkt
hatte. Nina hätte erwartet, dass die Frau, die sie für die Mutter
des Jungen hielt, wütend wurde und ihn ausschimpfte. Erst als
sie hell auflachte, wurde ihr klar, wie jung sie tatsächlich war.
Kaum älter als Gloria.
Vermutlich war es ein Fehler, nicht wenigstens den Versuch
zu starten, mit ihr zu reden. Wer weiß, vielleicht wusste sie
etwas. Und falls nicht, dann konnte Nina ihr vielleicht andere
Informationen über Wolff entlocken, die ihr später noch dien-
lich sein konnten.

»Er klettert wie ein Äffchen«, sagte Nina.

Die junge Frau, die ähnlich gekleidet war wie das Kind – sie
trug eine dicke, blaue Daunenjacke über einem rosafarbenen,
seltsam altmodischen Nachthemd, dazu klobige weiße Turnschuhe von Nike –, warf Nina einen abschätzenden Blick zu,
dann lächelte sie. Ihre dunklen Haare waren zu einem unor-
dentlichen Dutt zusammengebunden, aus dem ein paar Strä-
nen herausfielen, die sie sich wieder und wieder aus dem Gesicht strich. Sie sah gesund aus. Warum auch immer sie an
diesem merkwürdigen, ärmlichen Ort gelandet war, Drogen
waren vermutlich nicht der Grund.

»Wie alt ist er?«, fragte Nina.

»Fünf.«

Sie überschlug kurz im Kopf. Die junge Frau sah kein Jahr
älter aus als zwanzig. Wenn der Kleine wirklich ihr Kind war,
dann …

»Woher kennen Sie Wolff?«, fragte Nina, und sie merkte,

noch bevor die junge Frau antwortete, dass die Frage zu direkt gewesen war.

»Wieso wollen Sie das wissen?«

Sie sprach mit einem Akzent, den Nina nicht einordnen konnte.

»Nur so«, sagte sie.

»Und Sie?«, fragte die junge Frau zurück.

»Ich kenne ihn gar nicht«, sagte Nina. »Er ist nur meine Mitfahrgelegenheit.«

Sie sah sich um.

»Leben hier eigentlich noch mehr Leute?«

»Nur wir«, sagte die Frau.

»Wohnen Sie die ganze Zeit hier?«, fragte Nina. »Auch im Winter?«

Die Frau sah Nina misstrauisch an, als wollte sie sagen: So viele Fragen! Aber dann antwortete sie doch.

»Im Moment schon.«

»Warum?«

Die Frage schien sie kurz zu verwirren, dann zuckte sie mit den Schultern.

Wie konnte Nina die Sprache auf Gloria bringen, ohne Misstrauen zu erregen? Die junge Frau hatte ihr ja schon gesagt, dass sonst keiner bei ihnen wohnte. Aber was, wenn das nicht stimmte? Was, wenn Wolff sie gerade – ohne zu ahnen, dass sie nach ihr suchten – direkt zu Gloria geführt hatte?

Nein, das konnte nicht sein. Verdammt, Tim hatte Glorias Anstecker gefunden. Und zwar nicht in diesem improvisierten Camp, sondern noch einige Kilometer entfernt.

Und dennoch …

Irgendetwas stimmte nicht. Was war das nur für ein Ort?

Was taten diese Leute hier, wovon ernährten sie sich, wieso lebten sie freiwillig im Wald? Illegale, hatte Wolff gesagt, und Nina erinnerte sich, dass weder sie noch ihre Freunde jemals in der Lage gewesen waren, herauszufinden, womit Wolff wirklich sein Geld verdiente. Hatte sie gerade des Rätsels Lösung gefunden? War Wolff eine Art Schlepper? Ein Menschenhändler? War er ein Zuhälter? Aber wer waren dann die beiden Männer? Und warum hätte Wolff Fremde wie sie und David an diesen Ort führen sollen? Und was machte er eigentlich mit »Mike« in diesem Trailer? Und wenn das hier wirklich illegale Einwanderer waren, warum tauchten sie nicht in den Städten unter wie alle anderen auch? Was hielt sie in dieser Einöde?

Nina studierte das Gesicht der jungen Frau neben ihr, versuchte, sie einzuschätzen. Sie könnte ihr einfach den Zeitungsausschnitt mit Glorias Foto zeigen und sie fragen, ob sie die junge Frau auf dem Bild schon einmal gesehen hatte. Aber was, wenn sie es Wolff verriet? Nina zögerte.

»Warum geht ihr nicht in die Stadt?«, fragte sie, um das Gespräch in Gang zu halten. »Hier ist doch nichts!«

»Wolff sagt, hier ist es besser.«

»Sie sind wegen Wolff hier?«

Die Frau nickte und sah zu dem kleinen Jungen hinüber, der im Baum saß und den Rest seiner Schokolade vertilgte.

»So ein kleiner Magen, aber es passt so viel rein.«

Nina grinste.

»Komm her«, rief die junge Frau. »Schluss für heute.«

Der Junge lachte und nahm die Ermahnung zum Anlass, das leere Schokoladenpapier zu Boden segeln zu lassen und höher in die Krone des Baumes zu klettern. Nina wurde bei diesem Anblick mulmig zumute, die Äste da oben sahen selbst für ein so kleines Kind wie ihn ein wenig zu dünn und brüchig aus. Dann sagte sie sich, dass das nur daran lag, dass sie in den letzten Wochen und Monaten so viele Knochenbrüche gerichtet und geschient und eingegipst hatte, und so bezwang sie das Bedürfnis, die Frau zu fragen, ob das nicht zu gefährlich sei. Stattdessen warf sie einen Blick zu dem Trailer, in dem Wolff und David mit dem dürren Mann und dem schönen Mädchen verschwunden waren. Was ging da nur vor?

»Was machen die denn so lange?«, fragte sie schließlich.

Die junge Frau antwortete nicht, warf ihr jedoch einen Blick zu, der viel zu zynisch war für ihr beinahe kindliches Gesicht, und Nina war sich nun fast sicher, dass sie es tatsächlich mit einer Prostituierten zu tun hatte.

»Sie meinen ...?«

Die Frau lachte humorlos, dann wandte sie sich von Nina ab und wieder dem Kind zu.

»Mir reicht es jetzt«, sagte sie mit einer neuen Härte in der Stimme, die Nina überraschte. »Du kommst jetzt sofort da runter, oder es setzt was!«

Nina drehte sich der Magen um, als ihr Blick zur Krone des Baumes wanderte. Der kleine Junge war jetzt ganz oben angelangt und klammerte sich nun wirklich an einen der oberen Äste der Kastanie wie ein Äffchen. Nina erinnerte sich, dass Kastanien vor vielen, vielen Jahren auch ihre liebsten Kletterbäume gewesen waren. Damals, als sie noch nichts geahnt hatte von Schädelbasisbrüchen und Rückenmarksverletzungen. Die junge Frau gab ihre Position direkt vor dem Wohnwagen auf und lief zu dem Baum hinüber.

»Runter da! Sofort!«

Der Junge kicherte, machte sich zu Ninas großer Erleichterung jedoch daran, flink wie ein kleines Tierchen wieder herunterzuklettern. Erneut wanderte Ninas Blick zu dem Trailer, in dem Wolff mit David verschwunden war. Die waren schon viel zu lange weg. David konnte doch nicht ernsthaft ... Ein trockenes Knacken durchschnitt die Stille, dann ein Schreckenslaut der jungen Frau.

»Pass auf!«, hörte Nina sie noch rufen, dann gab es ein Geräusch, das einem Splittern glich, und kurz darauf einen dumpfen Aufprall, der sie noch lange danach in dem verletzlichen Moment zwischen Wachen und Einschlafen heimsuchen würde, viel mehr noch als das Bild des zu Boden stürzenden Kindes. Nina vergaß David, sie vergaß Wolff, kurz vergaß sie sogar Tim und Gloria. Sofort rannte sie los, durchquerte das helle, mit Kies und Bauschutt aufgefüllte Kreisrund, das die Wohnwagen vom Waldrand trennte, und erreichte die Frau und das auf dem Boden liegende Kind. Der Junge lag auf dem Rücken, die Augen geschlossen, und Nina nahm zur Kenntnis, dass keiner seiner Arme, keines seiner Beine verdreht abstand. Wenn man nicht gewusst hätte, dass er gerade aus mindestens zweieinhalb Metern Höhe gestürzt war, hätte man glauben können, dass er schlief. Die junge Frau kniete neben ihm und streichelte ihm mit hektischen Bewegungen das Gesicht, so, als könnte sie ihn damit wecken.

»Nicu! Nicu!«

Der Junge reagierte nicht.

»Hilfe!«, kreischte die Frau. »Hilfe!«

Nina schob sie bestimmt beiseite, rüttelte den Jungen ihrerseits vorsichtig an den Schultern. Nichts. Vorsichtig hob sie den Kopf des Kindes an, kontrollierte die Atmung des Kleinen. Ausgesetzt.

»Wählen Sie den Notruf!«, rief Nina automatisch, einfach, weil sie gelernt hatte, dass man das in solchen Situationen eben tat – ohne darüber nachzudenken, dass kein Krankenwagen diesen gottverlassenen Ort in unter einer Stunde erreichen konnte, falls er ihn überhaupt fand.

Dann wurde Ninas Welt plötzlich sehr klein, sie nahm nicht wahr, dass die Frau einfach neben ihr stehen blieb, statt loszulaufen, vielleicht, weil sie unter Schock stand, vielleicht, weil sie Nina nicht verstanden hatte, vielleicht, weil sie gar kein Telefon besaß, vielleicht, weil es ohnehin keinen Sinn hatte. Ninas Sichtfeld zurrte sich zusammen auf einen schmalen Tunnel, in dem sich nur noch sie und das Kind befanden. Und das Kind atmete nicht.

Nina setzte ihre Baseballkappe ab und ließ sie achtlos zu Boden fallen, wand sich aus ihrer engen Lederjacke und begann sofort damit, den Jungen zu beatmen. Einmal, zweimal, dreimal, viermal, fünfmal. Wieder checkte Nina die Atmung des Kleinen. Nichts.

Sie riss die Knöpfe am Oberteil seines Pyjamas auf, auf den, wie ein Teil ihres Gehirns registrierte, ein freundlich aussehender Eisbär appliziert war.

Wie klein der Körper war, der da vor ihr lag. So verletzlich. Der schmale Brustkorb, die dünnen Ärmchen. Nina hatte noch nie versucht, ein Kind wiederzubeleben, und etwas in ihr scheute davor zurück, diesem kleinen Wesen mit ihren plötzlich viel zu groß und grob erscheinenden Erwachsenenhänden auf die schmale Brust zu drücken, doch sie überwand den inneren Widerstand im Bruchteil einer Sekunde, legte dem Kind die Hände auf den Brustkorb und begann mit der Herzdruckmassage. Sie wusste genau, was zu tun war, dreißigmal Thoraxkompression bei einer Frequenz von einhundertzwanzig Kompressionen pro Minute, also zwei pro Sekunde.

Eins, zwei, drei, vier, fünf, sechs, sieben, acht ...

War das der richtige Rhythmus?

Neun, zehn, elf, zwölf, dreizehn, vierzehn, fünfzehn, sechzehn.

Ja, das war er. Okay, weiter.

Siebzehn, achtzehn, neunzehn, zwanzig.

Komm schon, kleiner Junge.

Einundzwanzig, zweiundzwanzig, dreiundzwanzig, vierundzwanzig.

Komm schon. Noch sechs, und dann beginnst du zu atmen. Na komm.

Fünfundzwanzig, sechsundzwanzig, siebenundzwanzig, achtundzwanzig, neunundzwanzig, dreißig.

Nina ließ von dem Kind ab, beatmete es einmal, zweimal.

Atme! Komm schon.

Nichts.

Außerhalb des Tunnels rief die Frau etwas und begann zu weinen, Schritte näherten sich, durch die Hilferufe angelockt, Nina sah sich nicht um. Das zählte nicht. Weiter.

Eins, zwei, drei, vier, fünf, sechs, sieben, acht, neun, zehn, elf, zwölf, dreizehn, vierzehn.

Komm schon, kleiner Junge. Komm schon.

Fünfzehn, sechzehn, siebzehn, achtzehn, neunzehn, zwanzig.

Heute wird nicht gestorben. Komm schon.

Einundzwanzig, zweiundzwanzig, dreiundzwanzig, vierundzwanzig.

Okay, pass auf. Ich gebe dir gleich zweimal Luft, und dann atmest du selber weiter. Abgemacht? Okay. Gleich geht's los.

Fünfundzwanzig, sechsundzwanzig.

Bereit? Okay, gut.

Siebenundzwanzig, achtundzwanzig, neunundzwanzig, dreißig.

Los geht's!

Nina stoppte die Druckmassage und beugte das Gesicht über das Köpfchen des Jungen, fasste mit der Rechten nach seinem Kinn.

Die Mutter schob sich in Ninas Sichtfeld, wollte nach dem Jungen greifen, Nina schlug mit dem freien Arm nach ihr.

»Weg!«

Nina beatmete das Kind einmal, zweimal.

Atme!

Nichts. Schnell kniete Nina sich hinter den Jungen, machte ihm mit einem Griff die Atemwege frei, achtete darauf, keinesfalls die Halswirbelsäule zu bewegen. Erneut hielt sie ihr Ohr an Mund und Nase des Kindes, spürte nichts. Auch die schmale Brust hob und senkte sich nicht, und Nina fühlte, wie die Verzweiflung nach ihr griff.

Das geht nicht. Das geht nicht. Du stirbst heute nicht.

Eins, zwei, drei, vier, fünf, sechs, sieben, acht, neun, zehn, elf, zwölf, dreizehn, vierzehn, fünfzehn, sechzehn, siebzehn, achtzehn, neunzehn, zwanzig.

Nina hörte die Stimmen von Männern, eine, die sie liebte, und eine, vor der es ihr graute, aber in diesem Moment wusste sie nicht, zu wem sie gehörten, keine Zeit innezuhalten, weiter, weiter.

Einundzwanzig, zweiundzwanzig, dreiundzwanzig, vier-

undzwanzig, fünfundzwanzig, sechsundzwanzig, siebenundzwanzig, achtundzwanzig, neunundzwanzig, dreißig.

Komm schon, kleiner Junge. Komm schon.

Beatmen. Einmal. Zweimal.

»Komm schon«, murmelte Nina. »Komm schon!«

Nichts.

Ein Teil von Ninas Gehirn nahm wahr, dass Menschen um
sie herumstanden, doch sie hörte nicht, was sie sagten, ver-
nahm das Schluchzen der jungen Frau und die aufgeregten
Rufe wie durch Watte, sie war wie in Trance.

Wiederholte den Prozess. Wieder und wieder.

Nichts.

Dann fasste sie jemand an der Schulter, und sie hörte wieder diese Männerstimme, sie klang warm und dunkel, und
plötzlich drang sie zu ihr durch. Aber sie wollte nicht hören,
was sie sagte, sie konnte noch nicht raus aus dem Tunnel, denn
der kleine Junge war noch darin, und sie schüttelte die Hand
ab und begann wieder mit der Herzdruckmassage.

Tut mir leid, mein Kleiner. Das muss ganz schön wehtun.
Aber es ist das letzte Mal, versprochen.

Eins, zwei, drei, vier, fünf, sechs, sieben, acht, neun, zehn,
elf, zwölf, dreizehn, vierzehn.

Wie von fern hörte Nina weinende Frauen, Männer, die
durcheinanderriefen, doch sie machte unbeirrt weiter.

… Neunundzwanzig, dreißig.

Okay, ich beatme dich jetzt noch genau zweimal, und dann
bist du dran. Okay? Bitte. Heute wird nicht gestorben. Okay? Es
ist zu früh, verstehst du? Okay? Alles klar.

Eins. Zwei.

Und jetzt du.

Nina beugte ihren Kopf über den Mund des Jungen in der festen Überzeugung, im nächsten Augenblick seinen Atem an ihrem Ohr zu spüren, während sie selbst den Atem anhielt. Doch da war nichts. Sie blickte auf den Jungen hinab. Nahm den zarten Flaum auf den Wangen des Kindes wahr und wie lang seine Wimpern waren. Den Geruch nach Milchschokolade, der von ihm ausging. Nina spürte, wie ihr der Schweiß übers Gesicht lief.

Wieder berührte sie jemand an der Schulter, ganz sacht, wieder hörte sie diese vertraute Stimme.

»Nina«, sagte David, ganz nah an ihrem Ohr.

Ganz leise. Alle anderen waren verstummt. Für einen kurzen Augenblick hörte Nina kein Schluchzen und kein Rufen mehr. Alles war still, und ihr wurde mit Macht bewusst, was diese Stille bedeutete. In ihren Ohren rauschte es, wie das Meer. In der Ferne rief ein einzelner Nachtvogel. Nina blinzelte. Blickte auf den kleinen Körper hinab.

»Nein«, sagte sie, schob die Hand beiseite, setzte von Neuem an.

Dieses Mal zählte sie laut mit.

»Eins, zwei, drei, vier, fünf, sechs ...«

Du stirbst heute nicht. Das lasse ich nicht zu.

»Elf, zwölf, dreizehn, vierzehn ...«

Du stirbst nicht. Du wächst auf. Du erholst dich. Du wirst noch öfter auf viel zu hohe Bäume klettern, als deiner armen Mutter lieb ist.

»Neunzehn, zwanzig ...«

Du wirst weiteratmen. Du wirst weiterleben. Weil es nämlich verdammt noch mal kein Zufall sein kann, dass du genau dann vom Baum fällst, während ausgerechnet ich hier bin. Und für den Fall, dass du nicht wissen solltest, wer ich bin: Ich bin die hartnäckigste Frau, der du je begegnen wirst. Glaubst du mir nicht? Okay, wie findest du das: Ich hatte miese Noten als Teenager. Richtig mies. Ich war eine grässliche Schülerin, frech, vorlaut, habe ohne Ende geschwänzt. Ich war ein Alptraum, wie alle unsicheren Teenager. Meine Lehrer haben mich gehasst. Aber als mir klar wurde, dass ich Ärztin werden könnte, habe ich meinen Kram auf die Reihe gekriegt und die Schule mit einem fucking *Einser-Abi verlassen. Okay? Das ist die Frau, mit der du es zu tun hast. Ich habe mich für Medizin eingeschrieben, und willst du wissen, was der größte Witz ist? Bevor ich das Studium begonnen habe, konnte ich noch nicht mal Blut sehen. Ist das nicht zum Kaputtlachen? Als ich das erste Mal eine Spritze setzen sollte, wäre ich beinahe ohnmächtig geworden. Als ich zum ersten Mal eine Obduktion besucht habe, habe ich mich hinterher heimlich im Klo übergeben. Und weißt du, was ich dann gemacht habe? Ich habe mir den Mund ausgespült und weitergemacht. Und weißt du auch, warum? Weil ich wusste, dass ich mal eine fantastische Ärztin werde. Und sie sagen immer alle, dass man damit klarkommen muss, Patienten zu verlieren. Und das stimmt. Das muss man. Aber dich verliere ich nicht. Nicht dich. Nicht heute. Auf gar keinen Fall. Auf gar keinen Fall. Du wirst groß werden und Freunde finden und Herzen brechen mit deinen großen braunen Augen. Kapiert? Also los! Atme!*

»Neunundzwanzig, dreißig!«

Komm schon, kleiner Junge. Komm schon, Nicu. Die komische blonde Frau pustet dir jetzt noch zweimal in den Mund, dann wachst du auf.

Nina ließ vom Brustkorb des Kindes ab, beugte sich zu ihm herab.

Eins. Zwei.

Komm schon, kleiner Junge. Komm schon, kleiner Junge. Du willst doch noch Hunderte Tafeln von Schokolade in deinem Leben essen. Komm schon. Die erste geht auf mich.

»Komm schon! Komm schon!«

Wieder näherte sie ihr Ohr seinem Mund.

Und wieder war da nichts.

Nichts.

Das konnte doch nicht sein. Das ging doch nicht. Das war unmöglich.

Nina starrte den kleinen Jungen an. Endlos, so schien es ihr zumindest.

Dann atmete er ein.

ZIMT

Nach dem unglaublichen Fund in Wolffs Wagen verbrachten sie den Rest des Tages nach langer Zeit mal wieder im Hobbykeller von Winnies Vater, denn inzwischen war die Kunde von Glorias Verschwinden auch bis zu Winnies Eltern vorgedrungen, und ihre Mutter wollte, dass Winnie in ihrer Nähe blieb, bis die Sache aufgeklärt wäre. Sie liefen aufgeregt im Zimmer herum, spielten halbherzig Billard und diskutierten die Frage, ob sie ihre Erkenntnisse der Polizei mitteilen sollten.

Den für Gloria typischen Zimtkaugummi in seinem Silberpapierchen, den Winnie in dem schwarzen Volvo gefunden hatte, hatten sie als Beweisstück erst mit der alten Polaroid-Kamera von Winnies Vater fotografiert und anschließend in eine durchsichtige Plastiktüte gesteckt.

Als Peter, der auf dem Rand des Billardtisches saß, während die anderen es sich auf dem grünen Sofa gemütlich gemacht hatten, vorschlug, darüber abzustimmen, ging das Ganze genau Fiftyfifty aus. Winnie und Eddie wollten zur Polizei gehen, Kante und Peter waren dagegen.

»Wir müssen«, sagte Winnie. »Dieser Mann war der Letzte, mit dem Gloria lebend gesehen wurde. Was, wenn er sie umgebracht hat?«

Kurz schwiegen alle.

»Wir *müssen* zur Polizei gehen«, wiederholte sie.

»Zum Dorfbullen?«, fragte Peter. »Hast du den mal kennengelernt?«

»Nein«, sagte Winnie trocken. »Du?«

»Der war bei Peter zu Hause, wegen dem Geld, das er in der Schule geklaut hat«, sagte Kante.

Winnie, die wusste, dass Peter rein gar nichts geklaut hatte, hob die Brauen.

»Der Typ ist wirklich ein Arschloch«, sagte Peter. »Okay?«

Winnie sah ihn zweifelnd an.

»Trotzdem ist es seine Aufgabe, sich um solche Dinge zu kümmern!«

»Mann, das ist der Vater von Lars!«, rief Peter.

»Oh, verdammt«, sagte Eddie. »Das hatte ich ganz vergessen. Also dann bin ich auch dagegen.«

»Welcher Lars?«, fragte Winnie verwirrt.

»Mann, Winnie!«, rief Peter. »Lars! Fast so groß wie dein Dad, spindeldürr, Schweinsaugen, Spatzenhirn? Dennis' rechte Hand?«

Winnie guckte verwirrt.

»Der, der die Hakenkreuze auf die Schulbänke geschmiert hat!«, rief Peter.

»Der Dorfpolizist ist sein Vater?«

»Verstehst du jetzt, warum wir nicht zu ihm gehen können?«, fragte Peter.

Winnie überlegte.

»Nur weil sein Sohn so ist, muss das ja nicht heißen, dass er auch ...«

»Doch«, unterbrach Peter. »Glaub mir.«

Winnie sah zu Eddie und zu Kante rüber, beide nickten.

»Okay«, sagte Winnie. »Wir müssen ja nicht direkt zu ihm

gehen. Aber wir müssen wenigstens mit unseren Eltern sprechen.«

Peter zog die Nase kraus, denn ihm kam eine Idee.

»Kante, dein Onkel ist doch auch Polizist.«

»Ja«, schaltete sich Eddie ein. »Der, in den Winnie so verknallt ist.«

»Halt die Klappe, Eddie!«, rief Winnie. »Du bist so was von kindisch!«

Peter ging darüber hinweg. Sie mussten dringend Gloria finden, es war keine Zeit für Mätzchen.

»Meinst du, wir können deinen Onkel mal anrufen?«, fragte er.

»Ich weiß nicht. Der rennt bestimmt sofort zu meiner Mutter.«

»Wir sollten eh mit unseren Eltern sprechen!«, wiederholte Winnie genervt.

»Das machen wir ja auch«, sagte Peter. »Aber erst, wenn wir mehr Informationen haben. Was wissen wir denn schon? Wir machen uns doch lächerlich.«

»Peter hat recht«, sagte Kante. »Er ist der Einzige von uns, der diesen Wolff mit Gloria gesehen hat. Wer soll ihm das glauben, nach der Sache mit dem Geld?«

Winnie warf Kante einen bitterbösen Blick zu.

»Hör auf, das zu sagen!«, rief sie.

»Was denn?«

»Dass Peter das Geld gestohlen hätte«, sagte Winnie. »Du warst das. Denkst du, wir wissen das nicht?«

Kante wurde rot und warf Peter einen ganz komischen Blick zu, einen Blick, der sagte: *Verräter!*, und kurz dachte der, dass Kante abdampfen würde, doch das machte er nicht. Er murmelte etwas und kratzte sich am Hinterkopf.

»Du schuldest Peter eine Entschuldigung«, sagte Winnie.

»Du kannst mich mal.«

»Hey!«, rief Eddie böse, der es nicht leiden konnte, wenn sich jemand mit Winnie anlegte, das war *sein* Job.

»Leute«, rief Peter beschwichtigend. »Hört auf!« Irgendwie beruhigten sie sich. Dann warf Winnie einen Blick auf ihre Armbanduhr, die übertrieben rosa aussah und die sie sich bestimmt nicht selber ausgesucht hatte.

»Ihr müsst gehen«, sagte sie. »Ich muss noch lernen. Ich kriege sonst riesigen Ärger!«

* * *

Während Peter nach Hause ging, brach bereits die Dunkelheit herein. Die Septemberabende begannen nun doch langsam nach Herbst zu riechen. Er hatte seit Tagen keine Mückenstiche mehr bekommen, und bald würde es zu kalt sein, um abends ohne Jacke herumzulaufen. Als er an der Bäckerei vorbeikam, sah er, dass der stumme Hans wie immer auf seiner Bank saß und, wie die Oma immer gesagt hatte, Löcher in die Luft guckte. Das Witzige am stummen Hans war, dass er gar nicht stumm war. Die Oma hatte Peter mal erzählt, dass die Leute ihn den stummen Hans nannten, weil er erst ganz spät angefangen hatte zu reden, weswegen alle ihn als Kind für stumm hielten. Peter wusste nicht, wie alt Hans war, er benahm sich, als wäre er höchstens in Peters Alter, aber er hatte einen Bart und sogar schon ein paar graue Haare, und super gut reden konnte er immer noch nicht, er klang immer, als spreche er mit vollem Mund. Als er Peter nun sah, stand er auf, um ihn ein Stück weit zu begleiteten, wie er es häufig tat.

»Wo ist Gloria?«, fragte Hans.

»Keine Ahnung, Mann«, sagte Peter. »Wenn ich das nur wüsste.«

»Alle suchen Gloria«, sagte Hans. »Keiner weiß, wo sie ist.«

»Das stimmt«, antwortete Peter. »Das macht einen ganz fertig.«

Hans grinste glücklich.

Plötzlich hatte Peter eine Eingebung.

»Weißt *du*, wo Gloria steckt?«

»Hans weiß es.«

Peter blieb abrupt stehen.

»Im Ernst?«

Hans lachte. Peter fasste ihn bei den Schultern, was gar nicht so einfach war, denn Hans war viel größer als er.

»Mann, wenn du was weißt, dann musst du es mir sagen!«

Erneut lachte Hans auf, und dann machte er eine kleine Pantomime und tat so, als verschließe er seinen Mund wie einen Reißverschluss, was Peter einigermaßen auf den Keks ging, denn das hatte er selbst Hans vor einem Jahr oder so beigebracht. Er begriff, dass er einen seiner Scherze mit ihm gemacht hatte.

»Echt witzig!«

Hans grinste ihn freundlich an.

»Das ist nett von dir, Peter. Danke!«

»Du bist echt 'ne Marke, Hans«, sagte Peter. »Ich muss dann.«

Den Rest seines Nachhauseweges legte er alleine zurück.

Daheim angekommen zog er seine schmutzigen Schuhe aus und schloss die Tür auf.

»Ich bin wieder da!«, rief er ins Treppenhaus.

Und in diesem Moment sah er sie. Er erkannte sie sofort. Er

hatte sie zum ersten Mal bei Mondlicht gesehen, aber er würde sie überall wiedererkennen.

Wolffs riesige, schwarze Stiefel, die neben den im Vergleich winzigen Schuhen seiner Mutter standen.

19

Den Tunnel wieder zu verlassen war gar nicht so einfach, und so kam Nina alles, was um sie herum geschah, immer noch seltsam verzerrt und wie in Zeitlupe vor. Der kleine Junge öffnete die Augen und wirkte kurz benommen, so als wüsste er nicht, wo er war. Dann verzog sich sein Gesicht, und er begann zu weinen. Grob schob seine Mutter Nina beiseite und nahm ihn in die Arme.

Nina hörte sich selbst etwas von Vorsicht, möglichen inneren Verletzungen, Gehirnerschütterung und davon sagen, dass das Kind unbedingt und so schnell wie möglich ins Krankenhaus müsse, doch die Frau achtete gar nicht auf sie und presste den weinenden Jungen an sich. Nina rappelte sich hoch, ihre Hände und ihre Knie schmerzten. Wie lange hatte sie hier im Bauschutt gekniet, auf allen vieren? Sie drängte die Tränen, die ihr vor lauter Erleichterung in die Augen schossen, zurück, atmete durch. Sie sah den kleinen Jungen in den Armen seiner Mutter. Es war wie Aufwachen.

Was machte sie hier, mitten im Wald? Hatte sie wirklich vorgehabt, einem anderen Menschen Gewalt anzutun? Das war verrückt. Das war das Gegenteil von dem, wofür sie auf der Welt war.

Nina klaubte ihre Jacke auf, die sie achtlos zu Boden hatte fallen lassen, zog sie über, wandte den Kopf – und fing Davids Blick auf. Er schaute sie an, als sähe er sie zum ersten Mal, und irgendwie ging ihr das durch Mark und Bein. Schnell wandte sie sich ab. Der kleine Junge – war Nicu sein Name oder nur ein Kosewort der Mutter? – wand sich im Griff der Frau, dann richteten sich seine Augen auf die Person, die er gesucht haben musste und die direkt hinter Nina zu stehen schien. Auf seinem Gesicht erschien ein breites Lächeln. Seine Mutter gab ihn frei, und das Kind hob die Arme. In dem Moment traf es Nina. Nein, dachte sie. Das darf nicht wahr sein. Wolff schob sich an ihr vorbei und nahm das Kind zu sich hoch.

»Gib deinem Papa einen Kuss.«

Der Junge schlang ihm die dünnen Ärmchen um den Hals und lachte vergnügt, als Wolff ihm einen Kuss auf die Stirn drückte, bevor er ihn wieder seiner Mutter auf den Arm gab.

Nina war mit einem Schlag eiskalt. Wolff hatte ein Kind, und dieses Kind liebte ihn.

Das hatte sie nicht gewusst. Hatte Tim das gewusst? Nein, das konnte er nicht gewusst haben. Instinktiv suchte sie Davids Blick. Gerade eben war etwas aufgeblitzt in seinen Augen, eine Wärme, ein Erkennen, das nun wieder verschwunden war.

Dann bemerkte sie, wie Wolff sie ansah. Er schaute ihr direkt in die Augen, während die Frau das Kind in Richtung Wohnwagen trug, und kurz war Nina, als flackerte etwas auf in seinem Gesicht. Erkannte er sie? Wusste er, wer sie war? Hatte er es von Anfang an gewusst? War das der Grund dafür, sie und David herzubringen? Hatte er von Anfang an gewusst, mit wem er es zu tun hatte, als sie zu ihm ins Auto gestiegen waren und instinktiv geahnt, warum sie gekommen waren?

War das psychologische Kriegsführung? Sollten sie sehen, dass er Familie hatte? Ein Kind?

»Danke«, sagte Wolff.

Nina zuckte mit den Schultern.

»Jede andere hätte dasselbe getan.«

»Aber nicht jede andere kann das, was Sie können«, sagte Wolff.

Nina antwortete nicht.

»Was sagten Sie noch gleich, sind Sie von Beruf?«, fragte er.

»Ich studiere noch«, antwortete Nina. »Auf Lehramt.«

»Sie sollten Ärztin werden.«

Sie sagte nichts dazu, blickte zwischen ihm und der Frau mit dem Kind auf dem Arm hin und her, die sich Richtung Trailer entfernte.

»Es ist nicht gut, wenn sie ihn jetzt einfach ins Bett legt«, sagte Nina. »Er muss ins Krankenhaus.«

»Wozu?«, fragte Wolff.

»Um sicherzugehen, dass er keine inneren Verletzungen hat. Eine Gehirnerschütterung hat er ganz bestimmt. Damit ist nicht zu spaßen.«

»Er ist in Ordnung«, sagte Wolff. Und dann, an Nina und David gewandt: »Wir fahren gleich weiter. Ihr wartet hier.«

Er wandte sich ab und folgte der Frau mit dem Kind. Bald waren alle drei in einem der Wohnwagen verschwunden.

Nina sah David an, der direkt vor ihr stand und sie auf eine Art anblickte, die sie nicht einordnen konnte. Und genau in diesem Moment verlosch das Licht um sie her, und sein schönes Gesicht verschwand im Dunkel.

»David?«, sagte Nina leise. »Ich habe Mist gebaut. Ich kann das nicht.«

Instinktiv streckte sie die Hand nach ihm aus. Fand ihn in der Dunkelheit. Und sie wusste nicht, warum und wieso, aber im nächsten Moment fühlte sie seine Lippen auf ihren. Es war wie Fallen.

Dann war das Licht zurück. Nina öffnete die Augen und sah gerade noch, wie Wolff wieder ins Freie trat und David sich von ihr abwandte. Sie versuchte, ihm eine stumme Botschaft zu übermitteln, aber es gelang ihr nicht. Etwas hatte sich verschlossen in seinem Gesicht. Doch dann, kurz bevor Wolff wieder bei ihnen war, erwiderte er ihren Blick doch noch.

Ich kann doch nicht den Vater dieses Jungen entführen, dachte Nina, und sie sah, dass David in ihren Augen lesen konnte, was in ihrem Kopf vorging.

Natürlich kannst du das nicht. Du kannst überhaupt niemandem Gewalt antun, gab er stumm zurück.

Dann hatte Wolff zu ihnen aufgeschlossen.

»Abfahrt«, befahl er knapp.

David wandte sich um, um ihm zu folgen, doch als Wolff ihm den Rücken zugedreht hatte, beugte er sich erneut zu Nina hinab und flüsterte etwas, ganz nah an ihrem Ohr. In dem Moment rief Wolff der jungen Frau, die erneut an der Tür des Trailers aufgetaucht war, einen Abschiedsgruß zu, und Davids Worte gingen darin unter. Nina sah David an, wollte ihm sagen, dass sie ihn nicht verstanden hatte, doch da hatte er sich bereits von ihr abgewandt und war Wolff gefolgt.

Nina war hin- und hergerissen, ihr Blick wanderte erst in Richtung des Volvos, in dem sich nach wie vor ihr Rucksack und der schlafende Billy befanden, dann zur jungen Frau mit dem Kind.

»Ich muss noch mal mit der Mutter reden«, rief sie den Männern hinterher. »Ich bin sofort zurück!«

Wolff antwortete nicht.

Die Frau war bereits mit dem Kind im Trailer verschwunden. Auch die anderen waren nicht mehr zu sehen. Nina lief zum Trailer hinüber und klopfte.

Niemand öffnete. Nina rief durch die verschlossene Tür, dass der Junge womöglich schwer verletzt sei und dass er in ein Krankenhaus müsse, doch nichts rührte sich. Während sie kurz unschlüssig dastand, hörte sie, wie zwei Autotüren zugeschlagen wurden; Wolff und David waren bereits eingestiegen, sie musste sich beeilen. Sie klopfte erneut, und dann hörte sie plötzlich etwas, das sie nicht sofort zuordnen konnte. Oder doch, das konnte sie durchaus – es konnte nur nicht sein. Ein Knirschen, und dann ...

Als sie sich umdrehte, sah sie gerade noch, wie der Volvo mit Wolff und David darin über den Schotter rollte, in den Waldweg einbog und ohne sie davonfuhr.

Ihr erster Gedanke galt ihrem Hund. Billy! Nina rannte los. Der Kies knirschte unter ihren Turnschuhen, als sie die künstliche Lichtung überquerte. Sie stolperte über ein grobes Stück Bauschutt, fiel. Rappelte sich hoch. Nina rannte über die Lichtung, gleich würde sie die Einmündung des aufgeschütteten Waldwegs erreichen. In dem Moment erloschen um sie herum die Lichter. Jemand hatte den Generator abgeschaltet, der für den Strom sorgte. Kurz war sie wie blind, alles, was sie sah, waren die Rücklichter des Volvos, irgendwo vor ihr, im Wald, zwischen den Bäumen. Das würde sie nicht schaffen. Das musste sie schaffen, aber das konnte sie nicht schaffen, sie hatte sich verkalkuliert, sie hatte geglaubt, sich daran zu erinnern, dass sie den Wagen, der sich auf dem Waldweg doch kaum schneller als in Schrittgeschwindigkeit bewegen konnte, würde einholen können, doch sie hatte sich geirrt. Vom Volvo waren nur noch die Rücklichter in der Ferne zu erkennen. Hektisch schaute sie sich um, und ihr Blick fiel auf den zweiten Wagen, neben dem Wolff geparkt hatte. Nina stürmte darauf zu, betete, dass er nicht abgeschlossen war, dass durch irgendeine glückliche Fügung der Schlüssel stecken möge. Warum auch nicht, die sind ganz alleine hier draußen und vermutlich teilen sie sich das Auto, dachte sie, da war das doch gar nicht so abwegig. Oder? Oder? Sie erreichte den Wagen, riss verzweifelt an der Tür, und wäre beinahe hintenübergefallen, als sie sich tatsächlich öffnen ließ. Nina setzte sich auf den Fahrersitz, tastete nach dem Schlüssel in der Zündung – nichts. Er war nicht da. Nina stieg wieder aus und rannte erneut über die Lichtung. Dort! Zwischen den Bäumen, waren gerade wieder rote Rücklichter aufgetaucht. Warum war sie nicht weitergerannt? Warum hatte sie bloß wertvolle Zeit mit dem Wagen verschwendet? Nina lief den Waldweg entlang. Aus Angst, unvermittelt und mit voller Wucht gegen einen Baum zu prallen, wenn der unbeleuchtete Weg eine unerwartete Kurve einschlug, hielt sie einen Arm vor sich in die Dunkelheit gestreckt. Sie stolperte immer wieder, fing sich, rannte weiter. Ihre Augen gewöhnten sich besser an das spärliche, milchige Licht des Mondes, sie zog das Tempo an. Auch ihre Gedanken rasten. Wie konnte David es zulassen, dass Wolff sie einfach an diesem merkwürdigen Ort mitten im Wald aussetzte?

Der kurze Wortwechsel, den sie bei der Ankunft am »Ende der Welt« gehabt hatten, ging ihr wieder durch den Kopf.

Warum beschützt du ihn?, hatte sie David gefragt.

Ich beschütze dich!

Vermutlich dachte David, dass er ihr einen Gefallen tat, wenn er sie davon abhielt, erneut in Wolffs Wagen zu steigen und ihm am Ende vielleicht doch noch etwas anzutun. Aber warum tat Wolff das? Hatte er sie tatsächlich erkannt? Oder war das einfach ein Spaß für ihn? Nina wurde bewusst, dass sie absolut nichts bei sich hatte. Ihr Geld, ihr Handy und alles andere – *alles* befand sich in ihrem Rucksack. Und der befand sich wiederum auf Wolffs Rückbank. Und das nur, weil sie vorhin so dumm gewesen war, nicht darauf zu bestehen, ihn mitzunehmen. War das der Grund, warum Wolff abgehauen war? Hatte der Rucksack ihn neugierig gemacht? Glaubte er, dass etwas Wertvolles darin war?

Nina rannte und rannte – und plötzlich tauchten hinter einem besonders dichten Stück Wald erneut die Rücklichter des Volvos auf.

Etwas stimmte nicht damit, auch wenn sie nicht gleich begriff, was es war. Sie war vollkommen außer Atem, und obwohl sie keine Ahnung hatte, was sie tun wollte, sollte sie den Wagen tatsächlich erreichen, gelang es ihr, das Tempo noch um ein weiteres Stück zu erhöhen. Dann wurde ihr klar, was nicht stimmte. Der Volvo bewegte sich nicht mehr. Er stand. Ganz so, als wartete er auf sie. Plötzlich hatte das Bild dieses großen, kantigen schwarzen Wagens, der mit laufendem Motor mitten im nächtlichen Wald stand, etwas Unheilvolles, das Nina dazu brachte, ihre Schritte zu verlangsamen und schließlich stehen zu bleiben. Was war da los? Warum ließ Wolff sie erst zurück und wartete nun auf sie? Ein Bild flackerte vor ihrem inneren Auge auf: David, blutüberströmt auf dem Beifahrersitz. Nina gab sich einen Ruck und ging auf den Wagen zu. Wappnete sich. Dann öffnete sie die Tür und spähte ins Innere.

»Da sind Sie ja endlich«, sagte Wolff.

Nina warf David einen Blick zu, doch der sah stur geradeaus. Wolff grinste sie an.

»Was sollte das, verdammt?«, stieß Nina hervor.

»Nur ein kleiner Scherz«, antwortete er und lachte. »Unser Fotograf hier wollte sie zwar wirklich aussetzen. Aber ich werde doch nicht die Lebensretterin meines Sohnes zurücklassen. Und nun steigen Sie schon ein.«

Kaum, dass sie wieder auf die Rückbank geklettert war und die Tür geschlossen hatte, fuhr Wolff los.

Alles schien wie zuvor. Mit unendlicher Erleichterung nahm Nina zur Kenntnis, dass Billy brav in seiner Transportbox schlief. Auch ihr Rucksack stand nach wie vor ungeöffnet auf dem Mittelsitz der Rückbank.

Und doch musste sich etwas eklatant geändert haben. Die Atmosphäre war eine andere, die Moleküle im Inneren des Wagens waren mit etwas aufgeladen, mit etwas Dunklem, das Nina beinahe in der Luft schmecken konnte.

Es ging von David aus. Oder?

Nina betrachtete ihn. Er schaute noch immer stur geradeaus. Nur Minuten nachdem sie sich geküsst hatten, hatte er versucht, sie mitten im Wald zurückzulassen. Was war nur los mit ihm? Und weshalb starrte er so düster aus dem Seitenfenster? War er schlicht wütend, weil er geglaubt hatte, sein Problem gelöst zu haben, und weil Wolff sie dann doch noch hatte zusteigen lassen? Nein, es war mehr als das. Die Chemie zwischen den beiden Männern hatte sich komplett verändert.

Was war in der Zeit, die sie nicht bei ihnen gewesen war, passiert? Was hatten sie im Trailer gemacht?

Und was noch viel wichtiger war: Was wollte sie jetzt tun? Ihren Plan, Gloria zu finden, aufgeben? Oder ihn umsetzen, trotz allem?

Sie erreichten wieder die Straße, die durch den Wald führte, und Nina warf instinktiv einen Blick auf den Kilometerstand. Als Wolff plötzlich darauf bestanden hatte, einen Abstecher zu machen, waren es noch neunundsiebzig Kilometer gewesen. Wenn sie weiter in der Geschwindigkeit vorankamen, mit der Wolff den Wagen bisher über die Straße gelenkt hatte, blieb ihr noch ungefähr eine Stunde. Eine Stunde für so vieles. Sie betrachtete Davids Profil, und sie dachte an den kleinen Jungen, daran, wie er die Ärmchen um Wolff geschlungen und wie der ihm einen Kuss auf die Stirn gedrückt hatte. Sie hatte eine Stunde, um David loszuwerden und um zu ihrer ursprünglichen Entschlossenheit zurückzufinden.

Konnte sie das?

Noch achtundsiebzig Kilometer.

Noch siebenundsiebzig.

MIXTAPE

Im Glaskasten gegenüber der Bushaltestelle hing ein schlecht kopiertes Foto von Gloria. Darunter, in unbeholfenen, mit einem schwarzen Filzstift geschriebenen Buchstaben:

Wo ist Gloria?

Informationen bitte an die Polizei

Peter betrachtete das Foto, während er im vormittäglichen Nieselregen auf seine Freunde wartete. Er fragte sich, wer das Plakat gedruckt und aufgehängt hatte. Ob das Annette gewesen war? Er sah sich um. Dennis und seine Schergen waren nirgends zu sehen, wahrscheinlich war es ihnen zu früh, um schon rauchend im alten Bushäuschen zu hocken.

Peter dachte an dieses eine Mal, an dem er Dennis am Sportplatz in die Arme gelaufen war. Dennis hatte Peter geschubst, sodass er zurückgetaumelt und gegen jemanden geprallt war. Als er sich umgedreht hatte, hatte er gesehen, dass es Gloria war.

»Was soll der Scheiß?«, sagte sie.

Dennis wurde rot und bekam ganz große Augen, denn er war erst dreizehn, und Gloria war siebzehn und das schönste und geheimnisvollste Mädchen des Dorfes, und da klappte es bei Dennis nicht so gut mit der Coolness wie sonst. Er murmelte etwas Unverständliches.

»Peter gehört zu mir«, sagte Gloria ernst. »Lass ihn in Ruhe.«

»Und wenn nicht?«

Gloria lächelte das kälteste kleine Lächeln, das Peter je gesehen hatte.

»Dann bringe ich dich um«, sagte sie.

Dennis tat so, als müsste er lachen, aber Peter konnte sehen, dass er Gloria glaubte. Er selbst glaubte ihr auch.

»Komm«, sagte sie und legte ihm einen Arm um die Schulter. Sie duftete nach Zimt.

»Ich wäre schon klargekommen«, sagte Peter, als sie außer Hörweite von Dennis waren.

»Ich weiß«, antwortete Gloria. »Aber ich konnte ja schlecht einfach dabeistehen, oder?«

Sie liefen den Weg vom Sportplatz runter Richtung Dorfmitte.

»Ist so was schon häufiger vorgekommen?«, fragte Gloria.

Peter machte eine wegwerfende Handbewegung.

»Ist doch egal.«

»Nein. Das ist es nicht.«

Glorias Gesicht wirkte noch ernster als sonst.

»Mein Vater hat mir etwas beigebracht«, sagte sie.

Peter horchte auf, denn Gloria sprach selten von ihrem Vater.

»Wenn dich jemand schubst, dann schubst du ihn doppelt so fest zurück. Und zwar sofort. Du musst dir Respekt verschaffen. Sonst wirst du fertiggemacht. Verstehst du?«

* * *

Peter wandte den Blick von Glorias Gesicht im Schaukasten ab, überquerte die Straße, setzte sich auf die kleine, dreckige Bank in der Bushaltestelle und betrachtete die Schmierereien an den

Wänden. Da waren ein paar schmutzige Zeichnungen, aber die Schriftzüge konnte er größtenteils nicht entziffern, denn die meisten waren auf Englisch. Wo blieben denn die anderen?

Er sah auf sein nacktes Handgelenk, blöderweise hatte er seine Armbanduhr vergessen. Na ja. War ja kein Wunder, dass er heute Morgen nicht ganz auf der Höhe war. Am Abend war er, nachdem er die Stiefel entdeckt hatte, hoch in sein Zimmer gerannt und hatte sich eingeschlossen. Seine Mutter hatte ihm, als sie ihn gehört hatte, zugerufen, dass sie Besuch hatte und dass in der Küche Pfannkuchen für ihn standen. Sie hatte normal geklungen, und das war wahrscheinlich das Gruseligste. Irgendwie hatte er erwartet, dass seine Mom später noch nach ihm sehen würde, aber das passierte nicht. Und so konnte er sie auch nicht fragen, wem die riesigen Stiefel im Flur gehörten.

Na, jedenfalls: Nachdem er sich einmal eingeschlossen hatte, traute er sich nicht mehr aus seinem Zimmer. Er wusste nicht, ob Wolff noch da war und ob er vielleicht nach ihm suchte.

Als Peter am Morgen aufwachte – er konnte sich nicht erinnern, geträumt zu haben –, war er kurz verwirrt, als er all die Möbel sah, mit denen er die Tür zu seinem Zimmer verrammelt hatte, bevor er schlafen gegangen war. Nachdem er die Barrikade abgetragen hatte, drückte er vorsichtig die Klinke. Kein Monster lauerte im Flur. Vorsichtig schlich Peter die Treppe hinunter.

»Mom?«

Niemand da. Die Stiefel waren verschwunden. Und jetzt, bei helllichtem Tage, kam ihm ihre Anwesenheit am gestrigen Abend eher wie ein Traum vor. Vielleicht war es mit den Stiefeln wie mit dem Tiger.

Peter hatte viel über den Tiger nachgedacht in letzter Zeit und war zu dem Schluss gekommen, dass er ihn sich eingebildet haben musste. Das tat weh irgendwie, weil es verdammt aufregend gewesen war, einen echten, riesengroßen Tiger aus nächster Nähe zu sehen. Klar hatte er wahnsinnige Angst gehabt in dem Moment, aber wenn ein Tiger bei ihnen am Waldrand auftauchen konnte, dann konnte alles Mögliche passieren! Dann konnten all die Dinge auf seiner Radieschenliste wirklich klappen, irgendwann!

Mit den Stiefeln war es genau umgekehrt. Er hoffte so sehr, dass er sie sich bloß eingebildet hatte. Auf jeden Fall entschied er sich, Winnie, Kante und Eddie vorsichtshalber nichts von ihnen zu erzählen, solange er nicht mit seiner Mom gesprochen hatte.

* * *

Peter rutschte auf der unbequemen Bank der Bushaltestelle herum, holte schließlich den Zettel, auf den er seine Radieschenliste geschrieben hatte, aus der Hosentasche, las und überlegte, was er noch hinzufügen sollte. Als ein Auto vorbeifuhr, blickte er auf und legte den Zettel beiseite, aber es war nur Herr Gehrke. Peter stand auf und winkte, doch Herr Gehrke sah ihn nicht, oder jedenfalls winkte er nicht zurück. Peter hätte zu gerne gewusst, ob das Baby von Frau Gehrke schon da war oder ob es doch brav bis zum neunten September warten würde.

Gerade als er ernsthaft unruhig wurde, tauchten endlich die anderen auf. Die interessantesten Neuigkeiten hatte Winnie aufgeschnappt.

»Glorias Tagebuch ist verschwunden«, sagte sie. »Ebenso wie einige andere Sachen. Die Polizei denkt, dass Gloria nur ausgerissen ist.«

»Aber das stimmt nicht«, sagte Peter.

»Das weiß ich auch«, antwortete Winnie. »Aber wie wollen wir das beweisen?«

»Vielleicht sollten wir uns auch mal in ihrem Zimmer umsehen.«

»Und wie sollen wir ins Haus kommen?«, fragte Eddie. »Klingeln wir einfach an der Tür und warten, bis der Geist von deiner Oma aufmacht oder was?«

Kante lachte, Winnie hingegen versetzte Eddie einen Fausthieb gegen die Schulter.

»Mann, Eddie! Das ist überhaupt nicht witzig!«

Auf der Straße lief Hans an ihnen vorbei, der wie so oft alleine durchs Dorf strich. Er schenkte den Kindern jedoch keine Beachtung, als sie nach ihm riefen, und verschwand in der Bäckerei. Peter erinnerte sich an seine letzte Begegnung mit ihm. Ob an dem, was der stumme Hans behauptet hatte, doch was dran war? Schnell teilte er die Information mit seinen Freunden, doch keiner von ihnen wusste so recht, ob das Ganze etwas zu bedeuten hatte oder nicht.

»Vergiss Hans«, sagte Kante. »Lass uns lieber nach dem Tagebuch suchen!«

»Ja«, sagte Eddie. »Wir sollten uns wirklich mal bei deiner Oma umsehen.«

Peter schluckte. Er war noch nicht wieder dort gewesen, seit sie gestorben war. Er hatte Angst davor. Er hatte auch Angst vor der Beerdigung nächste Woche. Aber wenn er aus all seinen Comics eines gelernt hatte, dann das: Wahrer Mut heißt nicht, keine Angst zu haben, sondern sie zu überwinden.

»Meine Mom will nachher sowieso mal im Haus nach dem Rechten sehen«, sagte er. »Ich gehe einfach mit.«

* * *

Jedes Haus roch anders, das hatte Peter schon vor Ewigkeiten gelernt. Winnies Haus roch nach Büchern. Eddies Haus roch nach dem Fett, mit dem sein Vater die Gewehre schmierte, mit denen er auf die Jagd ging. Kantes Haus roch nach Geld, eigenartig metallisch. Und das Haus der Oma roch nach Streuselkuchen. Im Flur standen die Hausschuhe, die die Oma getragen hatte, und Peter wurde kurz komisch, als er sie sah, also schaute er schnell wieder weg.

»Was passiert mit dem Haus?«, fragte er seine Mom.

»Das weiß ich noch nicht, mein Schatz. Vielleicht verkaufen wir es, deine Tanten und ich. Das sehen wir nach der Beerdigung, hm?«

»Mom?«

»Was ist los?«

Er wollte sie fragen, was Wolffs Stiefel vor ihrer Tür zu suchen gehabt hatten, doch etwas hielt ihn ab.

»Glaubst du wirklich, dass Gloria weggelaufen ist?«, fragte er stattdessen.

»Ich glaube es nicht, ich weiß es.«

Sie strich ihm übers Haar.

»Mach dir keine Sorgen.«

Kurz sah sie ihn nachdenklich an, ganz so, als wollte sie etwas hinzufügen, doch dann ließ sie von ihm ab und blickte sich um.

»Ich kann nicht fassen, dass sie weg ist«, sagte sie leise, und Peter begriff, dass sie nicht von Gloria, sondern von der Oma redete. Und irgendwie brachte er es nicht übers Herz, ihr von seinem Verdacht zu erzählen. Dass Gloria nämlich genauso weg war wie die Oma. Wegen dem Blut am Waldrand und wegen dem vermaledeiten Glas, das ihren Namen buchstabiert hatte. Und dass der Mann, mit dem sie anscheinend neuerdings ihre Abende verbrachte, etwas damit zu tun hatte.

»Mom?«, sagte er, und sie wandte sich um. »Worüber wolltest du eigentlich mit mir sprechen?«

Sie hob die Brauen.

»Der Zettel«, sagte Peter.

»Ach so«, antwortete sie zerstreut. »Das hat sich schon wieder erledigt.«

Sie nahm ein Foto in die Hand, das gerahmt auf einem Regal stand. Es zeigte seine Großmutter, als sie noch ganz jung war. Peters Mutter wischte sich mit dem Handrücken ein paar Tränen weg, und während sie im Erdgeschoss die Fenster aufriss, um zu lüften, und begann, den Kühlschrank leer zu räumen, lief Peter die Treppe rauf und öffnete die Tür zu Glorias Zimmer.

Es kostete ihn Überwindung, über die Schwelle zu treten. Im Kleiderschrank hingen Glorias Sachen. Auf dem Bett und auf dem Schreibtisch lagen Bücher. Und im Schloss des Faches, in dem Gloria ihr Tagebuch aufbewahrte, steckte der Schlüssel. Mit klopfendem Herzen drehte Peter ihn um und zog die Schublade heraus. Aber es befand sich kein Tagebuch darin, sondern eine ihrer komischen, altmodischen Kassetten in einer Plastikschachtel. Eines von Glorias Mixtapes. Es war sorgfältig mit einem Aufkleber versehen und beschriftet worden:

Für Tim

Mit klopfendem Herzen nahm Peter die Kassette an sich und kehrte zu seiner Mutter ins Erdgeschoss zurück.

* * *

Das Mixtape erwies sich schnell als Enttäuschung. Die Musik war sehr schön, so war es nicht. Aber Peter hatte geglaubt, dass das Mixtape vielleicht eine geheime Botschaft von Gloria enthalten würde oder so was, aber es waren wirklich nur Lieder darauf. Und dafür hatte Kante extra den steinalten, verstaubten Kassettenrekorder seines Vaters aus dem Keller geholt und in Peters Zimmer geschleppt! Peter, Eddie und Kante saßen auf dem Boden und schauten sich ratlos an. Dann hörten sie plötzlich Schritte auf der Treppe, und zwei Sekunden später platzte Winnie herein, ganz außer Atem.

»Ich habe mit Hans gesprochen«, sagte sie.

Peter sprang auf.

»Erzähl!«

»Ich habe ihn am Teich getroffen«, sagte Winnie und versuchte, Atem zu schöpfen. »Ich habe ihn ein bisschen ausgefragt. Es war gar nicht so einfach, was aus ihm rauszukriegen.«

Das konnte Peter sich gut vorstellen. Wenn Hans nicht in Stimmung war, dann war das so. Er war echt stur. Aber Winnie war nicht nur schlau, sie war auch hartnäckig, und irgendwann hatte Hans sich verplappert. Er schien seltsam stolz darauf, dass Wolff ausgerechnet ihm ein Geheimnis anvertraut hatte.

»Was hat er denn gesagt, Hans?«, hatte Winnie gefragt.

Hans überlegte kurz, dann schüttelte er den Kopf.

»Das ist ein Geheimnis.«

Und dann hatte Winnie was Superschlaues gemacht. Sie hatte gesagt: »Glaube ich dir nicht, dass du weißt, wo sie ist. Der hat dir gar nichts gesagt. Du willst dich nur wichtigmachen!«

Hans warf ihr einen empörten Blick zu.

»Stimmt nicht!«

»Du lügst, Hans«, sagte Winnie.

»Ich lüge nicht!«

»Glaube ich dir nicht. Du weißt nicht, wo Gloria ist.«

»Weiß ich wohl«, sagte Hans triumphierend. »Alle suchen

Gloria, dabei ist sie in meiner Jagdhütte. Ist das nicht unglaublich komisch?«

Winnie hatte einen Moment gebraucht, um zu begreifen, dass Hans nicht von seiner eigenen Jagdhütte sprach, sondern dass er Wolff zitiert hatte.

»Das hat er gesagt?«, fragte sie.

Hans nickte.

»Tut mir leid, dass ich dir nicht gleich geglaubt habe, Hans. Entschuldigung.«

Hans grinste und fütterte weiter die Enten, Winnie hingegen überlegte, was mit dieser Information anzufangen war.

* * *

»Irre«, sagte Peter, als sie geendet hatte. »Wir müssen diese Jagdhütte finden!«

»Das ist das Problem«, sagte Winnie. »Ich habe mich ein bisschen umgehört, bei meinen Eltern und bei ein paar anderen Erwachsenen. Hier hat kein Mensch weit und breit eine Jagdhütte.«

»Das stimmt«, bestätigte Eddie, dessen Vater hin und wieder jagte und der es deswegen wissen musste.

Alle waren irgendwie platt, jedenfalls sagte kurz keiner mehr was.

»Meinst du, Hans hat sich das ausgedacht?«, fragte Eddie.

Winnie zuckte mit den Schultern.

»Wir müssen dringend mehr über diesen Wolff herausfinden«, sagte Kante.

Peter überlegte einen Moment.

»Kannst du rauskriegen, in welchem Haus in dem kleinen Kaff er wohnt?«, fragte Peter an Eddie gewandt.

»Das weiß ich schon«, sagte Eddie. »Im letzten, vom Ortseingang gesehen.«

»Was meint ihr, wie lange braucht man bis dahin?«, fragte Peter.

Eddie und Kante hoben die Schultern.

»Eine Dreiviertelstunde bestimmt«, sagte Winnie. »Zu Fuß, meine ich. Mit den Rädern natürlich weniger.«

»Du willst doch nicht etwa …«, setzte Eddie an.

»Und ob«, antwortete Peter. »Ich finde, wir sollten uns da mal ein bisschen umsehen.«

20

Erschrocken fuhr Nina hoch, riss die Augen auf, versuchte, sich zu orientieren. War sie eingeschlafen? Wolff fuhr nach wie vor schweigend, und David starrte noch immer aus der Seitenscheibe. Nina neigte sich ein wenig nach rechts, um einen Blick auf den Kilometerzähler zu erhaschen, überschlug schnell im Kopf.

Nur noch zweiunddreißig Kilometer! Erneut suchte sie Blickkontakt zu David, doch der ignorierte sie. Der Gedanke, dass etwas zwischen Wolff und David vorgefallen sein musste, ließ Nina keine Ruhe, und schließlich kam sie auf die Idee, einen Blick auf ihr Handy zu werfen. Vielleicht hatte David ihr ja eine Nachricht hinterlassen. Sie fischte ihr Mobiltelefon aus dem Rucksack. Doch nichts. Dabei hatte sie sogar Empfang. Schnell wog sie Für und Wider ab, dann tippte sie eine kurze Botschaft.

Bist du okay?

Sie drückte auf Senden. Kurz darauf erschien unter ihrer Nachricht der Vermerk *Zugestellt*. Nina warf David einen vorsichtigen Blick zu, der ein Stück den Kopf gewandt hatte. Sie spürte, dass er sie am Rande seines Gesichtsfeldes sehen konnte, sie ahnte, dass er sehr genau wahrnahm, was sie tat, dass er wusste, dass sie versuchte, mit ihm zu kommunizieren. Doch er griff nicht nach seinem Handy, um ihre Nachricht zu lesen. Zunächst sagte Nina sich noch, dass David vermutlich extra lange wartete, um nicht Wolffs Misstrauen zu erregen. Aber als er nach fünf Minuten immer noch keine Anstalten machte, zum Telefon zu greifen, wurde sie ungeduldig.

Was ist los?, tippte sie in ihr Handy und drückte erneut auf Senden.

Bald darauf sah Nina, dass Davids Handy, das er auf seinem Rucksack im Fußraum vor sich platziert hatte, erneut aufleuchtete. Er sah es auch, da war sie sich sicher. Doch er griff nicht danach. Stattdessen wandte er – demonstrativ, wie es ihr schien – den Blick wieder nach rechts und sah aus dem Fenster.

Nina lehnte sich in ihrem Sitz zurück.

Noch neunundzwanzig Kilometer.

Noch achtundzwanzig.

Noch siebenundzwanzig.

Sie würde ohne Davids Input zu einem Ergebnis kommen müssen.

Wenn er ihr nicht in die Quere gekommen wäre, wäre jetzt alles anders. Warum zum Teufel war er nicht einfach zu Hause geblieben? Er hätte vorgeben können, von nichts gewusst zu haben. Und sie hätte einfach tun können, was sie tun musste. Aber nein, er musste sich einmischen.

Wolff schaltete stumm das Radio ein, und Nina hörte die vertraute Stimme von Lou Reed.

Es hatte einen Sommer gegeben, in dem ihr Vater ihr die Musik all seiner Lieblingsmusiker vorgespielt hatte. David Bowie, Patti Smith und immer wieder auch Lou Reed. Wenn sie sich recht erinnerte, dann war es der Sommer, in dem der Mauersegler vom Himmel gefallen war.

Es war an einem selten heißen Tag mitten in den Sommerferien gewesen, und Nina wusste nicht mehr genau, was sie und ihre Freunde an diesem Tag gemacht hatten, sie wusste nur noch, dass sie den Weg vom alten Sportplatz Richtung Bushaltestelle gegangen waren, dass es nach Teer und Sonnencreme roch und dass David unter einem Auto einen abgestürzten Vogel entdeckt hatte. Sie erinnerte sich daran, wie sie versucht hatten, das verschreckte Tier, das schrille Laute von sich gab, einzufangen, während Tim danebenstand und Anweisungen gab.

»Was machen wir, wenn wir ihn eingefangen haben?«, fragte er irgendwann, während seine Freunde halb unter dem Auto auf dem Boden herumrutschten und versuchten, das Tier zu erwischen.

»Keine Ahnung. Wir lassen ihn fliegen?«, sagte David.

»Aber sein einer Flügel ist ganz kaputt«, bemerkte Nina.

»Eines sage ich euch, die Beck kriegt ihn nicht!«, warf Tim ein.

Nina erinnerte sich so gut an die alte Beck. Die Frau mit der grauen Dauerwelle und den großen Händen, die mit ihrem Mann unten an der kleinen Brücke gewohnt hatte, die über den Bach führte. Auch Nina war dabei gewesen, als die Beck einst einen kleinen Vogel, der aus dem Nest gefallen war, auf den Steinboden vor ihrem Haus geschlagen hatte. Sie hatte etwas von »erlösen« gesagt, das die Kinder nicht genau verstanden hatten, und sie hatten ihr nie verziehen. Sie hatten ihr Reißzwecken in die Gartenschuhe gelegt, die sie vor der Haustür stehen ließ, sie hatten sich nachts aus dem Haus geschlichen, um sie mit Klingelstreichen zu wecken und ihr schließlich mit einem alten Silvesterböller den Briefkasten gesprengt.

Ihr Rachefeldzug wurde erst beendet, als der alte Herr Beck, den sie alle mochten, die Kinder beiseitegenommen und ihnen gesagt hatte, dass es langsam gut sei, er sei ein alter Mann und brauche seinen Schlaf.

Nein, hatten sie an diesem Sommertag geschworen, die alte Beck bekäme den Vogel nicht. Stattdessen hatten sie ihn in einen Schuhkarton gelegt und zu dem pensionierten Tierarzt gebracht, der oben neben der Gaststätte wohnte, und ...

Nina tauchte aus ihren Gedanken auf, als David sich kurz räusperte, und betrachtete ihn aus dem Dunkel heraus, seinen Hinterkopf, das kurz geschnittene Haar, sein Profil.

Die Geschichte mit dem Vogel war nicht gut ausgegangen damals, der Arzt hatte nichts mehr für das Tier tun können, und sie hatten es schließlich in Ritas Garten in der Nähe des Birnbaums beerdigt. Das Begräbnis war Davids Idee gewesen. Er hatte gleich danach gehen müssen, seine Tante hatte Geburtstag, und er hatte seiner Mutter versprochen, pünktlich zum Kaffeetrinken zurück zu sein. So waren Nina und Tim allein zurückgeblieben. Hatten auf das kleine Grab hinabgeblickt, aus dem ein winziges Kreuz ragte.

»Eigentlich sind wir ja ein bisschen zu alt für so was«, sagte Nina. »Eigentlich ist so was ja ein bisschen babymäßig.«

»Total uncool«, pflichtete Tim ihr bei. »Aber du weißt doch, wie er ist.«

Nach kurzem Überlegen nickte Nina.

Ja. David war der Jüngste und Liebste von ihnen. Da war es in Ordnung, für ihn schon mal Abstriche bei der Coolness zu machen.

Nina kehrte mit ihren Gedanken in die Gegenwart zurück. Lou Reeds Stimme war längst von der einer Nachrichtensprecherin abgelöst worden.

David sah immer noch aus dem Fenster.

Noch neunzehn Kilometer.

Noch achtzehn.

Noch sechzehn.

Ninas Gedanken wanderten zu Wolffs Sohn. Sie hoffte, dass es ihm gut ging. Fragte sich, ob er auch die Art Kind war, das tote Vögelchen beerdigte.

Wieder tauchte das Bild von Wolff, der seinen kleinen Sohn auf dem Arm hielt, vor ihrem inneren Auge auf. Sie verscheuchte es. Denn da war immer noch Gloria. Und der Mann, der vor Nina am Steuer saß, hatte sie verschwinden lassen, dessen war sie sich sicher.

Und es gibt nur noch zwei Menschen, die wissen, was er getan hat. David und mich. Ohne uns kommt er damit davon.

Noch zwölf Kilometer.

Sie hatte nicht mehr viel Zeit. Der Volvo nahm eine lang gezogene Kurve, und Nina wurde in den Sitz gepresst, als Wolff anschließend beschleunigte. Kurz starrte sie durch die Windschutzscheibe. Die hohen, schmalen Bäume am Straßenrand bogen sich im Wind, ihre Wipfel im trüben Dunkel des Himmels verborgen, und Nina sah, wie der Regen wieder einsetzte, wütend und heftig, ein böses Zeichen. Die Nacht ließ alle Masken fallen, zeigte sich nun in ihrer ganzen Feindseligkeit.

Nina presste die Lippen aufeinander. Sie würde David nicht loswerden. War sie wirklich entschlossen genug, es trotz allem durchzuziehen? Sie musste eine Entscheidung treffen. Jetzt.

Und sie traf sie.

21

David presste seine Handflächen fest auf die Oberschenkel, um das Zittern seiner Finger zu verbergen. Warf einen Blick auf die Uhr. Sie hatten sich kaum länger als eine halbe Stunde in dem merkwürdigen, illegalen Camp im Wald aufgehalten. Dennoch war in dieser kurzen Zeit so viel passiert, dass es sich anfühlte, als müsste sein Kopf explodieren.

Ihm war sofort mulmig geworden, als Wolff in den kleinen Waldweg eingebogen war, und als er ausgestiegen und zum Kofferraum gegangen war, hätte er um ein Haar die Nerven verloren und zu seiner Dienstwaffe gegriffen, die gesichert in seinem Rucksack steckte. Doch dann war Wolff mit einer Tüte voller Lebensmittel wieder in seinem Blickfeld erschienen. David hatte nicht das Gefühl gehabt, dass eine unmittelbare Gefahr für Nina oder ihn selbst bestand, aber er hatte sich geschworen, zu jeder Sekunde wachsam zu bleiben. Er wusste genau, wozu er diese Reise angetreten hatte, und er würde seine Mission erfüllen. Er würde dafür sorgen, dass Nina nichts geschah. Und er würde dafür sorgen, dass sie wiederum Wolff nichts antat. Natürlich wollte auch er wissen, was mit Gloria passiert war. Aber es aus Wolff rauszuprügeln und ihn mit Gewalt dazu zu zwingen, ein Geständnis abzulegen und sie zu Gloria – oder ihrer Leiche – zu führen, das konnte einfach nicht der richtige Weg sein.

David würde Nina unversehrt wieder aus diesem Wald herausbringen. Sie würde ihn eine Zeit lang hassen, was okay war. Irgendwann würde sie einsehen, dass er ihr einen Gefallen getan hatte. Nina konnte das nicht wirklich wollen. Bei der Umsetzung von Tims Plan würde es fast unweigerlich Tote geben, auch wenn Nina glaubte, es besser zu wissen. Sie hatte ja keine Ahnung. Sie hatte keine Ahnung, wie es war, einen Menschen zu töten. Er hatte in jungen Jahren gesehen, was es mit einem Kollegen gemacht hatte. Nein, Nina konnte das nicht wirklich wollen. Sie stand unter Schock nach Tims und Ritas Tod, sie würde wieder zu sich kommen. Er würde sie ins Dorf begleiten, sie würden aus Wolffs Wagen steigen, und dann konnten sie immer noch gemeinsam überlegen, wie die nächsten Schritte aussahen. Auf jeden Fall würde heute Nacht niemand sterben. Das würde er nicht zulassen.

Er war ausgestiegen. Mit dem Gefühl, alles unter Kontrolle zu haben. Doch dann hatte Wolff ihn – nach der jungen Frau mit den dunklen Haaren und dem anderen Mann, dessen Gegenwart David so gar nicht behagte – in den Trailer geführt. Er hatte ihm die Frau präsentiert wie ein Besitztum, und als er ihn aufforderte, sie zu fotografieren, *Du bist doch Fotograf, oder nicht?*, hatte David mit dem Gedanken gespielt, mit der gottverdammten Scharade aufzuhören und allen Anwesenden seinen Dienstausweis zu zeigen. Er hatte versucht abzuwägen, ob das auf Wolff und auf den spindeldürren Mann mit den grausamen Augen Eindruck machen würde oder ob er sich und Nina damit nur unnötig in Gefahr brachte und lieber später mit den Kollegen wiederkommen solle. Und da geschah es. Davids Blick streifte den der jungen Frau, und er sah die Demütigung in ihren Augen. Wolff missdeutete Davids Zögern und begann zu lachen. Dunkel und grollend. Und das Geräusch ruckelte etwas lose in David. Er hatte es schon einmal gehört, dieses Lachen. Und er war plötzlich kein erwachsener Mann mehr, sondern ein kleiner Junge. Und mit einem Schlag war alles wieder da.

Das Haus am Waldrand. Seine Freunde. Rita.
Das röteste Rot und das schwärzeste Schwarz.
Wolff.
Alles.

Es war, als hätte er jahrzehntelang einen riesigen, tiefschwarzen Tumor in seiner Brust getragen, und als hätte Wolffs Gelächter ihn dazu gebracht, zu platzen und seinen giftigen, gallertartigen Inhalt in Davids Organismus zu entleeren.

Er stand da, unfähig, etwas zu entgegnen. Kurz war er wie gelähmt, während die Erinnerungen ihn überrollten. Hilflos. Ausgerechnet er. Der Polizist. Der Kampfsportler. Er, dem während der Ausbildung und im Training Mal um Mal gesagt worden war, dass er zu hart, zu aggressiv in Auseinandersetzungen gehe, dass er lernen müsse, sich auch mal zurückzunehmen, auch mal fünfe gerade sein zu lassen. Ausgerechnet er funktionierte nun nicht mehr. Sein Körper verweigerte ihm den Dienst. Etwas stimmt nicht mit diesem Moment, dachte David, er ist nicht wie andere Momente. Er endet nicht. Oder vielleicht ist er auch einfach ganz viele Momente gleichzeitig. Er versuchte, einzuatmen, aber er hatte vergessen, wie das ging.

Und dann schrie draußen eine Frau, und der Bann brach.

David stürzte los, und er sah, dass es nicht Nina war, die schrie, wie er ursprünglich angenommen hatte, sondern die

Frau, an die sich bei seiner Ankunft ein kleiner Junge geschmiegt hatte. David brauchte einen Augenblick, um die Situation zu erfassen, was wahrscheinlich am Schock lag. Es drang nur langsam zu ihm durch, was die Menschen um ihn herum durcheinanderriefen, und nach und nach setzte sich ein Bild zusammen, das Sinn ergab. Der kleine Junge war auf den Kastanienbaum geklettert und heruntergefallen. Er atmete nicht. Und Nina versuchte verzweifelt, ihn wiederzubeleben. Die Menschen standen im Halbkreis um Nina und das Kind, die Frauen weinten, doch niemand versuchte, irgendetwas zu unternehmen, noch nicht einmal Wolff, sie alle sahen einfach Nina zu, wie sie wieder und wieder versuchte, das kleine Herz zum Schlagen zu bringen. Selbst dann noch, als offensichtlich war, dass es nicht gelingen würde.

Und dann gelang es doch.

Dann gelang es doch.

Es war wie ein Wunder.

David sah Nina zu, wie sie aufstand und mit der Mutter des Kindes sprach, und er wusste, was er zu tun hatte. Nina hatte recht. Er war bisher nicht vollkommen auf ihrer Seite gewesen. Aber das hatte sich geändert. Er stand hinter ihr. Zu hundert Prozent.

Als Wolff dem Kind einen Kuss gab, drehte sich David der Magen um, aber er riss sich zusammen. Er verstand Nina jetzt. Er verstand sie jetzt alle beide, sie und Tim, und er wollte, dass sie das wusste.

Und dann waren sie plötzlich alleine, zum ersten Mal, seit so vielen Jahren. Und dann küssten sie sich. Es war wie Fallen, und kurz waren Raum und Zeit verschwunden. Ein paar Wimpernschläge lang blieb die Welt stehen.

Doch dann kam Wolff zurück, der Klang seiner Stimme zerschnitt den Kokon, der Nina und David umhüllt hatte, und die Welt drehte sich unaufhaltsam weiter. Schneller als zuvor, so schien es.

David hatte Mühe, unter Wolffs kaltem Blick nicht zusammenzuzucken, war froh, als der sich von ihnen abwandte, um zum Volvo hinüberzugehen. Schnell beugte David sich noch einmal zu Nina herab.

»Ich erinnere mich wieder an alles«, flüsterte er.

Dann folgte er Wolff.

Dann war sein Versuch, Nina in dem Camp zurückzulassen, gescheitert. Er hatte kein schlechtes Gewissen dabei gehabt, sie dort auszusetzen. Er wusste, dass sie auf sich selbst aufpassen konnte und dass die Leute im Camp ihr helfen würden, in die nächste Stadt zu kommen. Immerhin hatte sie dem kleinen Jungen das Leben gerettet. Wolff hatte erst gegrinst, was David erneut den Magen umgedreht hatte, und war tatsächlich ohne Nina davongefahren. Dann hatte er es sich jedoch anders überlegt und sie wieder zusteigen lassen.

David spürte den Zorn in ihrem Blick beinahe körperlich. Er ignorierte sie.

So vieles machte plötzlich Sinn. Wie oft ihm seine Ex gesagt hatte, dass er nicht in der Lage sei, sich zu öffnen. Wie oft ihm seine Verlobte sagte, dass sie sich manchmal nicht sicher sei, ihn wirklich zu kennen.

Sein Faible für feste Abläufe und Strukturen, klare Regeln.

Wie schnell ihn Abweichungen von seiner Routine aus der Bahn warfen.

Kein Wunder, dass er versuchte, sich mit Ordnung gegen

das Chaos zu stemmen, das von dieser Welt und ihren Menschen ausging.

Er hatte ihm schon einmal ins gefräßige Maul gestarrt.

Er hatte Wolff schon einmal so lachen hören. Damals, in der längsten Nacht seines Lebens.

Wie hatte er das bloß vergessen können?

Aus den Augenwinkeln erahnte David Nina. Wie sie ihn ansah, wie sie versuchte, seinen Blick einzufangen.

Sie war die Einzige, die es geschafft hatte. Sie hatte es nicht vergessen, und trotzdem hatte es sie nicht zerstört. Wie hatte sie das bloß gemacht?

David wusste nicht, was er denken oder fühlen sollte. Sein Zuhause kam ihm plötzlich so weit weg vor – seine Verlobte, seine Arbeit, sein ganzer Alltag. Seine Welt war zusammengeschrumpft auf diese eine endlose Nacht, und in seinem Kopf kreiste nur noch ein einziger Gedanke. Und der sagte ihm nur eines. Tim hatte recht. Nina hat recht. Es war vielleicht nicht richtig, aber es musste getan werden.

Heute Nacht musste es enden. Wolff würde nicht noch einmal davonkommen. Aber ganz bestimmt würde es nicht Nina sein, die sich dafür die Finger schmutzig machte. Das würde er selbst übernehmen.

EINE RIESENGROSSE DUMMHEIT

Immer und immer wieder hatte er die schöne Musik von Glorias Mixtape gehört, um sich zu beruhigen. Dann hatte Peter sich von Emmi verabschiedet, die plötzlich besonders lieb und anhänglich war und ihn so brav angesehen hatte mit ihren niedlichen Augen in ihrem niedlichen Gesicht, dass er am liebsten bei ihr geblieben wäre.

Obwohl es seine Idee gewesen war, hatte er von Anfang an kein gutes Gefühl bei dem Gedanken gehabt, Wolffs Haus auszuspionieren. Wahrscheinlich war er dabei, eine riesengroße Dummheit zu begehen. Aber wenn es stimmte, was Winnie, Kante und Eddie zufällig bei dem Weg durchs Dorf aufgeschnappt hatten, dann würde Wolff noch eine Weile damit beschäftigt sein, sich mit dem Bürgermeister und potenziellen Käufern des Schrottplatzes zu unterhalten. Das war ihre Chance.

Peter, Winnie und Eddie erreichten die kleine Ortschaft eine knappe Stunde später. Bestimmt wäre es schneller gewesen, über die Wiesen und Felder zu gehen, den Feldweg entlang, der von Hagebuttensträuchern gesäumt war, aber sie hielten sich in der Nähe der Straße. So konnten sie die vorbeifahrenden Autos im Auge behalten. Die Nachmittagssonne brannte plötzlich wieder vom Himmel, wie man es sonst nur von Juli- oder vielleicht noch von Augusttagen kannte. Peter hatte sich anfangs schlecht gefühlt dabei, Kante zurückzulassen, den seine Mutter erwischt und dazu verdonnert hatte, endlich seinen Schulaufsatz zu schreiben, doch die Gelegenheit war zu gut, um sie verstreichen zu lassen. Sie redeten wenig, noch nicht einmal Eddie machte Witze.

Eine schmale Straße zweigte von der Landstraße ab und führte in eine Senke hinab, in der sich eine Handvoll Häuser befanden, hinter denen die Wälder anstiegen.

»Lasst uns von außen um den Ort herumlaufen«, sagte Winnie. »Und dann von hinten zu Wolffs Haus gehen. So werden wir nicht von den anderen Leuten im Ort gesehen.«

»Falls es welche gibt«, sagte Eddie, und Peter wusste, was er meinte.

Für ihn sah das Dorf auch vollkommen verlassen aus. Aber Vorsicht war besser als Nachsicht. Also liefen sie einen großen Bogen über die Wiese und näherten sich dem Haus auf diese Weise.

»Das schwarze Auto ist nicht da«, sagte Winnie. »Er ist noch unten im Dorf.«

Peter nickte und blickte zum Haus hinüber. Von Weitem hatte es so gewirkt, als drängten sich die Häuser der kleinen Siedlung dicht an dicht aneinander, doch aus der Nähe sah man, dass sie recht weit voneinander entfernt lagen.

Tatsächlich befand sich Wolffs Haus direkt am Waldrand, und Peter dachte, dass es drinnen furchtbar dunkel sein musste, selbst an einem Tag wie diesem. Dahinter lag ein verwilderter Garten, davor befand sich ein kleiner Kiesweg. An einer Stelle daneben war das Gras eingedrückt. Das musste der Parkplatz für das große schwarze Auto sein.

Sie gingen einmal um das Haus herum, schauten schließlich durch die Fenster. Drinnen war niemand, es war leer. Peter machte ein Foto, man wusste ja nie.

Erneut hinter dem Haus angekommen, blieben sie stehen, und kurz sagte keiner etwas.

»Was nun?«, fragte Winnie. »Ein ganz normales Haus. Wie bringt uns das weiter?«

»Ich muss da rein«, sagte Peter.

»Bist du verrückt geworden?«

»Ja, Mann«, sagte Eddie. »Was, wenn er dich erwischt?«

»Eddie«, sagte Peter, ohne darauf einzugehen. »Du stellst dich mit deinem Walkie-Talkie an die Straße und behältst sie im Auge. Winnie, du bewachst das Haus. Wenn jemand kommt. warnt ihr mich.«

Winnie schüttelte den Kopf, als hätte sie es mit einem Wahnsinnigen zu tun.

»Was, wenn Gloria da drin ist?«, kam Eddie Peter zu Hilfe.

»Glaubst du das wirklich?«, fragte Winnie.

Eddie zuckte mit den Schultern.

»Ich weiß nur, dass Peter Gloria mit Wolff gesehen hat. Und dass jemand den ganzen Waldboden vollgeblutet hat. Und ich weiß auch, dass niemand uns glauben wird, wenn wir keine Beweise ranschaffen.«

»Okay, okay«, sagte Winnie. »Aber wie wollt ihr da überhaupt reinkommen?«

»Durch das Kellerfenster«, sagte Peter. »Eins steht offen.«

Er konnte nicht sofort sagen, wonach das Haus roch, obwohl der Geruch ihm sofort in die Nase drang, nachdem er durch das Fenster geklettert war. Er wusste nur, dass er ihn ganz und gar nicht mochte.

Aber darüber konnte er sich jetzt keine Gedanken machen. Peter war in einer Art Waschküche gelandet, die allerdings völlig verlassen wirkte. Hier waren Anschlüsse und all so was in den Wänden, aber es waren keine Waschmaschinen oder Wäschetrockner da.

Vorsichtig stieß Peter die Tür auf. Als er die Treppen hinaufstieg, schlug sein Herz so schnell, dass er Angst hatte, dass er ohnmächtig werden könnte. Am Ende der Treppe befand sich ein Flur, der auf die Haustür zuführte. Braune, saubere Fliesen, auf denen nirgends Schuhe standen. Allerdings hing ein schwerer schwarzer Mantel an der Garderobe. Peter erschauerte und wandte schnell den Blick ab. Das gefiel ihm alles nicht. Dieses Haus und sein Geruch gefielen ihm nicht.

»Gloria?«

Vorsichtig lugte er in die Küche, den Raum, der der Haustür am nächsten gelegen war, machte ein Foto, steckte es unentwickelt, wie es war, ein und ging von dort in ein fast leeres Wohnzimmer und ein kleines Bad. Das Untergeschoss zeigte fast keine Anzeichen dafür, dass es überhaupt bewohnt war. Peter war gerade erneut im Flur angelangt und starrte die Treppe an, die zu den Schlafzimmern im Obergeschoss führen musste, als sein Walkie-Talkie knackte. Eddie. Peters Körper versteifte sich. Seine eigene Stimme klang fremd, als er sich meldete.

»Was ist los?«

»Nichts«, sagte Eddie. »Ich wollte nur mal hören. Alles okay?«

Peter atmete geräuschvoll aus.

»Bist du verrückt geworden, Mann? Du hast mich fast zu Tode erschreckt!«

»Tschuldigung!«

Peter steckte das Walkie-Talkie zurück in seine Hosentasche, atmete zweimal tief durch und machte sich dann an den Aufstieg. Im Obergeschoss fand er einen weiteren kleinen Flur vor, von dem zwei Räume abgingen. Die Tür des linken war angelehnt, die andere geschlossen.

»Gloria?«

Auf Zehenspitzen betrat Peter den Raum, der nicht verschlossen war, und ihm war sofort klar, dass er in Wolffs Schlafzimmer stand. Irgendwie musste er an einen Soldaten denken. Das Bett war super akkurat gemacht, und im ganzen Raum gab es kaum diese völlig normalen Dinge, die eigentlich jeder rumliegen hatte. Bücher oder Aschenbecher oder Fernbedienungen oder so. Gar nichts. Dem Bett gegenüber thronte ein Kleiderschrank, und Peter musste sich überwinden, ihn zu öffnen. Aber es war keine Leiche darin oder so was. Nur ein paar Hemden und Hosen auf Kleiderbügeln. Peter zog die Schubladen der kleinen Kommode auf. Und hielt den Atem an.

Wow, dachte er. So was hatte er noch nie in echt gesehen. So was sah man nur in Filmen. Er nahm sie in die Hand. Sie war wahnsinnig schwer. Peter schaute sich um, zögerte kurz, konnte dann nicht widerstehen und steckte seinen Fund in den Rucksack. Er machte ein Foto vom Raum und verließ das Zimmer, lehnte die erste Tür wieder an, so wie er sie gefunden hatte, und stand schließlich vor der zweiten. Mit klopfendem Herzen legte er die Hand auf die Klinke und drückte sie herunter. Es war nicht abgeschlossen. Der Raum war genauso geschnitten wie der erste, wirkte aber ganz anders. Während man Wolffs Schlafzimmer ansah, dass dort ein Mann wohnte, fühlte sich Peter hier an das Schlafzimmer seiner Oma erinnert. Auf dem Bett lag eine altmodische Überdecke mit weißen und rosa Karos, das Nachttischschränkchen hatte geschwungene Füße, und darauf stand eine zierliche, leere Vase. Peter kniete sich hin, um unters Bett zu schauen, doch da war nichts, außer ein paar von diesen großen, fluffigen Staubflusen.

Sein Blick fiel auf den Kleiderschrank. Irgendwie zog der ihn an. Peter wollte ihn gerade öffnen, als sein Walkie-Talkie erneut knackte. Hastig zog er die Hand zurück.

»Eddie?«

Keine Antwort.

»Eddie!«

Nichts.

»Winnie?«, sagte Peter. »Kannst du mich hören?«

»Ich höre dich, Peter.«

»Ist alles okay?«

»Alles okay. Aber bitte beeil dich!«

»Eine Minute«, sagte er und öffnete den Schrank.

Sein Inneres roch nach Holz und Mottenkugeln, alle Kleiderbügel darin waren leer. Peter wollte ihn gerade wieder schließen, als sein Blick auf den Karton fiel, der auf dem Boden stand. Er zog ihn heraus und blickte hinein, und kurz war er so geschockt, dass er vergaß, zu atmen.

Das waren Glorias Sachen. Der Karton war vollgestopft mit ihnen. Kleidung, ein Notizbuch, CDs, ein paar Bücher. Peter musste sich kurz auf das Bett setzen.

Erneut knackte sein Walkie-Talkie, aber niemand sagte etwas. Peter stand auf und überlegte, was er machen sollte. Sollte er etwas davon mitnehmen? Schließlich entschied er, ein Bild vom Inhalt der Kiste zu schießen und sie dann wieder in den Schrank zurückzustellen. Er holte die Kamera aus dem Rucksack, machte das Foto, wedelte ungeduldig damit in der Luft herum, begriff, dass er nicht die Zeit hatte, abzuwarten, bis es fertig war, steckte das Polaroid und die Kamera in den Rucksack. Er beugte sich herab, um den Karton wieder zu verschließen.

Und in dem Moment hörte er Winnies Stimme.

»Er kommt! Peter, er kommt!«

Sie klang tonlos vor Entsetzen. Peter ließ von dem Karton ab, rannte zur Treppe – und erstarrte. Denn da drehte sich bereits der Schlüssel im Schloss, und eine riesige Silhouette füllte den Türrahmen.

22

Dunkelheit. Motorengeräusch. Der Organismus Wald, der nach ihnen griff.

Wolffs Schweigen, das genauso klang wie zuvor.

Und Davids Schweigen, in dem etwas vibrierte, das neu war. Dunkler, dringlicher.

Noch acht Kilometer, wenn Nina richtig gerechnet hatte.

Noch sieben.

Bäume in kaltem Scheinwerferlicht. Eine Nebelbank. Ein Straßenschild, das vor Rehsprung warnte.

Noch fünf Kilometer.

Noch vier.

Eine Welt aus bläulichen Grautönen, die nur noch aus dem Straßenrand und den Insassen des Volvos zu bestehen schien.

Noch drei Kilometer.

Und plötzlich haderte Nina wieder mit sich.

Ich werde einen anderen Weg finden, dachte sie.

Noch zwei Kilometer.

Nein. Ich darf mir nichts vormachen. Wenn ich es jetzt nicht tue, dann ist es vorbei. Dann kommt er davon.

Noch ein Kilometer.

Nina dachte an Tim und an Gloria und an Rita. Sie dachte daran, dass Wolff Tims ganze Familie ausgelöscht hatte. Und sie dachte an David und an das kleine Grab für den Mauersegler. Sie schwankte.

Noch fünfhundert Meter.

Jetzt oder nie.

Nina hielt den Atem an.

Noch vierhundert Meter.

Bald müsste sie kommen, die Einmündung, von der Tim ihr geschrieben hatte. Die Einmündung, der sie ein Stück weit folgen mussten, um zu Wolffs geheimer, illegal gebauter Jagdhütte zu kommen. Zu der Jagdhütte, an der Tim nach all der Zeit und entgegen aller Wahrscheinlichkeit Spuren von Gloria gefunden hatte.

Noch dreihundert Meter.

Verdammt, sie würde es tun. Wenn sie es nicht jetzt tat, dann tat sie es nie.

Noch hundert Meter, nein, das durfte sie nicht. Nicht mit David an Bord. Da war sie. Die Stelle, auf die sie die ganze Fahrt über hingefiebert hatte. Dort! Genau dort!

Vorbei.

Die ganze Fahrt, alles, was sie getan hatte, um mit Wolff im Wagen an diesen Ort zu kommen – umsonst.

Nina atmete tief ein und aus.

Es war vorb…

»Wer war diese Frau?«, fragte David plötzlich.

Nicht nur sein Schweigen klang anders, auch seine Stimme wirkte jetzt wie transformiert. Oder nein, das, was da aus ihm rauskam, klang überhaupt nicht wie David, so, als wäre ihm die eigene Stimme abhandengekommen und etwas anderes spräche jetzt aus ihm.

»Welche Frau?«, fragte Wolff in dem gleichen jovialen,

halbbelustigten Tonfall, mit dem er schon die ganze Zeit über mit dem vermeintlichen jungen Fotografen, den er aus irgendeinem Grund wie einen guten Kumpel behandelte, geredet hatte.

»Die Frau in dem Trailer. Die, die ich fotografieren sollte.« Erst jetzt fiel Nina wieder ein, dass Wolff David ja angewiesen hatte, seine Kamera mitzunehmen. Was zum Teufel war in dem Trailer geschehen?

»Eine Frau halt«, sagte Wolff. »Spielt das eine Rolle?«

»Spielen Frauen eine Rolle ...?«, wiederholte David langsam, so, als müsste er einen Augenblick darüber nachdenken.

Was machst du?, dachte Nina. *Was zum Teufel machst du da, David?*

Sie sah, wie Wolff seinem Passagier einen irritierten Seitenblick zuwarf.

»Jetzt sag nicht, sie hat dir nicht gefallen!«

»Oh, sie war wunderschön«, sagte David. »Wo hast du sie her?«

»Warum willst du das wissen?«

»Sie erinnert mich an jemanden.«

Ja, verdammt, dachte Nina. Mich auch. Alle Mädchen dort. Die sahen alle ein bisschen aus wie ...

»Gloria«, sagte David.

»Was?«

Wolff schien kurz aus dem Konzept, und erst jetzt war Nina sich wieder hundertprozentig sicher, dass er sie beide nicht erkannt hatte, dass er keine Ahnung hatte, worum es hier wirklich ging.

»Ich kannte mal ein Mädchen namens Gloria«, sagte David.

Nina versuchte verzweifelt, die neue Situation zu erfassen. Was war nur los? Was machte David da? Warum stieß er Wolff mit der Schnauze darauf, wer sie waren?

Wolff machte ein abfälliges Geräusch.

»Was für ein kranker Name«, sagte er.

David sah ihn düster an.

»Wissen Sie, was wirklich krank ist?«, sagte er. »Mädchen zu entführen. Frauen zu vergewaltigen. Kleine Kinder in Angst und Schrecken zu versetzen.«

»Was willst du denn von mir?«, herrschte Wolff ihn an. »Hast du ein Problem? Wenn du ein Problem hast, dann steig aus, Kameramann.«

»Oh, ich habe mehr als *ein* Problem mit Ihnen.«

Und in dem Moment wurde ihr klar, warum David tat, was er tat. Warum er Wolff darauf stieß, mit wem er es zu tun hatte. Warum er alle Verstellung aufgab. Weil es jetzt egal war. Weil sie am Ziel waren. Oder besser: bereits darüber hinaus.

Weil David entschieden hatte, dass sie und Tim recht hatten. Weil er übergelaufen war. Weil er beschlossen hatte, das zu tun, wovon er *sie* hatte abhalten wollen: sein Leben zu ruinieren.

»David, was machst du?«, sagte Nina.

Dass sie den Mann auf dem Beifahrersitz, der sich ihm als Mike vorgestellt hatte, plötzlich mit *David* ansprach, brachte Wolff vollends aus dem Konzept. Er nahm den Blick von der Straße und wandte sich kurz zu ihr um.

Nina sah sie zuerst. Im Licht der Scheinwerfer.

»Vorsicht!«, schrie sie.

Zu spät.

Sie waren wie aus dem Nichts aufgetaucht. Rehe. Eines, nein drei, nein vier, nein fünf. Sie standen mitten auf der Straße. Wolff stieg in die Eisen. Er widerstand der Versuchung, das Steuer herumzureißen und den Wagen an diesen wunderschönen Hindernissen aus Fleisch, Knochen, Fell und Blut vorbeizulenken. Alles kam Nina wie in Zeitlupe vor, während der Wagen langsamer und langsamer wurde, aber immer noch unaufhaltsam auf die Tiere zuschoss. Dann blieb der Volvo stehen. Es hatte keinen Aufprall gegeben, dennoch wurde Nina von den Fliehkräften herumgeworfen, der Sicherheitsgurt schnitt ihr in die Brust, während ihr Kopf nach vorne geworfen wurde und schließlich hart auf das Kopfteil hinter ihr prallte. Kurz war sie benommen. Sie blickte noch gerade rechtzeitig auf, um den Sprung Rehe im Wald verschwinden zu sehen. Instinktiv sah Nina zuerst nach Billy, der erschrocken zu bellen begonnen hatte, sich aber schnell wieder beruhigte.

Ihr Rucksack war in den Fußraum geflogen, vorsichtig hob sie ihn auf, betete, dass sein wertvoller Inhalt unversehrt geblieben war.

»Scheiße«, brüllte Wolff. »Verfluchte Scheiße!«

Sie hatte ihn noch nie so brüllen hören.

»Was zieht ihr zwei hier für eine Scheiße ab?«

David starrte ihm stumm ins Gesicht, und Nina erschrak, als sie den Entschluss, den David – der Jüngste und Liebste von ihnen – gefasst hatte, in seinen Augen gespiegelt sah.

»Ich habe dich was gefragt!«, brüllte Wolff.

»Steigen Sie aus«, sagte David ruhig.

Er sprach ganz leise. Kurz schien Wolff zu überrascht, um zu reagieren.

»David«, sagte Nina.

Ihr Kopf schmerzte. Eine kleine Gehirnerschütterung, dachte sie und versuchte dennoch klar zu denken. David war gerade dabei, einen riesigen Fehler zu begehen. Sie musste ... Wieder sagte sie seinen Namen, doch er schien sie gar nicht zu hören.

»Ich habe gesagt, Sie sollen aussteigen.«

»Du bist verrückt geworden«, höhnte Wolff.

David rammte ihm die Waffe, die plötzlich nicht mehr in seinem Rucksack war, sondern in seiner Hand, hart gegen die Schläfe, und Wolff sackte in sich zusammen.

Nina war zu schockiert, um auch nur einen Laut von sich zu geben. David öffnete die Beifahrertür, stieg aus und warf sie hinter sich ins Schloss. Nina begriff, dass er um den Volvo herum zur Fahrerseite ging, um den angeschlagenen Wolff aus dem Wagen zu zerren. Aber um was zu tun?

Alle Antworten, die ihr darauf einfielen, waren fürchterlich.

Wolff rührte sich. Er war benommen, aber nicht vollends bewusstlos. Nina starrte durch die Windschutzscheibe, und es kam ihr so vor, als dehnte sich die Zeit, als bewegte sich David wie in Zeitlupe da draußen, im kalten Licht der Scheinwerfer. Sie sah die Nachtfalter durch die künstliche Helligkeit taumeln, sah die Bäume, die sich dem Wind beugten, der bereits einen Hauch Winter in sich trug, und kurz hatte sie das Gefühl, dass da draußen etwas in der Dunkelheit lauerte. Eine Schwärze, die über die Abwesenheit von Licht hinausging und die mit gierigen Fingern nach David griff. Sie sah, wie sie David einhüllte, ihn durchdrang, bis er nicht mehr von der Dunkelheit um ihn herum zu trennen, bis er selbst die Dunkelheit war. Dann war der Moment vorbei.

Nina reagierte sofort. Sie löste ihren eigenen Sicherheitsgurt, beugte sich nach vorne, griff mit der Linken über Wolff hinweg zur Fahrertür, fand den Knopf, den sie gesucht hatte, drückte ihn genau in dem Moment, in dem David die Fahrerseite erreichte. Die Zentralverriegelung machte beim Einrasten ein Geräusch, das Nina unverhältnismäßig laut vorkam. Kurz blickte David sie durch die Scheibe hinweg verwirrt an. Dann begann er, zu begreifen.

»Lass mich rein!«, rief er.

Nina kletterte auf den Beifahrersitz und schlug Wolff, der die Augen geschlossen hielt, mit der flachen Hand ins Gesicht.

»Wachen Sie auf!«, schrie sie, woraufhin Billy erneut zu kläffen begann.

Nina ignorierte ihn. Wolff riss die Augen auf und sah sie verwirrt an.

»Was machst du?«, rief David von draußen.

Nina ignorierte ihn, fokussierte sich ganz auf Wolff. Entweder spielte er mit, oder sie hatte keine Chance.

»Konzentrieren Sie sich!«, rief sie.

David rüttelte an der Tür, Nina konnte ihn fluchen hören. Sie sah, dass sie langsam zu Wolff durchdrang.

»Wir müssen hier weg!«

David schlug mit der Faust gegen die Scheibe der Fahrertür. Wolff starrte sie an. Er war in keinem Zustand, den Wagen zu lenken, das begriff Nina sofort, als sie seine Augen sah. Der Schlag mit der Waffe hatte ihn nicht ernstlich verletzt, aber er war immer noch benommen. Blitzschnell kletterte Nina wieder auf die Rückbank.

»Rutschen Sie rüber«, schrie sie. »Sofort!«

Wolff gehorchte wider Erwarten und wechselte schwerfäl

lig auf den Beifahrersitz, während David draußen begann, mit seiner Waffe auf die Fensterscheibe einzuschlagen.

»Du machst einen riesigen Fehler«, brüllte er.

Nina setzte sich auf den Fahrersitz, startete den Motor, legte den Rückwärtsgang ein und trat aufs Gas. Mit einem schmerzhaften Surren setzte der Wagen zurück, und Nina tat ihr Bestes, um die Straße hinter sich im Auge zu behalten und möglichst nicht den ungläubigen und verzweifelten David anzuschauen, der in der Frontscheibe kleiner und kleiner wurde. Einen Moment lang rannte er dem Volvo noch hinterher, dann blieb er stehen. Erst, als Nina genug Abstand zwischen David und den Wagen gebracht hatte, wendete sie, was auf der schmalen Landstraße gar nicht so leicht war. Dann gab sie erneut Gas. Billys erschrockenes Gebell ging in ein verwirrtes Winseln über.

»Was zum Teufel war das?«, herrschte Wolff Nina an.

Er hatte seine Benommenheit schneller abgeschüttelt, als Nina erwartet hatte, der zähe Mistkerl.

Schnell denken.

»Der Typ ist völlig durchgedreht«, sagte sie. »Ich glaube, der wollte sie erschießen.«

Sie spürte, wie Wolff sie von der Seite betrachtete.

»Erzähl mir doch keinen Scheiß, Mädchen. Ich habe genau gehört, wie du ihn David genannt hast. Ihr zwei kennt euch. Entweder sagst du mir jetzt, was los ist, oder ich prügele es aus dir raus. Das ist mein Ernst.«

Da war er wieder, der Wolff, den sie kannte. Brutal und widerwärtig. Es gab kein Zurück mehr. Sie würde das jetzt durchziehen, und zwar allein.

»Antworte mir!«, fuhr Wolff sie an.

Sie ignorierte ihn. Was wollte er machen, ihr eine runter-
hauen, während er mit ihr am Steuer über die Landstraße
raste?

Fiebrig suchte sie den linken Straßenrand ab. Wie viele
Meter waren sie, an der Einmündung vorbeigefahren? Kaum
mehr als vielleicht anderthalb Kilometer, oder? Wo war sie?
Wo war sie, verdammt? Dort!

»Ich spreche mit dir!«, brüllte Wolff. »Halt an, verfluchte
Scheiße!«

Nina fuhr gut hundert Meter an der Einmündung vorbei,
dann hielt sie.

Schnell denken jetzt.

Sie musste an ihren Rucksack, und das möglichst, ohne bei
Wolff Verdacht zu erregen.

»David ist mein Bruder«, sagte sie. »Er ist... emotional
instabil.«

Wolff starrte sie an. Er glaubte ihr nicht. Kein Wunder, sie
war gut im Improvisieren, aber so gut auch wieder nicht. Sie
musste an ihren Rucksack.

»Der Typ ist dein Bruder?«

Nina nickte. Ohne Vorwarnung schlug Wolff ihr hart ins
Gesicht, und kurz wurde ihr schwarz vor Augen. Auf ihrem
linken Ohr hörte sie einen schrillen Piepton.

»Lüg mich noch einmal an«, brüllte Wolff. »Na los!«

Nina blinzelte benommen. Ihr Rucksack...

»Warum zum Teufel habt ihr so getan, als würdet ihr
einander nicht kennen? Hm?«

Nina blinzelte.

»Warten Sie«, sagte sie so harmlos wie möglich, so, als
wollte sie sich tatsächlich erklären, so als wäre es vollkommen

normal, dass er ihr gerade ins Gesicht geschlagen hatte, und griff nach ihrem Rucksack auf der Rückbank, öffnete ihn. »Ich zeige es Ihnen. Irgendwo hier drinnen ist…«

Sie tastete in ihrem Rucksack herum, und wider Erwarten ließ Wolff es zu.

Wo war sie?

»Ich habe ein Foto auf meinem Handy, das…«

Nina wusste selbst nicht, wie dieser Satz endete; sie schob die Wasserflasche beiseite, die Sachen zum Wechseln. Dann fand sie, was sie suchte, und ihre Linke griff nach ihrem Handy. Sie entsperrte es und hielt es Wolff entgegen. Stirnrunzelnd starrte er auf den Startbildschirm, auf dem ein Foto von Billy zu sehen war.

»Willst du mich verar…«, sagte Wolff noch.

Dann rammte Nina ihm mit der Rechten die aufgezogene Spritze, die sie in einem Seitenfach ihres Rucksacks aufbewahrt hatte, in den Hals.

FLUCHT

Es war wie in einem Film. Nur dass man in den Filmen immer wusste, dass es am Ende gut ausgehen würde.

Wolff hatte die Tür aufgeschlossen, das Haus betreten und war irgendwo im Untergeschoss verschwunden. Peter hatte sich, als Wolff im Türrahmen aufgetaucht war, vom oberen Treppenabsatz in den Flur zurückgezogen und konnte ihn unter sich hören, auch wenn er die Geräusche nicht zuordnen konnte.

Seine Gedanken rasten. Am liebsten wäre er einfach die Treppe runtergerannt. So schnell er konnte, und dann zur Haustür hinaus. Und dann weiter, immer und immer weiter. Aber würde er das schaffen? Was, wenn Wolff zurück in den Flur kam, bevor Peter die Tür erreicht hätte?

So leise er konnte, betrat Peter erneut das Zimmer, das er auf Winnies Nachricht hin verlassen hatte, und schaute durch das Fenster. Es ging zum Waldrand hinaus. Eddie und Winnie waren nirgends zu sehen. Er war auf sich gestellt. Direkt darunter befand sich Rasen, sonst nichts. Wirklich tief war es nicht. Aber auf jeden Fall hoch genug, dass es ihm beim Gedanken, da rauszuspringen, so richtig flau wurde. Er wich einen Schritt zurück.

Er konnte da nicht runterspringen. Es war zu tief. Er würde sich was brechen, und so würde Wolff ihn dann finden. Völlig hilflos, auf dem Rasen hinter seinem Haus.

Er musste die Treppe runter. Er musste. Die Haustür war seine einzige Chance. So leise er konnte, verließ Peter erneut das Zimmer, trat in den Flur, blieb am Treppenabsatz stehen, lauschte. Von unten war nichts mehr zu hören. Wo war er? Was tat er? Du musst das jetzt machen, dachte Peter. Es ist wie mit jeder Mutprobe: Je länger du wartest, desto schwieriger wird es. *Und irgendwann kommt er hier rauf.*

Der Gedanke erschreckte ihn so sehr, dass er den Fuß auf die oberste Stufe setzte. Sie knarrte so laut, dass er in der Bewegung erstarrte. Entsetzt lauschte er. Stille. Stille. Und dann: Schritte. Wolff kam zurück.

Er hat mich gehört. Verdammt, er hat mich gehört!

Instinktiv wich Peter zurück und wollte sich gerade umdrehen, um sich doch noch mit einem Sprung aus dem Fenster eines der Schlafzimmer zu retten, als von irgendwoher ein lautes Klirren ertönte.

Die Schritte im Flur blieben stehen, entfernten sich.

Jetzt oder nie.

Peter rannte los. Flog fast die Treppe hinunter, ohne Rücksicht auf die Tatsache, dass Wolff ihn hören würde. Das war jetzt alles egal, er musste raus aus diesem Haus, und zwar sofort. Er erreichte das Erdgeschoss, sah die Haustür direkt vor sich. Der Gedanke daran, dass sie abgeschlossen sein könnte, streifte ihn kurz, doch da war er schon an der Tür. Und in dem Moment hörte er ihn brüllen. Irgendwo hinter sich. Peter drückte die Klinke, riss die Tür auf, war draußen und rannte. Rechts um das Haus herum, Richtung Waldrand, über die Wiese, weiter und weiter, mit brennenden Lungen. Erst als er den Waldrand erreichte, hielt er inne.

Und da sah er ihn dann.

Er stand vor dem Haus. Er hielt etwas in der Hand, das Peter aus der Entfernung nicht erkennen konnte, aber er ahnte, dass es der Stein war, den Eddie oder Winnie oder beide gemeinsam durch eine Fensterscheibe des Hauses geworfen hatten, um Wolff abzulenken und Peter auf diese Weise die Flucht zu ermöglichen.

23

Sie musste sich beeilen. So viel war klar. Sie hatte die Dosis, die sie einem Mann von Wolffs Größe und Gewicht relativ gefahrlos verabreichen durfte, großzügig bemessen, doch wann er wieder zu sich kommen würde, wusste sie nicht genau. Dennoch starrte sie ihn einen Augenblick lang nur an: seinen erschlafften Körper auf dem Beifahrersitz. Sein selbst in der Bewusstlosigkeit hartes Gesicht, die Falten, wie Rillen auf Vinyl. Die Poren.

Nachdem sie ihm die Spritze in den Körper gejagt hatte, hatte sie sich sofort herumgeworfen, mit der Linken die Tür entriegelt, sie geöffnet – und sich rückwärts aus dem Auto fallen lassen. Sie hatte sich aufgerappelt und hastig einige Schritte vom Wagen entfernt. Wenn Wolff schnell genug reagiert hätte, hätte er sie vielleicht erwischt, sie am Arm oder an einem Zipfel ihrer Lederjacke festgehalten, sie zurück in den Wagen gezerrt, ihr die riesigen Hände um den Hals gelegt und es geschafft, ihr das Leben aus dem Körper zu pressen, noch bevor das Mittel in seinem eigenen Organismus seine volle Wirkung entfaltet hatte. Doch er war viel zu überrascht gewesen. Er hatte sich an den Hals gegriffen und brauchte ein, zwei Schrecksekunden, um zu begreifen, dass eine Kanüle darin steckte. Zog sie mit einem Ruck heraus. Zwang sich offensichtlich, ruhig zu bleiben, um, was auch immer sie ihm da gerade gespritzt hatte, nicht durch ein besonders rasch schlagendes Herz noch schneller in seinem Blutkreislauf zu verteilen. Nina sah, wie er nach etwas tastete. Nach seinem Handy, vermutete sie. Doch dann erschlaffte er, das Betäubungsmittel tat seinen Dienst.

Als Nina sicher war, dass er tatsächlich ohnmächtig war, kletterte sie wieder auf den Fahrersitz, zog die Tür hinter sich zu, wühlte in ihrem Rucksack, fand die Kabelbinder und fesselte Wolffs Hände damit vor seinem Körper. Es widerstrebte ihr, ihn zu berühren, und wie immer, wenn ihr etwas widerstrebte, brachte sie es ohne Zögern und so schnell wie möglich hinter sich. Anschließend holte sie sein Handy aus der Innentasche seiner Jacke und steckte es in ihre Jeans.

Schließlich hielt sie kurz inne. Ihr Atem ging keuchend, ansonsten war es still. Billy, der eben noch völlig außer sich gewesen war, war verstummt. Nina betrachtete Wolff. Das Monster ihrer Kindheit. Sie hatte große Lust, ihn zu schlagen. So, wie David ihn geschlagen hatte – und Wolff sie. Einfach so. Dann riss sie sich zusammen. Sie schob ihn mit beiden Händen von sich weg, sodass sein schwerer Körper gegen die geschlossene Beifahrertür lehnte und sich auch, wenn sie eine Kurve nahm, nicht unvermittelt auf sie zubewegen würde. Startete den Motor, löste die Handbremse, setzte erneut zurück, wendete den Wagen und fuhr langsam die Straße entlang. Da war sie, die Einmündung. Automatisch setzte Nina den Blinker rechts – absurd, so allein, wie sie hier war – und manövrierte den Wagen auf den winzigen Waldweg, den Tim in seinem Brief beschrieben hatte. Es durfte eigentlich nicht lange dauern, bis sie auf die illegal gebaute Jagdhütte stieß.

Vermutlich hatte Wolff die Hütte nicht besonders weit von der Straße entfernt gebaut; er hatte sie mithilfe der schlichten Tatsache getarnt, dass niemand mitten im dichtesten Wald eine wetterfeste, sogar mit einem Generator für Strom ausgestattete Hütte vermuten und überhaupt nach ihr suchen würde. Der Untergrund war ausgesprochen uneben und viel schwieriger zu befahren als der Weg zu dem merkwürdigen Camp, den sie zuvor mit Wolff genommen hatten. Mal um Mal setzte der Wagen auf, und Nina musste sich in Schrittgeschwindigkeit voranarbeiten. Immer wieder fragte sie sich, ob sie überhaupt noch einem vorhandenen Weg folgte, mehr als einmal hatte sie das Gefühl, einfach nur durch den Wald zu fahren, auf einem für den Antrieb des Volvos viel zu weichen Untergrund aus Tannen- und Fichtennadeln. Doch immer wenn sie überhaupt nicht mehr voranzukommen drohte, war da vor ihr ein wenig Kies aufgeschüttet. Manchmal tauchten auch strategisch platzierte Bretter im Scheinwerferlicht des Wagens auf, die die unwegsamsten Stellen gerade so befahrbar machten. Nina blendete die Präsenz des bewusstlosen Wolff neben ihr aus, so gut es ging. Versuchte auch nicht an David zu denken, der vermutlich gar nicht so weit entfernt durch die Dunkelheit irrte. Sie musste die Hütte finden, bevor Wolff aufwachte. Aber vor ihr befand sich lediglich ein Labyrinth aus Bäumen und Zwischenräumen, das sie irgendwann so verwirrte, dass sie kaum noch hätte sagen können, wie lange sie sich schon mit Wolff auf dem Beifahrersitz durch den Wald arbeitete.

Vielleicht ist das hier die Hölle, dachte Nina. Ich fahre mit einem schlafenden Monster durch den Ort, vor dem ich von allem auf der Welt die größte Angst habe. Ich weiß nicht, wie lange ich es schon tue, ich weiß nicht, wie lange ich es noch tun muss, und ich weiß nicht, wann das schlafende Monster erwachen wird.

In diesem Moment rührte sich Wolff. Erschrocken wandte Nina den Kopf nach rechts – so schnell konnte es doch nicht gehen, oder? Wann hatte sie ihn gespritzt? Wie lange waren sie schon unterwegs? Sie hatte nicht auf die Uhr auf dem Armaturenbrett geschaut, verdammt. Egal. Weiter. Vor ihr tat sich nun tatsächlich so etwas wie ein mit Schotter bedeckter Weg auf, und Nina konnte das Tempo sachte erhöhen.

Als vor ihr auf dem Weg ein Hindernis erschien, hielt sie an. Ein Reifen! Was machte ein Reifen hier, so mitten im Wald? Und noch dazu genau auf dem Weg? Er war so platziert, dass es ihr unmöglich war, ihn zu umschiffen, sie musste aussteigen und ihn beiseiteräumen, wenn sie weiterfahren wollte, es ging nicht anders.

Verflucht. Nina starrte in die Dunkelheit, in der das Auto schwamm, suchte fieberhaft nach einem anderen Weg – es gab keinen. Noch nicht einmal der Mond leuchtete ihr mehr, hatte sich längst hinter dichten Wolken verzogen. Sie warf einen Blick zu Wolff, der sich nicht rührte, machte den Motor aus, zog den Schlüssel aus der Zündung, sah sich erneut kurz um – und stieg aus.

Es war, als griffe der Wald nach ihr.

Sie hatte die Wälder nie wirklich als Ort verstanden, sondern immer als einen Organismus; ein riesiges, lebendiges Wesen, das aus Bäumen und Wurzeln, Rehen und Füchsen und noch einigen anderen Tieren, für die die Menschen nur sehr alte Namen hatten, aus Farnen und Dornen und Dunkelheit bestand, aber doch so viel mehr war als die Summe seiner Teile. Die Wälder sangen ihr ganz eigenes Lied.

Nina hörte die Dunkelheit. Sie war ganz dicht um sie herum. Die Stämme der Tannen erhoben sich in den Nachthimmel, höher, weiter, als Ninas Blick reichte. Es knackte, es rauschte, und kurz fühlte sie sich von tausend Augen beobachtet.

Schnell legte sie die paar Meter bis zu dem Reifen zurück, hievte ihn beiseite. Sie hatte die Scheinwerfer des Volvos angelassen, um sich nicht des letzten Rests Lichts zu berauben, doch nun wurde sie selbst von ihnen geblendet, sodass sie weder erkennen konnte, was außerhalb der Reichweite des sämigen Lichtstrahls geschah, noch, was im Inneren des Autos vor sich ging. Als sie sich wieder aufrichtete, meinte sie, hinter sich etwas zu spüren. Nina fuhr herum. Niemand. Sie starrte in die Dunkelheit. Nein, wirklich. Niemand.

Schnell wandte sie sich erneut um, trat aus dem Lichtkegel der Scheinwerfer heraus, ging auf den Wagen zu und stieg ein.

Erst als sie wieder saß, merkte sie, wie schnell ihr Herz gegen den Brustkorb hämmerte. Nina ließ den Motor an und fuhr an dem Reifen vorbei, arbeitete sich weiter durch den Wald voran.

Wo zum Teufel blieb die Hütte? Hätte sie nicht längst vor ihr auftauchen müssen?

Plötzlich kamen ihr Zweifel. Woher wollte sie eigentlich wissen, dass es die Hütte wirklich gab? Die einzigen Informationen, die sie über ihre Existenz hatte, stammten von Tim. Und was, wenn es stimmte, was sie gehört hatte? Was, wenn Tim vor seinem Tod wirklich dermaßen mit Drogen vollgepumpt gewesen war, dass er nicht mehr klar hatte denken können? Was, wenn er halluziniert, was, wenn er sich die Hütte ausgedacht hatte? Nein, das konnte nicht sein. Oder? Wann hatte sie Tim zuletzt gesehen? Das war lange her. Und hatte er während ihres letzten Telefonats nicht merkwürdig geklungen? Plötzlich hatte Nina Schwierigkeiten, ihre Panik niederzukämpfen. Was, wenn das hier eine Irrfahrt war? Was, wenn sie gerade alles riskierte – für nichts? Für eine durch Opiate hervorgerufene Halluzination? Was, wenn nichts von alledem hier stimmte? Was, wenn es keine Hütte gab, wenn Gloria dort keine Spuren hinterlassen hatte, wenn das alles nur in Tims Kopf war?

Sie verfluchte die Tatsache, dass sie sich nicht die Mühe gemacht hatte, Tims Informationen nachzuprüfen, bevor sie aufgebrochen war. Sie ...

Nein, dachte Nina. Du gerätst gerade in Panik, das ist alles. Wenn es keine Hütte gäbe, dann gäbe es hier auch nicht den Weg, den du gerade befährst. Und du hast die Dinge nicht deswegen nicht nachgeprüft, weil du eine Idiotin bist, sondern weil du Tim vertraut hast. Und ihm immer noch vertraust. Und das kannst du auch. Das kannst du auch.

Stück für Stück arbeitete sie sich weiter durch den Wald. Und dann tauchte sie wie aus dem Nichts vor ihr auf. Einfach so.

Die gottverdammte Hütte.

Nina hielt an. Vor ihr befand sich eine Freifläche mitten im Wald, in deren Zentrum eine kleine Behausung stand. Sie schaltete den Motor ab. Und ging blitzschnell im Kopf alles durch, was im Brief gestanden hatte. Die Hütte war nicht abgesperrt. Drinnen befanden sich ein Bett, zwei Stühle. Hinter der

Behausung stand der Generator, mit dessen Hilfe sie die Hütte mit Strom versorgen und drinnen Licht machen konnte. Sie würde zuerst den Generator anwerfen. Für den Fall, dass das Benzin, das sie laut Tim direkt daneben finden würde, doch nicht da war, hatte sie selbst auch noch eine kleine Menge in zwei alten Plastikflaschen in ihrem Rucksack dabei. Sobald das Licht brannte, begann der schwierige Teil. Sie musste Wolff nach drinnen hieven und an einen der Stühle fesseln, bevor er erwachte.

So viel Aufwand, nur um einen bösen alten Mann an einen ganz bestimmten Ort zu schaffen. Doch Nina verstand, wieso Tim sich alles genau so ausgedacht hatte. Wenn es gelingen konnte, Wolff zu überrumpeln und ihm ein Geständnis abzuringen, dann an diesem Ort. Am Ort seiner Tat. An einem Ort, von dem er glaubte, dass kein anderer Mensch auf der Welt ihn kannte.

Wie würde er reagieren, wenn er zu sich kam und sich – gefesselt, hilflos – an genau diesem Ort wiederfand?

Sie betrachtete ihn. Er war definitiv noch außer Gefecht gesetzt, rührte keinen Muskel.

Also los.

Nina nahm die Taschenlampe aus ihrem Rucksack und öffnete die Autotür. Billy begann zu winseln.

»Schsch, Billy«, sagte Nina leise, und er verstummte.

Hastig stieg sie aus und drückte die Tür vorsichtig hinter sich zu. Nicht so sehr, weil sie glaubte, dass sie hier draußen jemand hören würde, sondern eher, weil sie Wolff nicht durch ein unbedachtes, lautes Geräusch frühzeitig aufwecken wollte.

Die eingeschaltete Taschenlampe in der Hand, ging sie auf die Hütte zu. Bei dem Gedanken, dass Wolff hier möglicherweise Gloria gefangen gehalten hatte, musste sie ein Schaudern unterdrücken. Schnell machte sie sich daran, die Hütte zu umrunden, um den Generator zu suchen, überlegte es sich dann jedoch anders. Zunächst sollte sie überprüfen, ob die Tür wirklich offen stand oder vielleicht verriegelt oder mit einem Schloss abgesperrt war. Dann müsste sie sie erst einmal mühevoll aufbrechen. Sie warf einen Blick zum Auto. Wolffs Gestalt war nur in Umrissen zu erkennen, er saß aber noch genauso da wie zuvor. Nina ging auf die Tür der Jagdhütte zu und streckte gerade die linke Hand aus, um sie zu öffnen, als sie es spürte.

Hinter ihr. Da war jemand hinter ihr.

Das kann nicht sein, dachte sie. Das bildest du dir ein. Da ist niemand.

Dann hörte sie die Stimme.

WÖLFE

Peter konnte sich nicht erinnern, wann er zuletzt so gelacht hatte. Zuerst hatte er Winnie gefunden, die ihn von ihrem Versteck hinter einem Busch aus hatte in Richtung Wald rennen sehen und ihm gefolgt war. Und schließlich hatten sie es auch geschafft, Kontakt zu Eddie aufzunehmen.

Gemeinsam hatten sie sich in den Wald geschlagen, und es war vermutlich das erste Mal, dass er ihnen keine Angst eingejagt hatte, ganz im Gegenteil. Der Schutz, den er ihnen bot, war ihnen plötzlich wie ein Tarnmantel erschienen, und Peter hatte sich insgeheim dazu beglückwünscht, dass er instinktiv Richtung Wald gerannt war, statt den Weg zur Straße einzuschlagen, wo Wolff ihn ohne Weiteres eingeholt und erwischt hätte.

Sie waren gerannt, bis sie nicht mehr konnten. Dann hatten sie sich angesehen, und wahrscheinlich wusste keiner von ihnen so genau warum, aber plötzlich war ihnen das alles irre komisch vorgekommen, und jedes Mal, wenn sie sich auch nur kurz in die Augen sahen, mussten sie sich erst mal ein paar Minuten lang schlapplachen.

Wir sind im Wald!, dachte Peter. Wir sind im Wald, verflucht, einfach so! Wir sind nicht wie die kleinen Schisser aus der ersten Klasse oder dem Kindergarten, die sich im Wald fürchten! Wir sind die Coolsten!

Es kostete ihn einiges, um mit dem Lachen aufzuhören, aber er zwang sich dazu. Es ging um Gloria, und die Lage war eigentlich nicht zum Lachen.

»Wir haben ihn abgehängt«, sagte er, als sie sich alle etwas beruhigt hatten.

»Er ist uns gar nicht erst gefolgt«, antwortete Winnie.

»Warum eigentlich nicht?«, fragte Eddie.

Winnie zuckte mit den Schultern.

»Meint ihr, er hat uns erkannt?«, fragte Eddie.

»Peter vielleicht«, sagte Winnie, und Peter wurde wieder flau.

»Glaube ich nicht. Warum sollte er ausgerechnet mich erkennen?«

»Na ja«, sagte Winnie. »Du siehst halt auffälliger aus als wir.«

»Du spinnst«, sagte Peter, obwohl er wusste, dass sie recht hatte, und betrachtete nun seinerseits seine Freunde genauer.

Beide sahen fertig aus. Winnie strich sich die verschwitzten Haare aus der Stirn und band sich ihren Pferdeschwanz neu, während Eddie, noch ganz außer Atem von seinem Spurt und von ihrem kollektiven Lachkrampf, die Handflächen auf die Knie stützte, um Atem zu schöpfen.

»Wer von euch hat ihn abgelenkt?«, fragte Peter.

»Das war Winnie, diese Vandalin«, sagte Eddie. »Ich habe damit nichts zu tun.«

Er grinste.

»Du Blödmann!«, sagte Winnie. »Das ist alles überhaupt nicht witzig. Ich dachte, der bringt Peter um.«

»Hätte er bestimmt auch«, sagte Peter. »Du hast mich gerettet. Kommt, lasst uns von hier verschwinden. *Let's go.*«

Sie würden eine gute Dreiviertelstunde brauchen, bis sie daheim und damit vollends in Sicherheit waren.

»Hast du denn was gefunden?«, fragte Winnie, während sie sich wieder in Bewegung setzten.

»Und ob«, sagte Peter und kramte nach den Polaroids. »Ihr werdet es nicht glauben!«

* * *

Auf dem Rückweg ins Dorf wuchs die Gewissheit in Peter, mit etwas vollkommen Unmöglichem davongekommen zu sein. Er wusste nun ganz sicher, dass Wolff in den Fall verwickelt war. Er hatte es von Anfang an gewusst, aber nun konnte er es auch beweisen.

Eddie und Winnie hatten Augen gemacht, als er ihnen die Fotos gezeigt hatte, die in seinem Rucksack steckten.

»Und du bist sicher, dass die Sachen Gloria gehören?«, fragte Winnie schließlich.

»Völlig sicher.«

Sie waren einen großen Bogen über die Wiesen und Felder gelaufen, um die Landstraße zu meiden, für den Fall, dass Wolff mit dem Auto nach ihnen suchte, doch im Grunde wussten sie, dass sie gewonnen hatten. Die Bilder waren der Beweis, dass er etwas mit Glorias Verschwinden zu tun hatte. Nun würde man ihnen Glauben schenken. Sie mussten dringend eine Vollversammlung abhalten und zu viert beschließen, wie sie weiter vorgehen wollten.

Peter wollte Winnie gerade nach der Uhrzeit fragen, als Regen einsetzte. Es war schon fast sieben, als sie das Ortseingangsschild des Dorfes vor sich auftauchen sahen.

»Was machen wir jetzt?«, fragte Eddie.

»Wir besprechen uns«, antwortete Winnie. »Am besten bei Peter. Dort haben wir unsere Ruhe.«

»Okay«, sagte Peter.

Und da sah er ihn. Winnie und Eddie entdeckten ihn gleichzeitig. Der große, schwarze Wagen stand vor dem Bushäuschen. Peters Kehle schnürte sich zu. Wie konnte er nur so blöd sein? Wie konnte er nur so blöd sein zu glauben, dass Wolff sie nicht suchen würde?

Wolff stand da und unterhielt sich mit Dennis und drei anderen Jungs. Zwei davon gehörten zu Dennis' Schergen. Einer war der Sohn des Dorfpolizisten, den anderen hatte Eddie wegen seines dümmlichen Gesichtsausdrucks *Einstein* getauft. Es war der Anblick des dritten Jungen, der da bei den Schergen stand, der Peter so schockte und der Eddie und Winnie, die sich genau wie er sofort hinter eine Häuserecke geduckt hatten, dazu veranlasste, ihm einen verwirrten Blick zuzuwerfen. Dort bei den Schergen stand Kante!

»Was zum Teufel macht der denn da?«, fragte Winnie.

»Vielleicht spioniert er sie für uns aus«, sagte Eddie.

»Ja«, antwortete Peter. »Vielleicht.«

Aber irgendwie glaubte er das nicht. Er hatte ein ganz schlechtes Gefühl. Ein so richtig schlechtes Gefühl.

Kurz sagte keiner von ihnen etwas, und der Wind trug die Stimmen von der Bushaltestelle herüber. Erst klang es so, als fragte Wolff etwas. Ein Auto fuhr vorbei, sodass Peter nicht genau hören konnte, was er sagte. Aber er sah, wie Wolff seine Hand ans Ohr hob, und er begriff sofort, dass er nach den Kindern mit den Walkie-Talkies fragte.

Als der vorbeifahrende Wagen sich weit genug Richtung Sportplatz entfernt hatte, drangen wieder Wortfetzen herüber. Jetzt war es Dennis, der sprach. Und Peter musste sich kurz an der Wand des Hauses vor ihm abstützen, um nicht zusammenzusacken, als er hörte, was Dennis sagte.

Die beiden anderen hatten es ebenfalls gehört. Entsetzt sahen sie ihn an.

»Unsere Namen«, sagte Winnie. »Dennis hat ihm unsere Namen verraten.«

24

»Hallo Nina.«

Sie fuhr herum.

Direkt vor ihr, vielleicht zwei Meter entfernt, stand ein Mann.

Das Adrenalin in ihrem Körper beschleunigte nicht nur Ninas Herzschlag, sondern auch ihre Gedanken. Er musste schon hier gewesen sein, als sie angekommen war. Musste sich versteckt haben in den Schatten. Instinktiv hob Nina die Taschenlampe, leuchtete dem Mann direkt ins Gesicht. Er ließ es geschehen, ohne auch nur den Arm gegen die blendende Helligkeit vors Gesicht zu heben. Kniff lediglich die Augen zusammen. Er war wesentlich größer als Nina, aber um einiges kleiner als David. Dunkle Kleidung, eher kurzes, mittelblondes Haar, helle Augen. Ein glatt rasiertes, symmetrisches Gesicht.

Kämpfen oder flüchten?

»Woher wissen Sie, wie ich heiße?«

Zeit gewinnen. Die Panik niederkämpfen. Es irgendwie schaffen, klar zu denken.

Sie war unbewaffnet. Sie hatte zwar noch eine weitere Spritze dabei, die sie eingesteckt hatte, um Wolff bei Bedarf noch ein zweites Mal außer Gefecht setzen zu können, doch die befand sich im Auto. Im linken Seitenfach ihres Rucksacks. Viel zu weit entfernt. Nina stand im wahrsten Sinne des Wortes mit dem Rücken zur Wand. Hinter ihr die Holzhütte, vor ihr – zwischen ihr und dem Wagen – der Fremde. Konnte sie die Tür aufreißen und sich in der Hütte verbarrikadieren, bevor er sie erwischen würde? Nein, unmöglich. Er war viel zu nah. Und er war vor ihr hier gewesen – wer weiß, was sie in der Hütte erwartete.

Der Mann antwortete nicht gleich, runzelte jedoch die Stirn. Dann hob er die Hände, wie um zu zeigen, dass er ihr nichts tun würde, und machte einen Schritt zurück. Nina brach der Schweiß aus.

Er spielt mit mir.

Der Mann sah auf sie herab. Objektiv betrachtet war er ausgesprochen gut aussehend, aber etwas an seinem Gesicht missfiel ihr, wie die leise Erinnerung an etwas Schlimmes. Er setzte ein schiefes Lächeln auf, das ihr durch und durch ging.

Ein Alptraum, schoss es Nina durch den Kopf. Die klamme Kälte, die Finsternis, das Rauschen der Wälder, der Geruch nach feuchter Erde, nach Pilzen und Sporen und Tod, die wispernden Geräusche der Nacht ... Das muss ein Alptraum sein. Wer auch immer da vor mir steht, er dürfte gar nicht hier sein. *Niemand* dürfte hier sein!

Der Mann ließ die Hände wieder sinken, das Lächeln verschwand aus seinem Gesicht.

»Du erkennst mich nicht«, sagte er.

Nina versuchte, Atem zu schöpfen, doch ihr Puls raste so sehr, dass sie kaum Luft bekam.

»Ich kenne Sie nicht. Was wollen Sie von mir?«

Der Mann fuhr sich mit der Hand durchs Haar, schien zu

überlegen, und etwas veränderte sich in seiner Mimik. Und da traf es Nina.

Doch. Sie kannte dieses Gesicht. Scheiße, woher kannte sie dieses Gesicht?

Als sie ein Geräusch hörte, das aus Richtung des Wagens kam, warf sie unwillkürlich einen hektischen Blick zum Volvo hinüber. Doch da war nichts, keine Bewegung, nur totes, dichtes Unterholz.

Nina machte einen Schritt zurück, spürte sofort die Tür der Jagdhütte im Rücken. Ihr schnürte sich die Kehle zu. Todesangst. Und plötzlich war da nur noch ein Gedanke in ihrem Kopf.

Ich werde heute Nacht nicht sterben.

»Nina«, setzte der Mann vor ihr an.

Er bewegte sich schon wieder auf sie zu, und Nina handelte, ohne nachzudenken. Sie schleuderte ihm die schwere Taschenlampe entgegen, die ihn am Kopf traf, schlug einen Haken nach rechts, schaffte es tatsächlich an dem völlig überraschten Mann vorbei und rannte auf das Auto zu. Der Fremde rief ihr etwas hinterher, das sie nicht verstand, sie ignorierte ihn. Sie glitt auf dem feuchten Laub aus, das den Boden bedeckte, und fiel, kämpfte sich wieder hoch. Dann hatte sie den Volvo erreicht und hoffte, dass Wolff immer noch bewusstlos war. Sie schaute durch die Scheibe zu ihm hinein und schickte ein kleines Dankgebet zum Himmel, als sie ihn regungslos dasitzen sah.

Nina riss die Tür auf, stieg ein und betätigte die Universalverriegelung. Blitzschnell tastete sie nach dem Schlüssel, den sie in die Tasche ihrer Lederjacke gesteckt hatte. Er war nicht da. Sie klopfte die Tasche auf der linken Seite ab. Nichts. Nina starrte durch die Windschutzscheibe. Der fremde Mann kam ohne Hast auf den Wagen zu. Sie saß in der Falle. Mit einem schlafenden Wolff an ihrer Seite, der jeden Augenblick aufwachen konnte.

Hastig drehte Nina sich auf dem Fahrersitz um und tastete nach der zweiten Spritze mit der klaren Flüssigkeit, die sie aus dem Krankenhaus gestohlen hatte. Dann spürte sie einen scharfen Schmerz. Sie hatte sich an irgendetwas geschnitten. Nein, nicht an irgendetwas. An der Spritze. Sie war zerbrochen, ihr kostbarer Inhalt längst im Material des Rucksacks versickert.

Nina fuhr herum. Zweitschlüssel. Vielleicht gab es hier im Wagen Zweitschlüssel. Sie suchte alles ab, Handschuhfach, Seitenfächer, Sonnenblende, nichts. Verdammt.

Der Mann hatte den Wagen erreicht und beugte sich herab, um durch die Scheibe der Fahrertür zu sehen. Und genau in diesem Moment begann Wolff, sich zu bewegen.

DIE LÄNGSTE NACHT

Sie nahmen den Umweg über den Schrottplatz und die Wiese, duckten sich entlang der Hauptstraße aus Furcht, den großen schwarzen Wagen hinter sich auftauchen zu sehen, immer wieder in die Schatten der Häuser, die ihren Weg säumten. Doch das Auto kam nicht, und so rannten sie schließlich auf müden Beinen den Schotterweg zu Peters Haus entlang. Im Wohnzimmer und in der Küche brannte Licht, wahrscheinlich kochte oder backte seine Mom etwas und hörte dabei dem Fernseher im Nebenraum zu.

»Hast du deinen Schlüssel dabei?«, fragte Winnie, als sie die letzten Meter zurücklegten.

Alle drei hatten sie sich wieder und wieder umgeschaut, doch die Straße hinter ihnen, auf die sich bereits die Dunkelheit senkte, blieb leer.

Peter nickte, zog den Schlüssel aus der Tasche und schloss auf. Alle drei schlüpften sie in den kühlen Hausflur. Sie waren in Sicherheit. Peter wollte gerade die Tür ins Schloss drücken, da hörte er ihn.

»Wartet auf mich!«

Kante. Peter sah erst Winnie an, schließlich Eddie. In ihren Gesichtern standen dieselben Fragen, die auch er sich stellte. Gehörte er noch zu ihnen? Konnten sie ihm noch trauen? Hatte seine Mutter ihn wirklich gezwungen, den Schulaufsatz zu schreiben? Oder hatte er sie absichtlich im Stich gelassen? Hatte er sie tatsächlich verraten?

Nein, dachte Peter. *Wir sind Freunde.* Er öffnete die Tür und ließ Kante herein. Der war vollkommen aus der Puste.

»Er ist hier«, keuchte er. »Im Dorf. Er sucht euch.«

»Was hast du ihm gesagt?«, fragte Peter.

Kante kratzte sich am Hinterkopf und blinzelte verwirrt.

»Wir haben dich gesehen, an der Bushaltestelle«, sagte Winnie. »Hängst du jetzt mit Dennis ab, oder was?«

»Spinnst du? Die haben mich geschnappt, was sollte ich denn machen?«

»Was wollte Wolff?«, fragte Peter.

»Wissen, wer ihr seid. Und wo ihr wohnt.«

»Scheiße«, hauchte Eddie.

Er klang, als würde er jeden Moment losheulen.

»Er hat uns erkannt«, sagte Peter.

»Nein, nur dich«, sagte Kante. »Aber Dennis konnte sich natürlich denken, welcher Junge und welches Mädchen noch bei dir waren.«

»Leute«, sagte Eddie, der immer mal wieder nervöse Blicke nach draußen geworfen hatte. »Mir gefällt das nicht. Was, wenn er hier auftaucht?«

Niemand antwortete ihm.

* * *

Sie erreichten Peters Zimmer, ohne von seiner Mutter erwischt zu werden. Er konnte jetzt nicht mit ihr sprechen, sie würde wollen, dass sie was aßen, aber das ging nicht, noch nicht. In seinem Zimmer zog er die Vorhänge zu, bevor er das Licht anknipste. Sie setzten sich nebeneinander auf den Boden vor Peters Bett, und nachdem sie Kante in kurzen Worten auf den neuesten Stand gebracht hatten, betrachteten sie die Polaroids.

Der Waldrand.

Das Blut im Gras.

Das Haus.

Wolffs Schlafzimmer.

Der Karton in seinem Kleiderschrank.

Hier, in Sicherheit, in seinem eigenen Zuhause, konnte Peter kaum glauben, dass er all diese Fotos geschossen hatte, auch die letzten, die in Wolffs Haus. Er konnte sich kaum noch vorstellen, dass er wirklich in dieses Haus eingestiegen war, das kam ihm irgendwie plötzlich völlig verrückt vor. Und doch war es so gewesen. Manchmal war er ein anderer. Wie Bruce Wayne und Batman, oder zumindest so ähnlich.

»Warum hat er Glorias Sachen?«, fragte Winnie.

Das fragte sie nicht ihn oder Eddie, sondern eher sich selbst. Winnie dachte häufiger laut, das kannte Peter.

»Vielleicht als Andenken«, sagte Kante.

»Was?«

»Wie in den Filmen mit den Serienkillern, die nehmen doch auch immer Andenken von ihren Opfern mit.«

Keiner antwortete ihm. Auch Peter war in Gedanken versunken, überlegte gerade, wie er ihnen erklären sollte, was er getan hatte. Verdammt, er wusste nicht, warum er das gemacht hatte! Es war furchtbar dumm von ihm gewesen, etwas aus Wolffs Haus mitgehen zu lassen.

Da hörte er das Bollern. Unten, im Erdgeschoss. Sie sahen sich an. Wer auch immer da gegen die Haustür hämmerte, hätte auch einfach klingeln können, dachte Peter noch. Dann hörte er die

Stimme. Augenblicklich wurde ihm wieder flau. Der Mann klang nach dem Rost auf dem Schrottplatz, dem Blut am Waldrand. Nach Fäusten, schweren Stiefeln und unterdrückter Wut.

Alle vier sprangen sie auf und rannten zur Tür von Peters Zimmer, die er vorsorglich abgeschlossen hatte, als sie angekommen waren, legten die flachen Hände darauf und pressten ein Ohr dagegen.

»Scheiße, Leute«, sagte Eddie. »Das gefällt mir nicht. Das gefällt mir ganz und gar nicht.«

»Keine Panik«, sagte Winnie. »Peters Mom wird ihn nicht reinlassen. Warum sollte sie?«

Eddie warf Winnie einen hoffnungsvollen Blick zu, und Peter wurde übel, so richtig übel, als er an die Stiefel dachte, die er vor ein paar Tagen im Flur gesehen hatte. Auch davon hatte er seinen Freunden nichts erzählt.

»Was machst du denn hier?«, hörte er seine Mom im Erdgeschoss sagen.

Sofort warf ihm Winnie einen entsetzten Blick zu.

»Die kennen sich?«

Sie formte die Buchstaben mehr stumm mit dem Mund, als dass sie sie aussprach.

Peter sah das Erstaunen in Winnies Gesicht, die steile Falte auf Kantes Stirn, die Panik in Eddies Augen. Er antwortete nicht, und er verstand auch nicht, was unten weiter gesagt wurde, er wusste nur, dass Wolff im Haus war. Er hörte, wie die Tür geschlossen wurde und seine Stiefel auf dem Boden des Flurs klangen.

»Tim ist noch mit seinen Freunden unterwegs. Was willst du von ihm?«

Seine Mom. Sie klang sauer, aber da war noch mehr. Angst. Peter wurde ganz anders.

Und dann Wolff.

»Er hat etwas, das mir gehört.«

»Er sucht nach uns«, flüsterte Eddie. »Wir sind geliefert. Der bringt uns um!«

Er sackte neben Peter zusammen, lehnte sich mit angezogenen Knien mit dem Rücken an die Tür und barg den Kopf in den Händen. Er sah aus wie ein Sportler, der gerade das wichtigste Spiel der Saison vermasselt hat. Kante hatte angefangen, aufgekratzt im Zimmer auf und ab zu gehen. Peter und Winnie tauschten einen Blick. Lauschten stumm.

Die Stimmen, die von unten heraufdrangen, waren leiser geworden.

»Warum hat sie ihn nur reingelassen, Mann?«, wimmerte Eddie.

Und dann begann unten der Lärm. Etwas Schweres fiel um. Seine Mutter schrie. Er hätte ihre Stimme fast nicht erkannt, sie klang so anders, aber es konnte nur sie sein, es war ja sonst keiner da.

»Lass mich los, du Arschloch!«

Peters Körper wurde ganz leicht. Er hatte seine Mom noch nie fluchen hören.

»Wir müssen ihr helfen«, sagte er.

Er fing Winnies Blick auf, sie war totenbleich, nickte aber. Er spürte, wie sich Eddie, der sich neben ihm zusammengekauert hatte, aufrichtete.

»Okay«, sagte Eddie und wischte sich mit dem Ärmel über die Nase. »Okay.«

Kante schwieg.

Die Geräusche unten drehten Peter den Magen um, und sein Kopf funktionierte nicht mehr richtig, er konnte gar nicht mehr klar denken irgendwie, er wusste nur, dass er seiner Mutter helfen musste.

Zum zweiten Mal an diesem Tag schlich er eine Treppe ins Erdgeschoss hinunter, doch dieses Mal hatte er seine Freunde dabei. Im Wohnzimmer lief der Fernseher, das hörte er, aber er konnte die anderen Geräusche nicht übertönen. Es klang, als werfe ein Riese Möbel durch die Gegend. Und da war Wolffs Stimme. Grollend. Dunkel. Und die Dinge, die er sagte, waren hässlich, viel hässlicher noch als alles, was Dennis und seine idiotischen Freunde je über seine Mom gesagt hatten, viel, viel, hässlicher noch.

Und da war die Stimme von seiner Mom.

»Bitte nicht.«

Ein Wimmern.

Und dann ein Poltern.

Peter durchquerte den Flur, seine Beine waren so weich, dass er eigentlich hätte umfallen müssen, aber er fiel nicht um, und er dachte später, dass er nur deswegen nicht umgefallen war, weil er wusste, dass Winnie und Eddie und Kante bei ihm waren. Obwohl sie mindestens so große Angst haben mussten wie er, waren sie mitgekommen, jeden einzelnen verdammten Schritt.

Und dann stand er in der Tür zum Wohnzimmer.

Seine Mom lag auf dem Boden, Wolff auf ihr, eine Hand an ihrer Kehle. Kurz war Peter wie gelähmt, so, als hätte der Anblick ihn zu Stein werden lassen. Seine Mutter hatte das blaue Kleid an, das seine Oma ihr letztes Jahr zum Geburtstag geschenkt hatte. Ihre schönen, langen, roten Locken hingen ihr halb ins Gesicht, ihr Lippenstift war ganz verschmiert. Sie weinte. Wolff drückte ihr mit der Hand die Luft ab.

»Halt's Maul, du blöde Fotze! Halt dein verdammtes Maul.«

Peter fühlte sich wie in diesem Traum, den er früher manchmal gehabt hatte, in dem er rannte und rannte und einfach nicht von der Stelle kam. Er wollte auf sie zulaufen, aber er war wie gelähmt. Er wollte schreien, aber er war wie stumm.

Und dann merkte seine Mom, dass Peter in der Tür stand. Ihre Augen weiteten sich, als sie ihn sah, und Peter musste plötzlich daran denken, dass Gloria mal zu ihm gesagt hatte, dass es Momente im Leben gab, die man nie vergaß, und er hatte das immer für Quatsch gehalten, denn er vergaß fast alles, konnte sich manchmal noch nicht mal mehr erinnern, was er am Vortag zu Mittag gegessen hatte; aber Gloria hatte recht gehabt, das hier würde er nicht vergessen, diesen Blick würde er nicht vergessen, nicht, solange er lebte.

Und er verstand, was seine Mom ihm sagte, mit nur einem Blick.

Verschwinde! Hau ab!

Der Moment fühlte sich endlos an.

Dann endlich konnte Peter sich wieder bewegen. Er drehte sich um, ohne auf Winnie, Eddie oder Kante zu achten, die vor Entsetzen wie erstarrt waren. Er schob sich an ihnen vorbei und rannte. Die Treppe rauf und in sein Zimmer. Er riss seinen Rucksack auf, und er nahm die Waffe, die er in Wolffs Kommode gefunden hatte, und sie war so schwer, dass er Probleme hatte, sie mit nur einer Hand zu halten, und er rannte die Treppe runter, fiel fast, fing sich, am Rande seines Gesichtsfeldes tauchten seine Freunde auf, die ihn verstört ansahen, und der Fernseher plärrte noch immer, und seine Mom wimmerte nicht mehr, sondern schrie und flehte, aber er verstand sie nicht, denn sie schrie, er solle ihrem Baby nichts tun, er solle ihrem Baby nichts tun, dabei war er doch schon lange kein Baby mehr, ihm würde keiner was tun, nicht heute und überhaupt nie wieder. Peter trat ins Wohnzimmer und hob die Waffe mit beiden Händen, genau so, wie er es schon tausendmal im Film gesehen hatte.

Seine Mom stand am einen Ende des Raumes, wankte, als hätte sie sich gerade erst hochgerappelt und müsste noch ihr Gleichgewicht finden, das Gesicht rot und geschwollen, die Unterlippe aufgeplatzt, das Haar zerzaust. Sie schrie und weinte. Und er hatte seine Mom schon häufiger weinen sehen, aber so noch nie. Sie schrie wie am Spieß, während ihr die Rotze in den Mund lief. Wolff stand ein paar Meter zu ihrer Rechten, als Peter den Raum betrat, und zog sich die Hose hoch. Dann bemerkte er die Waffe in Peters Händen.

Peter sah ihm in die Augen, und er wusste, dass er ihn nicht reden lassen durfte. Wenn man die Bösen reden ließ, fiel ihnen immer was ein, um einem die Waffe abzunehmen. Das hatte er schon so oft gesehen, und jedes Mal, wenn er mit Eddie, Kante und Winnie auf dem Sofa saß und einen Film schaute, riefen sie dann *Drück ab, drück doch endlich ab!*, aber das taten die Guten nie.

Peter drückte ab.
Klick.
Er hatte mit einem Rückstoß gerechnet. Doch gar nichts passierte.
Wolff kam auf ihn zu.
Peter drückte noch einmal ab. Und noch einmal und noch einmal.
Klick, klick, klick.
Dann war Wolff bei ihm, und die Ohrfeige, die er Peter verpasste, schleuderte ihn zu Boden. In seinem linken Ohr hörte er einen lauten Klingelton, wie die Pausenglocke in der Schule. Er

hörte Winnie und Eddie etwas rufen, er verstand sie nicht. Peter rappelte sich hoch und sah, wie Wolff seine Mom, die ihm hatte zu Hilfe kommen wollen, mit der Faust ins Gesicht schlug, sah sie benommen zu Boden gehen und nicht wieder aufstehen. Er schrie auf, sah, wie Wolff die Waffe, die Peter aus der Hand geglitten war, als er gefallen war, hinten in seinen Hosenbund steckte.

Peter wollte zu seiner Mom laufen, um ihr aufzuhelfen, doch Wolff erwischte ihn am Arm und hielt ihn zurück.

»Ihr bleibt jetzt alle genau, wo ihr seid«, sagte er.

Und Peter schämte sich später dafür, aber in dem Moment tat er genau das, was Wolff sagte.

Der wandte sich von ihnen ab, verließ das Wohnzimmer, und Peter hörte, wie er verschiedene Türen im Haus aufriss. Offensichtlich suchte er etwas. Panisch beugte sich Peter zu seiner Mom hinunter. Sie war ohnmächtig.

Dann war Wolff zurück. Er hatte die Pistole in der Linken, holte mit der Rechten etwas aus der Hosentasche und zeigte ihnen demonstrativ, wie er die Waffe lud.

»Kommt her!«, sagte er. »Sofort, oder ich verpasse der Alten eine Kugel.«

Peter schluckte trocken, und ohne dass er sich dazu entschlossen hätte, spürte er, wie seine Beine Folge leisteten. Auch Eddie und Kante gingen unsicher auf Wolff zu. Nur Winnie stand da wie angewurzelt. Peter sah, wie Wolff sie am Arm packte und die brüllende Winnie, die sich wie von Sinnen wehrte, hinter sich her schleifte.

»Lass sie los!«, schrie Eddie, doch Wolff schien ihn gar nicht zu hören.

Vor dem schrankgroßen Räumchen, in dem Peters Mutter Besen und dergleichen aufbewahrte, blieb er stehen.

»Rein da.«

Die Jungen taten, was er sagte, Winnie wurde von Wolff hinterhergestoßen, sodass sie hart gegen Eddie prallte. Wolff blickte auf sie herab.

»Warum schnüffelt ihr mir hinterher? Hm?«

Peters Mund war staubtrocken.

»Wir wissen, was Sie mit Gloria gemacht haben!«, sagte Winnie.

Peter blinzelte. Woher nahm dieses Mädchen nur den Mut?

Einen kurzen Augenblick sah Wolff sie beinahe erstaunt an, dann lachte er.

»Gloria?«, sagte er.

Als wüsste er nicht, wovon sie da redete.

»Wir wissen, dass Sie sie entführt haben«, sagte Peter. »Ich habe Sie gesehen. Am Waldrand. Und ich weiß auch, dass Sie sie in Ihrer Jagdhütte verstecken!«

Wolff lachte ein kleines, unechtes Lachen.

»Schwachsinn!«

»Was haben Sie mit ihr vor?«, rief Peter.

Winnies Mut hatte ihn angesteckt.

Wolff packte ihn am Hals und hob ihn ein Stückchen hoch. Sofort bekam er keine Luft mehr.

»Nun hör mir mal zu, du kleines Stück Scheiße«, sagte Wolff. »Der Einzige, der hier Fragen stellt, bin ich. Und wenn ich dich noch einmal in meiner Nähe erwische, dann lösche ich dich aus und deine ganze Familie gleich mit, hast du das verstanden?«

Peter hörte, wie seine Freunde durcheinanderriefen, doch Wolff drückte nur noch fester zu. Kurz wurde ihm schwarz vor Augen. Dann schlug er auf dem Boden auf.

Den Bruchteil einer Sekunde später schloss Wolff die Tür zu der kleinen Abstellkammer, und Peter fand sich mit Winnie, Kante und Eddie im Dunkeln wieder. Er hörte, wie Wolff sie einschloss.

»Ihr habt jetzt Zeit, nachzudenken«, sagte er durch die Tür. »Wenn ich wieder aufschließe, dürft ihr mir sagen, warum ich euch gehen lassen sollte.«

Die Panik erfasste Peter wie eine Woge. Seine Mom war alleine da draußen mit ihm. Er dachte daran, wie seine Mutter auf dem Boden gelegen hatte wie tot, und der Gedanke ließ ihn beinahe durchdrehen vor Angst.

»Mom!«, rief er.

Peter rappelte sich hoch und presste sein Ohr an die Tür der Abstellkammer, doch draußen war nichts zu hören.

»Mom!«

Er schlug mit der Faust gegen das Holz.

»Lassen Sie uns hier raus!«

Peter schrie und tobte, bis er nicht mehr konnte. Aber es hatte keinen Zweck. Es hatte keinen Zweck. Die Tür blieb verschlossen, niemand antwortete ihm. Schließlich gab er auf.

Die Finsternis in der kleinen Kammer war absolut. Das schwärzeste Schwarz. Nichts war zu hören, nichts als der rasche Atem seiner Freunde und sein eigener Herzschlag.

Die Zeit dehnte sich. Es war so dunkel, dass Peter irgendwann nicht mehr wusste, ob er die Augen offen oder zu hatte. Jemand weinte leise, er hätte nicht sagen können, wer es war.

Und gerade als er dachte, dass Wolff gar nicht vorhatte, sie wieder rauszulassen, dass er sie wahrscheinlich hier drin verrotten lassen würde, kam er zurück.

Peter blinzelte, als Licht aus dem Flur in die Kammer fiel.

»Ich höre«, sagte Wolff.

Erneut sprach Winnie als Erste.

»Wir werden nichts sagen. Wir versprechen es.«

Wolff nickte, wandte sich den Jungs zu.

»Wir werden nichts sagen«, echote Eddie.

»Wir werden die Klappe halten«, sagte Kante mit zitternder Stimme, und Peter begriff, dass er es war, der geheult hatte.

Schließlich ruhte Wolffs Blick auf ihm.

»Wir sagen nichts«, sagte Peter leise.

Wolff sah sie lange an.

»Ich glaube euch nicht«, sagte er. »Also Folgendes. Ich schnappe mir jetzt einen von euch und fahre mit ihm und der hier – er hob seine Waffe – in den Wald. Dann wissen die anderen drei von euch, dass ich es ernst meine.«

Peters Mund war so trocken, als hätte er eine Faust voll Sand gegessen.

Keiner sagte etwas.

»Sie wollen einen von uns erschießen?«, brachte Peter schließlich hervor.

»Oder aufhängen«, sagte Wolff leichthin. »Ich habe, glaube ich, noch ein Seil im Wagen.«

Er lachte rau.

»Aber es gibt auch eine gute Nachricht«, sagte er. »Ihr dürft aussuchen, wen von euch ich mitnehme. Ihr habt fünf Minuten.«

Und damit schloss er die Tür.

Das Dunkel war tiefer als zuvor. Peter hörte über seinen eigenen, dröhnenden Herzschlag, wie Kante und Eddie weinten. Winnie sagte immer wieder *Oh mein Gott oh mein Gott oh mein Gott oh mein Gott,* ohne Pause.

Peter konnte nicht denken. Er versuchte es, er musste sich etwas einfallen lassen, aber er konnte nicht denken. Sie mussten hier irgendwie raus. Wie viel Zeit blieb ihnen noch? Warum hatte er sich nur die Waffe abnehmen lassen? Er war so ein Idiot! Es war alles seine Schuld! Er musste freiwillig mit Wolff gehen, er konnte keinen von den anderen gehen lassen, aber er hatte noch nie in seinem Leben solche Angst gehabt, noch nie, noch nie, noch nie, noch nicht einmal bei der Sache mit dem Tiger. Er ballte die Fäuste.

»Ich gehe freiwillig mit ihm«, flüsterte Peter. »Wenn wir im Wald sind, haue ich ab. Der kriegt mich nicht. Ich...«

Jemand wimmerte, zog dann die Nase hoch. Eddie. Oder Kante?

Kurz war es still.

»Nein«, sagte Winnie leise. Obwohl sie beinahe flüsterte, klang sie entschlossen. »Du gehst nicht mit ihm. Und wir suchen auch niemanden aus. Wir sagen gar nichts. Klar?«

»Okay«, antwortete Peter, und er war dermaßen erleichtert und hatte gleichzeitig so große Angst, dass er um ein Haar losgeheult hätte.

»Okay«, krächzte Eddie.

Bevor auch Kante, der immer noch leise weinte, antworten konnte, öffnete sich die Tür.

Groß und drohend stand Wolff im Rahmen.

»Also?«, sagte er.

Keiner antwortete. Einen Moment lang blickte er auf sie herab mit seinem harten Gesicht, musterte einen nach dem anderen, als wollte er sich einen von ihnen aussuchen. Peters Beine waren so weich, dass er meinte, jeden Augenblick umfallen zu müssen.

»Raus da«, sagte Wolff schließlich. »Ins Wohnzimmer.«

Folgsam verließen sie einer nach dem anderen die Abstellkammer und gingen auf tauben Beinen ins Wohnzimmer. Peter sah, dass seine Mutter wieder halbwegs bei Bewusstsein war und benommen auf dem Sofa saß. Ihr Blick war glasig, wie damals, als sie so richtig schlimm krank war, und vor ihr stand ein Wasserglas mit einer klaren Flüssigkeit. Sie hatte sich die Strumpfhose wieder hoch und das Kleid runtergezogen und sah sie nicht an. Sie hatte Blut im Gesicht. Es war das röteste Rot, das Peter je gesehen hatte.

Unsicher blieb er neben der Couch stehen, seine Freunde neben sich, und er sah, dass Kante sich in die Hosen gepinkelt hatte. Wolff lachte, als er ihre Mienen sah.

»Das war ein Scherz«, sagte er. »Für wen haltet ihr mich?«

Schlagartig wurde er wieder ernst.

»Ihr werdet eure Klappe halten«, sagte er und sah erst die Kinder an und dann Peters Mom. »Sonst komme ich wieder. Stehe plötzlich vor der Tür. Oder nachts an eurem Bett. Und das wollt ihr um keinen Preis. Habt ihr mich verstanden?«

»Verstanden«, sagte Peters Mom leise, und plötzlich war Peter schlecht wie nie zuvor in seinem Leben.

»Das gilt auch für euch«, sagte Wolff und wandte sich Peter, Winnie, Kante und Eddie zu.

»Ihr haltet die Schnauze. Sonst komme ich zurück. Und ich schlitze euch die Bäuche auf. Euch und euren Familien.«

Er warf Peters Mom einen Blick zu.

»Bei euren Müttern fange ich an. Und denkt nicht, ich wüsste nicht genau, wo ich euch finde.«

Wolff sah sie einen weiteren endlosen Augenblick lang an, dann holte er einen kleinen Zettel aus seiner Hosentasche, las.

»Nina Schwarz, genannt Winnie. Mutter Andrea, Vater Manfred. Dorfstraße 11.

David Schuster, genannt Eddie. Mutter Stefanie, Vater Matthias. Bruder Rico. Brunnenweg 42a.

Und Henri Kramer, genannt Kante, Lerchenweg 8. Mutter Sylvia, Vater Volker, Bruder Adam.«

Er steckte den Zettel zurück, blickte auf die drei hinab. Peter hatte gespürt, wie seine Freunde die Luft angehalten hatten, als sie ihre Namen, ihre richtigen Namen und Adressen, aus Wolffs Mund hörten.

»Verstanden?«

Alle drei nickten. Wolff studierte ihre Gesichter.

»Was soll das mit den dämlichen Spitznamen?«, fragte er schließlich.

Niemand antwortete.

»Ich habe euch was gefragt«, herrschte Wolff sie an.

Peter versuchte, den Frosch in seinem Hals loszuwerden.

»Jeder in unserer Bande hat einen Spitznamen«, sagte er. Seine Stimme klang leise, wie von fern.

Wolff schnaubte, und Peter dachte schon, er würde nun endlich gehen, doch genau in diesem Moment tauchte Emmi im Wohnzimmer auf.

»Wen haben wir denn da?«, sagte Wolff.

Peter blieb fast das Herz stehen, als er sich bückte und das Tier hochhob.

»Das ist meine«, krächzte Peter.

Wolff drehte sich zu ihm herum und streichelte das Tier auf seinem Arm.

»Du bist heute in mein Haus gekommen und hast etwas mitgenommen, das mir gehört.«

Er sah auf Emmi herab.

»Nimm es als Lektion.«

Damit drehte er sich um und ging. Emmi nahm er mit.

Und das war das.

277

25

Es war alles wieder da. Genau dieselbe Mischung aus Wut, Hilflosigkeit und Scham. Genau wie damals.

David blieb stehen. Er hatte zusehen müssen, wie der Volvo in der Nacht verschwand. Hatte schließlich erneut die Verfolgung aufgenommen. Aussichtslos.

David versuchte, Atem zu schöpfen, stützte die Hände auf die Oberschenkel und wartete, bis er den Brechreiz, der nach seinem Sprint in ihm aufgewallt war, niedergekämpft hatte. Richtete sich auf. Sammelte sich.

Das Blut rauschte in seinen Ohren, sein Atem ging laut, aber um ihn herum war es still. Es hatte einen Moment gedauert, bis sich seine Augen an die Dunkelheit gewöhnt hatten, aber nun kam sie ihm gar nicht mehr so dunkel vor, und er wunderte sich, wie hell der Mond schien.

David starrte in die Richtung, in die der schwarze Volvo davongefahren war.

Nina war da draußen. Mit Wolff.

Das war seine Schuld, er hatte den Kopf verloren. David schob den Gedanken beiseite. Daran, dass Wolff ein Vergewaltiger und Sadist war, bestand kein Zweifel. Und aller Wahrscheinlichkeit nach war er auch ein Mörder. David brauchte jetzt keine Selbstvorwürfe, sondern einen Plan.

Sein Rucksack befand sich noch im Volvo, aber er hatte

seine Waffe, die gesichert in seiner Hose steckte. Und er hatte, wie ihm erst jetzt klar wurde, sein Handy. Er zog es aus der Tasche, drückte auf die Home-Taste. Sofort leuchtete das Display hell auf. Kein Empfang. David betrachtete die Nachrichten, die eingegangen sein mussten, als er noch Netz gehabt hatte. Mehrere waren von Nina. Hektisch klickte er sie an, eine nach der anderen, doch sie waren alle zu einem Zeitpunkt geschrieben worden, an dem sie noch gemeinsam durch den Wald gefahren waren. Die restlichen zwei SMS waren von seiner Verlobten, die gerne wissen wollte, ob David inzwischen gut angekommen war. Sie kamen ihm vor wie Botschaften aus einer anderen Welt. War es wirklich erst ein paar Stunden her, dass er sich nach dem Dienst auf den Weg gemacht hatte?

David steckte das nutzlose Handy weg. Es war ohnehin keine gute Idee, die Kollegen zu rufen. Nicht nur, weil es ewig dauern würde, bis sie einträfen. Sondern auch, weil er nicht wusste, ob er damit nicht womöglich Nina ans Messer lieferte. Nein. Es war genau wie immer. Genau wie früher. Sie waren auf sich gestellt.

Aber immerhin konnte er wieder klar denken.

David rannte los. Und hielt erst wieder inne, als er den Schemen sah. Zwischen den Bäumen. Am Straßenrand. Er verlangsamte seine Schritte, blieb schließlich ganz stehen.

Etwas Großes, Dunkles. Verborgen im Gestrüpp direkt am Waldrand. Dann erkannte er, was es war und ging langsam darauf zu. Ein Auto. Jemand hatte hier ein Auto abgestellt. Ganz in der Nähe der Einmündung, nach der er suchte, denn er musste bald auf sie stoßen, da war er sich sicher. Es handelte sich um einen recht neuen, schwarzen BMW. David warf einen Blick ins Innere des Wagens. Wie erwartet war er leer.

Probeweise zog er an der Fahrertür, doch natürlich war das Auto abgeschlossen.

Wem zum Teufel gehörte es? Warum hatte der Besitzer es versteckt? David setzte seinen Weg fort und erreichte tatsächlich nach wenigen Minuten die Einmündung, die auf einen schmalen, hier und da mit Schotter aufgefüllten Waldweg führte. Der Fund des Wagens hätte ein ungutes Gefühl bei ihm hinterlassen, wenn er nicht ohnehin schon die ganze Zeit über das schlechteste Gefühl seines Lebens gehabt hätte. Er konnte sich den hier abgestellten Wagen nur so erklären: Tim hatte recht und gleichzeitig unrecht gehabt. Seine Vermutung, dass Wolff Gloria entführt hatte, stimmte. Die Annahme, dass er sie in einer illegal gebauten, versteckt gelegenen Jagdhütte mitten im Wald gefangen gehalten hatte, stimmte. Aber in einer Sache hatte Tim sich empfindlich geirrt.

Wolff hatte diese Dinge nicht alleine getan. Er hatte einen Komplizen, der einen schwarzen BMW fuhr.

26

Jetzt saß sie wirklich in der Falle. Neben ihr Wolff, der toben würde, sobald er wieder ganz bei Sinnen war. Und da draußen der Fremde. Er klopfte gegen die Scheibe.

»Nina«, rief er. »Es tut mir leid! Bitte steig aus!«

Wovon redete der Mann? Er sah ihr durch die Scheibe direkt ins Gesicht. Sie erkannte seinen Bartschatten, sah nun, aus nächster Nähe, dunkle Ringe unter seinen Augen. Der Mann wirkte unendlich müde, *und...*

»Ich wollte dir keine Angst machen. Ich bin hier, um zu helfen.«

Und...

»Wobei zu helfen?«, rief Nina.

Und er sah aus, als hätte er vor Kurzem noch geweint.

»Mit *ihm*.«

In diesem Augenblick hörte sie, wie Wolff neben ihr tief einatmete. Ganz so, als hätte er gespürt, dass von ihm die Rede war. Auch der Mann draußen musste eine Bewegung hinter Nina wahrgenommen haben, denn er starrte plötzlich an ihr vorbei.

»Ich hatte gedacht, dass du mich erkennen würdest«, sagte er, und plötzlich klang er verzweifelt. »Bitte steig aus, du kannst doch nicht bei ihm da drinnen bleiben.«

Nina wandte den Kopf. Noch hielt Wolff die Augen geschlossen. Sie wandte sich wieder dem Mann draußen zu – und erschrak, als sie seinem Blick erneut begegnete. Die Angst, die sich in seinen Augen spiegelte, war die eines Kindes. Und in diesem Augenblick erkannte sie ihn. Begriff, dass sie recht gehabt hatte. Der Mann da draußen hatte sich in den letzten Tagen die Augen aus dem Kopf geheult. Genau wie sie. Aus Trauer um einen alten Freund.

Oh mein Gott.

Nina schluckte schwer, ihre Kehle war trocken.

»Kante?!«

Sie brauchte einen Moment, um das zu verarbeiten. Dann entsperrte sie die Zentralverriegelung, der Mann vor dem Wagen trat einen Schritt zurück, um ihr Platz zu machen, und sie stieg aus.

Zum ersten Mal seit langer Zeit standen sie sich gegenüber. Aber warum…?

Dann begriff sie.

»Du hast auch einen Brief bekommen.«

Henri nickte.

»Ich bin hier, um zu helfen«, wiederholte er.

»Denk nicht, dass damit alles aus der Welt wäre. Ich habe nicht vergessen, was du Tim angetan hast.«

»Wir waren Kinder, Winnie!«

»Nenn mich nicht so«, sagte sie. »Und gib mir die Taschenlampe.«

Kante kratzte sich am Hinterkopf und gehorchte. Mit schnellen Schritten war Nina an der Stelle, an der sie gestürzt war, fand den Autoschlüssel, steckte ihn ein. Dann drehte sie sich wieder zu Henri herum.

»Warum sollte ich dir vertrauen?«, fragte sie.

»Keine Ahnung«, sagte er. »Vielleicht, weil Tim mir vertraut hat.«

Henri sah zu Boden, scheinbar irritiert angesichts der Tatsache, dass Nina immer noch einen Groll gegen ihn hegte, selbst nach so langer Zeit, selbst in dieser Situation.

Dann traf Nina einen Entschluss.

»Okay«, sagte sie. »Wie lange bist du schon hier?«

»Ein paar Stunden.«

»Wo ist dein Auto?«

»Vorne an der Straße.«

»Hast du den Generator gecheckt?«

»Habe ich. Er funktioniert.«

»Und die Hütte ist tatsächlich offen?«

Statt zu antworten, legte Henri die paar Meter bis zu dem kleinen Holzhäuschen zurück und öffnete demonstrativ die Tür. Dann verschwand er im Inneren, und kurz darauf flutete warmes Licht den Innenraum.

»Okay, hilf mir«, sagte Nina, als Henri wieder neben ihr stand. »Pack du ihn unter den Schultern, ich nehme seine Füße.«

Vorsichtig öffnete sie die Autotür, an der Wolffs schwerer Oberkörper lehnte. Er fiel Henri beinahe entgegen, und sie konnte auf seinem Gesicht sehen, welche Überwindung es ihn kostete, den alten Mann, der auch das Monster *seiner* Kindheit gewesen war, zu berühren. Doch er überwand sich, packte ihn unter beiden Armen und zog ihn mit zusammengebissenen Zähnen von seinem Sitz ins Freie.

»Okay«, keuchte er. »Okay, nimm die Beine.«

Der Weg bis zur Hütte war nicht weit, und doch war Nina augenblicklich klar, dass sie den bewusstlosen Wolff auf gar keinen Fall alleine von A nach B hätte bewegen können. Selbst zu zweit war das keine leichte Aufgabe.

»Wie wolltest du das denn bitte alleine schaffen?«, fragte Henri, während sie Wolff durch die Tür in die Hütte bugsierten.

Nina antwortete nicht. Dann hätte sie ihn eben draußen befragt, welchen Unterschied machte das?

Das Licht im Raum ging von einer nackten Glühbirne aus und beleuchtete die spärliche Einrichtung, die aus zwei altmodischen Holzstühlen, einem einfachen Tisch und einer bezogenen Matratze bestand, auf der sich – ordentlich zusammengefaltet, ein dunkelblauer Schlafsack befand. In der linken hinteren Ecke des Raumes lag etwas auf dem Boden, das nach alten Mäuseködern aussah. Daneben stand eine leere Flasche Cola. An der linken Wand lehnte ein teuer wirkender Rucksack, den Henri dort nach seiner Ankunft deponiert haben musste. Es roch nach Staub und Holz und sonst nichts.

Nina hielt den Stuhl fest, während Henri Wolff daraufsetzte.

Sie zurrte seine Arme und Beine an den Armlehnen und Stuhlbeinen mit Kabelbinder fest und trat ein paar Schritte zurück.

Henri tat es ihr nach. Gemeinsam betrachteten sie Wolff, dem der Kopf auf der Brust hing.

Da waren sie nun.

Und jetzt?

Bisher hatte sie nur tun müssen, was in Tims Brief stand. Es war schwer genug gewesen, Wolff hierher zu bringen, doch sie war sich ziemlich sicher, dass ihr das Schwierigste noch bevorstand: ihm die Informationen zu entlocken, die sie brauchten, um Gloria zu finden. Gloria, die seit zwanzig Jahren verschwunden war. Die jetzt siebenunddreißig Jahre alt wäre... wenn sie noch leben würde. Wovon keiner von ihnen ernsthaft ausging.

»Was machen wir jetzt?«, fragte Henri.

»Wir warten darauf, dass er aufwacht.«

»Und dann?«

»Dann befragen wir ihn.«

»Und du denkst, dass er mit uns reden wird?«

Wenn nicht, haben wir echt ein Problem.

»Er ist nicht dumm. Er wird schnell einsehen, dass er keine andere Wahl hat.«

Henri fuhr sich mit der Hand durchs Gesicht, und erneut erkannte Nina in dem erwachsenen Mann den kleinen Jungen, der er einmal gewesen war.

»Wie lange, glaubst du, wird es noch dauern, bis er aufwacht?«

»Nicht mehr lange«, sagte sie.

»Was hast du ihm gegeben?«

Nina antwortete nicht.

»Pass auf ihn auf. Ich gehe kurz zum Auto und sehe nach meinem Hund.«

»Du hast einen Hund dabei?«, fragte Henri ungläubig, doch Nina ignorierte ihn.

Als die kühle Nachtluft ihr Gesicht traf, war es, als erwachte sie aus einem Traum. Was tat sie hier? Sie hatte gemeinsam mit einem Mann, den sie seit zwanzig Jahren nicht gesehen und den sie schon als Kind nicht besonders gemocht hatte,

Wolff an einen Stuhl gefesselt, um... was zu tun? Die Wahrheit aus ihm rauszuprügeln, wie sie vor einer gefühlten Ewigkeit zu David gesagt hatte? Wie absurd. Sie erinnerte sich daran, wie sie im Wagen das Bedürfnis verspürt hatte, Wolff zu schlagen. Doch sie erinnerte sich auch an den Schock und an die Übelkeit, die es ihr bereitet hatte, als David ihn *tatsächlich* geschlagen hatte, mit dem Griff seiner Waffe. Sie würde Wolff kein Haar krümmen. Aber wie sollte sie ihn dann zum Reden bringen?

Indem du schlauer bist als er, dachte sie. *Ganz einfach.*

Billy schlief tief und fest, als sie den Wagen öffnete und ihn mitsamt seiner Box heraushob. Als sie ihn berührte, öffnete er die Augen und sah sie mit einem so über alle Maßen liebenden Blick an, dass es ihr unter anderen Umständen sofort die Tränen in die Augen getrieben hätte.

»Komm, Billy!«, sagte sie, schnappte sich ihren Rucksack und ging voran.

Als sie sich umwandte, sah sie, wie der Hund ihr folgte und schlaftrunken in Richtung Hütte trottete.

Kaum, dass er sie betreten hatte, begann er interessiert herumzuschnüffeln, und Nina graute es bei dem Gedanken, welche Gerüche er mit seiner empfindlichen Nase wohl wahrnahm, die ihr verborgen blieben. Henri sah zu ihnen herüber.

»Du hast deinen Schoßhund mitgebracht? Wirklich?«

Nina antwortete nicht.

»Was ist mit deinem Gesicht passiert?«, fragte Henri. »Das wird ein ordentliches Veilchen.«

Instinktiv führte Nina eine Hand zu ihrer Wange, die bereits geschwollen war.

»Wolff«, sagte sie.

Während Nina Billy versorgte, betrachtete Henri den gefesselten Mann.

»Es ist so surreal, nach all den Jahren wieder mit ihm in einem Raum zu sein«, sagte er. Und dann, wie zu sich selbst: »Er hat sich überhaupt nicht verändert.«

Henris Stimme zitterte, und Nina trat neben ihn.

»Aber wir«, sagte sie. »Wir haben uns verändert.«

Er nickte bedächtig, und kurz trat Schweigen ein.

»Müsste er nicht langsam aufwachen?«, fragte Henri schließlich.

»Bald«, sagte Nina.

»Und dann?«

»Das hast du mich schon mal gefragt«, sagte Nina. »Dann reden wir mit ihm.«

»Brauchen wir nicht irgendwie eine Strategie oder so was?«

»Woran denkst du? *Good cop, bad cop?*«

»Keine Ahnung, besser als nichts, oder?«

Nina sah Henri an. Den Verräter, der zu Dennis und den Schergen übergelaufen war, und mit dem sie seither kein Wort mehr gewechselt hatte. Warum hatten sie ihn damals eigentlich Kante genannt? Sie wusste es nicht mehr.

Henri fuhr sich gerade erneut mit der Hand übers Gesicht, und mit einem Mal wirkte er sehr müde. Seine Hand zitterte. Plötzlich überkam Nina Mitleid.

»Noch kannst du gehen«, sagte sie. »Es ist okay.«

Henri schüttelte den Kopf.

»Ich habe nie vergessen, was wir uns versprochen haben damals. Und warum.«

Er schluckte. »Sie steckt mir immer noch in der Kehle. Diese Nacht.«

Nina entgegnete nichts.

»Sie sind alle tot«, sagte Henri. »Auch Rita. Hast du das gewusst?«

»Ja, ich weiß«, sagte Nina leise.

Dann sagte lange niemand mehr etwas.

Nina dachte an Tim. Was hätte er jetzt an ihrer Stelle getan? Hätte er wirklich versucht, ein Geständnis aus Wolff herauszuprügeln? Hatte er einen Plan B gehabt?

»Sagen wir ihm, wer wir sind?«, fragte Henri.

»Ja. Er soll wissen, wer wir sind. Und dass wir über ihn Bescheid wissen.«

»Und dann? Was fragen wir ihn zuerst?«

»Wir fragen ihn, was er mit Gloria gemacht hat.«

»Und dann?«

»Wir nehmen es, wie es kommt.«

»Was, wenn er einfach gar nicht mit uns spricht?«, fragte Henri.

»Mein Gott, ich weiß es doch auch nicht!«, sagte Nina. »Ich habe doch auch noch nie in meinem Leben jemanden verhört.«

Da hörte Nina eine Stimme hinter sich, die von der Tür her kam.

»Ich schon.«

ERWACHSENE

Als er in der ersten Klasse gewesen war, war Peter einmal richtig schlimm krank geworden. Hirnhautentzündung. Er hatte furchtbar lange im Bett liegen müssen. Als er endlich wieder gesund gewesen war, hatte er versucht aufzustehen, aber er war so schwach gewesen, dass sich alles zu drehen begonnen hatte wie auf einem Karussell. Und seine Beine waren so weich gewesen, als hätte er den ganzen Tag Fußball gespielt, und waren einfach unter ihm weggeknickt. Davor war alles um ihn herum seltsam leise geworden. Er war umgefallen, und als er die Augen wieder aufmachte, wusste er kurz nicht, wo er war. Und genauso war es jetzt auch. Wie Hirnhautentzündung.

Peter wusste, wo er war, aber irgendwie wusste er es auch nicht.

Der Fernseher flackerte. Seine Mom hockte in einer Ecke. Winnie, Kante und Eddie standen da und sahen leer aus. Keiner sagte etwas. Keiner sah den anderen an. Alle wussten, dass gerade etwas so richtig kaputtgegangen war.

Dann hörte er Winnies Stimme. Sie klang seltsam belegt und sagte irgendwas von wegen Polizei.

Und dann seine Mom. Die sich aufgerappelt hatte.

Es dauerte, bis die Worte zu ihm durchdrangen, so wie sie auf sie einredete, musste sie dasselbe schon ein paarmal gesagt haben.

»Ihr werdet doch nichts sagen, oder?«

Sie war aufgestanden, hatte Winnie bei den Schultern gepackt, die versuchte, sich ihrem Griff zu entwinden. Peters Mom ließ sie los.

»Ihr werdet doch nichts sagen, oder?«, fragte sie erneut.

»Keine Polizei. Versprecht es mir.«

Stille.

»Ich muss meinen Eltern sagen, was passiert ist. Ich muss…«

»Wenn du das machst, werde ich sagen, dass du dir das ausgedacht hast«, sagte Peters Mom. »Hast du verstanden?«

Peter hörte den beiden zu wie Menschen, die eine Sprache sprachen, die er nicht verstand. Nichts von dem, was vor sich ging, leuchtete ihm ein. Er wollte weg. Er schämte sich. Er ekelte sich. Sie sollten einfach alle die Klappe halten die Klappe halten die Klappe halten die Klappe halten.

* * *

Als Peter wieder zu sich kam, saß er auf seinem Bett. Es dauerte eine Weile, bis er merkte, dass Winnie links und Eddie rechts von ihm saß.

Peter konnte sich weder daran erinnern, die Treppe raufgegangen zu sein, noch daran, wie die beiden sich neben ihn gesetzt hatten.

Sie saßen lange so da.

Im Zimmer war es leise. Unten weinte seine Mom. Dann verstummte auch sie. Peter hörte, wie sie sich im Bad einschloss.

Das Schweigen dehnte sich.

»Wo ist Kante?«, fragte Peter.

»Weg«, sagte Winnie. »Abgehauen.«

»Mir ist schlecht«, sagte Eddie.

»Wir müssen zu mir nach Hause«, sagte Winnie. »Mit meinen Eltern sprechen.«

»Winnie«, sagte Eddie. Seine Stimme klang zittrig. »Du hast ihn doch gehört.«

»Wir müssen«, sagte Winnie.

»Du spinnst! Der bringt uns um! Und unsere Familien. Mann, der weiß sogar von meinem kleinen Bruder!«

»Unsere Eltern können uns beschützen.«

»Nicht, wenn er ihnen die Bäuche aufschlitzt!«, rief Eddie. Plötzlich klang seine Stimme heller als die eines Mädchens.

»Wir müssen«, sagte Winnie.

* * *

Peter klopfte das Herz bis zum Hals, als Winnie, die keinen Schlüssel dabeihatte, an ihrer eigenen Haustür klingelte. Er war froh, dass sie seiner Mom nicht noch einmal begegnet waren, denn die hätte sie vielleicht aufgehalten. Dabei hatte Winnie recht. Sie brauchten Hilfe. Sie konnten das nicht alleine. Eddie schlug vor, zu *seinen* Eltern zu gehen, die nicht so streng waren wie die von Winnie, aber am Ende hatte Winnie sich durchgesetzt. Ihre Eltern würden wissen, was zu tun war.

Sie hatten ungewöhnlich lange gebraucht bis zu Winnies Haus. Zu groß war die Angst, noch einmal auf *ihn* zu treffen. Auch jetzt schauten sie sich alle paar Sekunden um. Dann öffnete Winnies Mutter die Tür.

»Da bist du ja«, sagte sie.

Eine steile Falte erschien zwischen ihren Brauen, als sie sah, dass ihre Tochter nicht allein war.

»Tut mir leid«, sagte Winnie. »Ich…«

Sie brach ab, und einen kurzen, schrecklichen Moment dachte Peter, sie würde anfangen zu weinen.

»Wir müssen mit euch sprechen«, sagte sie schließlich.

»Na, dann kommt mal rein, ihr drei.«

Winnies Mutter hielt ihnen die Tür auf, und Peter war ihr plötzlich unglaublich dankbar. Er hatte sich so oft über sie lustig gemacht, über ihre Pingeligkeit, über ihr Gemecker, wenn sie nicht gleich die Schuhe auszogen und all das. Aber nun war er froh, sie zu sehen. Sie war streng. Aber sie war auch eine richtige Erwachsene. Sie würde wissen, was zu tun war.

Winnies Mutter ging voran ins Wohnzimmer. Winnie folgte ihr, danach kam Peter und hinter ihm Eddie.

Peter betrat das Wohnzimmer von Winnies Familie zum ersten Mal. Gegenüber der Tür stand eine riesige beigefarbene Couch. Rechts daneben befand sich ein Sessel gleicher Farbe. Auf der Couch saßen Eddies Eltern. Daneben saß Winnies Vater.

Im Sessel saß Wolff.

Peter starrte ihn an wie einen Geist. Das ergab keinen Sinn. Irgendwas in seinem Kopf lief nicht mehr rund, er begriff das nicht. Wolff hatte gerade noch auf Peters Mom gelegen und sie gewürgt, bis ihr die Augen aus den Höhlen traten. Es konnte gar nicht sein, dass er jetzt hier in diesem ordentlichen Wohnzimmer saß.

»Was macht der hier?«, stieß Winnie hervor, die sich schon immer schneller wieder gefangen hatte als ihre Freunde.

Ihre Mutter warf ihr einen strafenden Blick zu.

»Herr Wolff hat uns gerade erzählt, was ihr heute getan habt.«

»Hat er euch auch gesagt, was er…«, fuhr Winnie auf, doch

ihre Mutter redete einfach über sie drüber, bis sie wieder verstummte.

»Nicht genug, dass ihr ihm eine Scheibe eingeworfen habt. Ihr seid auch in sein Haus eingebrochen! Also ehrlich gesagt bin ich fassungslos.«

»Das sind wir alle«, sagte Eddies Vater. »Was habt ihr euch nur dabei gedacht?«

Kurz sagte keiner etwas.

»Wir glauben, dass er etwas mit Glorias Verschwinden zu tun hat«, sagte Winnie. »Wir haben Beweise.«

Peter verstand nicht, wie sie in einem Raum mit Wolff sein und so ruhig bleiben konnte. Sie schien wirklich zu glauben, dass diese Sache gut ausgehen würde. Sie irrte, da war er ganz sicher. Peter hob den Kopf und sah zu Eddie hinüber, ihre Blicke begegneten sich, und er sah, dass Eddie es auch wusste. Sie waren bloß Kinder. Wolff würde damit davonkommen.

»Eure Besessenheit mit dieser kleinen Ausreißerin nimmt ungesunde Ausmaße an«, sagte Winnies Mutter.

»Sie ist nicht ausgerissen! Wir haben Beweise!«, rief Winnie. »Wir haben Fotos gemacht. Peter, gib mir die Fotos.«

Peter tat es. Winnie hielt ihrer Mutter die Polaroids hin, doch die rührte keinen Finger.

»Guckt sie euch an!«, rief Winnie.

Als ihre Mutter sich nicht bewegte, wandte sie sich an ihren Vater. Der nahm die Bilder seufzend entgegen, warf einen Blick darauf, zeigte sie Eddies Eltern, was die dazu brachte, die Köpfe zu schütteln, und ließ sie auf den Couchtisch fallen.

»Diese Bilder beweisen genau eines«, sagte er. »Dass ihr bei Herrn Wolff eingebrochen seid.«

»Herr Wolff war so nett, nicht zur Polizei zu gehen«, sagte

Winnies Mutter. »Unter der Bedingung, dass du«, sie wandte sich an Peter, »das Geld zurückgibst, dass du ihm gestohlen hast.«

Peter spürte, wie ihm die Hitze ins Gesicht stieg, aber er brachte kein Wort heraus.

»Wir haben nichts gestohlen«, sagte Winnie.

»Deine Mutter hat nicht gesagt, dass *ihr* etwas gestohlen habt«, sagte Winnies Vater. »Sie meint deinen Freund hier.«

Peters Körper wurde leicht.

»Es ist ja nicht das erste Mal, dass er etwas gestohlen hat«, sagte Winnies Vater.

»Er hat das Geld in der Schule nicht gestohlen«, fuhr Winnie auf. »Das war Kante! Also, ich meine Henri!«

Ihr Vater warf ihr einen strengen Blick zu.

»Dein Freund hier hat *zugegeben*, dass er das Geld gestohlen hat. Ich weiß nicht, warum du jetzt jemanden beschuldigst, der sich nicht verteidigen kann, weil er nicht hier ist.«

»Weil er es war«, brüllte Winnie.

»Und der Einbruch heute?«, fragte ihre Mutter. »War das auch Henri?«

Winnie schwieg.

»Wart ihr in Herrn Wolffs Haus?«

»Ja«, sagte Winnie.

»Und wessen Idee war das?«

Winnie schluckte.

»Es war meine«, sagte Eddie.

Peter sah, wie sein Kinn bebte, und so schlimm auch alles gerade sein mochte, er war stolz auf Eddie.

»Das stimmt nicht«, sagte Peter. »Es war meine.«

Plötzlich spürte er die Blicke der Anwesenden auf sich. Sie schauten ihn an, als hätte er etwas Ekliges im Gesicht.

»Dafür habe *ich* die Scheibe eingeworfen«, schrie Winnie.
Ihre Mutter starrte sie an, als sei Winnie von einem Dämon besessen, und kurz trat Schweigen ein.

»Er hat Peters Mutter wehgetan«, sagte Eddie in die Stille
hinein.

Alle sahen ihn an.

»Er hat was?«, fragte Eddies Mutter. Und dann, ein ganzes
Stück sanfter: »Wie meinst du das, mein Schatz?«

Eddie schwieg. Was hätte er auch sagen sollen?, dachte Peter.
Wie hätte er beschreiben sollen, was sie gesehen hatten?

»Er hat gesagt, dass er euch alle umbringen wird. Dass er euch
die Bäuche aufschlitzt.«

Peter schloss die Augen. Er hörte, wie verrückt das klang. Kein
Erwachsener würde so etwas zu Kindern sagen. Nicht in der Welt,
in der Winnies und Eddies Eltern lebten.

»Wenn wir Peters Mutter danach fragen«, schaltete sich nun
wieder Winnies Vater ein. »Wird sie das dann bestätigen?«

Eddie schwieg, und seine Eltern schüttelten die Köpfe, als
schämten sie sich für die Lüge, bei der ihr Sohn gerade ertappt
worden war.

»Schatz, komm mal her«, sagte Eddies Mutter seufzend und
streckte die Arme nach ihm aus, ließ sie aber bald wieder sinken,
denn Eddie bewegte sich kein Stück.

»Wir möchten«, sagte Winnies Vater, »und da spreche ich,
denke ich, für uns alle…«, seine Frau und Eddies Eltern nickten,
»dass ihr euch bei Herrn Wolff entschuldigt. Für den entstande-
nen Schaden werdet ihr natürlich ebenfalls aufkommen.«

»Ich entschuldige mich nicht«, rief Winnie. »Ihr könnt mich
mal!«

Ihre Eltern schauten fassungslos zu ihr hinüber.

»Auf dein Zimmer«, sagte ihre Mutter, als sie die Sprache wiedergefunden hatte. »Sofort.«

Im Raum war es komplett still. Nur Wolff räusperte sich leise, so als sei ihm das alles sehr unangenehm.

Winnie sah erst ihre Mutter an, dann ihren Vater. Es war deutlich zu sehen, wie sie gegen die Tränen kämpfte.

»Das verzeihe ich euch nie«, sagte sie leise.

Dann verließ sie den Raum.

In diesem Moment erhob sich Wolff. Peter und Eddie wichen zurück wie vor einem wilden Tier, und mit einem Mal musste Peter wieder an den Tiger denken. Plötzlich vor einem echten, ausgewachsenen Tiger zu stehen, zu sehen, wie riesig allein sein Schädel ist, seinen fremden Geruch einzuatmen, das war nicht merkwürdiger als das, was hier gerade geschah.

»Wenn Sie nichts dagegen haben, lasse ich Sie den Rest unter sich besprechen«, sagte Wolff.

Er gab den Erwachsenen nacheinander die Hand, mit der er kurz zuvor noch Peters Mom gewürgt hatte.

»Seien Sie nicht zu streng zu den Kindern«, sagte er. »Ich denke, sie haben ihre Lektion gelernt.«

Er zwinkerte Peter und Eddie zu, doch seine Augen blieben todernst.

»Und wir waren doch alle mal jung.«

»Tausend Dank für Ihr Verständnis«, sagte Winnies Mutter. »Warten Sie, ich bringe Sie zur Tür.«

* * *

Als Peter das Haus verließ, die Hauptstraße entlanglief und sich noch einmal umsah, erwartete er fast, Winnie am erleuchteten Fenster stehen zu sehen, doch ihr Zimmer war dunkel. Allein ging er nach Hause. Als der Kiesweg vor ihm auftauchte, stellte er fest, dass bei ihm zu Hause ebenfalls kein Licht mehr brannte. Peter blieb stehen. Seine Mom hatte ihn angefleht, mit niemandem über das zu sprechen, was geschehen war. Und trotzdem war er mit Winnie zu ihren Eltern gegangen. Und das hatte alles nur noch schlimmer gemacht. Was sollte er zu seiner Mom sagen? Das Bild von Wolff, wie er sie würgte, tauchte vor Peters innerem Auge auf, und er erbrach sich ins Gebüsch, in dem in der Nacht häufig die Kater rauften. Peter wischte sich den Mund ab und blickte auf. Irgendwie sah das Haus kleiner aus als zuvor. Schäbiger. Plötzlich empfand er Widerwillen gegen sein Zuhause. Irgendwie kam es ihm mit einem Schlag nicht mehr vor wie sein Zuhause. Wolff hatte es kaputt gemacht.

27

David erfasste die Situation sofort, das sah Nina ihm an. Sein Blick glitt zu Wolff hinüber, bewusstlos an einen Stuhl gefesselt wie in einem Tarantino-Film, aber anscheinend unverletzt. Dann nickte David Henri knapp zu.

»Henri«, sagte er.

»David«, gab Henri zurück.

»Ist das dein Auto, vorne an der Einmündung?«

Henri nickte.

Sie wirkten wie entfernte Bekannte, die sich zufällig auf der Straße begegneten, nicht wie alte Freunde, die sich seit zwei Jahrzehnten nicht gesehen hatten.

»Hast *du* ihn angerufen?«, fragte David Nina und beugte sich zu Billy hinunter, der ihn freudig begrüßte.

»Nein«, sagte sie. »Er hat auch einen Brief bekommen.«

David erhob sich wieder und musterte Henri, und Nina begegnete in seinem Blick ihrem eigenen Misstrauen.

»Tim hat dir geschrieben?«, fragte David.

Anstatt zu antworten, griff Henri in die Innentasche seiner Jacke und holte einen Umschlag heraus. Nina erkannte die Handschrift augenblicklich. Auch David nickte.

Nina blickte zwischen den beiden Männern hin und her. Sie wusste, dass sie die Tatsache, dass Tim tot war, immer noch nicht komplett erfasst hatte. Doch nun, wie sie so zwischen

Henri und David, zwischen *Kante und Eddie* stand, fühlte sie die Lücke, die sich nach Tims Tod aufgetan hatte.

Einer fehlt.

Es war nur ein Aufflackern des tatsächlichen Begreifens, ein Vorgeschmack auf den echten Schmerz, der sie noch erwartete; vielleicht in Wochen, vielleicht in Monaten. Dennoch war es überwältigend.

»Was machen wir jetzt?«, fragte Henri und riss Nina aus ihren Gedanken.

»Ich weiß auf jeden Fall, was wir *nicht* tun«, sagte sie. »Uns vor *ihm* besprechen.«

Mit dem Kinn deutete sie auf Wolff.

»Der kriegt doch eh nichts mit«, wandte Henri ein.

»Da bin ich mir nicht mehr so sicher.«

Täuschte sie sich, oder hatte sich sein Atem verändert? Hörte er ihnen zu?

»Nina hat recht«, sagte David. »Kommt schon.«

Draußen war die Dunkelheit sofort zurück, und die mondbeschienene Nacht, die Nina zuvor so erstaunlich hell vorgekommen war, wirkte plötzlich wieder wie aus schwarzem Samt. Die Jagdhütte hatte keine Fenster, und durch die Ritzen der Tür drang kaum Licht nach draußen. Erst nach und nach gewöhnten sich Ninas Augen an die Dunkelheit, und sie sah, wie sich Davids Profil aus der Schwärze schälte.

»Okay«, sagte er an Henri gewandt. »Wie viel weißt du?«

»Nur das, was in dem Brief steht, den ich bekommen habe. Ich weiß, dass Tim das letzte Puzzleteil gefunden hat. Diese Hütte hier. Und Glorias Button. Dass er beweisen kann, dass Wolff damals wirklich Gloria entführt hat.«

»Hast du Tim in letzter Zeit mal gesehen oder gesprochen?«, fragte Nina.

Henri schüttelte den Kopf.

»Wir haben nur sehr lose Kontakt gehalten. Zuletzt haben wir vor ungefähr einem halben Jahr telefoniert, weil ich ihn zu meiner Hochzeit eingeladen hatte.«

»Du bist verheiratet?«, sagte David. »Herzlichen Glückwunsch.«

»Danke. Na, Tim ist jedenfalls nicht gekommen. Habe ich auch nicht unbedingt erwartet. Aber er hat eine Kiste Champagner geschickt.«

Kurz schwieg er, schien einer Erinnerung nachzuhängen.

»Hat Wolff Tim umgebracht?«, fragte er schließlich. »Das war das Erste, woran ich denken musste, als ich gehört habe, dass Tim tot ist. Dass er Wolff zu nahe gekommen ist.«

»Nein«, sagte David. »Wolff hatte nichts damit zu tun.«

»Bist du sicher?«, fragte Henri.

»Absolut sicher.«

Der Wind fuhr durch die Wipfel der Bäume, toste wie die See, während Henri das wirken ließ.

»Okay«, sagte Nina. »Jetzt sind wir alle drei auf demselben Kenntnisstand. Tim hat kurz vor seinem Tod diese Hütte hier entdeckt. Und er hat hier etwas gefunden, das Gloria gehörte. Die Frage ist, was wir jetzt mit diesem Wissen machen.«

Kurz trat Schweigen ein.

»Als Kinder haben wir geschworen, ihn umzubringen«, sagte Henri. »Erinnert ihr euch?«

»Ich erinnere mich«, antwortete Nina.

David schwieg.

»Tim wollte das wirklich durchziehen«, sagte Henri.

»Ja«, sagte Nina.

Sie spürte, wie genau David ihr zuhörte, und wählte ihre Worte mit Bedacht. Sie sprach nicht nur zu Henri, sondern vor allem zu ihm. »Aber ich glaube nicht, dass er es gekonnt hätte. Tim war kein Mörder. Und wir sind es auch nicht.«

Henri nickte.

»Natürlich nicht.«

»Es darf hier nicht um Rache gehen«, fuhr Nina fort. »Heute Nacht geht es einzig und allein um Gloria.«

»Gloria ist tot«, sagte David. »Wolff hat sie umgebracht.«

»Vermutlich«, sagte Nina. »Aber was, wenn nicht? Was, wenn er sie immer noch irgendwo gefangen hält? Diese Dinge kommen vor, oder nicht?«

»Unwahrscheinlich«, antwortete David. »Aber nicht unmöglich.«

»*Fucking shit*«, sagte Henri leise. »*Bloody fucking shit.*«

»Wir gehen jetzt da rein«, sagte Nina, »und kriegen die Wahrheit aus diesem Mistkerl raus. Wir stellen endlich all die Fragen, auf die wir seit zwanzig Jahren keine Antwort bekommen. Entweder finden wir Gloria, oder wir finden ihre Leiche. So oder so: Wir schaffen das irgendwie, koste es, was es wolle.«

Nina spürte Davids Blick auf ihrem Gesicht, doch sie sah ihn nicht an.

»Wir kriegen die Wahrheit aus ihm raus«, wiederholte sie.

»Aber danach lassen wir ihn gehen. Okay?«, fragte sie.

»Okay«, antwortete Henri.

»Okay«, sagte schließlich auch David.

»Gut.«

Kurz trat Schweigen ein.

»Also. Wie gehen wir vor?«, fragte Henri.

»Am besten redet erst mal nur einer von uns«, sagte David.

»Lass mich raten, da hast du an dich gedacht«, antwortete Henri.

»Eigentlich wäre es besser, wenn du es wärst.«

»Ich?«

Auch Nina war überrascht.

»Ich habe heute Nacht bereits einmal die Beherrschung verloren. Das ist nicht gut, mir wird er erst mal gar nichts erzählen. Und Nina nimmt er nicht ernst, schlicht und einfach, weil sie eine Frau ist. Ihr wisst ja, wie er ist«, sagte David. »Sorry, Nina.«

Sie zuckte mit den Schultern.

»Du hingegen«, sagte David, »bist unser Joker.«

Nina nickte, Henri hingegen schien wenig überzeugt.

»Du musst ihm das Gefühl geben, dass du ganz genau weißt, dass er Gloria entführt hat. Dass es dir nur um letzte Infos geht, keinesfalls um Rache.«

»Er muss das Gefühl haben, dass wir ihn gehen lassen, wenn er uns sagt, wo Gloria ist«, ergänzte Nina.

»Warum sollte er das denken?«, antwortete Henri. »Dass wir ihn gehen lassen, nachdem wir ihn entführt haben? Wird er nicht denken, dass wir … na ja, ihn kaltmachen, sobald er geredet hat?«

»Vielleicht«, sagte Nina. »Aber ich glaube nicht. Wolff ist ein Raubtier. Für ihn ist es leicht, anderen Menschen Schmerz zuzufügen. Aber er weiß auch, dass die wenigsten so sind wie er. Er wird spüren, dass wir ganz normale Leute sind. Wir haben es nicht in uns, einfach so einen Menschen zu töten.«

Kurz sah Nina David in die Augen. Er nickte kaum merklich.

»Okay«, sagte Henri. »Okay, wir machen das jetzt. Nur eine Sekunde noch.«

Er klopfte seine Taschen ab, fand dann, wonach er gesucht hatte. Ein Feuerzeug klickte, sein Gesicht flammte einen Moment lang auf, und Nina sah, dass er sich eine Zigarette zwischen die Lippen gesteckt hatte.

David und Nina blickten sich ungläubig an.

»Ausgerechnet *du* bist Raucher geworden?«, fragte Nina.

»Weißt du eigentlich, wie ungesund das ist?«, versetzte David, und um ein Haar hätte Nina lachen müssen.

Henri verdrehte die Augen.

»Du klingst schon wie mein Mann«, sagte er und inhalierte tief.

Als sie in die Hütte zurückkehrten, war alles wie zuvor. Wolff saß unbewegt auf seinem Stuhl. Erst nachdem David, der als letzter eingetreten war, die Tür hinter sich geschlossen hatte, hob er den kantigen grauen Kopf und sah sie mit seinen schlauen, grausamen Augen an.

28

»Wissen Sie, wo wir sind?«, fragte Nina.

David und Henri warfen sich überraschte Blicke zu angesichts der Tatsache, dass *sie* entgegen der Absprache mit dem Verhör, wenn man es so nennen wollte, begann. Sie ignorierte es. David hatte natürlich vollkommen recht, Wolff war nicht in der Lage, Frauen ernst zu nehmen. Aber das würde sich heute Nacht ändern.

Wolffs Blick wanderte seelenruhig zwischen ihnen dreien hin und her. Schließlich wandte er sich an David.

»Jetzt seid ihr also zu dritt«, sagte er.

Und dann, als David nicht antwortete, mit einer abfälligen Bewegung des kantigen Kinns hin zu Henri: »Wer ist der Typ?«

David schwieg, und Nina verstand den Wink. Nur einer von ihnen sollte zunächst sprechen. Oder eine.

»Wir wissen, dass diese Jagdhütte Ihnen gehört«, sagte Nina und sah sich demonstrativ im Raum um.

Ihr Blick streifte die zwei Stühle am Tisch, die Matratze auf dem Boden.

»Nett«, sagte sie.

Wolff schnaubte, und Nina hätte nicht sagen können, ob es belustigt oder verächtlich war. Sie wandte sich wieder zu ihm um.

»Wo ist Gloria?«, fragte sie.

»Wer?«

»Was haben Sie mit ihr gemacht?«

»Wie war der Name?«, sagte Wolff. »Gloria? Klingt wie eine amerikanische Sängerin. Oder eine überkandidelte Fürstin. Sehe ich so aus, als würde ich überkandidelte Fürstinnen kennen?«

Er machte sich über sie lustig.

»Wo ist Gloria?«, wiederholte Nina.

»Du klingst wie eine kaputte Schallplatte, Mädchen«, sagte Wolff.

Wieder wandte er sich David zu. Dem größten und finstersten der Gruppe, dem, der ihn geschlagen und mit einer Waffe bedroht hatte, was ihn, in Wolffs Augen, wohl zum Anführer machte.

»Was soll der Scheiß hier? Was wollt ihr von mir?«

David schwieg und wartete, was Nina als Nächstes sagen würde.

»Sie wurden mit Gloria gesehen«, sagte Nina. »Damals. Vor zwanzig Jahren. Am Waldrand. In der Nacht, als sie verschwand.«

Sie machte eine kleine Pause, ließ es wirken.

»Haben Sie sie danach hierher gebracht?«

Sie konnte an seinem Gesicht ablesen, dass er immer noch nicht wusste, mit wem er es zu tun hatte. Was für sie das Trauma ihres Lebens war, war für ihn nur eine Lappalie gewesen.

»Wer zum Teufel seid ihr?«

»Wissen Sie, das ist es, was Leuten wie Ihnen zum Verhängnis wird«, sagte Nina.

»Was wollt ihr überhaupt?«

»Sie haben einen Fehler gemacht«, fuhr Nina ungerührt fort.

»Ach ja?«

»Sie haben vergessen, dass die Dinge sich ändern. Dass aus Kindern Erwachsene werden.«

»Erwachsene, die einen Groll hegen«, ergänzte David und legte seine Waffe auf den Holztisch zu seiner Linken.

Es dauerte einen Moment. Dann flackerte so etwas wie Erkenntnis in Wolffs Blick auf.

»Ihr seid das«, sagte er.

Schweigen breitete sich aus. Nur das Holz, aus dem die Hütte gezimmert war, knackte.

»Wir sind das«, antwortete Henri leise.

»Ha«, machte Wolff. »Das is' ja'n Ding.«

Er versuchte, unbeeindruckt zu wirken, doch so richtig gelang es ihm nicht.

»Wie Sie sehen«, fuhr Nina fort, »wissen wir also sehr genau, dass Sie Gloria gekannt haben.«

»Wie Sie sehen, wissen wir also sehr genau, dass Sie Gloria gekannt haben«, äffte Wolff ihren Tonfall nach. »Also gut! Ja, was soll's!? Ich kannte Gloria. Und?«

»*Und* Gloria ist verschwunden«, sagte David. »Seit zwanzig verdammten Jahren. Wir wollen wissen, wo sie ist.«

»Deswegen das alles hier? Wegen Gloria?«

Er schien ehrlich überrascht. Kurz sagte niemand etwas.

»Okay«, sagte Wolff.

Nina hob die Brauen. Wolffs Blick wanderte zur Waffe.

»Woher weiß ich, dass ihr mich gehen lasst, wenn ich euch gesagt habe, was ihr wissen wollt?«

»Da werden Sie uns schon vertrauen müssen.«

Er schnaubte.

»Sobald ihr eure Antworten habt, knallt ihr mich ab und verscharrt mich hier irgendwo«, sagte er.

»Es ist verständlich, dass Sie das denken. Denn es ist genau das, was Sie an unserer Stelle machen würden«, sagte Nina. »Aber wir sind nicht wie Sie. Sobald wir unsere Antworten haben, lassen wir Sie laufen.«

Sie holte den Schlüssel des Volvos aus der Jackentasche und legte ihn auf den Tisch, direkt neben die Waffe.

»Warum solltet ihr das tun?«

»Vielleicht, weil wir keine Mörder sind«, sagte Nina.

»Der Typ da hätte mich schon vorhin an der Straße abgeknallt, wenn es nach ihm gegangen wäre«, sagte Wolff und warf David einen Blick zu.

»Das stimmt«, sagte Nina ruhig. »Und ich habe ihn davon abgehalten.«

»Nur, weil du noch nicht alle Antworten hattest.«

»Vielleicht. Vielleicht habe ich aber auch schlicht keine Lust, wegen Beihilfe ins Gefängnis zu gehen.«

Sie wandte sich an Henri.

»Du?«

Henri schüttelte den Kopf.

»Nicht im Geringsten«, sagte er.

»Denken Sie nach«, schaltete sich David wieder ein. »Wir sind mit Ihnen gesehen worden. Und, was noch viel wichtiger ist...«

Er hielt inne, holte sein Handy hervor und legte es auf den Tisch.

»Wir haben unsere Mobiltelefone dabei. Wir sind kinderleicht zu orten. Und Ihr Wagen ist voll von unseren Spuren. Genauso wie diese Hütte. Wenn wir Sie hier und heute umbringen würden, dann würden wir erwischt. Das ist sicher.«

Wolff fixierte David aus zusammengekniffenen Augen.

»Was also schlägst du vor?«, fragte er ihn.

Anstatt zu antworten, sah David Nina an.

»Sie sagen uns alles, was Sie wissen«, sagte sie. »Wir wollen wissen, wo Gloria ist. Wenn Sie unsere Fragen zu unserer vollsten Zufriedenheit beantwortet haben, lassen wir Sie laufen.«

»Einfach so?«

»Einfach so.«

»Hältst du mich wirklich für so blöd zu glauben, dass ihr drei Hübschen nicht auf Rache aus seid? Jeder Einzelne von euch würde mir am liebsten hier und jetzt den Schädel einschlagen.«

»Das stimmt«, sagte Nina. »Ich könnte mir nichts Schöneres vorstellen. Aber wir werden wegen Abschaum wie Ihnen nicht unsere Leben ruinieren. Was mit Ihnen passiert, überlassen wir lieber der Polizei.«

»Was soll das heißen? Wollt ihr mich anzeigen?«, fragte Wolff.

Nina sah ihn ruhig an.

»Ich habe Gloria kein Haar gekrümmt. Und die Geschichte mit Rita ist längst verjährt.«

Sie antwortete nicht.

»Und wollt ihr der Polizei auch erzählen, dass ihr mich entführt habt?«, fragte Wolff.

»Lassen Sie das mal unsere Sorge sein, Sie haben Ihre eigenen Probleme«, schaltete sich Henri wieder ein. »Ob Sie jemals wieder von diesem Stuhl da loskommen, zum Beispiel.«

Wolff schwieg, schien seine Chancen abzuwägen.

»Reden Sie«, wiederholte Nina.

Er sah sie an.

»Da gibt es nicht viel zu erzählen. Gloria wollte verschwinden. Ich habe ihr dabei geholfen.«

Nina hörte, wie Henri zu ihrer Linken ein abfälliges Schnauben ausstieß.

»Sehr bequem«, sagte er. »Erst wollten Sie noch nie von Gloria gehört haben. Und nun, da Sie festgestellt haben, dass Sie sich nicht herausreden können, wollen Sie ihr geholfen haben.«

»Es ist die Wahrheit.«

»Die Wahrheit«, sagte Nina, »ist auch, dass wir wissen, wozu Sie fähig sind.«

Wolffs Gesicht war so undurchdringlich wie zuvor.

»Warum hätten Sie Gloria helfen sollen?«, fragte sie.

Wolff zuckte mit den Schultern, soweit der Kabelbinder, mit dem er fixiert war, das zuließ.

»Sie hat mich darum gebeten.«

»Wir wissen, dass Gloria tot ist«, sagte Nina.

Wolff kniff die Augen zusammen.

»Deswegen sind wir hier? Weil ihr denkt, dass ich Gloria *umgebracht* habe?«

Er sah sie an, einen nach dem anderen, und als er den Ernst in ihren Gesichtern erkannte, warf er den Kopf in den Nacken und lachte.

»Wir können das hier abkürzen«, sagte er. »Ich bin unschuldig. Und ich kann es beweisen.«

NINA, DAVID, HENRI UND TIM

In diesen Ferien sah Peter seine Freunde nur noch wenige Male. Zum ersten Mal ein paar Tage später. Zwar hatten die Eltern der anderen ihnen den Kontakt zu ihm verboten, doch sie hatten nicht daran gedacht, ihnen die Walkie-Talkies wegzunehmen, und so verabredeten sie sich an der alten Linde in der Mitte der großen Wiese mit dem Maibaum, der auch jetzt, wo der Sommer zu Ende ging, noch stand.

Peter kam am Schaukasten in der Dorfmitte vorbei. Das Plakat mit Glorias Gesicht darauf hing immer noch. Daneben ein Aushang der evangelischen Kirche, der zum Gottesdienst einlud, darunter einer, der für den 20.9.1999 eine Bürgerversammlung ankündigte. Das war in ein paar Wochen. Ob es bei der Versammlung um Gloria gehen würde? Ob er hingehen sollte? Durften Kinder da überhaupt hin? Er wandte den Blick von Glorias Gesicht ab und trabte zur Linde herüber, die Straße immer im Blick, für den Fall, dass ein großes schwarzes Auto auftauchte.

* * *

»Diese dämlichen Walkie-Talkies gehen mir auf den Keks«, sagte Winnie zur Begrüßung. »Ich will endlich ein Handy.«

Peter ließ sich im Gras nieder, ohne etwas zu sagen.

Eddie kaute an seinen Fingernägeln, Kante starrte stumm vor sich hin, Winnie riss Gänseblümchen die Köpfe ab.

In dem Moment gingen auf der Hauptstraße Dennis und seine Freunde vorbei, sahen sie aber zum Glück nicht.

»Wölfe«, sagte Winnie verächtlich, und Peter zuckte zusammen. Diesen Tonfall hatte er noch nie an ihr gehört.

»Was meinst du?«, fragte Eddie.

»Ich meine Dennis und seine dummen Freunde. Wenn sie groß sind, werden sie genau so wie *er*, meint ihr nicht?«

Keiner antwortete ihr.

»Wölfe«, sagte Winnie erneut.

Niemand füllte die Stille, die darauf folgte, und Peter überlegte verzweifelt, was er sagen sollte. Er war immer noch der Anführer dieser Bande. Er dachte an *Ghostbusters*, an *Indiana Jones*, an *Star Wars* und an all die anderen Filme, die er hunderttausendmal gesehen hatte, aber nichts, was die Helden darin sagten, passte in diesem Moment. Schließlich fiel ihm etwas ein, das seine Oma mal gesagt hatte, kurz nachdem bei ihr eingebrochen worden war vor einigen Jahren.

»Wir dürfen darüber nicht vergessen, dass die allermeisten Menschen schwer in Ordnung sind«, sagte Peter.

Aber er merkte gleich, dass das ein Fehler war, denn Winnie sah ihn feindselig an.

»Sag das mal deiner Mutter«, versetzte sie. »Oder Emmi.«

Peter fühlte, wie sich ihm die Kehle zuschnürte. Seine Augen füllten sich mit Tränen, und er merkte, wie Winnie den Blick abwandte. Die Stille, die folgte, hielt lange an.

»Ich habe von den Wäldern geträumt«, sagte sie leise. »Es war Nacht. So dunkel. Ich hatte wahnsinnige Angst...«

Sie saß da, die Arme um die Knie geschlungen.

»Ich war ganz alleine.«

»Wo waren wir denn?«, fragte Peter.

Winnie wandte den Kopf, sah ihn an.

»Ihr hingt in den Bäumen«, sagte sie.

Lange sprach keiner mehr ein Wort.

»Was glaubt ihr, wo Gloria ist?«, fragte Peter schließlich.

»Sie ist tot, Mann«, sagte Karte. »*Er* hat sie umgebracht.« Peter war bereits aufgefallen, dass weder Eddie noch Winnie oder Kante seinen Namen mehr in den Mund nahmen. Als könnte die Erwähnung seines Namens ihn heraufbeschwören wie einen bösen Geist.

Winnie massakrierte weiter jedes Blümchen in ihrem Umkreis.

»Alles okay, Winnie?«, fragte Peter.

Sie hob den Blick, und kurz dachte er, sie sei sauer auf ihn. Irgendwie sah sie anders aus als noch vor Tagen. Also, Eddie und Kante sahen auch fertig aus, aber nicht so fertig wie Winnie.

»Was ist das für eine Frage?«, sagte sie. »Nichts ist okay. Er ist damit davongekommen. Er ist mit allem davongekommen. Weil wir bloß Kinder sind.«

Jetzt weinte sie doch. Eddie legte ihr unbeholfen einen Arm um die Schultern, doch sie schüttelte ihn ab. Peter dachte daran, wie er Wolff zum ersten Mal im Dorf gesehen und ihn sofort für einen Unglücksboten gehalten hatte. Er hatte recht behalten.

»Wir werden nicht immer Kinder sein«, sagte Eddie. »Irgendwann sind wir erwachsen.«

»Ja«, sagte Peter. »Irgendwann sind wir erwachsen, und dann bringen wir ihn um.«

Winnie blickte auf.

»Wirklich?«

»Ja«, sagte Peter. »Wir werden seine beschissene Jagdhütte

finden. Die Jagdhütte ist das letzte Puzzleteil. Das müssen wir finden, dann können wir beweisen, dass er es war.«

»Und dann bringen wir ihn um«, sagte Winnie.

Peter nickte.

»Wir sollten darauf schwören«, sagte sie und sah ihre Freunde an. »Wenn wir beweisen können, dass er Gloria entführt hat, dann bringen wir ihn um.«

Winnie und Peter hoben fast gleichzeitig die rechte Hand zum Schwur, Eddie schloss sich ihnen an. Nur Kante zögerte, tat es ihnen dann jedoch ebenfalls nach.

Erneut schwiegen sie. Früher hatten sie nie so viel zusammen geschwiegen, dachte Peter, aber ihm fiel nichts ein, was er sagen konnte. Worüber hatten sie sich denn vorher immer unterhalten? Hatten sie sich überhaupt unterhalten? Und worüber hatten sie immer so gelacht? Er konnte sich nicht erinnern.

»Ich möchte nicht mehr, dass ihr mich Winnie nennt«, sagte Winnie plötzlich.

Peter sah sie verwirrt an.

»Wie sollen wir dich denn sonst nennen?«

»Bei meinem richtigen Namen«, sagte sie. »Nina. Ich finde die Spitznamen schon eine ganze Weile peinlich.«

»Aber jeder in unserer Bande trägt einen Spitznamen«, sagte Peter. »Das ist schon immer so!«

»Jetzt nicht mehr«, sagte Winnie. »Ich heiße Nina, und so will ich auch genannt werden.«

»Und mich nennt ihr ab sofort Henri«, sagte Kante. »Ich fand Kante schon immer bescheuert.«

»Das wusste ich nicht«, sagte Peter.

Er fühlte sich wie vor den Kopf geschlagen und sah hilfesuchend zu Eddie, doch der nickte nur.

»Stimmt schon. Ich meine, ich werde bald elf«, sagte er. »Und Eddie Murphy finde ich auch nicht mehr so witzig wie früher.«

»Du hast dich nach Eddie Murphy benannt?«, fragte Nina ungläubig.

Eddie zuckte mit den Schultern.

»Peter hat mir den Namen gegeben«, sagte er.

»Weil du witzig bist«, sagte Peter.

Eddie schien zu überlegen.

»Nennt mich David«, sagte er.

»Und du?«, fragte Nina. »Nach wem hast du dich benannt?«

»Peter Venkman«, antwortete Peter. »So heißt Bill Murray in *Ghostbusters*.«

»So eine Kinderkacke«, sagte Nina, und Peter begriff endlich, dass sich alles geändert hatte, und dass es nie mehr so sein würde wie früher.

»Dann nennt mich halt Tim«, sagte er und versuchte, beiläufig zu klingen, aber er merkte selbst, wie schlecht ihm das gelang.

29

Wolff lachte, und sein Lachen war fürchterlich.

Vielleicht lag es an seiner Ausbildung, auf jeden Fall fasste sich David als Erster.

»Wir haben damit gerechnet, dass Sie uns mit einer Lügengeschichte kommen würden«, sagte er.

»Ich lüge nicht. Gloria hatte das Dorf satt. Sie hatte ihre Mutter satt.«

David ging nicht darauf ein.

»Sie wurden kurz vor Glorias Verschwinden mit ihr gesehen. Und sagen Sie uns jetzt nicht, dass das ganz harmlos war. Wir wissen, was und wer Sie sind. Wir haben es mit eigenen Augen gesehen.«

Schweigen.

»Wo ist Gloria? Führen Sie uns zu ihrer Leiche, und wir lassen Sie gehen.«

»Es gibt keine Leiche. Gloria wollte das Dorf verlassen, ohne sich zu verabschieden. Ohne sich vor irgendwem rechtfertigen zu müssen.«

»Gloria wäre niemals abgehauen, ohne irgendwem etwas davon zu sagen«, rief Nina.

»Ach nein? Wie gut kanntest du sie denn, hm?«

Nicht gut. Stimmt.

Nina schwieg.

»Gloria war siebzehn«, sagte Wolff. »Fast achtzehn. Sie
wollte unbedingt weg. Sie brauchte jemanden, der sie fahren
konnte und der sonst keine Fragen stellen würde.«
»Und damit kam sie ausgerechnet zu Ihnen«, höhnte Nina.
»So ist es.«
Nina, David und Henri tauschten Blicke. Keiner von ihnen
hatte erwartet, dass Wolff so einfach gestehen würde. Sie
mussten ihn zermürben. Also weiter.
»Sie können sich Ihre Ablenkungsmanöver sparen«, sagte
David. »Ihre kleine Geschichte erklärt vielleicht, warum wir
Sie kurz vor ihrem Verschwinden mit Gloria gesehen haben.
Aber sie erklärt weder, warum Sie so aggressiv – um nicht zu
sagen brutal – auf unsere Nachforschungen reagiert haben,
noch, wieso Gloria nie wieder aufgetaucht ist.«
»Vielleicht wollte sie nicht gefunden werden.«
»Bullshit«, sagte Nina. »Das hätte sie Rita und Tim niemals
angetan.«
»Und das weißt du, weil du damals ihre beste Freundin
warst«, höhnte Wolff.
Er seufzte.
»Gloria hat Rita gehasst. Rita wollte nichts mit der Kleinen
zu tun haben, das wisst ihr so gut wie ich. Erst als Gloria schon
lange weg war, hat sie angefangen, die besorgte Mutter zu geben.«
Nina klang Wolffs Gelächter immer noch in den Ohren. Er
hatte selbstbewusst geklungen. Siegesgewiss, und das, obwohl
er sich drei bewaffneten Menschen gegenübersah, während er
selbst an Händen und Füßen gefesselt war.
*Was, wenn er uns trotz allem irgendwo einen Schritt voraus
ist?*

»Genug mit den Spielchen«, sagte David. »Sie verschwenden unsere Zeit. Und Ihnen muss doch auch daran gelegen sein, diesen Kabelbinder um Ihre Hand- und Fußgelenke loszuwerden. Sie sitzen schon ziemlich lange so. Das muss doch wehtun.«

Wolff biss nicht an, schwieg.

»Sagen Sie uns, was Sie mit Gloria gemacht haben.«

»Ich habe Gloria ein paarmal hier in der Hütte übernachten lassen, während sie überlegt hat, was sie als Nächstes tun will. Dann habe ich sie in der Stadt abgesetzt«, sagte Wolff. »Das ist alles.«

»Dann beweisen Sie es«, sagte Henri. »Sie sagten doch, dass Sie einen Beweis hätten, oder? Bringen Sie ihn vor!«

Was folgte, war angespanntes Schweigen, und genau in dem Moment, in dem Nina dachte, dass Wolff seinen Bluff aufgeben und einknicken würde, nickte er.

»Okay«, sagte er. »Aber erst macht ihr meine Füße los.«

»Sie sind in keiner Position, Forderungen zu stellen«, antwortete Nina.

»Ich bin ein alter Mann!«

Um ein Haar hätte sie aufgelacht. Ja, Wolff musste inzwischen über sechzig sein, doch er wirkte kein Jahr älter als fünfzig, und die Energie, die trotz allem – trotz des Schlages auf den Kopf, trotz des Betäubungsmittels und angesichts der ganzen Situation – von ihm ausging, war beängstigend. Plötzlich hatte Nina das Gefühl, dass jeden Moment etwas Grauenhaftes passieren würde.

»Also echt«, spottete Wolff. »So viel Angst braucht ihr vor mir nun auch nicht zu haben!«

»Wir haben schon lange keine Angst mehr vor ihnen«, sagte

Henri, doch seine Stimme klang alles andere als fest. Nur mit Mühe schien Wolff ein Lächeln zu unterdrücken.

Er genießt es zu sehen, dass Henri sich immer noch vor ihm fürchtet, dachte Nina. *Auch jetzt noch. Trotz allem.*

»Also?«, sagte sie.

Wolff hob die Brauen.

»Ihr Beweis!«

Er überlegte kurz.

»Wie spät ist es?«, fragte er dann.

»Welche Rolle spielt das?«, fragte Henri. »Kommen Sie endlich zur Sache.«

»Ihr habt eure Handys dabei«, sagte Wolff.

»Das sagte ich bereits«, antwortete David.

»Habt ihr Empfang?«

»Warum wollen Sie das wissen?«, fragte Nina.

»Weil ich beweisen kann, dass ich Gloria nichts getan habe. Aber dazu muss ich telefonieren.«

Erneut sahen sich Nina, David und Henri an. Was sollte das?

»Wir besprechen uns draußen«, sagte Nina, und die beiden Männer nickten.

David nahm die Waffe und sein Handy vom Holztisch, bevor er sich Nina und Henri anschloss.

»Ich habe hier keinen Empfang«, sagte Nina.

David ließ sein Display aufleuchten.

»Ich auch nicht.«

Auch Henri kramte nun sein Handy hervor und schaltete es ein.

»Fehlanzeige.«

»Verdammt«, sagte Nina leise.

»Ach, komm schon«, entgegnete Henri. »Der blufft doch. Mit dem Anruf will er nur Zeit schinden oder einen Hilferuf absetzen.«

»Das glaube ich auch«, antwortete David. »Aber ich wäre bereit gewesen, das Risiko einzugehen.«

Ninas Mund war plötzlich sehr trocken.

»Du bist dir nicht mehr hundertprozentig sicher?«, fragte sie. »Dass er es war, meine ich?«

»Ich bin mir zu neunundneunzig Prozent sicher«, sagte David.

»Aber das reicht nicht.«

Er zuckte mit den Schultern.

»Er hat sie umgebracht«, sagte Nina. »Das wissen wir. Warum sonst hat er getan, was er getan hat, nachdem wir ihm damals hinterhergeschnüffelt haben?«

»Nina hat recht«, sagte Henri. »Wo Rauch ist, da ist auch Feuer. Und um Wolff herum war zu dieser Zeit so viel Rauch wie nach einem kalifornischen Waldbrand.«

»Ich weiß«, sagte David. »Ich wünschte nur, wir hätten ihm diesen Anruf ermöglichen können.«

»Wozu?«

»Um zu sehen, was er macht.«

Einen Moment lang sagte niemand etwas. Dann fiel Nina etwas ein, und sie tastete in ihrer Jackentasche nach Wolffs Handy, fand es.

»Moment«, sagte sie und warf einen Blick auf das Display. Es zeigte schwachen Empfang.

»Du hast zwei Handys?«, fragte David.

»Nein, das hier ist Wolffs. Ich habe es ihm vorhin abgenommen.«

»Wie ist es dir überhaupt gelungen, ihn zu überwältigen?«, fragte David.

»Später«, sagte Nina. »Erst sollten wir entscheiden, ob wir ihm einen Anruf zugestehen oder nicht.«

»Ich bin dafür«, sagte Henri.

»Meine Meinung kennt ihr«, sagte David.

»Okay.«

»Warum sagen Sie uns nicht, wen Sie anrufen möchten?«, begann Nina, als sie alle drei wieder in die Hütte zurückgekehrt waren.

Henri ließ sich auf einem der Stühle nieder, Nina und David blieben stehen. Wolff schwieg lange.

»Es gab da eine Freundin von Gloria, die Bescheid wusste«, sagte er schließlich. »Wenn ich sie erreichen kann, wird sie bestätigen, dass ich Gloria damals geholfen habe, zu verschwinden.«

»Eine Freundin«, sagte Henri.

Wolff nickte.

»Und Sie kennen ihren Namen.«

»Ja.«

»Lassen Sie mich raten, Sie haben auch ihre Nummer«, sagte David. »Sehr bequem. Und Sie kennen sie schon lange. Und sie ist Ihnen etwas schuldig. Ach, hören Sie doch auf.«

»Woher hätte ich wissen sollen, dass ich auf euch treffen würde?«, fragte Wolff. »Und wann hätte ich das organisieren sollen? Sie hat doch mein Handy!«

Er deutete mit dem Kinn auf Nina.

»Sie sind eine ganze Menge«, sagte Nina. »Aber Sie sind nicht dumm. Im Gegenteil. Sie sind clever. Und vorausschauend. Ihnen muss klar gewesen sein, dass Sie früher oder später jemand mit dem Verschwinden des Mädchens in Verbindung bringt. Woher sollen wir wissen, dass Sie sich nicht schon damals ein falsches Alibi verschafft haben? Irgendeine Frau am anderen Ende der Leitung ... Das ist kein Beweis, der uns überzeugen könnte. Da müssen Sie sich schon etwas Besseres einfallen lassen.«

Wolff schwieg lange.

»Also gut«, sagte er schließlich. »Ich lasse mir etwas Besseres einfallen.«

»Was soll das heißen?«, fragte David.

»Geben Sie mir das Telefon«, sagte Wolff.

»Ich werde für Sie telefonieren«, antwortete Nina.

Wolff bedachte sie mit einem langen Blick.

»Wenn ich beweisen kann, dass ich die Wahrheit gesagt habe, lasst ihr mich dann gehen?«, fragte Wolff.

»Ehrenwort«, sagte David, was Wolff ein bellendes Lachen entlockte.

Dann nickte er.

»Wie entsperre ich es?«, fragte Nina mit Blick auf Wolffs iPhone.

»221181«, sagte Wolff.

Nina stutzte. Diese Zahlen sagten ihr was. Aber sie kam nicht darauf, und es war jetzt auch nicht die Zeit, darüber nachzudenken. Nina tippte die Ziffern ein und gelangte auf die Benutzeroberfläche des Mobiltelefons.

»Und nun?«

»Geh in die Kontakte und suche nach Sam Schmidt.«

»Wer ist das?«, fragte Henri.

Wolff antwortete nicht, er wandte den Blick nicht von Nina.

»Gefunden?«

Sie nickte.

»Worauf wartest du?«

Das Display zeigte 04.38 Uhr. Wer auch immer dieser Sam Schmidt war, sie würden ihn ziemlich sicher aufwecken. Wenn sie ihn überhaupt erreichten. Nina tauschte noch einen Blick mit ihren Freunden. Henri zuckte mit den Schultern, David nickte. Der Anruf baute sich fast sofort auf. Nina ließ lange klingeln. Niemand hob ab, und eine Mailbox sprang auch nicht an. Schließlich gab sie auf.

»Es geht niemand ran«, sagte sie.

»Versuch es noch mal.«

Nina wählte erneut, hielt sich den Hörer ans Ohr. Wieder ertönte das Freizeichen, wieder ging niemand ran. Kein Wunder, dachte sie. Jeder vernünftige Mensch hat das Handy mitten in der Nacht auf lautlos gestellt.

»Nichts.«

»Noch mal«, drängte Wolff.

»Das hat doch keinen Zweck«, sagte Nina.

Sie legte das Handy auf den Tisch neben sich.

»All Ihre Ablenkungsmanöver bringen Ihnen nichts«, sagte David. »Also hören Sie auf, Zeit zu schinden. Sagen Sie uns, wo Gloria ist. Haben Sie sie direkt hier vergraben? Oder irgendwo anders?«

Wolff schnaubte.

»Sie ist noch hier im Wald, oder?«, fragte Henri.

»Wir wollen nur wissen, was damals passiert ist«, sagte Nina. »Damit wir damit abschließen können. Und wir wollen Glorias Leiche. Wir wollen, dass sie bestattet werden kann. Bei ihrer Familie.«

Wolff lachte auf.

»Das finden Sie witzig?«, fragte David.

Er klang düster. Wolff kam nicht dazu, zu antworten, weil in diesem Augenblick sein Handy auf dem Holztisch zu vibrieren begann. Nina nahm das Telefon in die Hand. Sam Schmidt rief offensichtlich zurück. Das war eine Überraschung. Sie tauschte einen Blick mit ihren Freunden, dann nahm sie den Anruf an.

»Habe ich dir nicht gesagt, dass du mich nicht mehr anrufen sollst?«, sagte die Stimme am anderen Ende, noch bevor Nina sich gemeldet hatte. »Und weißt du eigentlich, wie spät es ist?«

Nina war, als fiele sie ins Bodenlose. Sie erkannte Sams Stimme sofort.

BOYS DON'T CRY

Es roch nach Herbst. Heftiger Regen hatte die Gerüche des Sommers – Sonnencreme und geschmolzenen Teer – davongespült. Tim saß auf seinem Bett und blätterte in dem Buch über *Huckleberry Finn*, das Gloria ihm kurz vor ihrem Verschwinden geschenkt hatte. Es war nicht mehr neu, Gloria hatte hier und da reingeschrieben und manche Stellen unterstrichen, aber das störte ihn nicht – im Gegenteil. Ihre Handschrift machte das Buch nur noch wertvoller für ihn.

Er hatte schon mehrmals versucht, es zu lesen, aber nach ein paar Minuten musste er es immer wieder weglegen. Es machte ihn einfach zu fertig, wenn er daran dachte, dass Gloria es in der Hand gehalten hatte und nun weg war; er kam sich vor wie ein Astronaut, ganz einsam und allein in seiner Kapsel, die sich drehte und drehte und drehte und gar nicht mehr still stand.

Das, was Nina – er konnte sich nicht daran gewöhnen, sie so zu nennen, sie würde für ihn immer wie eine Winnie aussehen – zu ihm gesagt hatte, schwirrte ihm im Kopf herum, und er konnte die Gedanken einfach nicht abschütteln.

Sie hatten sich wieder an der großen Linde getroffen, heimlich. Wahrscheinlich einfach nur, weil es das Ende der Ferien war und weil sie es gewohnt waren, sich zu treffen. Tim hatte gehofft, dass die Dinge irgendwann wieder wie früher sein würden, aber das passierte nicht. Sie redeten über irgendwas, über die Schul-aufsätze und die Katze von Frau Müller, die überfahren worden war. Aber zwischendrin schwiegen sie auch, und das war jedes Mal komisch.

»Hat jemand was von Kante gehört?«, fragte Tim. »Also, ich meine Henri?«

»Der hängt neuerdings mit Dennis und Einstein ab, der Verrä-ter«, sagte David.

Tim musste schlucken.

»Das verstehe ich nicht«, sagte er.

Keiner antwortete ihm.

»Warum hast du uns nicht gesagt, dass Gloria deine Schwester ist?«, sagte Nina unvermittelt.

»Was?«

»Meine Eltern sagen, Gloria ist nicht deine Cousine, sondern deine Schwester. Deine Mutter hat sie super jung bekommen, und weil sie sich nicht um sie kümmern wollte, hat sie sie zu Ver-wandten gegeben.«

Tim hatte sofort gewusst, dass es stimmte. Aber als er nach Hause kam und seine Mutter danach fragen wollte, wusste er irgendwie nicht so richtig, wie er damit anfangen sollte. Seine Mutter saß im Wohnzimmer und sah fern, und sie hatte ein Glas und eine Flasche vor sich, genau wie die, die er immer überall ge-funden hatte, als sie damals so krank gewesen war.

Er klappte das Buch zu, legte es neben das Mixtape. Ihm ging durch den Kopf, was Gloria mal zu ihm gesagt hatte, als sie dabei war, eines für ihre Freundin Annette zu entwerfen: »Das perfekte Mixtape braucht Zeit. Du musst genau die richtigen Songs finden, und das ist gar nicht so leicht, denn nicht nur du musst sie lieben, sondern du willst ja, dass derjenige, dem du das Tape machst, sie auch liebt. Das perfekte Mixtape erzählt eine Geschichte. Eine Geschichte über dich und eine Geschichte über die andere Person und eine Geschichte über euch beide. Verstehst du?«

Peter hatte genickt, obwohl er ganz und gar nicht verstanden hatte, damals. Er betrachtete die Buchstaben auf der Innenseite der Hülle. Das perfekte Mixtape.

A
The Smashing Pumpkins – Tonight, Tonight
Elliott Smith – Ballad of Big Nothing
The Spinanes – Kid In Candy
Placebo – Every Me, Every You
Radiohead – Karma Police
Nick Cave & The Bad Seeds – The Ship Song
R.E.M. – Nightswimming

B
The Cure – Boys Don't Cry
Elliott Smith – Miss Misery
Nirvana – Heart-Shaped Box
Morphine – Candy
The Smashing Pumpkins – Disarm
Nick Cave & The Bad Seeds – People Ain't No Good
Radiohead – Exit Music (For A Film)

Die Handschrift seiner großen Schwester. Wo sie nur war?

* * *

Normalerweise vergingen die letzten Ferientage immer wie im Fluge, doch diese Woche war zäh. Nina und David ließen sich nicht blicken, also streifte Tim alleine durchs Dorf, machte einen Bogen um Dennis und die Wölfe, wenn er sie irgendwo sah, und hielt sich von der Hauptstraße fern, über die hin und wieder sehr langsam ein großer, schwarzer Wagen rollte wie eine tonnenschwere Drohung.

Wenn er irgendwann hungrig heimging, war seine Mutter für gewöhnlich noch arbeiten, aber an diesem Tag kurz vor Ferienende war es anders, und als er aufschloss und eintrat, hörte er den Fernseher im Wohnzimmer. Seine Mutter lag auf der Couch, und erst dachte er, sie schliefe. Doch ihre glasigen Augen waren offen. Es ging ihr fürchterlich, das wusste er. Aber sie musste ihm jetzt helfen. Sie musste Gloria helfen. Sie mussten endlich zur Polizei gehen. Gemeinsam.

»Wir müssen die Polizei rufen«, sagte er. »Ich weiß, wo Gloria ist.«

Kurz hatte er Angst, dass seine Mutter sich verschluckt hatte, doch dann merkte er, dass sie lachte.

»Die Kleine ist abgehauen«, sagte sie. »Da kann die Polizei auch nichts machen.«

»Doch«, sagte Tim aufgebracht. »Ich weiß, wo sie ist. Der stumme Hans hat es mir verraten. *Er* hat sie. In seiner Jagdhütte. Ich habe die Hütte gesucht, aber ich kann sie einfach nicht finden. Die Polizei muss ihn verhören und die Hütte suchen. Die Hütte ist das letzte Puzzleteil.«

Keine Antwort. Tim trat näher an die Couch heran und stellte fest, dass seine Mutter eingeschlafen war. Sie roch krank. Vorsichtig rüttelte er sie an der Schulter.

»Mom?«

Kurz sah sie ihn verwirrt an.

»Was ist denn los? Musst du nicht in der Schule sein?«

Tim antwortete nicht.

»Was hat er hier gemacht? Ich habe neulich seine Stiefel hier stehen sehen.«

»Wessen Stiefel?«

»Die von Wolff.«

Sie schreckte zusammen bei der Erwähnung seines Namens, fasste sich instinktiv ans Gesicht, das an manchen Stellen immer noch grün und gelb und geschwollen war.

»Er kriegte noch Geld von mir. Das wollte er wiederhaben.«

Sie wandte den Blick ab, aber Tim war noch nicht fertig.

»Ist Gloria meine Schwester?«, fragte er.

Rita blinzelte. Setzte sich auf.

»Wer sagt das?«

»Die Leute! Sie sagen, du hast sie ganz jung bekommen und weggegeben. Und dass sie von einem anderen Vater ist, und dass wir uns deswegen nicht ähnlich sehen.«

Seine Mutter schaute ihn komisch an. Sie machte den Mund auf und wieder zu.

»Mom«, sagte Tim.

Sie seufzte.

»Ich wollte schon lange mit dir darüber reden. Als die Oma gestorben ist, wollte ich Gloria zu uns holen. Aber sie wollte nicht. Vielleicht ist sie deswegen weggelaufen.«

Tim wusste nicht, was er sagen sollte. Sein Kopf fühlte sich an wie ein Flipper-Automat, in dem die Kugel festhängt.

»Mach dir keine Sorgen. Sie kommt wieder. Das verspreche ich dir.«

Tim blinzelte.

»Ist sie nun meine Schwester oder nicht?«

Seine Mutter nickte.

»Deine Halbschwester«, sagte sie.

Tim setzte sich, dann stand er wieder auf, irgendwie machte ihn das alles fertig. Jetzt wusste er es sicher: Er hatte eine Schwester – und sie war weg.

»Sei froh«, sagte seine Mutter. »*Dein* Vater war ein guter Mann. Klug und schön. Er war Soldat. Ein amerikanischer Soldat, der Gedichte mag und überhaupt alles Schöne, kannst du dir das vorstellen?«

Sie kicherte kurz wie ein junges Mädchen, wurde dann wieder ernst.

»Er war ganz anders als Glorias Vater. Das glatte Gegenteil. Das ist alles, was du wissen musst.«

Sie griff nach ihrem Glas und stellte fest, dass es leer war.

»Sei ein Schatz und hol mir was zu trinken aus der Küche.«

* * *

Am nächsten Tag durchstreifte Tim die Wälder, auf der Suche nach dem letzten Puzzleteil. Vergeblich. Weit und breit keine Jagdhütte. Er hatte auch nicht wirklich erwartet, sie zu finden. Eigentlich wollte er sich nur von der Bombe ablenken, die Nina hatte platzen lassen: Sie und ihre Eltern zogen weg. Schon morgen. Nina hatte es die ganzen Ferien über gewusst, aber nichts gesagt. Das ging ihm nicht in den Kopf rein, wirklich nicht. Nichts davon. Zu Beginn der Sommerferien war noch alles gut gewesen. Gloria hatte bei der Oma gewohnt, mit ihm und seiner Mom war alles in Ordnung gewesen, und er hatte die beste Bande der Welt gehabt. Und Emmi.

Niedergeschlagen lief er die Hauptstraße entlang, kämpfte die Tränen, die ihm gerade in die Augen steigen wollten, nieder, als er sah, dass Dennis und die Schergen das Bushäuschen in Beschlag nahmen. Noch hätte er schnell umdrehen und einen Umweg gehen können, doch sie hatten ihn bereits gesehen, das merkte er gleich. Und dann bemerkte er noch etwas: Kante, den Verräter. Und da konnte er nicht mehr umdrehen und davonlaufen, da musste er direkt an ihnen vorbei, irgendwie ging es nicht anders.

»Hey, Timmie«, rief Dennis, so als wären sie Freunde.

Dabei nannte kein Mensch ihn Timmie.

Ohne ihm auch nur einen Blick zu schenken, ging er den Gehweg entlang an ihnen vorbei. Er ignorierte sie einfach. Sollten sie doch sagen, was sie wollten.

»Hey Timmie, warte doch mal. Ich habe hier etwas, das dir gehört.«

Nun schaute Tim doch hin und sah, dass Dennis einen Zettel in die Luft hielt. Er erkannte ihn nicht gleich, aber dann begann Dennis zu lesen wie ein Marktschreier.

»Meine Radieschenliste: in hundert Länder reisen, zuerst Amerika. Reich und berühmt werden. Einen Whiskey mit Bill Murray trinken. Richtig Billard spielen lernen. Winnie und Eddie zusammenbringen. Auf einem Pferd reiten. Aus einem Flugzeug springen. Gloria finden ...«

Seine Radieschenliste, die er schon überall gesucht hatte!

Dennis hielt inne.

»Wann willst du das denn alles machen?«, fragte Einstein, Dennis' rechte Hand. »Mein Vater sagt, du wirst keine dreißig. Vorher säufst du dich zu Tode, genau wie deine Alte.«

Die Wölfe lachten.

»Ihr werdet euch noch wundern«, rief Tim über die Straße.

»Ich werde alle Dinge von meiner Liste erledigen, und noch Hunderte mehr. In zehn Jahren dürft ihr meinen Pool putzen!«

Er würde es ihnen zeigen. Ihnen allen. *Er würde niemals sterben!*

Sie lachten noch lauter. Das blöde Gelächter war Tim gewohnt. Was er nicht gewohnt war, war die Stimme, die am lautesten lachte. Kante. Und das war einfach zu viel. Dieses dumme, unechte Lachen kam ihm plötzlich vor wie die Zusammenfassung von allem, was falsch war auf der Welt.

»Hey, Henri«, sagte er. »Geht's dir besser?«

Henri sah ihn überrascht an.

»Als ich dich zuletzt gesehen habe, hast du geheult wie ein Baby und dir in die Hosen gepinkelt. Da wollte ich nur wissen, ob's dir jetzt wieder besser geht.«

»Das ist eine Lüge!«, brüllte er.

Sein Kopf war rot wie die Nase des Briefträgers und sah aus, als müsste er jeden Moment platzen. Wütend schaute Henri sich um, um zu sehen, wie seine neuen Freunde darauf reagierten, dann landete sein Blick wieder auf Tim. Doch der ging einfach weiter.

»Reg dich nicht über solchen Abschaum auf, Mann«, sagte Dennis zu ihm. »*Timmie* ist nicht nur ein Dieb, sondern auch ein Lügner. Jeder hier weiß das!«

Tim wurde rot vor Wut, aber er blieb nicht stehen.

* * *

Am nächsten Morgen stand er früh auf und spannte einen Draht zwischen zwei Bäume der kleinen Allee, die Dennis in den Ferien für gewöhnlich mit dem Fahrrad entlangfuhr, um in der Früh Brot oder Brötchen zu kaufen. Es war ein kühler Morgen, aber zum Glück musste Tim nicht lange im Gebüsch warten, bis er ihn sah. Und zum Glück hatte er sein blödes Fußballtrikot an, sodass Tim ihn schon von Weitem erkennen konnte. Ja, es war eindeutig Dennis. Er trat stehend in die Pedale. In wenigen Sekunden war er heran, und der straff gespannte Draht holte ihn von seinem Rad. Er flog über den Lenker und schlug mit einem Geräusch, das Tim so schnell nicht wieder vergessen würde, auf dem Schotterweg auf. Irgendwie dumpf und gleichzeitig knirschend. Dennis blieb kurz auf dem Bauch liegen. Keuchte. Er wirkte benommen. Tim löste den Draht, trat neben Dennis, der sich stöhnend auf den Rücken gewälzt hatte, und blickte auf ihn hinab. Sein Mund blutete, vielleicht hatte er sich einen Zahn abgebrochen.

»Ihr werdet mich ab jetzt in Ruhe lassen«, sagte Tim.

Dennis spuckte Blut aus, und Tim sah, dass er heulte. Er trat ihn in die Seite. Gar nicht feste, aber Dennis wimmerte.

»Und du wirst über das hier die Klappe halten«, sagte Tim. »Sonst komme ich wieder. Und du weißt ja jetzt, wozu ich fähig bin.«

Dennis versuchte, sich hochzurappeln, doch es gelang ihm nicht.

»Hast du verstanden?«, fragte Tim.

Dennis nickte.

»Ja«, krächzte er.

»Ja, was?«

»Ja, ich habe verstanden.«

* * *

Als Tim nach Hause kam, lag seine Mutter immer noch schlafend auf dem Sofa, eine halb leere Flasche neben sich. Er hätte gerne mit ihr gesprochen und ihr gesagt, dass er etwas sehr, sehr Schlimmes gemacht hatte, viel schlimmer als lügen oder Geld klauen. Er hätte gerne gehabt, dass sie mit ihm schimpfte und ihn bestrafte und ihm irgendwann später wieder verzieh und ihm sagte, dass alles wieder in Ordnung kommen und dass sie ihm vielleicht sogar einen heißen Kakao machen würde. Aber das alles ging nicht, wenn sie krank war.

Später stand er lange vorm Spiegel und schaute sich an. Sein braunes Gesicht, die dünnen braunen Arme, die aus seinem T-Shirt ragten. *Du gehörst hier nicht hin*, hatte Dennis immer zu ihm gesagt. Und letztens, vor den Ferien, hatte ein Junge in der Schule ihm zugerufen, dass er dahin zurückgehen solle, wo er hergekommen war. Das kapierte Tim nicht. Wohin denn?

Er dachte an Frau Gehrke.

Natürlich gehörst du hier hin.

Er war sich nicht sicher, ob das stimmte. Er wusste nur, dass er zu seiner Mom gehörte und zur Oma, zu Gloria und zu Winnie und Eddie und Kante und zu Emmi, und irgendwie war das jetzt alles kaputt.

Er guckte noch genauer hin. Sah er anders aus als vorher? Er hatte gerade etwas echt Böses gemacht, er hatte Dennis echt wehgetan, er hätte ihn umbringen können mit seiner Aktion, und das Gefühl in seinem Bauch war so schlimm deswegen, dass ihm noch schlechter war als damals mit seiner Hirnhautentzündung. Er durfte so was nie wieder machen. Nie wieder.

»Emmi?«, rief Tim, doch sein Kätzchen meldete sich nicht.

Und dann fiel ihm wieder ein, dass auch Emmi nicht mehr da war. Hoffentlich hatte Wolff ihr nichts getan, hoffentlich war

Emmi irgendwo da draußen auf Mäusejagd, hoffentlich ging es ihr gut, da, wo sie war. Tim fing an zu weinen.

In seinem Zimmer setzte er sich aufs Bett. Kurz dachte er daran, seine Freunde mit dem Walkie-Talkie anzufunken, doch dann ließ er es sein. Er wusste selber nicht so richtig, warum. Wie gerne würde er jetzt mit der Oma reden, oder mit Gloria, aber die waren nicht mehr da. Keiner war mehr da.

Er rollte sich auf seinem Bett zusammen und machte sich so klein, wie er nur konnte.

30

Nina legte auf und ließ das Telefon sinken. Sie sah Wolff an. Sie sah das Telefon an. Sie hörte, dass David ihren Namen sagte, doch seine Stimme drang nur ganz leise an ihr Ohr, wie aus weiter Ferne. Nichts machte mehr Sinn.

»Nina«, sagte David erneut. »Was ist los?«

»Was hat er gesagt?«, fragte Henri.

»Kennst du diesen Sam?«, fragte David.

Eine Pause entstand.

»Scheiße! Rede mit uns!«, rief Henri.

Nina fasste sich.

»Gloria«, sagte sie.

David und Henri sahen sie verständnislos an.

»Das am Telefon. Das war Gloria.«

David schüttelte den Kopf.

»Du spinnst.«

Nina fuhr sich mit der Hand durchs Haar. Sie konnte es ja selber kaum glauben.

»Ich weiß, dass das verrückt klingt«, sagte sie. »Aber das war Gloria. Diese merkwürdige Stimme, so schön, aber gleichzeitig mit dieser Härte. Wie…«

Nina suchte nach Worten.

»Wie Metall«, sagte Henri leise.

Nina nickte.

»Wie Metall«, wiederholte sie. »Und dieser kleine Sprach-fehler. Dieses winzige Lispeln. Mein Gott, ich war als Mäd-chen so verrückt nach Gloria, ich wollte so sehr so sein wie sie, dass ich sie sogar um dieses ganz spezifische kleine Lis-peln beneidet habe. Es machte sie einfach völlig unverwech-selbar.«

Nina blickte zwischen Henri und David hin und her.

»Ich weiß, was ich gehört habe«, sagte sie.

Henri schwieg verwirrt, David hingegen wandte sich an Wolff.

»Was ist das nun wieder für ein Trick?«

»Kein Trick«, sagte Wolff ruhig. »Warum redest du nicht mit ihr und überzeugst dich selbst?«

David schien einen Moment lang zu überlegen, dann nahm er Nina das Telefon aus der Hand, schaltete den Lautsprecher ein und baute erneut einen Anruf auf. Oder er versuchte es zu-mindest, denn nachdem zweimal das Freizeichen ertönt war, war plötzlich Ruhe. Stirnrunzelnd warf er einen Blick auf das Display.

»Was ist los?«, fragte Henri.

»Der Akku ist leer«, sagte David. »Ich nehme nicht an, dass Sie Ihr Ladegerät dabeihaben«, sagte er zu Wolff gewandt.

Der schüttelte den Kopf, und David legte das Telefon auf den Tisch.

»So eine Scheiße«, sagte Henri. »Was…«

»Vor die Tür«, unterbrach ihn Nina.

Kurz starrten ihre Freunde sie bloß an, dann folgten sie ihr wortlos. Sorgfältig schloss Nina die Tür hinter ihnen.

»Okay«, sagte David in die Dunkelheit. »Wie sicher bist du dir, dass das wirklich Gloria war, die du da gehört hast?«

Nina brauchte einen Moment, um ihre Gedanken zu sammeln, die herumflatterten wie Tauben.

»Ich bin genauso geschockt wie ihr. Aber das am Telefon war eindeutig Gloria. Da gibt es überhaupt kein Vertun.«

»Nina, bei aller Liebe«, sagte Henri. »Aber das kann nicht sein. Wolff hat Gloria verschwinden lassen. Er hat ihr etwas angetan. Wahrscheinlich hat er sie irgendwo hier hinterm Haus verscharrt! Andernfalls macht sein Verhalten doch überhaupt keinen Sinn!«

»Du musst dich irren«, pflichtete David ihm bei. »Wie lange ist es her, dass du zuletzt mit Gloria gesprochen hast? Wie willst du da so genau wissen, dass sie das war?«

Nina schwieg einen Augenblick lang.

»Ich habe viel aufs Spiel gesetzt, als ich mich hierhin auf den Weg gemacht habe«, sagte sie. »Ich habe meine beste Freundin belogen. Und meinen Chef. Ich habe mein Krankenhaus bestohlen. Ich habe meinen Job und mein Leben aufs Spiel gesetzt. Was für mich irgendwie dasselbe ist. Das alles habe ich getan, weil ich vollkommen überzeugt davon war, dass Wolff Tims komplette Familie ausgelöscht hat – angefangen bei Gloria. Ich war mir absolut sicher, dass Wolff damals Gloria entführt hat.«

Nina schluckte.

»Ich war mir sicher, dass er sie umgebracht hat. Scheiße, ein Teil von mir will immer noch glauben, dass er sie umgebracht hat. Denn wenn er das nicht getan hat, dann weiß ich nicht, was ich denken soll, dann macht nichts von dem, was ich getan habe, Sinn. Wenn Wolff unschuldig ist, zumindest was das betrifft, dann fällt mein ganzes Weltbild auseinander.«

Verzweifelt sah sie David und Henri an, deren Gesichter sich langsam aus der Dunkelheit zu lösen begannen, als stünde sie in einer Dunkelkammer und sähe Fotos zu, die in der Entwicklerflüssigkeit langsam Konturen bekamen.

»Vertraut ihr mir?«, fragte Nina.

Kurz sagte keiner etwas.

»Ich vertraue dir«, sagte David.

»Natürlich«, sagte Henri. »Ich vertraue dir auch. Ich glaube, dass du fest davon überzeugt bist, Gloria am anderen Ende gehört zu haben. Aber ich kann mir einfach nicht vorstellen, dass sie es war. Ich kann mir weder vorstellen, dass sie einfach abgehauen ist, ohne noch einen Blick zurückzuwerfen. Noch kann ich mir vorstellen, dass Wolff ihr aus schierer Herzensgüte geholfen hat.«

»Vielleicht gibt es dafür eine andere Erklärung als die offensichtlichste«, sagte Nina. »Erinnert ihr euch an den Code, mit dem Wolffs Handy geschützt ist?«

Henri hob die Schultern.

»221181«, sagte David.

»Gloria war – oder ist – Jahrgang 1981«, sagte Nina. »Ihr Geburtstag war im November. Ich glaube, der 22.11.81 ist ihr Geburtsdatum.«

»Was willst du damit sagen?«, fragte Henri, während David, da war sie sich sicher, sofort begriffen hatte.

»Ich glaube, der Code auf Wolffs Handy ist Glorias Geburtsdatum.«

Schweigen trat ein.

»Und da ist noch was«, sagte Nina. »Die Nummer, die ich angerufen habe, war unter Sam Schmidt gespeichert. Gloria und Tim hatten beide zweite Vornamen, erinnert ihr euch?«

»Stimmt«, sagte Henri. »So ganz verrückte Namen. Bisschen so, als würde man heute Chantal Shakira heißen oder so.«

»Wisst ihr noch Glorias zweiten Namen?«, fragte Nina.

»Samantha«, sagte David düster. »Sie hieß Gloria Samantha.«

»Sam«, sagte Nina und nickte.

Eine Pause entstand.

»*Fucking hell*«, sagte Henri. »Du willst mir doch nicht erzählen, dass Wolff Gloria geholfen hat, abzuhauen, weil er was mit ihr hatte? Das ist absurd. Gloria mag merkwürdig gewesen sein, aber sie stand ganz bestimmt nicht auf so alte Knacker. Nie im Leben war sie Wolffs Geliebte.«

Nina sagte nichts.

»Du glaubst, sie war Wolffs Geliebte?«, fragte Henri.

»Nein«, sagte David. »Seine Tochter.«

31

Henri hatte sich als Erster hingesetzt, einfach auf den Boden unmittelbar vor der Hütte, ohne Rücksicht darauf zu nehmen, dass der Untergrund nass und schmutzig war. Er hatte sich wortlos niedergelassen und sich eine Zigarette angezündet. Es wirkte wie eine Geste der Kapitulation. Nina setzte sich neben ihn, und bald folgte David ihrem Beispiel.

»Auch?«, fragte Henri und hielt ihr seine Zigarettenpackung hin.

»Ich habe das vor Jahren aufgegeben«, sagte Nina.

Dann nahm sie zwei Zigaretten, steckte sie sich in den Mund, ließ sich von Henri Feuer geben und reichte eine an David weiter, der sie stumm entgegennahm. Eine Weile rauchten sie schweigend.

»Was machen wir jetzt?«, fragte Henri schließlich.

Nina schwieg. Sie wusste, dass es Glorias Stimme war, die sie am Telefon gehört hatte. Und wenn es stimmte, was sie vermutete, wenn Wolff wirklich Glorias Vater war, dann ergab sein Verhalten vielleicht tatsächlich Sinn. Was, wenn er all die Lügen erzählt und all die schrecklichen Dinge getan hatte, nicht, um seine eigene Schuld zu verbergen, sondern um Glorias Geheimnis zu wahren? Das machte nichts besser. Aber es hatte doch eine ganz gewaltige Konsequenz, so weitreichend, dass Nina sie nicht sofort erfassen konnte.

Es bedeutete, dass Wolff so einiges war. Aber kein Mädchenmörder.

»Wir müssen ihn gehen lassen«, sagte David.

»Was?«

Nina musste Henri nicht sehen, um zu wissen, dass ihm die Überraschung ins Gesicht geschrieben stand.

»Wir wollten wissen, was mit Gloria geschehen ist. Und jetzt wissen wir's.«

»Aber...«, fuhr Henri auf.

»Wäre es dir lieber, wenn sie tot wäre?«

Henri schwieg betroffen.

»Natürlich nicht«, sagte er dann.

Er drückte seine Zigarette aus.

»Nina, bist du dir wirklich hundertprozentig sicher, dass du vorhin mit Gloria gesprochen hast?«, fragte er.

»Absolut.«

»*Fuck*«, sagte Henri und drückte seine Zigarette aus. »*Fucking fuck.*«

»Das fasst die Situation ziemlich treffend zusammen.«

»Okay«, sagte David. »Ich glaube, wir haben alle keine Lust, da jetzt wieder reinzugehen. Also lasst es uns so schnell wie möglich hinter uns bringen.«

Er schnippte seine Zigarette in die Dunkelheit, und anstatt ihm einen Vortrag über Umweltverschmutzung zu halten, wie sie es in jeder anderen Situation gemacht hätte, tat Nina es ihm nach und erhob sich.

Wolff sah sie lauernd an, als sie erneut die Jagdhütte betraten. Er saß noch genauso da wie zuvor, aber etwas in seinem Gesicht hatte sich verändert, da war ein Ausdruck, irgendwo unter der Oberfläche, den Nina noch nie an ihm gesehen hatte. Er wirkte nervös, wippte mit den Beinen auf und ab. Es dauerte einen Augenblick, bis sie das Gesicht, das Wolff machte, einordnen konnte. Wolff hatte Angst! Dann begriff sie.

Er glaubt, dass wir da draußen entschieden haben, ihn umzubringen. Er ist sich sicher, dass er diese Hütte nicht mehr lebend verlassen wird.

»Okay«, sagte David. »Wir lassen Sie gehen.«

Nina sah das Misstrauen in Wolffs Blick. Er war immer noch auf der Hut.

»Einfach so?«

»Nicht ganz«, sagte David. »Sie schweigen über das, was in dieser Nacht passiert ist. Und wir lassen Sie laufen. Das ist der Deal. Es ist ein guter Deal, nehmen Sie ihn.«

»Ihr habt einen unschuldigen Mann entführt und gequält«, sagte Wolff.

»Sie sind nicht unschuldig«, antwortete Nina.

Wolff sah sie an.

»Haben wir einen Deal oder nicht?«, fragte David.

»Deal«, sagte Wolff.

Natürlich sagte er das. Nichts zwang ihn, sich an sein Wort zu halten. Dennoch sah Nina zu, wie David ein Taschenmesser hervorzauberte, wie er auf Wolff zuging – und ihn befreite.

Ninas Herz begann, schneller zu schlagen, als Wolff sich langsam erhob. Seine Präsenz füllte sofort den Raum. Langsam bewegte er die Arme, die inzwischen taub geworden sein mussten, um die Zirkulation anzuregen. Trotz allem, was ihm in dieser Nacht schon widerfahren war, wirkte er hellwach und gefährlich wie eh und je. Nina und Henri entfernten sich automatisch ein Stück weit von der Tür, Nina nach links, hin zum Tisch, Henri nach rechts, in Richtung der Matratze. Instinktiv machten sie Wolff den Weg frei. Der ließ die Arme sinken. Seine Aufmerksamkeit war ganz bei David. Beim Mann mit der Schusswaffe.

»Mein Handy«, sagte Wolff.

Nina hielt es ihm mit dem ausgestreckten Arm hin, darauf bedacht, ihm nicht zu nahe zu kommen, und wich sorgsam zurück, nachdem er es wieder an sich genommen und eingesteckt hatte. David wandte sich seinerseits kurz von Wolff ab, und Nina begriff, dass er nach dem Schlüssel des Volvo greifen wollte, um ihn Wolff auszuhändigen. Doch Wolff, das verstand Nina später, musste einen anderen Eindruck gewonnen haben. David hatte ihm den Rücken zugewandt, und dann ging alles sehr schnell. Schneller als Nina reagieren konnte. Den einen Moment stand Wolff wehrlos in der Mitte des Raumes, im nächsten hielt er plötzlich den Holzstuhl in den Händen, an den er bis vor einigen Sekunden noch gefesselt gewesen war, und Nina sah, wie er ihn über den Kopf hob und auf David niedergehen ließ. Holz splitterte, Henri schrie überrascht auf, David entfuhr lediglich ein Keuchen. Er wäre zu Boden gestürzt, wenn der Tisch direkt vor ihm das nicht verhindert hätte. In den zwei Sekunden, die Nina brauchte, um sich davon zu überzeugen, dass David nicht ernstlich verletzt war, war Wolff durch die Tür.

»Scheiße!«, fluchte Henri. »Was zum ...?«

»Bist du okay?«, fragte Nina David atemlos, während sich draußen Wolffs schwere Schritte entfernten, doch der schien sie gar nicht gehört zu haben. Kurz wirkte er benommen.

»Mistkerl«, keuchte er, während er sich aufrichtete.

Dann rannte er Wolff hinterher.

»Lass ihn doch laufen«, rief Nina, doch David hörte nicht auf sie.

Bald war er, ebenso wie Wolff, in der Dunkelheit verschwunden.

32

Noch hatten seine Augen sich nicht an die Dunkelheit gewöhnt. Er bewegte sich nach Gehör. Wolff hatte nicht den Weg zur Straße eingeschlagen, den sie alle gekommen waren. Er rannte in die genau entgegengesetzte Richtung. David hörte seine schweren Schritte, seinen panischen Atem. Wolff rannte um sein Leben.

Kurz übertönte Davids eigener, keuchender Atem die Schritte des Flüchtenden, und er blieb stehen. Lauschte. Stille.

Dann hörte er ihn wieder, ganz nah, erahnte eine Bewegung vor sich, griff ins Leere. Wolff rannte weiter.

»Hey«, rief David. »Bleiben Sie stehen!«

Er tat ein paar Schritte, hielt dann erneut inne. Langsam gewöhnten sich seine Augen an das fahle Licht, und er war in der Lage, Schemen wahrzunehmen. Dort. Eine Bewegung zwischen den Bäumen.

»Hey«, rief David erneut. »Bleiben Sie stehen! Wir tun Ihnen nichts!«

Er wusste zunächst selbst nicht so genau, warum er Wolff so verbissen verfolgte. Nur, weil er gerade einen Stuhl über seinem Rücken zerbrochen hatte und David einem Reflex folgte? Nein, da war noch etwas anderes.

Er glaubte Nina zwar. Doch ob man es nun Instinkt oder

Erfahrung oder Intuition nennen wollte: Etwas sagte ihm, dass sie gerade einen Mörder hatten davonkommen lassen.

David kniff die Augen zusammen – und erkannte ein Stück vor sich Wolffs massige Gestalt, hörte seine Schritte. Dann war da ein leises Geräusch, das er nicht einordnen konnte. Und dann… nichts mehr. Nur Sekunden später erreichte er die Stelle, an der er Wolff soeben noch gesehen hatte. Erneut blieb David stehen.

Wolff war verschwunden. David schaute nach links und rechts. Hatte er sich hinter einem der Bäume versteckt? Nein, er hatte sich geradlinig voranbewegt, das hatte er doch ganz deutlich gesehen! Gerade wollte David erneut die Verfolgung aufnehmen, als er hinter sich etwas hörte. Hatte Wolff ihn ausgetrickst? Er fuhr herum.

Nein. Es war Nina. Sie arbeitete sich durch die Dunkelheit.

»Ich bin hier«, rief David.

Nur ein paar Sekunden später war sie bei ihm.

»Wo ist er hin?«, fragte sie.

David starrte in die Finsternis vor ihnen.

»Keine Ahnung. Er ist… weg!«

»Was soll das heißen, er ist weg?«, fragte Nina. »Er kann doch nicht einfach weg sein!«

»Er war gerade noch vor mir«, sagte David, dem es vorkam, als hätte Wolff sich unmittelbar vor seinen Augen in Luft aufgelöst.

»Warum verfolgst du ihn überhaupt?«, fragte Nina.

»Warum zieht er mir einen verdammten Stuhl über und rennt weg?«

»Bist du denn okay?«

»Ja, ja, alles gut.«

David kniff die Augen zusammen, als könnte er die Dunkelheit vor ihnen so eher durchdringen.

»Er ist einfach verschwunden!«

»Dann ist er eben weg«, sagte Nina. »Nicht mehr unser Problem.«

David schüttelte den Kopf.

»Etwas stimmt hier nicht.«

»Er hat Gloria nicht umgebracht«, sagte Nina. »Gloria lebt. Ich habe vorhin mit ihr gesprochen.«

David schwieg. Vielleicht hatte Nina recht. Vielleicht sollten sie es gut sein lassen jetzt und endlich aus diesem gottverdammten Wald verschwinden.

Nein. Es geht nicht, noch nicht.

»Ich muss noch mal mit ihm reden.«

»Worüber?«

»Weiß ich noch nicht.«

David zögerte, die Dunkelheit vor ihnen wirkte irgendwie anders als das finstere Stück Wald, das sie hierhin geführt hatte.

»Er muss hier noch irgendwo sein«, sagte er leise.

»Dann helfe ich dir suchen«, sagte Nina.

Gerade wollten sie sich erneut in Bewegung setzen, als sie eine Stimme hinter sich hörten.

»Wartet auf mich!«

Hinter ihnen näherte sich Henri, der, statt blindlings loszurennen, daran gedacht hatte, Ninas Taschenlampe mitzunehmen. Wie ein einsames Irrlicht kam er auf sie zu. Er stolperte und fluchte.

»Wo ist er hin?«, fragte er, als er fast bei ihnen angekommen war.

David zuckte mit den Schultern.

»Abgehauen«, sagte er. »Aber wir finden ihn.«

»Woah«, sagte Henri, und David sah, wie seine Augen sich weiteten.

»Was ist los?«, fragte Nina.

»Bewegt euch nicht«, sagte Henri, und er klang so entsetzt, dass David und Nina sofort Folge leisteten. »Keinen Zentimeter!«

Alarmiert sahen sie ihn an, während er, die Taschenlampe in der Linken, vorsichtig neben sie trat. Henri beleuchtete mit dem Strahl der Taschenlampe das Areal, das sich vor ihnen erstreckte.

Und dann sahen sie ihn auch.

Den Abgrund zu ihren Füßen.

33

Den Versuch, im Dunkeln einen sicheren Weg zum Fuße der Schlucht, in die Wolff gestürzt sein musste und die einen großen Teil der Wälder zu durchziehen schien, zu finden, gaben sie nach wenigen Minuten auf. Irgendwann blieb ihnen nichts anderes mehr übrig, als den Sonnenaufgang abzuwarten. Einem Teil von Nina war sofort klar gewesen, dass David recht hatte. Er hatte Wolff im Abgrund verschwinden sehen, ohne dass er sofort begriffen hätte, was er da beobachtet hatte. Wolff war gestürzt. Bestimmt zwanzig, dreißig Meter tief. Diesen Sturz konnte er nicht überlebt haben. Dennoch nickte Nina, als Henri sagte, dass er sie vielleicht doch ausgetrickst habe, dass er irgendwo zwischen den Bäumen verschwunden sein könnte. Vielleicht habe er sie alle drei von der Jagdhütte weglocken wollen, um anschließend alleine dorthin zurückzukehren, den Volvo zu nehmen, dessen Autoschlüssel immer noch auf dem Holztisch lag, und zu verschwinden. Er habe diese Jagdhütte seit Jahrzehnten besessen, er habe doch von der Schlucht wissen müssen, die die Wälder an dieser Stelle durchzog. Womöglich habe er sie alle sogar umbringen, sie in die Falle locken wollen! Nina nickte, obwohl sie das alles nicht glaubte; für sie war Wolff einfach in Panik geraten und ohne nachzudenken davongerannt. Er war nicht der unheimliche Unglücksbote, für den sie ihn als Kinder gehalten hatten. Und er war auch nicht das teuflisch schlaue Monster aus ihrer Erinnerung, zumindest so viel hatte sie heute Nacht begriffen. Wolff war nur ein kleiner, mieser, gewalttätiger Verbrecher. Und obwohl sie zu wissen glaubte, dass sein Körper zerschmettert auf dem Grund der Klamm lag, war auch Nina dafür, auf Nummer sicher zu gehen. Sie mussten mit eigenen Augen sehen, dass er tot war.

Als Erstes hatte sie Henri die Taschenlampe abgenommen, um zur Hütte zurückzugehen und Billy zu holen. Die Hütte zu finden war leicht gewesen, Nina war zunächst grob in die Richtung zurückgegangen, aus der sie gekommen war, und anschließend war sie einfach Billys Gekläff und Gejaule gefolgt. Sie kannte diesen Ausdruck der Empörung. So reagierte er immer, wenn er fand, dass er zwar ausgesprochen geduldig war – er war schließlich kein ungestümer Welpe mehr, der rein gar nichts von der Welt wusste –, dass sie ihn nun aber eindeutig zu lange allein gelassen hatte. Ansonsten war alles ruhig. Nina schloss das Auto auf, um etwas Trockenfutter und Wasser für Billy aus ihrem Rucksack zu holen. Kaum dass sie die Hütte betreten hatte, wandelte sich sein empörtes Gebell in freudiges Kläffen und Schwanzwedeln, und er begrüßte sie so ausgelassen, dass es ihr einen Augenblick lang so vorkam, als könnte es gar nichts Schlechtes, Böses oder Falsches geben auf der Welt. Ganz kurz war da gar nichts außer Billys unbändiger Freude, sie zu sehen. Als er gefressen und getrunken hatte, leinte sie ihn an, damit er ihr im Wald nicht plötzlich davonsprang, und gemeinsam machten sie sich auf den Weg.

Wahrscheinlich wäre Nina ohne Billy gar nicht in der Lage gewesen, David und Henri im frühmorgendlichen Wald wiederzufinden, doch bis auf einmal, als Billy an der Leine fast durchdrehte, wohl, weil er Wild gewittert hatte und hinter der Jagdhütte hart nach links ausbrechen wollte, folgte er der Spur von David und Henri mit der Präzision eines Uhrwerks. Als sie wieder an dem Ort anlangte, an dem David Wolff aus den Augen verloren hatte, dämmerte es bereits.

»Hey«, sagte Nina.

»Hey«, echote Henri.

David hingegen schwieg. Er stand gegen einen Baum gelehnt und schaute ins Nichts. Ob er an seine Verlobte dachte? An seinen Chef? Daran, wie diese Nacht sein ganzes Dasein verändern würde?

Und was war mit Henri? Nina wusste fast nichts darüber, wie sein Leben in den letzten zwanzig Jahren verlaufen war und hatte dementsprechend keine Ahnung, wie die heutige Nacht sich da einfügte.

Und sie selbst? Was geschähe jetzt mit ihr?

»Vielleicht ist er ja gar nicht tot«, sagte Henri. »Vielleicht ist er gar nicht da runtergestürzt. Vielleicht ist es genau so, wie ich vorhin schon gesagt habe, und er hat dich ausgetrickst und ist nach links oder rechts abgehauen.«

»Ist er nicht«, sagte David.

Nina ließ Billy von der Leine.

»Bleib!«, sagte sie, und der Hund, den es offensichtlich juckte, sich auf die Hasenjagd zu begeben, warf ihr einen erbosten Blick zu, setzte sich dann aber doch.

»Wie heißt er eigentlich?«, fragte Henri, ging vor dem Tier in die Hocke und kraulte es hinter den Ohren.

»Bill Murray«, sagte Nina. »Seine Freunde nennen ihn Billy.«

»Hi, Billy«, sagte Henri und ließ sich von dem Hund die Hände lecken.

Nina musste unwillkürlich lächeln. Ihr Blick wanderte zu David, der sie stumm ansah, sie vielleicht schon eine ganze Weile beobachtet hatte. Als sie seinen Blick erwiderte, wandte er den seinen von ihr ab.

»Es wird hell«, sagte er.

Danach sagte lange keiner etwas. Schließlich trat Nina vorsichtig an die Kante. Zu ihren Füßen zeichnete das Zwielicht Bäume in allen Schattierungen von Blau und Grau und ...

Die Bäume dort unten wuchsen nicht direkt bis an die Abbruchkante des Felsens heran, sodass eine kleine, freie Fläche entstanden war. Und dort lag er. Völlig verdreht.

»Ich sehe ihn«, sagte Nina.

David schwieg.

»Scheiße«, sagte Henri. »Bist du sicher?«

»Ja. Ich bin sicher.«

Nina, die immer noch zu der leblosen Gestalt hinuntersah, merkte, wie Henri neben sie trat und ihrem Blick folgte.

»Scheiße«, sagte er. »Scheiße, Scheiße, Scheiße!«

»Henri«, sagte Nina. »es ist okay.«

Sie fasste ihn am Unterarm, was ihn beruhigen sollte, ihn aber nur noch mehr aufbrachte. Er streifte ihre Hand ab.

»Nichts ist okay«, sagte er. »Er hatte nichts mit Glorias Verschwinden zu tun. Oder jedenfalls nichts mit ihrem Tod. Sie ist noch nicht mal tot. Sie lebt noch. Läuft irgendwo durch die Gegend und lacht sich eins ins Fäustchen. Und wir ...«

Henri begann, aufgebracht auf und ab zu gehen.

»Wir haben ihn umgebracht. Wir haben ihn zu Tode gehetzt.«

»Henri«, sagte Nina erneut. »Das ist doch Quatsch.«

»Wir sind schuld daran, dass er tot ist. Wir haben alles aufs Spiel gesetzt, um Glorias Mörder zu finden. Und jetzt stellen wir fest, dass Gloria noch lebt!«

Er begann zu lachen.

»Ich bin hergekommen, weil ich mir seit zwanzig Jahren sicher war, dass Wolff ein Mörder ist, der davongekommen ist. Aber das stimmte nicht.«

Henri fuhr sich mit der Hand durchs Haar.

»Das stimmte nicht«, wiederholte er, mehr zu sich als zu irgendwem sonst. »Wir haben unser Leben wegen eines Irrtums ruiniert! Das ist wirklich der allergrößte Witz ever!«

Er barg den Kopf in den Händen.

»Was hat Tim sich nur dabei gedacht?«, murmelte er.

Dasselbe wie wir, dachte Nina. Er hat geglaubt, dass Wolff Glorias Mörder ist. Er war sich sicher.

Sie sah Henri dabei zu, wie er noch einen Moment lang in sich hineinlachte, und sich dann, in einer Art Übersprungshandlung, wieder Billy zuwandte.

»Vielleicht sollten wir nachsehen«, sagte er dann, wie einer Eingebung folgend. »Was, wenn er nicht wirklich tot ist?«

Nina sah zu Wolffs zerschmettertem Körper hinab.

»Einen Sturz aus solcher Höhe überlebt man nicht. Er ist tot.«

Kurz war es still, dann fingen die Vögel an, zu singen. Einer gab den Ton an, dann spielte das ganze Orchester auf. Einen Moment lang lauschte Nina ihm. Und dann stand plötzlich David neben ihr. Folgte ihrem Blick eine Weile schweigend.

»Ich hatte mein ganzes Leben lang Angst vor ihm«, sagte er schließlich. »Und jetzt ist er tot. Einfach so.«

»Ich bin froh, dass er weg ist«, sagte Nina nach einer Weile.

»Ja«, antwortete David. »Ich auch.«

»Denkst du, das macht uns zu schlechten Menschen?«

David antwortete nicht. Der Wald rauschte leise, als Wind aufkam. Als Nina zu David hinübersah, war sein Gesicht undurchdringlich.

»Ihr solltet verschwinden«, sagte er und entfernte sich wieder vom Abgrund. »Ein Mensch ist tot. Ich muss eine Stelle finden, an der ich Netz habe, und dann muss ich die Kollegen rufen und ihr Eintreffen abwarten. Aber ihr müsst nicht hier sein, wenn sie ankommen.«

Nina fuhr zu ihm herum.

»Denkst du, wir lassen dich im Stich?«, fragte sie.

»Ja«, rief Henri. »Was soll der Scheiß? Machst du jetzt einen auf nobler Held, oder was? Wir stecken da zusammen drin.«

Danach sprachen sie kaum mehr etwas. Mit der Unumkehrbarkeit dessen, was sie verursacht hatten, musste jeder von ihnen selbst klarkommen. Wäre Wolff nicht vor ihnen weggelaufen, hätten sich ihrer aller Leben auf ihrer bisherigen Umlaufbahn weiterbewegen können. Wolff hätte den Mund gehalten über das, was geschehen war, da war sie sich sicher. Er war keiner, der zur Polizei ging, wenn er die Dinge auch ebenso gut anders regeln konnte. Doch nun ... war ein Mensch tot.

Ihre Leben waren nicht mehr dieselben.

Sie schwiegen, während sie im anschwellenden Licht des frühen Morgens den Weg zurück zur Hütte liefen. Billy ging brav bei Fuß, sodass Nina darauf verzichtet hatte, ihn wieder an die Leine zu nehmen.

»Da vorne ist schon die Hütte«, sagte David gerade – und in diesem Moment büxte Billy aus.

»Was ist denn mit dem los?«, fragte Henri.

»Ach, er braucht einfach Auslauf«, sagte Nina.

»Billy«, rief sie.

Doch Billy kam nicht. Er war an einer Stelle vielleicht fünfzig Meter entfernt stehen geblieben und kläffte wie wild.

»Bill Murray«, rief Nina. »Hierher! Sofort!«

Vergeblich. Der Hund machte keine Anstalten, ihrem Befehl Folge zu leisten.

»Verdammt noch mal«, murmelte sie und wollte gerade noch einmal nach ihm rufen, als David ihr die Hand auf den Arm legte.

Und genau in diesem Moment begriff sie es auch.

34

Sie ließen die Wälder hinter sich. Der Morgen hatte sich endgültig durchgesetzt und tauchte die Welt in sanftes Licht.
Wenn sie das Dorf erreichten, würde die Morgensonne bereits an Kraft gewonnen haben und vielleicht sogar ein wenig
Wärme spenden. Nina saß auf der Rückbank, Billy in seiner Transportbox neben sich, und sah aus dem Fenster. Wiesen und Weiden, knorrige Obstbäume am Straßenrand, an
denen zwar kein einziges Blatt mehr hing, dafür aber verein-
zelte Früchte, rot leuchtend wie Kirmesäpfel. Henri lenkte
den BMW schweigend über die Landstraße; der Beifahrersitz
neben ihm war leer. David war unterwegs zurück in die Stadt.
Zum einen, um seinen Kollegen Rede und Antwort zu stehen.
Und dann natürlich, wie er Nina gesagt hatte, ohne sie anzusehen, um mit seiner Verlobten zu sprechen. Karolina wisse
von nichts, er müsse dringend nach Hause. Irgendwie hatte
es Nina gestört, als er den Namen seiner Verlobten erwähnt
hatte, den wollte sie gar nicht wissen.

Der Leichenfund war beinahe surreal gewesen. Nina hatte
einen Moment gebraucht, um zu verstehen, dass ihr Hund
nicht einfach nur unfolgsam war, sondern dass er gerade die
Entdeckung seines Lebens gemacht hatte. Billy hatte gebellt
und geknurrt und sich beharrlich geweigert, sich von der Stelle

zu bewegen. Nina, David und Henri hatten entgeisterte Blicke getauscht und waren schließlich auf ihn zugerannt, hatten ihre Schritte jedoch instinktiv verlangsamt, als sie nur noch ein paar Meter von ihm entfernt waren. Der sonst so zahme Billy hatte getobt wie ein Berserker, hatte mit den Pfoten im Boden gegraben, als ob es kein Morgen gäbe. Kurz waren sie alle drei wie erstarrt dagestanden, schließlich dann doch näher getreten. Da hatte es plötzlich vor ihnen gelegen, Wolffs düsteres Geheimnis. Einfach so. Billy hatte sie ein Stück weit ausgebuddelt, Glorias Knochen. Hatten sie am Ende also doch recht gehabt.

Alles, was danach kam, war recht schnell und seltsam unspektakulär über die Bühne gegangen. Die Sonne hatte sich über ihnen erhoben und den Wald all seiner Geheimnisse beraubt. Sie hatten sich den Fundort der Leiche eingeprägt, und David hatte mit seinem Handy Fotos gemacht. Dann hatte Nina Billy angeleint, der immer noch völlig high war von seinem Fund, und sie waren zur Jagdhütte zurückgekehrt. Hatten sich zu dritt Henris letzte Zigarette geteilt und abgemacht, der Polizei – zumindest bis zu einem gewissen Punkt – die Wahrheit zu sagen: Sie hatten sich zu dritt auf den Weg gemacht, um das Gespräch mit dem Mann zu suchen, der vor Ort gewesen war, als vor zwanzig Jahren ein junges Mädchen verschwand. Sie hätten im Wald nach ihr gesucht und schließlich tatsächlich eine skelettierte Leiche gefunden. Allerdings sei besagter Mann während dieser nächtlichen Aktion tödlich verunglückt.

Zwei entscheidende Details, beschlossen sie, würden sie

auslassen: den Umstand, dass David Wolff niedergeschlagen hatte. Und die Tatsache, dass Nina ihm eine Spritze verpasst hatte, die sie aus dem Krankenhaus entwendet hatte, in dem sie arbeitete. Ob sie damit durchkämen, würde sich zeigen.

Gemeinsam waren sie den Weg zur Straße zurückgegangen, und als sie an Henris Wagen angekommen waren, waren sie eingestiegen und so lange geradeaus gefahren, bis das erste Handy Netz hatte, was nur wenige Minuten gedauert hatte. Dann hatte David die Polizei und – obwohl sie alle wussten, dass Wolff tot war – einen Krankenwagen gerufen.

Gemeinsam hatten sie an der Einmündung zu Wolffs Jagdhütte auf die Beamten gewartet, die schon nach anderthalb Stunden eintrafen. Nina und Henri hatten David das Reden überlassen. Sie hatten die zwei Beamten – ein Mann um die fünfzig und eine junge Frau, deren Gesichter Nina sofort wieder vergessen hatte – erst zur Jagdhütte, dann zum Fundort der Leiche ein gutes Stück weiter und schließlich zu der Stelle geführt, an der Wolff den Abhang hinuntergestürzt war. Erneut trat Nina an die Kante und erwartete fast, dass der Leichnam weg war. Doch Wolffs Körper lag noch genauso da wie zuvor. Von hier oben sah er aus wie eine Puppe. Harmlos. Winzig. Unbedeutend.

Danach hatten sie alle drei ihre Aussagen gemacht und unterschrieben, und dann durften sie gehen. David würde sich mit den Kollegen auf den Weg zurück in die Stadt machen, während Nina gemeinsam mit Henri in dessen Wagen ins Dorf fahren würde. Es war an der Zeit Abschied zu nehmen.

Als Nina jedoch den distanzierten Blick sah, mit dem David sie bedachte, unterdrückte sie den Impuls, ihn zu umarmen, und nickte ihm lediglich zu. Sie dachte an den Moment am

»Ende der Welt«, an den Ausdruck auf seinem Gesicht, mit
dem er sie angesehen hatte, nachdem sie den kleinen Jungen
wiederbelebt hatte. Sie dachte an den David, den sie geküsst
hatte. Er schien wie ein anderer Mensch, jetzt. Als hätte das
Tageslicht alles, was die Nacht hervorgebracht hatte, davongespült.

»Sehen wir uns zur Beerdigung?«, fragte Henri.

»Tim war mein bester Freund«, sagte David. »Was denkst
du denn?«

Damit wandte er sich um und ging davon.

Henri lenkte den BMW ruhig über die Landstraße. Von draußen drang der Geruch der Silos herein, an denen sie gerade
vorbeigefahren waren, und begleitete sie ein Stück. Die Landschaft zerfloss in Streifen aus Grau und Grün. Nina schloss
die Augen und fühlte die bleierne Müdigkeit, die in der letzten Stunde von ihr Besitz ergriffen hatte. Vor einer Weile hatte
sie Henri angeboten, ihn am Steuer abzulösen, doch er hatte
mit dem Argument, dass sie noch müder sei als er selbst, ab-
gelehnt. Und sie war tatsächlich zu erschöpft gewesen, um das
zu bestreiten.

Wieder und wieder versuchte sie sich einen Reim auf die
Geschehnisse der letzten Stunden zu machen, doch es gelang ihr nicht. Sie konnte nicht fassen, dass sie sich so fatal geirrt hatte. Sie war sich so sicher gewesen, dass sie am Telefon
Gloria gehört hatte. Zwanzig Jahre älter, zwanzig Jahre anders,
nicht mehr das Schneewittchen ihrer Kindheit, aber doch ganz
eindeutig Gloria. Wie hatte sie so dumm sein können? Sie war
Wolff auf den Leim gegangen.

David und Henri hatten ihren Irrtum nicht zur Sprache gebracht. Das war auch nicht nötig. Nina wusste selbst, dass sie auf ganzer Linie versagt hatte. Wenn sie nicht auf Wolffs Trick reingefallen wäre, dann hätten sie Wolff nicht losgebunden. Er hätte nicht abhauen können, und wahrscheinlich wäre er auch nicht zu Tode gekommen.

Im Grunde hatten sie es geschafft. Sie hatten genau das bekommen, was sie gewollt hatten. Zwanzig Jahre hatten sie sich gefragt, was mit Gloria geschehen war. Nun hatten sie Gewissheit. Und dennoch fühlte sich Nina um keinen Deut besser, im Gegenteil.

»Seit wann bist du eigentlich blond?«, fragte Henri und riss sie aus ihren Gedanken.

»Seit gestern«, sagte Nina.

»Steht dir!«

Sie griff sich in die Haare. Der chemische Geruch war inzwischen verschwunden.

»Wir wissen beide, dass das nicht stimmt«, sagte sie, und Henri lachte.

Nina starrte aus dem Fenster. Die Landschaft draußen war ihr so vertraut wie ein Film, den sie viele, viele Male gesehen hatte. Kurz konnte sie den Anblick genießen, dann kehrten die düsteren Gedanken zurück.

»Es ist okay«, sagte Henri, als hätte er sie gelesen.

»Was?«

»Es ist okay. Mach dir keine Vorwürfe.«

Nina schwieg.

»Du hast nach bestem Wissen und Gewissen gehandelt«, sagte Henri. »Und ohne Scheiß? Wer weiß, was wir angestellt hätten, wenn du uns nicht davon überzeugt hättest, dass Gloria noch lebt. Wer weiß, was wir mit *ihm* angestellt hätten.«

Henri suchte Ninas Blick im Rückspiegel.

»Wir sollten dir dankbar sein«, fuhr er fort. »Vielleicht hätten wir am Ende doch noch versucht, die Wahrheit aus ihm rauszuprügeln. Und wer weiß, ob wir Gloria dann je gefunden hätten.«

Er schwieg kurz.

»Und wer weiß«, setzte er erneut an, »ob man überhaupt hätte beweisen können, dass *er* es war, der sie umgebracht und verscharrt hat! Eigentlich hätte es doch besser gar nicht laufen können.«

Nina runzelte die Stirn.

»Sorry«, sagte Henri. »Aber ich bin einfach nur erleichtert. Im ersten Moment war ich geschockt, aber jetzt ist da nur noch Erleichterung.«

»Ja«, sagte Nina leise. »Bei mir doch auch.«

Eine Weile fuhren sie schweigend. Sie passierten einen winzigen Ort, der nur aus einer Handvoll Häuser bestand. Noch ein paar Hundert Meter geradeaus, dann würde Henri rechts abbiegen, und es ginge ins Tal hinunter, bis das Dorf vor ihnen auftauchen würde.

»Was ist aus dir geworden?«, fragte Nina.

»Wie meinst du das?«

»Wortwörtlich«, sagte Nina. »Erzähl mir von deinem Mann. Und wo du lebst, was du arbeitest. Was du nach Feierabend machst. Was aus dir geworden ist eben.«

»Wir leben in London.«

»Wow!«

Henri lächelte.

»Mark ist Drehbuchautor. Wir haben uns über gemeinsame Freunde kennengelernt.«

»Ist er Brite?«

Henri nickte.

»Und was arbeitest du?«

»Ich bin Architekt.«

»Wirklich? Das ist großartig!«

Henri zuckte mit den Schultern.

»Nicht halb so interessant, wie das jetzt vielleicht klingt. Ich baue keine spacigen Wolkenkratzer in Singapur oder so was.«

»Aber du wohnst in London«, sagte Nina. »Ziemlich cool.«

»Und ziemlich teuer«, antwortete Henri.

Kurz trat Schweigen ein.

»Ich würde dich ja jetzt auch fragen, was du machst, aber da ich dich seit Jahren anonym auf Facebook stalke, weiß ich es längst«, sagte Henri. »Beruf: Ärztin. Wohnt in einer WG. In einer Beziehung mit … Bill Murray und Süßkartoffelpommes.«

Nina lächelte matt. Sie hatte für ihren Job gelebt. Was, wenn aufflog, dass sie ein Medikament gestohlen und die Spritze einem Mann gegen dessen Willen in den Hals gerammt hatte? Sie wäre erledigt. Es wäre alles vorbei. Und vermutlich war das auch richtig so.

Nina sah aus dem Fenster, links und rechts von der Straße braunes Ackerland, der Himmel über ihnen hellblau. Der Wagen fuhr über eine Hügelkuppe, hinter der eine lange Gerade lag – und dahinter ein weiteres winziges Dorf. Henri drosselte die Geschwindigkeit, als er die Ortseinfahrt passierte. Nina konnte kurz drei Kinder beobachten, die auf dem Hof mit einem Schäferhund spielten, dann war die Szene vorbei. Sie wandte den Kopf und sah durch die Windschutzscheibe einen Mann, der ihnen auf der rechten Straßenseite entgegenkam. Nina kniff die Augen zusammen. Noch war er weit weg, aber …

Nein, das konnte nicht sein. Und dennoch … Je näher er kam, desto ähnlicher wurde er ihm.

»Siehst du das auch?«, fragte sie, doch Henri antwortete nicht.

»Dieser Mann da«, wiederholte Nina. »Siehst du das nicht? Tim! Das ist Tim!«

Erneut gab Henri keine Antwort.

»Das ist Tim!«, wiederholte Nina, und erst als sie mit einem Ruck hochschreckte, wurde ihr klar, dass sie eingeschlafen gewesen war.

Immer noch stand ihr das Gesicht ihres Freundes ganz klar vor Augen. Sein schönes, dunkles Gesicht, auf dem sich jede Emotion so deutlich abgezeichnet hatte wie ein Schriftzug. Hatte er doch recht gehabt.

Plötzlich löste sich eine Erinnerung an Tim aus tausend anderen und strebte wirbelnd an die Oberfläche. Nina war vielleicht acht oder neun. Sie saß mit David und Henri im Hobbykeller ihrer Eltern und spielte an der Playstation, als Tim hereinstürmte. Er schien aufgebracht.

»Das Universum ist unendlich!«, rief er.

Weder Nina noch David wussten so recht, was sie darauf antworten sollten.

»Das Universum ist unendlich!«, wiederholte er. »Versteht ihr, was das bedeutet?«

Nervös blickte Tim zwischen seinen Freunden hin und her, schien auf eine Reaktion zu warten.

»Mann, wie könnt ihr denn nur so ruhig sein?«

Sie hatten sich schlapp gelacht über sein Gesicht in diesem Moment.

Nina wusste bis heute nicht, wer Tim plötzlich für Astronomie und die Weiten des Weltalls interessiert hatte. Vielleicht Gloria, vielleicht auch einfach irgendeine Fernsehsendung. Auf jeden Fall hatte für Tim oder besser *Peter* ab diesem Moment festgestanden, dass er Astronaut werden würde. Zumindest, bis er sich mit elf entschied, lieber Rockstar zu werden. Sie wusste selber nicht, warum sie genau jetzt genau daran denken musste.

Nina blinzelte die Tränen weg, räusperte sich. Billy sah sie forschend an.

»Wir sind gleich da«, sagte Henri.

Und tatsächlich. Als Nina den Blick durch die Seitenscheibe schweifen ließ, lag es vor ihnen, wie etwas aus einem Traum oder einem Märchen, das Dorf. Eingebettet zwischen bewaldeten Hügeln, eine Kirche, rote Dächer und alte Bäume.

Immer hatte sie die Rückkehr an diesen Ort gefürchtet. Aber dazu gab es nun keinen Grund mehr. Wolff war nicht mehr da. Und als sie die Ortseinfahrt passierten und an der großen Kastanie vorbeikamen, die vor vielen Jahren Ninas bevorzugter Kletterbaum gewesen war, wurde ihr mit einem Schlag klar, wie sehr sie diesen Ort liebte und wie sehr sie ihn vermisst hatte.

»Soll ich dich irgendwo absetzen?«, fragte Henri. »Oder willst du mit zu meiner Cousine kommen?«

»Schläfst du denn nicht bei deinen Eltern?«

»Die wohnen schon ewig nicht mehr hier. Also, möchtest du mitkommen?«

»Nein, schon gut. Ihr habt euch bestimmt viel zu erzählen«, antwortete Nina. »Lass mich doch einfach da raus, wo früher das alte Bushäuschen war. Ich mache einen Spaziergang.«

»Okay.«

Die letzten Minuten legten sie schweigend zurück, dann hielt Henri, um sie aussteigen zu lassen.

Nina sah auf ihr Handy.

»Ich habe Empfang, du auch?«

Henri schaute nach, nickte.

»Dann telefonieren wir uns später wieder zusammen, okay?«

»Abgemacht.«

Plötzlich wieder zurück an dem Ort zu sein, mit dem Nina die schönsten und die schlimmsten Momente ihrer Kindheit verband, fühlte sich surreal an. Mit Billy an der Leine lief sie durch das vormittägliche Dorf, und es kam ihr so vor, als bewegte sie sich durch ein Museum ihrer eigenen Vergangenheit. Das Bushäuschen war noch da, ebenso die Bäckerei, der Fleischer hingegen war verschwunden. Nina schlug den Weg zum Teich ein. Auf halbem Weg kam ihr ein Mädchen oder besser eine junge Frau mit kurz geschnittenem blondem Haar auf dem Fahrrad entgegen. Sie machte große Augen, als sie Nina sah, lächelte ihr schließlich schelmisch zu, als würden sie sich schon ewig kennen, rief ihr ein freundliches Hallo zu und radelte an ihr vorbei. Nina sah ihr hinterher. An irgendwen erinnerte dieses Mädchen sie.

Viele Leute waren nicht auf der Straße unterwegs, natürlich nicht. Nur eine alte Frau mit Rollator beäugte Nina neugierig. Nina nickte ihr freundlich zu, die alte Frau nickte zurück, und plötzlich erkannte Nina in ihr Frau Müller, die direkt neben David und seinen Eltern gewohnt hatte. Sie hatte den Kindern gerne Süßigkeiten zugesteckt. Umso lieber, nachdem Ninas Mutter es ihr verboten hatte.

»Frau Müller«, sagte Nina. »Erinnern Sie sich an mich?«

Sie sah, wie die alte Frau sich keuchend auf der kleinen Sitzfläche des Rollators niederließ, um zu verschnaufen. Ihr Blick ruhte weiter auf Nina. Dann hellte sich ihre Miene schlagartig auf.

»Winnie!«, sagte sie. »Das gibt's doch nicht!«

35

Langsam gingen ihm die Worte aus. David hatte zunächst lange mit den Kolleginnen und Kollegen gesprochen. Und dann mit Karolina. Er hatte sich mit ihr an den Küchentisch gesetzt und ihr alles erzählt. Sie hatten zunächst stumm dagesessen, einander gegenüber, den Rotwein getrunken, den er geöffnet hatte. Er hatte aufstehen wollen, um Musik einzuschalten, und sie hatte ihn gebeten, das zu lassen. Immer mache er Musik an, wenn sie mit ihm reden wolle, als brauchte er einen Puffer zwischen sich und ihr. Ihm war das noch nie aufgefallen. Er hatte stets geglaubt, dass er immer und zu jeder Zeit Musik laufen ließ, schlicht, weil er Musik *liebte*. Er mochte es in Plattenläden zu stöbern, Musikzeitschriften und -blogs zu lesen. Er war stolz darauf, up to date zu sein, was neue Bands betraf. Verdammt, er hatte sogar immer noch den *Rolling Stone* abonniert, obwohl der im monatlichen Wechsel ohnehin immer nur Bob Dylan oder ein Mitglied der Stones auf dem Cover hatte. Musik war sein Ding. Sie machte sein Leben schöner, beruhigte ihn, berührte ihn, konnte ihn komplett einhüllen.

Als Karolina ihm nun vorwarf, dass er Musik verwendete, um nicht mit ihr still sein zu müssen, hätte er das vor der Fahrt in die Wälder sicherlich abgetan. Nun leuchtete es ihm sofort ein. So vieles machte plötzlich Sinn.

Ich erinnere mich wieder an alles.

Er machte an diesem Abend keine Musik an.

Er erklärte ihr die Dinge, so gut er konnte.

»Was heißt das für uns?«, fragte sie, als er geendet hatte.

»Ich weiß es nicht.«

»Liebst du mich noch?«

Er sah sie an.

»Natürlich liebe ich dich.«

An der Art, wie kurz etwas ihren Blick umflorte, wie ein paar Tropfen Tinte in einem Wasserglas, sah er, dass er den Bruchteil einer Sekunde zu lange gezögert hatte.

Als er sich neben sie gelegt hatte – sie roch nach den geheimnisvollen Ingredienzien ihrer Nachtcreme und auch ein wenig nach dem Parfum, das noch in ihrem langen Haar hing –, hatte sie ihm direkt ins Gesicht gesehen. Nicht feindselig. Sie hatte ihn angesehen wie einen Fremden, von dem sie noch nicht so recht wusste, was sie von ihm halten sollte. Und das war er ja auch, dachte er, als er ihren Blick erwiderte. Ein Fremder. Es fühlte sich an, als sei ihm die eigene Identität entglitten.

»Du warst nur eine Nacht lang weg«, sagte Karolina. »Aber es fühlt sich an, als hätte ich dich seit Jahren nicht gesehen.«

Sie klang nicht vorwurfsvoll, nur feststellend. Dann drehte sie sich auf die andere Seite und schlief ein oder tat so, als sei sie eingeschlafen.

Stimmt, dachte David. Nur eine einzige Nacht, aber irgendwie ist alles anders.

Das war schon einmal so.

Er drehte sich auf den Rücken, knipste das Licht aus.

Hatte er all die Jahre eine Maske getragen? Nein. Er konnte sich nicht daran erinnern, sich jemals bewusst verstellt zu haben.

Doch weshalb fiel es ihm dann so schwer, einfach in sein Leben zurückzufinden?

Warum kam ihm sein Job plötzlich abwegig, seine Verlobung falsch vor? Er fühlte sich wie ein Hochstapler, der jeden Moment auffliegen konnte; wie ein kleiner Junge im Körper eines erwachsenen Mannes, der nun so tun musste, als wüsste er, wie man Polizist war – und wie man mit einer bildschönen, phänomenal klugen Einunddreißigjährigen umging. Etwas war passiert in den Wäldern. Die Vergangenheit hatte sich auf seltsame Art mit der Gegenwart verwoben.

David schloss die Augen. Wolff blickte ihn an. Er hörte sein Lachen, er war wieder zehn Jahre alt, er war überhaupt nie erwachsen gewesen, er hatte das lediglich geträumt; er und Polizist, er und mit einer Frau von Karolinas Klugheit und Klasse zusammen, das war doch lächerlich; es war doch vollkommen offensichtlich, dass er sich das ausgedacht hatte.

Er stand auf, ging in die Küche, goss sich ein Glas Wasser ein, ohne das Licht einzuschalten, setzte sich im Halbdunkel an den Küchentisch.

Es ging nicht. Sein ganzes Leben war falsch. Er musste seinen Job aufgeben, seine Verlobung lösen, sich in Therapie begeben, alles aufarbeiten und noch einmal ganz neu anfangen.

Schwachsinn.

Er musste sich zusammenreißen, hoffen, dass Wolffs Tod als Unfall durchging und er seinen Job behalten durfte – und im Frühjahr heiraten.

Oder?

Er wusste es nicht.

Es war zu viel gewesen. Zu viel Schreckliches. Die Erinnerungen. Die Wälder. Wolff. Glorias Leiche.

Und zu viel Schönes. Alles in einer Nacht.

Als er am nächsten Morgen erwachte, brauchte er einen Augenblick, um sich zu orientieren. Karolina lag nicht neben ihm. Er stand auf, die Wohnung war leer. David fiel ein, dass Karolina sich den Tag freigenommen hatte. Sie war also nicht im Büro, sondern vermutlich einkaufen oder beim Yoga.

Wieder wanderten seine Gedanken zu Nina, er konnte gar nichts dagegen tun. Er erinnerte sich daran, wie er sie zum ersten Mal gesehen hatte, an einem heißen Sommerferientag, auf der Wiese in der Nähe der Bushaltestelle. Damals noch um einiges größer als er, schlaksig und sommersprossig und mit etwas seltsam Unbeugsamem im Blick, das die anderen Kinder eingebildet fanden, er aber nicht. Tim hatte die Neue angesehen, er hatte seinen besten Freund angesehen, und er hatte sofort gemerkt, dass der für immer verloren war. Er hatte ihn, wenn sie alleine waren, unerbittlich deswegen gehänselt. Und die Neue hatte er Winnie getauft. Wie die Winnie aus dieser Fernsehserie, in die David – wie Tim leider wusste – früher mal verschossen gewesen war; was eigentlich gar keinen Sinn machte, denn Nina sah ganz anders aus. Dennoch war der Name haften geblieben. Nina mochte ihn, wahrscheinlich schlicht, weil Tim ihn ihr gegeben hatte.

Auf der Konsole im Flur lag immer noch Karolinas große Spiegelreflex. Karolina hatte sie in Davids Auto vergessen, und so hatte er die Kamera einer spontanen Eingebung folgend mit auf seine Fahrt in den Wald genommen. Er schaltete sie ein, drückte ein paar Knöpfe – und da war es. Das Foto, das er in Wolffs Volvo von Nina gemacht hatte. Ein paar Sekunden lang betrachtete er ihr Gesicht, dann löschte er das Bild. Als er sich am Küchentisch niederließ, fiel sein Blick auf Karolinas Verlobungsring, der darauf lag.

Plötzlich hatte David das dringende Bedürfnis, mit Tim zu sprechen, und für einen kurzen, irren Moment vergaß er, dass das nicht ging. Als er sich schließlich wieder vom Küchentisch erhob, war ihm, als wäre sein Körper plötzlich viele Zentner schwer. Er streifte sein T-Shirt und seine Boxershorts ab und wollte sich gerade unter die Dusche stellen, als das Telefon klingelte. Und David, der so intensiv an Nina gedacht hatte, dass er sich sicher war, dass sie es war, die anrief, war kurz durcheinander, als eine sonore Männerstimme an sein Ohr drang.

Als der Kollege fertig war, bedankte David sich, legte auf und starrte ein, zwei Augenblicke lang dumpf die Wand an, barg schließlich den Kopf in den Händen. Das durfte einfach nicht wahr sein. Wie sollte er das Nina, wie sollte er es Henri sagen?

David zögerte. Seine Freunde hatten ein Recht darauf, die Wahrheit zu erfahren. Aber nicht jetzt. Es ging nicht. Er würde es ihnen nach der Beerdigung sagen. Die würde auch so schon schwer genug.

36

Nina hatte erwartet, dass das Haus geschrumpft wäre. Immer wieder hatte sie Schilderungen von Menschen gehört, die Orte ihrer Kindheit besuchten, nur um festzustellen, dass sie ihnen so viel kleiner, vielleicht auch ein wenig schäbiger, auf jeden Fall aber weniger magisch vorkamen. So war sie vorbereitet, als sie sah, wie heruntergekommen Ritas kleines Häuschen am Waldrand inzwischen aussah.

War das früher auch schon so gewesen, und sie hatte sich bloß nie dafür interessiert? Sie hätte es nicht sagen können. Bevor alles in die Brüche gegangen war, war dieses Haus ihr Paradies gewesen, eine Art Villa Kunterbunt, in der sie alles durften, der Anwesenheit eines Elternteils zum Trotz.

Nina stellte sich vor, wie es wäre, Rita zu besuchen. Jetzt, als Erwachsene.

Sie würde Nina an der Haustür erwarten. Nina würde sich dafür wappnen, eine gebrochene, vielleicht sogar verwahrloste Frau vorzufinden, doch Rita würde innerlich wie äußerlich aufgeräumt wirken, gefasst. Sie würde ein einfaches schwarzes Kleid aus Baumwolle und schwarze Wollstrumpfhosen tragen. Ihre langen, dunkelroten Locken wären vielleicht etwas kürzer als früher. So zumindest stellte Nina sich das vor.

»Schatz«, würde sie sagen. »Mein Gott. So viele Jahre.«

Sie würde Nina lächelnd betrachten, sich vielleicht über den kleinen Bluterguss wundern, der sich unter Ninas Auge gebildet hatte, dann würde ihr Blick zu Billy wandern. Sie würde ihn mögen.

»Kommt doch rein, ihr zwei.«

Rita hätte Kaffee gekocht und den Tisch mit dem alten geblümten Teeservice eingedeckt, das Nina als Kind so gut gefallen hatte. Instinktiv würde sich Nina auf den Platz setzen, den sie an dem kleinen, quadratischen Tisch am Fenster immer eingenommen hatte, wenn sie bei Tim zu Hause gegessen hatte.

Sie würden Kaffee trinken, der ziemlich stark geraten war, und eine Weile schweigen.

»Warum haben Sie Wolff damals nicht angezeigt?«, würde Nina schließlich fragen.

»Du fällst immer noch gerne mit der Tür ins Haus«, würde Rita antworten.

Nina würde sagen, dass es ihr leidtue, und Tims Mutter würde seufzen.

»Welchen Sinn hätte das gehabt? Was hätte das geändert?«

»Für Sie vielleicht nichts. Ich weiß nicht. Ich kann das natürlich nicht beurteilen«, würde Nina sagen. »Aber für *uns*? Alles.«

Rita würde den Kopf schief legen.

»Ich habe damals etwas gelernt«, würde Nina sagen. »Dass die Welt nämlich so ist. Dass Erwachsene so zueinander sind, und dass man solche Dinge tun und danach einfach wieder nach Hause gehen kann, als wäre nichts gewesen, und am nächsten Tag begegnet man sich vielleicht beim Bäcker oder beim Fleischer. Und ...«

Nina würde vermutlich kurz den Faden verlieren und selbst nicht mehr so genau wissen, was sie sagen wollte.

Bestimmt würde sie sich erneut entschuldigen. Dafür, dass sie Rita nie wieder besucht hatte und für überhaupt alles. Sie würde ihr sagen, dass ihr alles fürchterlich leidtat, und Rita würde sagen: »Mir auch.«

Vielleicht würde Nina dann den Blick durch den Raum schweifen lassen. Wie viel Zeit sie hier verbracht hatten, Peter, Eddie, Kante und sie. Dann würde sie Ritas Blick auffangen, der immer noch auf ihr ruhte. Sie würde daran denken, dass Rita morgen ihren Sohn zu Grabe tragen musste. Und dann, sobald die Polizei den Leichnam freigegeben hatte, auch ihre Tochter.

»Wolff ist tot«, würde Nina schließlich sagen.

»Dann stimmt es also?«

»Es stimmt. Ich war dabei. Es war ein Unfall.«

Rita würde erst einmal nichts sagen und dann bedächtig nicken.

Vielleicht würde Nina anschließend fragen, ob sie noch etwas für Rita tun könne, und Rita würde den Kopf schütteln und traurig lächeln. Vielleicht würde sie Nina das Du anbieten, und Nina würde sich denken, dass sie nun wirklich erwachsen war. Jetzt, wo sie die Eltern ihrer Schulfreunde duzte. Womöglich würde sie sich schließlich doch noch ein Herz fassen und fragen.

»War Wolff wirklich Glorias Vater? Hat er dir früher schon wehgetan? Ist das der Grund, warum du Gloria nicht haben wolltest?«

Und dann? Wie weiter? Wie hätte sie Rita beibringen sollen, dass sie Gloria gefunden hatten? Dass sie tot war, genau so, wie sie es vermutet hatten? Seit vielen, vielen Jahren schon? Irgendwie hätte sie es ihr gesagt. Wahrscheinlich hätte Rita auch das gefasst aufgenommen. Sie musste es geahnt haben, seit Jahren, dass die Tochter, die sie erst nicht gewollt und dann so schmerzlich vermisst hatte, längst tot war. So stellte sich Nina das vor. Vielleicht wäre es auch ganz anders gekommen, vielleicht wäre Rita heruntergekommen und verwirrt gewesen. So verwirrt, wie sie vor ein paar Tagen am Telefon geklungen hatte, als sie von ihrer Tochter erzählte, die vor zwanzig Jahren verschwunden war, so als wäre es gerade eben erst passiert. Aber Rita war nicht mehr da, das kleine Haus am Waldrand leer. Nina wusste nicht, wann Rita beerdigt werden würde. Vermutlich in der nächsten Woche. Sie war sich nicht sicher, ob sie dabei sein würde.

Henri hatte einem gemeinsamen Spaziergang sofort zugestimmt. Instinktiv schlugen sie den Weg zum Sportplatz ein. Von dort aus konnte man eine große Runde durchs ganze Dorf drehen. Am Teich vorbei runter zum Schrottplatz, über die große Wiese, auf der die alte Linde stand, bis hinab zu Friedhof und Kirche. Nach einer guten Stunde, in der Billy mit unerschöpflichem Enthusiasmus um sie herumgetollt und vorangelaufen war und in der Henri Kette geraucht hatte, bogen sie wieder in die Straße ein, die zum Gasthof führte, in dem Nina sich ein Zimmer genommen und von dem aus Henri es auch nicht mehr weit bis zum Haus seiner Cousine hatte. Nina erkannte die zierliche Gestalt, die ihr Fahrrad gegen die Hauswand gelehnt hatte und vor der Tür auf jemanden zu warten schien, sofort. Es war die junge Frau, die ihr bei ihrer Ankunft im Dorf schon einmal begegnet war.

»Na, ihr Nasen? Da seid ihr ja endlich!«

Nina und Henri sahen einander irritiert an, doch die junge Frau ließ sich davon nicht aus dem Konzept bringen.

»Eigentlich wollte ich Nina alleine erwischen«, sagte sie zu Henri gewandt. »Aber zu dir komme ich auch noch.«

Henri schaute so verwirrt, wie Nina sich fühlte.

»Wer zum Teufel bist du?«, fragte sie.

»Weißt du das nicht?«

Sie grinste noch breiter.

»Ich bin Tims Geist.«

37

Henri fasste sich als Erster.

»Sehr geschmackvoll«, sagte er verächtlich. »Echt *classy*.«

Er musterte die Frau.

»Also, ich begreife ja, dass du dich hier furchtbar langweilen musst. Aber vielleicht solltest du Leute, die gerade um einen Freund trauern, nicht mit so einem Schwachsinn behelligen.« Sie lächelte. Und plötzlich verstand Nina.

»Du warst das«, sagte sie. »Du hast mich von Tims Nummer aus angerufen.«

Die Frau nickte.

»Wieso hast du Tims Handy?«

»Ich muss mit euch sprechen. Mit euch beiden. Am liebsten jeweils unter vier Augen.«

Henri kratzte sich am Hinterkopf.

»Das ist mir zu blöd«, sagte er an Nina gewandt. »Du findest mich bei meiner Cousine, wenn was ist.«

Er wandte sich zum Gehen.

»Kommst du klar?«, fragte er über die Schulter.

»Ich komme klar.«

Nina sah Henri nach, dann wandte sie sich um und betrachtete ihr Gegenüber.

»Also«, sagte sie. »Was hast du mir zu sagen, *Geist von Tim?*«

Die junge Frau lächelte noch immer.

»Sollen wir noch ein bisschen gehen? Im Gehen redet sich's leichter.«

»Okay.«

Sie überquerten die Straße und schlugen den Weg Richtung Dorfmitte ein.

Nina betrachtete die Frau von der Seite. Sie konnte nicht älter als zwanzig sein und hatte etwas Schelmisches, das Nina sofort gefiel. Ihre Nase war winzig, und auf ihrer Wange zeichnete sich ein Grübchen ab, das Nina schon einmal irgendwo …

Und dann begriff sie, wer das Mädchen war. Sie war ihrer Mutter wie aus dem Gesicht geschnitten. Sie war die Tochter von Gehrkes. Nina und Tim hatten damals auf ihren Geburtstermin gewettet.

So lange ist das her, dachte Nina. Lange genug, dass ein Neugeborenes erwachsen werden konnte. Wie hatten Gehrkes ihr Baby damals bloß genannt? Es hatte doch so einen englisch klingenden Namen bekommen, den Tim so super gefunden hatte. Irgendwas mit M. Miranda. Nein, Michelle!

Was hatte diese junge Frau nur mit Tim zu tun? Und wieso hatte sie sich ihr als *Tims Geist* vorgestellt?

»Würdest du gerne noch mal mit mir sprechen?«, fragte die junge Frau unvermittelt.

Nina hob irritiert die Brauen.

»Wir sprechen doch gerade.«

»Ich meine: Möchtest du gerne noch mal mit *Tim* sprechen.«

»Also, falls du mich zu einer Séance einladen möchtest, dann lautet die Antwort Nein.«

Michelle lachte.

»Ich habe mir gedacht, dass du das antworten würdest«, sagte sie. »Also, möchtest du Tim noch mal sprechen oder nicht?«

»Natürlich«, sagte Nina irritiert. »Ich würde einiges dafür geben, noch einmal mit ihm sprechen zu können. Aber...«

»Kannst du«, sagte Michelle. »Ich helfe dir.«

Langsam schwante Nina, dass Henri gut daran getan hatte, sich sofort aus dem Staub zu machen. Die Kleine war offensichtlich verrückt.

»Also«, sagte die junge Frau. »Lass uns reden!«

Nina sah sie verständnislos an, doch sie lächelte nur.

»Vielleicht sollte ich anfangen«, sagte Michelle schließlich. »Vielleicht macht es das einfacher. Okay.«

Sie überlegte kurz. Als sie fortfuhr, hatte sie den Sprachduktus von Tim angenommen.

»Wahrscheinlich fragst du dich, was diese Frau von dir will und woher sie mich überhaupt kennt. Also: Du weißt, dass ich vor einigen Wochen ins Dorf zurückgekommen bin...«

Nina schüttelte irritiert den Kopf.

»Tust du ernsthaft gerade so, als wärst du Tim?«, fragte sie. »Das ist ja total schräg.«

Geduldig blickte die junge Frau Nina an.

»Ich tue nicht so, als wäre ich Tim. Ich spreche für ihn. Und ich sage genau das, was er mir aufgetragen hat.«

Nina schwieg verwirrt.

»Wo war ich?«, sagte Michelle. »Ach ja.«

Sie machte eine kurze Pause.

»Du weißt also wie gesagt, dass ich vor einigen Wochen ins Dorf zurückgekommen bin. Michelle hier hatte gerade Semesterferien. Sie studiert Schauspiel. Na, jedenfalls war sie gerade

ebenfalls hier. Wir haben uns angefreundet. Und sie hat zugestimmt, mir zu helfen.«

»Wobei zu helfen?«, fragte Nina.

»Mir dabei zu helfen, meinen Hinterbliebenen die Möglichkeit zu geben, nach meinem Tod noch ein letztes Mal mit
mir zu kommunizieren. Dinge loszuwerden. Fragen zu stellen,
wenn ihnen danach ist. Ich bin schon vor Jahren auf die Idee
gekommen, als meine Oma gestorben ist. Ich hätte so wahnsinnig gerne noch mal mit ihr geredet, und dass das nicht
ging, hat mich fertiggemacht. Na, jedenfalls …«

Nina hörte den Rest gar nicht mehr, sie war abrupt stehen
geblieben. Das Atmen fiel ihr plötzlich sehr schwer. Sie starrte
die junge Frau an, die ihr vollkommen gelassen ins Gesicht
blickte, als wäre sie sich dessen, was sie da gerade gesagt hatte,
gar nicht bewusst.

»Wenn das stimmt«, sagte Nina. »Wenn Tim dich dazu an-
gestiftet hat, nach seinem Tod seine Freunde aufzusuchen …«

Sie stockte. Die junge Frau lächelte traurig.

»Er wusste, dass er sterben würde«, sagte Nina tonlos.

Sie ließ sich auf die Bank sinken, die schräg gegenüber dem
Bushäuschen stand. Tims Geist nahm neben ihr Platz.

»Frag mich«, sagte sie.

»Was soll ich dich fragen?«

»Das, was du wissen willst.«

»Ich dachte, Tim wäre an einer Überdosis gestorben«, sagte
Nina. »Ein Unfall. Wie kann er da gewusst haben, dass er bald
sterben würde?«

Die junge Frau holte tief Luft.

»Ich hatte Krebs«, sagte sie, und Nina brauchte einen
Moment, um zu begreifen, dass sie nicht von sich selbst, son-

dern wieder als Tim sprach. »Den gleichen, an dem auch schon meine Oma gestorben ist. Er wurde viel zu spät entdeckt, und ... Ich wusste es schon eine ganze Weile. Also konnte ich mich vorbereiten.«

Nina schüttelte benommen den Kopf.

»Als von Hospiz die Rede war, bin ich abgehauen. Ich bin zu meinem alten Dealer gefahren, er hat mir gegeben, was ich brauchte. Und dann bin ich hergekommen.«

Das Mädchen redete unbeirrt weiter, Nina kam da nicht mit.

»Kannst du bitte damit aufhören, so zu tun als wärst du Tim? Das ist wahnsinnig irritierend.«

Die junge Frau lächelte.

»Tut mir leid. Ich setze nur meine Anweisungen um. Na, jedenfalls ...«

Nina barg den Kopf in den Händen.

Tim hatte Krebs. Tim wusste, dass er sterben würde. Und als es zu schlimm wurde, hat er sich mit einem Drogencocktail umgebracht.

Sie begann zu weinen, versuchte, sich die Tränen aus dem Gesicht zu wischen. Sie schämte sich vor der Fremden, die ihr gegenübersaß, aber die Flut war nicht zu stoppen.

»Ich weiß, dass das ein bisschen viel ist«, sagte das Mädchen unbeirrt. »Aber ich hatte so ein schönes Leben. Ohne Witz, ich wäre gerne hundert Jahre alt geworden. Ist doch klar. Aber ich schwöre dir, ich habe was angefangen mit der Zeit, die ich hatte. Meine Radieschenliste war lang. Aber als ich ins Dorf zurückkam, waren nur noch zwei Punkte offen. Den ersten kannst du dir denken.«

Nina schluckte. Nickte.

Gloria finden.

»Hattest du wirklich vor, den Plan aus deinem Brief umzusetzen? Ganz alleine?«, fragte Nina.

»Ja, schon. Aber ich hatte nicht mehr die Kraft.«

»Scheiße, Mann«, rief Nina. »Warum hast du denn nichts gesagt? Warum hast du dich nicht wenigstens verabschiedet? Du hättest dir das ganze Brimborium hier sparen und einfach mit mir reden können!«

»Ich habe es nicht über mich gebracht«, sagte die Frau. »Tut mir leid. Ich wollte nicht, dass ihr mir beim Sterben zuguckt. Einmal bin ich schwach geworden und habe dich angerufen, aber ...«

»Aber ich bin nicht rangegangen«, vollendete Nina den Satz.

Wieder kamen ihr die Tränen.

»Du hast mir das Leben gerettet. Damals, an der alten Eisenbahnbrücke. Und ich habe dich im Stich gelassen.«

»Du hast mir Hunderte Male das Leben gerettet«, erwiderte Tims Geist.

»Es tut mir so leid, dass ich nicht ans Telefon gegangen bin, als du angerufen hast«, sagte Nina. »Und dass ich dich nicht schneller zurückgerufen habe. Ich werde mir das für immer vorwerfen.«

»Bitte nicht. Es ist okay. Ich weiß, wie viel du zu tun hast. Du kannst dir gar nicht vorstellen, wie stolz ich auf dich bin. Mann, Winnie, du bist wirklich und wahrhaftig Ärztin geworden!«

Unwillkürlich musste Nina lächeln, trotz allem. Der Enthusiasmus, mit dem das Mädchen das gerade gesagt hatte, klang so dermaßen nach Tim. Die Kleine war wirklich gut. Und Tim schien alle Fragen, die Nina stellen würde, vorausgeahnt zu haben.

»Warum hast du mich damals Winnie getauft?«

Die junge Frau lächelte.

»Es gab früher so eine Fernsehsendung. Über amerikanische Kids. Eines von ihnen hieß Winnie. In die war David als Kind total verschossen. Fast so sehr wie in dich. Irgendwie fand ich das damals passend. Irgendwie sahst du aus wie eine Winnie.«

Nina musste grinsen.

»Möchtest du noch etwas wissen?«

Sie überlegte.

»Hast du Dennis noch mal gesehen?«, fragte sie.

Tims Geist nickte.

»Er ist weggezogen, als er mit der Schule fertig war, aber er kam noch hin und wieder ins Dorf, um seine Mutter zu besuchen. Ich glaube, er ist Lehrer geworden.«

»Du machst Witze.«

»Ausnahmsweise nicht.«

»Hat er sich jemals bei dir entschuldigt?«

»Nö. Brauchte er auch nicht. Wir waren quitt. Außerdem hätte ich an einer Entschuldigung eh kein Interesse gehabt. Ein gutes Leben ist die beste Rache.«

»Und das hattest du, oder?«, fragte Nina leise.

»Das hatte ich«, sagte das Mädchen. »Es war so fucking *beautiful.*«

Die Träne, die von Ninas Wange kullerte, hinterließ einen dunklen Fleck auf ihrer Jeans.

»Sonst noch was?«, fragte das Geistermädchen.

Nina wischte sich die Tränen weg.

»Hast du damals im Wald wirklich einen Tiger gesehen?«

Das Mädchen nickte.

»Ich glaube dir kein Wort«, sagte Nina.

»Frag Roman.«

»Wer zum Teufel ist Roman?«

»Das findest du schon noch raus. Sonst noch was?«

Nina kratzte sich am Hinterkopf, das musste der Einfluss von Henri sein.

»Hast *du* damals das Glas bewegt? Beim Gläserrücken?«, fragte sie.

»Ich? Nein.«

»Weißt du, wer es war?«

»Ich glaube, wir waren es alle zusammen.«

Nina nickte und sah kurz einem roten Auto nach, das die Hauptstraße entlang an ihnen vorbeifuhr.

»Hattest du Angst vor dem Tod?«, fragte sie leise.

»Eine Scheißangst.«

Eine Weile schwiegen sie.

»Was soll ich denn jetzt ohne dich machen?«

»Ein gutes Leben haben, Nina. Das ist der Job.«

Sie seufzte.

»Ich weiß nicht, ob ich weiß, wie das geht.«

»Mach dir keine Sorgen. Es kommt alles in Ordnung.«

Die beiden Frauen sahen sich an und nickten einander zu. Das Gespräch war beendet. Nina erhob sich.

»Danke«, sagte sie.

Das Mädchen lächelte nur. Doch als Nina sich zum Gehen wandte, hielt Tims Geist sie noch einmal auf.

»Nina?«

»Was?«

»Du musst dich nicht immer so krass anstrengen. Du bist auch so absolut perfekt.«

Nina errötete.

»Jetzt wirst du kitschig«, sagte sie.

Die junge Frau kicherte.

»Was?«, fragte Nina.

»Nichts«, antwortete sie, und Nina wurde klar, dass sie nun nicht mehr als Tim, sondern für sich selbst sprach. »Es ist nur ... er hat gewusst, dass du das sagen würdest.«

38

Der Tag der Beerdigung kam mit tief hängenden Wolken und fahlem Licht. Nach einer Nacht, während der sie sich im schmalen, durchgelegenen Bett des Gasthofs hin- und hergeworfen hatte, war Nina schließlich doch noch eingeschlafen und schrak hoch, als der Wecker ihres Handys klingelte.

Sie machte einen letzten Spaziergang durch das wie leer gefegte Dorf, und ihr Herz sank. Gab es etwas Traurigeres als eine Beerdigung, zu der kaum jemand kam? Sie lief die Hauptstraße entlang zum Haus, in dem Tim mit Rita gewohnt hatte und über die Wiese bis zum Waldrand. In der Nacht hatte es geregnet, braunes Herbstlaub klebte auf dem Asphalt. Aus den Wäldern stieg Nebel auf. Sie sah auf ihre Armbanduhr. Noch viel zu viel Zeit.

In einer Stunde würde sie Henri bei seiner Cousine abholen, und sie würden gemeinsam zum Friedhof gehen. Nina hatte keine Ahnung, wer sich um die Beerdigung gekümmert hatte. Würde überhaupt jemand aufkreuzen, einmal abgesehen von Henri und ihr? Vorhin hatte sie sogar den Wirt ihrer Herberge gefragt, ob er später am Tag zur Beerdigung ginge.

»Welche Beerdigung?«, hatte er gefragt.

»Von Tim Kirsch.«

»Wem?«

Der Wirt zuckte nur mit den Schultern. Klar, Tim war schon

vor vielen Jahren weggezogen. Aber irgendwie hatte Nina gehofft, dass sich zumindest ein paar Leute aus dem Dorf an den kleinen schwarzen Jungen erinnerten und seinetwillen zur Beerdigung des vermeintlich drogensüchtigen Dreißigjährigen gehen würden, der am Vormittag beigesetzt werden würde.

Falsch gedacht.

Und David war abgetaucht. Mal um Mal hatte sie versucht, ihn auf dem Handy zu erreichen. Vergeblich.

Nina streifte am Waldrand entlang. Alles, was sie in dieser einen Nacht in den Wäldern mit David gemeinsam erlebt hatte, kam ihr nun bereits so weit weg vor wie etwas aus einem luziden Traum.

Für einen kurzen Augenblick unter den Tragpfeilern einer nicht zu Ende gebauten Autobahnbrücke mitten im Nirgendwo waren sie sich nahe gewesen, das hatte sie sich nicht eingebildet. Doch nun war David wieder aus ihrem Leben verschwunden.

Henri stand bereits vorm Haus seiner Cousine, als Nina kam, um ihn abzuholen, und rauchte. Er sah cool aus in seinem schwarzen Anzug, wie jemand aus einer Kampagne für Hugo Boss oder so was.

»Auch eine?«

Er hielt ihr eine Zigarette hin. Nina schüttelte den Kopf.

»Konntest du schlafen?«, fragte Henri.

»Ein bisschen. Und du?«

»Ein bisschen.«

Henri blies einen traurigen Kringel in die Luft.

»Hast du was von David gehört?«, fragte er.

»Nein. Ich glaube nicht, dass er kommt.«

Sie sah erneut auf ihre Uhr, stellte sich neben Henri. Vom Haus seiner Tante aus konnte man den Waldrand sehen. Nina erinnerte sich an die Sagen, die sie als Kind gehört hatte: *Der Wald ist verzaubert. Wenn Menschen ihn durchqueren, verändert er sie. Manche gehen als Kinder hinein und kommen als Greise wieder heraus. Und bei manchen ist es genau andersherum.* So hatte Tim es ihr jedenfalls erzählt.

»Wusstest du, dass ich wegen Tim Ärztin geworden bin?«, fragte Nina.

Henri schüttelte den Kopf.

»Nein, woher?«

»Ich habe so hart gearbeitet, um einen Studienplatz zu kriegen. Und dann hätte ich mich um ein Haar beinahe doch noch für etwas anderes eingeschrieben«, sagte Nina. »Medizin traute ich mir irgendwie nicht hundertprozentig zu.«

»Und was ist dann passiert?«

Nina grinste.

»Ich habe den Fehler gemacht, Tim davon zu erzählen.«

Henri lachte auf.

»Lass mich raten, er hat seine große Du-kannst-alles-sein-was-du-willst-wenn-du-nur-an-dich-glaubst-Rede gehalten.«

»Du kennst sie?«

Henri grinste und zündete sich eine neue Zigarette an.

»Jeder kennt sie«, sagte er. »Wusstest du, dass Tim mich überredet hat, mich zu outen?«

»Nein.«

»Oder... nein«, sagte Henri. »*Überredet* ist das falsche Wort. Er hat mich eher indirekt dazu gebracht. Irgendwie habe ich mich stärker gefühlt, nachdem ich mit ihm gesprochen habe, und irgendwann war ich dann... bereit. Tim war einfach so. Er war ein Katalysator. Er hat Dinge in anderen Menschen zum Vorschein gebracht.«

»Ich wusste gar nicht, dass ihr euch versöhnt hattet«, sagte Nina. »Wann war das?«

»Irgendwann, als wir Teenager waren«, sagte Henri. »Ewig her.«

Nina schüttelte verwundert den Kopf.

»Er hat das nie erwähnt«, sagte sie.

Henri nickte nachdenklich.

»Tim hat in vielen verschiedenen Welten gelebt«, sagte er schließlich. »Nicht alle waren miteinander verbunden. Er war ein bisschen wie ein Satellit, der verschiedene Planeten anfliegt und dann wieder eine Weile alleine durch den Raum gleitet. Weißt du, was ich meine?«

Nina nickte.

»Ich kann nicht fassen, dass wir in der Vergangenheitsform von ihm sprechen«, sagte sie.

»Ich weiß.«

Henri blies Rauch in den grauen, schweren Himmel.

»Darf ich mal ziehen?«, fragte Nina.

Henri reichte ihr die Zigarette, sie zog und gab sie hustend zurück. Henri lachte.

»Warum wollen Nichtraucher vor Beerdigungen immer plötzlich rauchen?«, fragte er.

»Keine Ahnung. Ich glaube, wir denken, das beruhigt«, sagte Nina.

»Aber das tut es nicht.«

»Absolut nicht.«

Nina behielt den Waldrand im Auge. Manchmal kamen die Rehe aus den Wäldern, staksten über die Wiesen. Heute nicht.

»Bist du bereit?«, fragte Henri.

Nina schüttelte den Kopf.

»Nein.«

»Ich auch nicht.«

Ein paar kleine Vögel stoben aus der Hecke vor ihnen auf. Nina folgte ihnen mit dem Blick.

»Sollen wir trotzdem gehen?«, fragte Henri.

»Das machen wir.«

Sie setzten sich in Bewegung. Und als sie hinter der Kirche auf die Straße einbogen, die zum Friedhof führte, sahen sie die Autos, die kreuz und quer – zum Teil halb auf der Wiese geparkt, den Weg säumten.

»Was ist denn hier los?«, fragte Henri.

Und da dämmerte es Nina.

Die sind alle wegen Tim hier.

Wären die Grabsteine nicht gewesen, hätte der kleine Dorffriedhof ausgesehen wie die Stätte eines Open-Air-Konzerts. Er war übersät mit Menschen, von denen Nina die meisten noch nie in ihrem Leben gesehen hatte. Allerdings hätte sie anhand der Zusammensetzung der Leute nicht erraten können, für welche Band sie angereist waren, dafür war die Mischung einfach zu bunt. Alte, Junge, Kinder. Aber kein David.

»Wer sind nur all diese Leute?«, fragte Nina, als sie sich mit Henri einen Weg durch die Menschenmenge bahnte, auf der Suche nach dem Familiengrab der Kirschs, in dem schon Tims Großeltern lagen und vor dem der Trauerredner bereits Aufstellung bezogen hatte.

»Freunde von Tim, schätze ich«, sagte Henri.

Nina sah sich um. Ein Mann um die sechzig mit wildem

Haar, den sie sich gut als Dirigent eines großen Orchesters vorstellen konnte. Eine dunkelhäutige Frau in einem Sari. Eine kleine Gruppe von sechs jungen Leuten, die sich auf Mandarin unterhielten und aussahen wie chinesische Studenten. Ein Mann Mitte dreißig, dessen Hals und Gesicht, wie Nina im Vorbeigehen sah, mit mehreren Tränen und einem Kreuz tätowiert waren. Diverse Familien aus dem Dorf. Der Postbote, dessen Erdbeernase röter leuchtete als je zuvor, an seinem Arm die alte Frau Müller. Frau Pohlmann, Ninas alte Klassenlehrerin, die sich unentwegt die Nase putzte. Eine hochschwangere junge Frau mit Sommersprossen. Frau Gehrke, die Kindergärtnerin. Neben ihr, im Rollstuhl, ihr Mann. Das Geistermädchen, das sich etwas abseits leise mit einem massigen Glatzkopf unterhielt, der sich verstohlen ein paar Tränen wegwischte. Eine komplette Frauenfußballmannschaft, die statt Trauerbekleidung unerklärlicherweise Trikot trug. Ein Mann mit sonnengegerbtem Gesicht wie aus Leder, in dem hellblaue Augen blitzten. Tims Tante Elke. Ein schwarzer Mann, der etwas eindeutig Professorales ausstrahlte. Jede Menge hippes Volk aus der Stadt. Schulkinder. Ein Typ, der diesem Rockstar, nach dem Jessie so verrückt war, täuschend ähnlich sah. Nein, Moment, das *war* der Rockstar, nach dem Jessie so verrückt war!

Dann konnte Nina sich nicht mehr länger ablenken und richtete ihre Aufmerksamkeit auf das Grab. Augenblicklich schnürte sich ihr die Kehle zusammen.

Tim ist wirklich tot.

Sie wandte den Blick ab. Und da sah sie ihn. David, im schwarzen Anzug, wie er auf sie und Henri zukam, sich neben sie stellte.

»Ich dachte schon, du schaffst es nicht mehr«, sagte Nina – und verstummte.

Die Zeremonie ging los.

Als der Trauerredner seine Ansprache begann, drifteten Ninas Gedanken immer wieder weg, und kurz war ihr, als stünde Tim direkt neben ihr. Was er wohl zu alldem sagen würde? Zu all den Leuten, die gekommen waren? Wahrscheinlich würde er irgendeinen selbstironischen Witz machen. Oder er würde weinen. Vermutlich beides.

Nina blinzelte ein paar Tränen weg. Oft schon hatte sie an einem Grab gestanden und sich geschämt dafür, dass sie den Wert der Menschen in ihrem Leben immer erst dann hundertprozentig begriff, wenn es zu spät war.

Während der Trauerredner erst auf Deutsch und dann auf Englisch von Tims Leben erzählte, wurde ihr klar, wie vieles von ihm sie nicht gewusst hatte. Henri hatte recht. Tim hatte so viele verschiedene Leben gelebt, so viele Facetten gehabt.

Vorsichtig sah Nina sich um. Manche der Umstehenden weinten hemmungslos, andere hatten die Augen geschlossen, wieder andere blickten ruhig in den Novemberhimmel. Nina fragte sich, was jeden dieser Menschen an diesem feuchten Novembertag auf diesen Dorffriedhof gespült hatte. Vielleicht würde sie nie herausfinden, was Tim für jede und jeden Einzelnen von ihnen gewesen war. Doch sie wusste, was er für sie gewesen war.

Eine Supernova.

Der Redner verstummte, und der Bestatter ließ die Urne ins Grab hinab. Eine Frau gab einen kleinen, herzzerreißenden Laut der Trauer von sich, ein Schluchzer, der aus tiefster Seele zu kommen schien. Die ersten Menschen traten vor, um endgültig Abschied zu nehmen und Erde in das ausgehobene Urnengrab regnen zu lassen. Nina tastete nach der Tasche, die sie sich um die Schulter gehängt hatte, öffnete den Verschluss, nahm die alte Autogrammkarte heraus, den Talisman, der einst Tims ganzer Stolz gewesen und der schließlich in Ninas Besitz übergegangen war und sie durch alle Prüfungen und Herausforderungen begleitet hatte. Sie betrachtete die Karte ein letztes Mal. Das knautschige Gesicht Bill Murrays, das sie immer so gemocht hatte. Und die geschwungene Unterschrift darunter. Oh, wie oft sie sich mit Tim, der sich damals noch Peter nannte, darüber gestritten hatte, wer von ihnen der größere Fan war!

Als sie an der Reihe war, trat sie vor.

»Ich werde dich so vermissen«, sagte sie leise.

Danke für alles.

Nina drückte einen Kuss auf das Kärtchen, faltete es zusammen und ließ es in das Grab gleiten.

Dann trat sie beiseite und sah David und Henri zu, die sich ebenfalls hinabbeugten, um sich von ihrem ältesten Freund zu verabschieden. Gemeinsam entfernten sie sich schließlich ein wenig, um den nachrückenden Trauergästen Platz zu machen.

Nina schloss die Augen. Lautlos fiel der Regen, sie spürte ihn auf ihrem Gesicht. Ihr war danach, sich zu verkriechen, sich irgendwo zusammenzurollen wie ein verwundetes Tier.

Tim ist weg, und er kommt nie wieder zurück.

Nina öffnete die Augen und hob ihren Blick gen Himmel. In der Ferne versuchte die Sonne durch die dichte Wolkendecke zu brechen, doch es würde noch eine ganze Weile dauern, bis es ihr gelang. Vom Boden her stieg eine Kälte auf, die deutlich machte, wie nah der Winter schon war. Nina hauchte in ihre klammen Hände, rieb sie aneinander, während ihr Blick zum Grab wanderte, und sie sah, wie drei Kinder, neun oder zehn vielleicht, zwei Jungen und ein Mädchen, die wohl aus dem Dorf stammen mussten und die Nina nicht kannte, nach und nach vortraten und mit ernsten Mienen Rosenblätter in Tims Grab fallen ließen.

Verstohlen warf Nina David einen Blick zu.

Sie hatte viel über ihn nachgedacht in der vergangenen Nacht. David hatte alles aufs Spiel gesetzt für Tim. Und für sie. Nach all den Jahren, einfach so.

Kurz sahen sie sich in die Augen, dann richtete Nina den Blick wieder nach vorne. Spürte David neben sich, groß und still. Dann fasste er nach ihrer Hand. Oder sie nach seiner.

FREUNDE

Am nächsten Morgen blieb Tim lange im Bett. Er hatte kaum geschlafen. Es war irgendwie zu viel, das alles. Dass die Oma und Gloria weg waren. Das mit Wolff. Dass der seiner Mutter wehgetan hatte und dass sie nicht mit ihm darüber sprechen wollte, was geschehen war. Dass sie wieder trank. Was er mit Dennis gemacht hatte. Und jetzt auch noch das: Heute war der Tag. Winnie, die er nicht mehr Winnie nennen durfte, würde fortziehen. Sie würde in ein Auto steigen, und er würde sie nie wiedersehen.

Vielleicht würde er einfach im Bett bleiben, bis der Tag vorbei war. Ihr war es bestimmt sowieso egal. Sie war in den letzten Tagen immer komischer geworden, wahrscheinlich wollte sie ihn gar nicht sehen.

Nein, dachte Tim. Das ist nur eine blöde Ausrede. Winnie muss mit ihren bescheuerten Eltern wegziehen. Dann ist sie ganz alleine in irgendeiner bescheuerten Stadt. Sie hat sich das nicht ausgesucht. Bist du nun ihr Freund oder nicht?

Na also!

Reiß dich zusammen, Mann.

Er stand auf, duschte und putzte sich die Zähne. Dann zog er seine guten Jeans und sein NASA-T-Shirt über und schaute sich im Spiegel an. Er liebte dieses T-Shirt.

Zurück in seinem Zimmer holte er seine Schatzkiste unter dem Bett hervor und öffnete sie. *Beautiful*, dachte er.

Es war Winnies, also Ninas, Mutter, die ihm die Tür öffnete. Sie schien überrascht angesichts der Tatsache, dass Tim es wagte, ihr noch einmal unter die Augen zu treten.

»Ich nehme an, du möchtest dich verabschieden.«

Tim nickte.

»Na, ich denke, das geht in Ordnung«, sagte sie.

Sie drehte sich um, und Tim sah, dass im Flur hinter ihr lauter Umzugskartons standen.

»Nina«, rief sie. »Kommst du mal bitte?«

Sie verschwand im Wohnzimmer und ließ ihn allein. Als Nina die Treppe herunterkam, sah er sofort, dass sie geweint hatte. Tim musste schlucken und begann automatisch, seine Turnschuhe zu inspizieren.

»Ich wollte mich nur verabschieden«, sagte er.

Als er wieder aufblickte, sah er, wie Nina nickte.

»Cool«, sagte sie.

Sie schaute ihn nicht an, und irgendwie wusste er plötzlich gar nicht mehr, was er sagen wollte. Wie sollte er denn klarkommen ohne seine beste Freundin? Nina betrachtete ebenfalls ihre Zehenspitzen, vielleicht war es ihr peinlich, dass sie geheult hatte.

»Ich hab was für dich. Ein Abschiedsgeschenk«, sagte Tim.

Nina runzelte die Stirn, als sie den kleinen Umschlag sah.

»Hier«, sagte Tim.

Nina nahm ihm den Umschlag aus der Hand, öffnete ihn.

»Oh mein Gott«, sagte sie. »Oh mein Gott.«

Sie schluckte.

»Das kann ich nicht annehmen.«

Sie hielt ihm den Umschlag wieder hin.

»Du musst«, sagte Tim. »Das ist mein Abschiedsgeschenk.«

»Aber sie ist dein Glücksbringer!«

Tim nickte, denn das stimmte. Aber trotzdem.

»Du brauchst sie jetzt dringender als ich«, sagte er.

Nina holte die Autogrammkarte aus dem Umschlag und wischte sich fahrig eine Träne weg.

»Es wird so ätzend sein ohne dich«, sagte sie und umarmte ihn, was, weil sie größer und stärker war als er, ganz schön wehtat. Dann ließ sie ihn wieder los.

»Wir bleiben Freunde, okay?«, sagte Tim. »Für immer.«

»Ja«, sagte Nina und guckte schon wieder ihre Zehenspitzen an. »Klaro.«

»Versprich es.«

Nina blickte auf und sah ihm endlich in die Augen.

»Für immer«, sagte sie. »Ich verspreche es.«

39

Während die Trauergesellschaft nach und nach den Friedhof verließ und sich auf den Weg Richtung Gasthof machte, wo es Kaffee und Kuchen geben würde, kämpfte die Sonne sich tatsächlich zwischen den Wolken hervor.

Vor ihnen lag das Dorf mit seiner kleinen Kirche, seinen rot gedeckten Dächern, seinen Bäumen und Wiesen und Geheimnissen und verborgenen Winkeln.

»Jetzt kommt auch noch die Sonne raus«, sagte Henri sarkastisch. »Was kommt als Nächstes, ein *fucking* Regenbogen?« Nina grinste und reichte ihm stumm ein Taschentuch.

Sie ging zwischen Henri und David und ließ den Blick über das Dorf schweifen, das von der kleinen Anhöhe aus so malerisch wirkte. Manchmal glaubte sie, dass es kaum einen anderen Ort gab, der sie so geprägt hatte. Was für ein Mysterium dieses Dorf doch war. Ein einziger Widerspruch aus dreihundert Seelen. Wie viel Freiheit die Kinder hier genossen, ehe sie heranwuchsen und die Enge erkannten, die sie umgab. An diesem Ort, an dem jeder jeden zu kennen glaubte, obwohl am Ende doch alle ihre Geheimnisse hatten. Gerade wollte sie eine Bemerkung darüber machen, als David stehen blieb.

»Alles klar, Mann?«, fragte Henri.

»Wartet kurz«, antwortete David und ließ die kleine Gruppe Menschen, die direkt hinter ihnen ging und unter denen auch der stumme Hans war, der kein Jahr älter geworden zu sein schien, passieren. Hans blieb allerdings stehen, als er sie sah.

»Hans«, sagte Henri. »Was geht?«

»Lange nicht gesehen«, sagte er und gab Henri ein High Five. Dann fiel ihm wieder ein, dass der Anlass, zu dem sie sich getroffen hatten, ein trauriger war, und er ließ die Schultern hängen.

»Tim ist tot«, sagte er.

Darauf wusste niemand etwas zu sagen. Das fasste alles perfekt zusammen. Hans blickte auf und sah Nina mit schief gelegtem Kopf an.

»Deine Haare sehen komisch aus«, sagte er.

»Ich weiß. Ich glaube, ich bin nicht zur Blondine geboren.«

»Mach dir nichts draus«, sagte Hans freundlich. »Dafür bist du nett.«

Nina musste grinsen.

»Danke, Hans.«

»Hans, kommst du?«, rief eine ältere Frau mit perfekt geföhntem, frisch pflaumenrot gefärbtem Haar, die offensichtlich vor der Beerdigung extra noch beim Friseur gewesen war und deren Gesicht völlig verquollen aussah. Hans nickte.

»Es gibt Kuchen«, sagte er und verschwand.

Nina sah ihm noch einen Augenblick lang nach, dann wandte sie sich wieder David und Henri zu.

»Nun sag schon, David. Was ist los?«

Er blickte sie ernst an.

»Ich muss euch etwas sagen.«

Nina war sofort alarmiert.

»Mach's nicht so spannend.«

David zögerte.

399

»Ich weiß nicht, ob das jetzt der richtige Moment ist. So unmittelbar nach der Beerdigung. Aber ich kann nicht länger damit warten.«

»Komm schon, Mann«, drängte Henri. »So schlimm wird's schon nicht sein.«

Doch, dachte Nina, die während einer langen Fahrt durch die nächtlichen Wälder gelernt hatte, in Davids schönem Gesicht zu lesen, *wird es.*

»Okay.«

Sie hörte, wie er tief durchatmete.

»Die Kollegen haben mich angerufen«, sagte er mit gesenkter Stimme. »Wegen der Leiche, die wir gefunden haben.«

»So schnell?«, fragte Henri.

»Es wurde noch keine Obduktion durchgeführt, und ein DNS-Test erst recht nicht«, sagte David. »Aber das war auch nicht nötig. Körpergröße, Kleidung und ein paar andere Merkmale reichten bereits aus.«

»Verstehe ich nicht«, unterbrach Nina. »Wird bei so was nicht immer eine Obduktion und ein Gentest gemacht?«

»Das passiert auch noch alles.«

»Aber?«

»Aber der Kollege wollte mich schon jetzt über den Stand der Dinge in Kenntnis setzen.«

»Und?«

David zögerte erneut.

»Sag schon!«, rief Henri.

»Sie ist es nicht.«

»Was?«

»Die Leiche, die wir gefunden haben, ist nicht Gloria.«

»So ein Schwachsinn«, sagte Nina.

Sie spürte, wie Wut in ihr aufstieg. So eine Schlamperei. Natürlich war es Gloria!

»Nina hat recht«, sagte Henri. »Ich meine, wer sollte es denn sonst sein?«

Als David weitersprach, spürte Nina, wie viel Mühe er sich gab, so ruhig und sachlich wie möglich zu klingen.

»Leute«, sagte er. »Ein Irrtum ist ausgeschlossen.«

»Wie kannst du dir da so sicher sein?«, fragte Nina.

»Ganz einfach«, sagte David. »Die Leiche, die wir gefunden haben, ist viel größer, als Gloria es war, hat ein künstliches Kniegelenk und ist aller Wahrscheinlichkeit nach männlich.«

40

Billy begrüßte sie so überschwänglich, als sie die Tür ihres kleinen Gästezimmers öffnete, als hätte er sie seit Monaten nicht
gesehen. Nina setzte sich auf den Boden, genoss seine reine
Freude einen Moment lang und verpasste ihm eine ausgiebige
Streicheleinheit. Bald würde sie wieder nach unten gehen, um
sich unter die anderen Trauergäste zu mischen. Einen Kaffee
trinken. Ein Stück Kuchen essen. Aber jetzt noch nicht, sie
brauchte einen Augenblick, um durchzuatmen. Es gab ohnehin so vieles, das sie verdauen musste. Und dann auch noch
die Hiobsbotschaft, die David ihnen gerade überbracht hatte.
Sie war eingeschlagen wie eine Bombe. Leider waren diese
spärlichen Informationen auch schon alles, was David den
Kollegen hatte entlocken können. Offenkundig wussten oder
ahnten sie bereits, um wen es sich bei dem Toten handelte,
wollten dieses Wissen aber noch nicht teilen.

Nina begriff noch immer nicht, wie das alles sein konnte.
Wer war die Leiche, die sie hinter Wolffs geheimer Jagdhütte
gefunden hatten? Und was zum Teufel war damals mit Gloria
geschehen?

Sie würden es nie herausfinden. Irgendwie musste sie das
akzeptieren, wenn sie nicht verrückt werden wollte. Sie hatten *alles* getan, um es herauszufinden – es hatte nicht ge-
reicht. Nina trat ans Fenster und betrachtete den Waldrand.

Die Wälder hatten so viele Geheimnisse. Vielleicht sollten manche davon einfach nicht enthüllt werden. Nina wollte sich gerade abwenden, als ihr war, als hätte sie aus dem Augenwinkel am Rand der Wiese eine schmale, dunkle Gestalt gesehen. Doch als sie erneut hinschaute, war dort niemand. Plötzlich fiel ihr wieder ein, was ihr bester Freund ihr einst erzählt hatte.

Manchmal, ganz selten, kommt nachts etwas heraus aus den Wäldern und wandelt durch die Straßen. Und noch viel seltener, immer nur dann, wenn jemand beerdigt wird, dann tanzen die Wesen aus dem Wald mit den Geistern der Verstorbenen des Dorfes.

»Na komm«, sagte sie zu Billy, der freudig mit dem Schwanz wedelte. »Wir können uns hier nicht länger verkriechen.«

Im Schankraum, den man durchqueren musste, um zum Saal zu gelangen, in dem für die Trauergesellschaft eingedeckt war, stieß Nina auf David und Henri, die am Tresen saßen. Abgesehen von ihnen und einer kleinen Gruppe Männer zwischen fünfzig und sechzig, die Nina nicht kannte und die an einem Tisch am Fenster Platz genommen hatte, waren sie die einzigen Gäste. Die vier Männer spielten Skat, tranken Bier und schienen von den Fremden am Tresen keine Notiz zu nehmen.

»Warum seid ihr nicht drüben bei den anderen?«, fragte Nina und setzte sich auf den freien Hocker neben Henri.

»Irgendwie brauchten wir noch einen Moment«, antwortete David.

»Verstehe«, sagte Nina, während Billy sich brav zu ihren Füßen niederließ. »Was trinkt ihr?«

»Bier«, sagte Henri.

»Apfelschorle«, murmelte David, und Henri verdrehte die Augen.

»Du warst so ein cooles Kind«, stichelte er. »Und witzig! Wann bist du so langweilig geworden?«

»Mit dem Eintritt in den Polizeidienst«, antwortete David. »Einstellungsvoraussetzung.«

»Uuuuh«, machte Henri, der in der Kürze der Zeit, die Nina sich zurückgezogen hatte, schon einiges getankt haben musste. »Selbstironie! *I like it!*«

Nina bestellte ebenfalls ein Bier, wofür Henri ihr anerkennend die Faust hinstreckte. Sie stieß mit ihrer dagegen. Das Pils schmeckte furchtbar bitter, was Nina für den Tag der Beerdigung ihres besten Freundes absolut passend erschien.

Alle drei leerten ihre Gläser und bekamen vom schweigsamen Wirt neue hingestellt.

»Ich frage mich, ob es stimmt, was Wolff gesagt hat«, meinte Henri nach einer Weile. »Dass Gloria am Leben ist.«

Nina sagte nichts.

»Ich glaube dir, dass du sie am Telefon hattest.«

»Ich auch«, sagte David.

»Ich weiß nicht«, antwortete Nina. »Hätte Gloria so was wirklich getan? Ich verstehe, dass es Teenager gibt, die einfach abhauen. Aber dass sie all die Jahre nie Kontakt zu Tim und Rita aufgenommen haben soll... das erscheint mir einfach unfassbar grausam. Ich meine... Rita war so eine Seele von Mensch. Wisst ihr noch, wie gerne wir als Kinder bei ihr waren?«

»Natürlich«, sagte Henri.

David nippte nachdenklich an seinem Bier.

»Was denkst du?«, fragte Nina.

»Ich frage mich, wie Gloria das sah.«

»Wie meinst du das?«

»Meiner Mutter hat Gloria immer leidgetan. Immer wenn ich mit meinen Eltern im Dorf unterwegs war und wir ihr begegnet sind, hat meine Mutter sie als *das arme Kind* bezeichnet.« Er hielt inne, überlegte. Nahm noch einen Schluck.

»Hast du dich nie gefragt, warum Gloria bei ihrer Großmutter gewohnt hat und nicht bei ihrer Mutter?«

Nina zuckte mit den Schultern. Vermutlich hatte David recht. Sicher waren die Dinge wesentlich komplizierter gewesen, als sie geahnt hatten. Tim wusste wahrscheinlich mehr, hatte aber nicht wirklich darüber gesprochen.

»Falls sie tatsächlich noch da draußen ist…«, sagte Nina.

»Meint ihr, sie weiß, dass ihr Bruder gestorben ist?«

David zuckte mit den Schultern. Henri trank den Rest seines Bieres und stellte es ein wenig zu fest ab.

»Keinen Schimmer.«

Er kratzte sich am Hinterkopf.

»Eine schräge Familie, nicht?«

Nina wusste, was er meinte. Die schöne, rothaarige, sommersprossige, extrem lebenslustige Rita mit ihren beiden Kindern von zwei verschiedenen Männern. Das stille, hellhäutige Mädchen mit dem dunklen Haar und der schwarze Junge. Wirklich ungewöhnlich, zumindest für so ein kleines Kaff. Das war ihr als Kind gar nicht so aufgefallen.

»Ich frage mich, wer der Tote ist«, sagte Nina. »Wir wollten ein Rätsel lösen, und stattdessen haben wir nur ein weiteres gefunden.«

Sie schüttelte den Kopf, und Henri legte ihr kumpelhaft einen Arm um die Schulter.

Seltsam, wie nahe wir uns in nur einem Tag gekommen sind, dachte Nina. Vor allem, wenn man in Betracht zieht, dass wir uns als Kinder gar nicht so gerne gemocht haben, dass das Bindeglied zwischen uns immer Tim war.

»Noch eine Runde?«, fragte der Wirt.

Sie nickten, und er stellte ihnen ihre Bestellung hin. Eine Weile tranken sie schweigend.

»Woher weißt du, dass es der Greibe war?«, fragte einer der Skatspieler gerade.

Nina hatte die Männer hinter sich komplett ausgeblendet, aber nun horchte sie auf. Spürte, dass auch die anderen beiden die Ohren spitzten. Woher kannte sie diesen Namen?

»Mein Schwager ist doch bei der Polizei«, antwortete eine andere Stimme.

»Wer ist der Greibe?«, schaltete sich ein Dritter ein.

Nina wandte sich um und tat so, als sehe sie nach Billy, warf aber eigentlich den vier Männern einen Blick zu.

»Den hast du nicht mehr kennengelernt«, sagte ein stämmiger Mann mit vollem, weißem Haar und einer beachtlichen Knollnase. Der, der offensichtlich durch seinen Schwager, den Polizisten, so gut informiert war. »Die haben jahrelang zusammen Geschäfte gemacht, bis es irgendwann hieß, der Greibe hat den Wolff um eine Menge Kohle geprellt und ist über alle Berge.«

Und plötzlich erinnerte Nina sich, woher sie den Namen Greibe kannte. Dass sie ihn zuletzt gehört hatte, war zwanzig Jahre her. Wolffs Kompagnon!

»Ihr wollt mir jetzt nicht erzählen«, sagte ein großer Mann mit dunkelblondem Haar und Brille, »dass der Wolff damals seinen Kompagnon umgebracht hat.«

»Erschossen«, sagte die Knollnase. »Und im Wald verscharrt.«

Er schnaubte.

»Und wir haben dem das alle geglaubt, dass der Greibe über alle Berge ist. Sogar die Alte vom Greibe hat's geglaubt. Der Wolff ist damals hochgegangen wie ein HB-Männchen, wenn jemand den Greibe auch nur erwähnt hat. Wir dachten alle, es ist ihm peinlich, dass er sich so von dem hat verarschen lassen.«

»Man kann den Leuten immer nur vor den Kopf gucken«, sagte die Brille.

Sprachlos sahen sich die drei Freunde an. Starrten kopfschüttelnd in ihre Getränke, während sie verarbeiteten, was der Dorffunk ihnen da gerade zugetragen hatte. Dann brach David das Schweigen.

»Ich hätte jetzt doch gerne ein Bier«, sagte er.

41

Jetzt wissen wir's, dachte Nina dumpf und starrte in ihr Getränk.

David und Henri waren bereits nach nebenan gegangen, um sich den anderen Trauergästen anzuschließen, die im großen Saal des Gasthofes beisammensaßen.

Auch die Skatrunde war verschwunden. Nur Nina und Billy waren noch hier. Und sie wusste nicht, ob es an all den Erinnerungen lag, die während der Beerdigung hochgekommen waren, oder daran, dass sie zum ersten Mal seit Tims Tod wirklich zur Ruhe kam. Aber mit einem Mal fühlte sie sich so unbeschreiblich traurig und erschöpft, dass sie sich am liebsten einfach in ihrem Zimmer verkrochen hätte. Aber sie musste sich zu den anderen gesellen. Sie musste.

Nina stand auf und machte sich auf den Weg. Folgte einfach dem Geruch nach Kaffee. *Leichenschmaus*, dachte sie. *Was für ein fürchterliches Wort.* Und sofort schossen ihr wieder die Tränen in die Augen.

Alles, was von dir übrig ist, ist ein Häufchen Asche in einer Urne.

Ninas Kehle schnürte sich zu, und obwohl sie so tief einatmete, wie sie nur konnte, wollten sich ihre Lungen einfach nicht mit Sauerstoff füllen.

Dass du nicht mehr da bist, fühlt sich an wie Ersticken.

Sie versuchte, die Tränen zurückzudrängen. Ahnte, was Tim zu ihr sagen würde, wenn er da wäre. Dass sie lieber sein Leben feiern statt über seinen Tod verzweifeln sollte, etwas in der Art. Sie schaffte es nicht.

Unvermittelt musste Nina an einen Schriftzug denken, den sie einst auf einem Streifzug durch die Stadt entdeckt hatte. »Der Tod muß abgeschafft werden, diese verdammte Schweinerei muß aufhören. Wer ein Wort des Trostes spricht, ist ein Verräter.«

Ja, verdammt, dachte Nina, atmete noch einmal tief durch und betrat den Saal.

Das Gebäude, in dem die Gaststätte lag, in der die Trauergäste zu Kaffee und Kuchen zusammenkommen sollten, kannte sie gut, doch tatsächlich hatte sie den Festsaal zuvor noch nie von innen gesehen. Hinter dem Gastraum der Kneipe befand sich eine erstaunlich große Lokalität – vielleicht eine renovierte Scheune –, in der früher vermutlich getanzt wurde, die nun aber mit mehreren langen Tafeln versehen worden war, die sich unter Kuchenplatten und Kaffeekannen bogen.

Nina fand ihren Platz zwischen David und einer älteren Frau, die sie nicht kannte und die kein Deutsch, aber dafür ein schönes Englisch mit karibischer Färbung sprach und die sich als Kollegin von Tim herausstellte, die er noch von seiner Zeit bei *National Geographic* kannte. Ihr gegenüber saß Henri. Sie hatte erwartet, dass nach der Beerdigung drückende Stille herrschen würde, doch der Raum surrte wie von einem riesigen Bienenschwarm bevölkert.

Binnen einer halben Stunde hatte Nina sich mit so vielen unterschiedlichen Menschen unterhalten, dass ihr der Kopf schwirrte. Gerade überlegte sie, wie sie den Redeschwall eines rothaarigen Models unterbrechen konnte, das sich als Tims Exfreundin vorgestellt hatte und Nina um einen guten Kopf überragte, um kurz draußen frische Luft zu schnappen, als Henri sie zu sich rief.

»Nina! Bitte komm mal her, das *musst* du dir anhören!«

Nina sah zu ihm hinüber. Er hatte sich neben einen Mann gesetzt, der ihr auch schon aufgefallen war wegen der hellblauen Augen in seinem wettergegerbten Gesicht und weil er generell den Eindruck machte, ein aufregendes Leben hinter sich zu haben.

»Nina«, sagte Henri. »Das ist Herr Sorokin.«

Nina gab ihm die Hand.

»Freut mich, Herr Sorokin«, sagte sie. »Ich bin Nina Schwarz, eine gute Freundin von Tim.«

Der Mann lächelte sie an. Er war deutlich älter, als sie aus der Ferne angenommen hatte, mindestens fünfundsechzig, und er roch nach tausend Zigarren, hatte einen ausgesprochen festen Händedruck und das Lächeln eines Hollywoodstars.

»Ihr müsst euch unbedingt unterhalten«, sagte Henri. »Du wirst nicht glauben, woher er Tim kennt.«

Dann wandte er sich grinsend ab und ging zurück zu seinem Platz an dem Tisch, an dem auch David saß, der sich angeregt mit der alten Frau Müller unterhielt. Er schaute auf, als spürte er Ninas Blick und sah sie durch den Raum hinweg an, bevor er sich wieder seiner Gesprächspartnerin zuwandte.

»Sind Sie und Tim zusammen zur Schule gegangen?«, fragte der Mann höflich.

»Ja. Zumindest eine Weile. Ich habe nur ein paar Jahre hier

gewohnt, bevor ich mit meinen Eltern weggezogen bin. Aber
wir sind über all die Zeit hinweg befreundet geblieben.«

Sorokin lächelte.

»Man findet nie wieder die Art von Freunden, die man als
Kind hat«, sagte er.

»Und woher kannten Sie Tim, wenn ich fragen darf? Das
muss ja eine spannende Geschichte sein.«

»Mögen Sie sich setzen?«, fragte Sorokin. »Das ist meine
Frau Petra.«

Nina nickte der Frau, die sich gerade im Gespräch mit einer
jungen Chinesin befand, zu und setzte sich auf den Platz, den
Henri freigegeben hatte.

»Ihre Frau spricht Mandarin«, sagte Nina beeindruckt.

Der Mann nickte.

»Wir sind beide viel gereist«, sagte er. »Aber Petra ist deutlich sprachbegabter als ich.«

»Kannten Sie Tim von seiner Arbeit als Fotograf?«

»Nicht direkt. Wir sind selbst keine Fotografen, wenn Sie
das meinen. Wir waren beide beim Zirkus.«

»Wie aufregend!«

Nina hatte noch nie jemanden getroffen, der beim Zirkus
war.

»Das war es tatsächlich, ja.«

»Und was für ein Zirkus war das?«

»Oh, ein Zirkus mit allem Drum und Dran. Mit Akrobaten
und Clowns und Tieren. Das sieht man heute natürlich nicht
mehr so oft.«

»Ihren Zirkus gibt es also nicht mehr?«

»Wir haben uns längst zur Ruhe gesetzt. Vor zwei Jahren,
als wir den Zirkus aufgegeben haben, hat ein Fernsehsender

eine Dokumentation über uns gemacht. Die hat Tim gesehen und uns anschließend aufgespürt.«

»Wollte er Sie fotografieren?«

»Nein, er interessierte sich für Zirkusse. Wegen seiner Recherchen.«

»Welche Recherchen meinen Sie?«

Der Mann grinste.

»Tim interessierte sich für Zirkusse, die in den Neunzigern hier in der Nähe gastiert haben und die Tiger dabeihatten.«

Nina hob interessiert die Brauen.

»Sie wissen von Tims Begegnung ... im Wald?«

Sie nickte.

»Wir waren damals noch klein. Haben Mutproben gemacht. Wie man das so macht, als Kind. Eines Tages musste Tim für eine Mutprobe in den Wald. Wir anderen warteten ein Stück weit entfernt auf ihn. Irgendwann kam er aus dem Wald gerannt, als wären alle Teufel der Hölle hinter ihm her. Er schwor, er hätte einen riesigen Tiger darin gesehen. Wir haben ihm damals natürlich nicht geglaubt.«

Der Mann sah Nina verschwörerisch an.

»Jetzt sagen Sie mir nicht ...«, flüsterte Nina.

»Doch«, sagte Sorokin. »Uns ist damals tatsächlich unser Tiger entlaufen.«

Nina dachte an ihr Gespräch mit Tims Geist und begriff.

»Oh mein Gott«, sagte sie. »Sie sind *Roman*.«

Sorokin nickte. Das musste Nina erst einmal verdauen.

»Ist jemandem was passiert damals?«, fragte sie schließlich.

»Gott sei Dank nicht. Wir haben ihn eine ganze Weile gesucht und das Tier dann wie durch ein Wunder wiedergefunden und eingefangen.«

»Das ist unglaublich«, sagte Nina. »Warum habe ich noch nie davon gehört? Ein entlaufener Tiger? Das ist doch unglaublich spektakulär!«

»Wir haben das damals nicht unbedingt an die große Glocke gehängt«, antwortete Sorokin. »Damals war so was noch möglich. Da hatte noch nicht jeder eine Handykamera dabei.« Er überlegte. »Bis Tim aufkreuzte, dachten wir alle, dass wir davongekommen wären. Dass niemand das Tier gesehen hatte.«

Nina schüttelte ungläubig den Kopf. Das war so was von verrückt.

»Als Tim vor zwei Jahren auftauchte und anfing, Fragen zu stellen, haben wir einen richtigen Schrecken bekommen. Wir dachten, jetzt kriegen wir doch noch Ärger mit der Polizei.«

»Und was ist dann passiert?«

»Nichts. Tim wollte nur die Wahrheit wissen. Das schien ihm unglaublich wichtig zu sein.«

»Hat er gesagt, wieso?«

Der Mann überlegte.

»Er sagte, wenn er damals am Waldrand wirklich einen Tiger gesehen hätte, dann hieße das, dass einfach alles möglich ist. Also habe ich ihm die Wahrheit gesagt.«

Kurz war Nina sprachlos.

Den Tiger gab es wirklich.

»Das ist unglaublich«, sagte sie. »Alles daran. Dass Ihnen ein Tiger entläuft. Dass er genau in diesem Dorf landet. Dass ihm jemand begegnet. Dass dieser Jemand ausgerechnet Tim ist. Und dass der Tiger ihm nichts tut. Ich meine, wie hoch ist die Wahrscheinlichkeit?«

Der Mann zuckte mit den Schultern.

»Eins zu einer Billion?«

»Klingt nach Tim«, sagte Nina.

Sie wollte sich gerade wieder zu David und Henri gesellen, als sie merkte, dass ihr Telefon vibrierte. Es war das Krankenhaus. Nina stockte der Atem. Hatten sie den Diebstahl entdeckt? War sie beobachtet worden? Oder gab es im Krankenhaus Überwachungskameras, die sie übersehen hatte?

Mit schnellen Schritten verließ sie den Saal und trat vor die Tür. Der regnerische Novembertag war so dunkel, dass der Nachmittag ihr eher wie ein Abend vorkam.

Nina wollte gerade rangehen, als das Klingeln erstarb. Sie schickte ein Stoßgebet gen Himmel.

Bitte mach, dass ich meinen Job nicht verliere. Bitte mach, dass ich meinen Job nicht verliere. Ich will auch nie wieder etwas Böses tun, ich versprech's. Ich will die beste Ärztin sein, die die Welt je gesehen hat. Ich werde Tag und Nacht arbeiten, das schwöre ich.

Sie rief zurück.

»Frau Schwarz?«

Oh Gott. Der Chef.

»Hallo, Herr Nazemi«, sagte Nina. »Was gibt's?«

»Danke, dass Sie so schnell zurückrufen. Tja. Das ist wirklich eine unangenehme Situation, zumal ich weiß, dass Sie auf einer Beerdigung sind. Aber das hier kann nicht länger warten.«

Sie spürte, wie ihre Beine weich wurden, hielt den Atem an.

»Wir brauchen Sie früher zurück.«

Nina schloss erleichtert die Augen.

»Wann?«, fragte sie mit heiserer Stimme.

»Schon morgen. Geht das?«

»Ja«, sagte sie. »Kein Problem. Sie können auf mich zählen.«
Nina atmete tief durch und steckte das Handy weg. Sie
lehnte sich an die Mauer und blickte in den Himmel. Wartete
darauf, dass ihre Gedanken wieder zur Ruhe kamen. Schließlich ließ sie ihren Blick die Straße hinauf Richtung Friedhof
schweifen. Zur kleinen Treppe, die am Weltkriegsdenkmal
vorbei zu ihm hinauf führte. Zu den Birken, die die Kopf-
seite des Friedhofes säumten. Das Licht des Tages, das unmittelbar nach der Beerdigung kurz aufgeflackert war, war bereits wieder verschwunden, und Nina fror in ihren dünnen
Sachen. Sie dachte gerade, dass es an der Zeit war, sich wieder
zu ihren Freunden zu gesellen, als sie eine Bewegung wahrnahm. Oder? Ja, da oben war noch wer. Ein später Trauer-
gast? Nina wollte sich gerade abwenden, da tauchte sie erneut
auf: eine schmale, schwarze Gestalt mit wehendem Haar, dort
oben, zwischen den Bäumen.

Kurz war Nina wie gelähmt, dann rannte sie los. Den ganzen Weg Richtung Friedhof, die Treppen hinauf. Einen Strauß
weißer Rosen in der Hand stand die Gestalt bei Tims frischem
Grab, still wie eine Statue. Nina wandte sich ab und beschloss,
am Ausgang des Friedhofes, am Fuße der Treppe, auf sie zu
warten.

Lange saß sie da und fror. Dann endlich hörte sie leise
Schritte hinter sich.

Eine schockierend schöne Frau mit ellenlangem, dunklem
Haar und vollkommen weißer Haut, ganz in Schwarz gekleidet. Sie war gereift, aber nicht gealtert.

»Gloria?«, sagte Nina und erhob sich.

Die Frau sah sie an.

»So hat mich schon lange keiner mehr genannt.«

Nina fühlte sich, als bewegte sie sich durch einen Klartraum. Jahrzehntelang war sie – genau wie ihre Freunde – besessen gewesen vom Verbleib dieser Frau, und nun stand sie vor ihr, einfach so. Was würden wohl David und Henri dazu sagen?

»Und du bist…?«, fragte Gloria.

»Ich bin Nina. Eine gute Freundin von Tim.«

Das glatte Gesicht der Frau verriet keine Emotion, und kurz schien sie mit dem Gedanken zu spielen, Nina einfach stehen zu lassen.

»Bist du von hier?«, fragte Gloria schließlich.

»Ich habe als Kind ein paar Jahre hier gelebt«, sagte Nina. »Mein Vater hatte die Arztpraxis im Dorf.«

Gloria schien zu überlegen, dann hellte sich ihre Miene ein wenig auf.

»Du bist Winnie!«, sagte sie.

Nina lächelte.

»Bin ich.«

»Tims beste Freundin!«

Nina nickte. Ihr fiel auf, dass Gloria manche Worte seltsam betonte, wie jemand, der schon viele Jahre lang im Ausland lebt und nur noch selten Deutsch spricht.

»Darf ich dich was fragen?«, sagte sie.

»Klar.«

»Warum hast du das damals gemacht? Warum bist du abgehauen?«

Gloria lachte kurz auf, es klang ein bisschen traurig und ein bisschen bitter und ein bisschen so, als sei sie längst über all das hinweg.

»Ich habe dieses Dorf immer gehasst«, sagte sie. »Ich habe mich hier nie zu Hause gefühlt. Das Einzige, was mich überhaupt hier gehalten hat, waren meine Oma und mein Bruder. Als meine Oma dann gestorben ist, wollte ich nur noch weg.«

»Aber du bist nicht einfach abgehauen. Das Blut am Waldrand und ... Wir haben alle gedacht, dir hat jemand was getan. Aber du warst das selbst, oder? Du hast das Blut absichtlich dort hinterlassen.«

Sie lächelte ein seltsames Lächeln.

»Ich habe eine Blutspur durch das ganze verdammte Dorf gezogen.«

»Warum?«

Sie überlegte.

»Weil dieses Dorf mich *getötet* hat«, sagte sie.

Nina musste sie vollkommen verstört angesehen haben, denn Gloria lachte rau auf.

»Wolff hielt mich auch für total bescheuert. Wir wollten uns eigentlich am Schrottplatz treffen, aber ich wollte mich noch von meinem Wald verabschieden. Das Einzige, was ich an diesem Kaff je gemocht habe, waren die Wälder. Das hat Wolff natürlich absolut nicht kapiert, er war stinksauer, als er mich schließlich im Wald gefunden hat.«

Nina schüttelte den Kopf, das war einfach alles zu viel.

»Das klingt total verrückt«, sagte sie.

Gloria lachte ein kleines, humorloses Lachen, das Nina unangenehm bekannt vorkam.

»Meine Güte! Ich war gerade *siebzehn*!«, sagte die schöne Frau mit dem schwarzen Haar. »Ich war einsam. Und immer ein bisschen morbide.«

Sie zuckte mit den Schultern.

»Damals schien mir das eine gute Idee. Ich wollte mein altes Ich umbringen und ein neues Leben beginnen.«

»Alle haben dich gesucht. Rita und Tim haben sich solche Sorgen gemacht.«

Die Frau legte den Kopf schief, so als hätte Nina etwas sehr Dummes oder ausgesprochen Unwürdiges gesagt.

»Meine Mutter hat sich nie für mich interessiert. Um mich haben sich immer andere gekümmert. Erst ihre älteste Schwester, dann Tante Elke, dann meine Großmutter. Meiner Mutter war es vollkommen egal, ob ich lebe oder sterbe. Sie hat mich nie gewollt. Das hat sie mir genau so gesagt.«

Nina versuchte, die Rita, die sie gekannt hatte, mit dem Menschen zusammenzubringen, den Gloria beschrieb.

»Wir haben jahrelang im selben Dorf gewohnt«, sagte Gloria. »Und meine Mutter hat in all der Zeit so getan, als würde sie mich nicht kennen. Als wäre ich nur irgendein Kind, das zufällig bei ihrer Mutter lebt.«

»Oh Mann.«

Gloria hob eine Schulter.

»Und dein Vater hat dir dabei geholfen, zu verschwinden?«

»Mein Vater war ein gewalttätiger Mistkerl. Ich habe schon vor Ewigkeiten den Kontakt zu ihm abgebrochen«, sagte sie. »Aber dieses eine Mal war er für mich da. Und jetzt ist er weg. Sie sind alle weg.«

Schweigen trat ein.

»Warum hast du Tim nicht gesagt, dass du abhaust?«, fragte Nina schließlich.

»Ich hatte keine Lust, dass er gleich zu seiner *Mom* rennt. Aber ich habe ihm einen Hinweis hinterlassen.«

»Was für einen Hinweis?«

Gloria schnippte ihre Zigarette weg.

»Das Buch, das ich ihm gegeben habe. Das, in dem *Huckleberry Finn* seinen eigenen Tod vortäuscht, um seinen grässlichen Vater nie wiedersehen zu müssen. Es enthielt eine Möglichkeit, mich zu kontaktieren. Natürlich codiert.«

Sie grinste.

»Ich dachte, dass es ihm Spaß machen würde, den Code zu knacken. Er mochte so was.«

Gloria zündete sich eine Zigarette an.

»Tim wusste, dass ich meinen Tod vorgetäuscht habe«, fuhr sie fort. »Aber er hat sich nie gemeldet. Letztlich hat er sich genauso wenig um mich geschert wie unsere Mutter.«

Sie zuckte mit den Schultern.

Nina war wie vor den Kopf geschlagen.

»Nein. Das stimmt nicht. Das wusste er nicht! Falls er das Buch bekommen hat, hat er den Hinweis nicht verstanden! Er dachte, du bist tot! Er hat ein Leben lang versucht, deinen Mörder zu überführen.«

Gloria blinzelte. Zum ersten Mal wirkte sie unsicher.

»Warum hast du dich denn nie bei ihm gemeldet?«, fragte Nina.

Gloria nahm einen tiefen Zug und blies Rauch in den Novemberhimmel.

»Zunächst hatte ich das tatsächlich vor. Ich hatte ihn gern. Er war was Besonderes. Aber ...«

Sie zögerte, schien zu überlegen.

»Aber wenn du etwas *wirklich* hinter dir lassen möchtest, dann darfst du nicht zurückschauen.«

Plötzlich war Nina flau, ihr schwirrte der Kopf. Nichts von

alldem wäre passiert, wenn Tim damals Glorias Hinweis verstanden hätte. Sie hätten nicht nach einem vermeintlichen Entführer oder Mörder gesucht, sie wären Wolff nicht zu nahe gekommen, er hätte nicht getan, was er getan hatte, und sie wären ... ja, was? Ohne dieses Trauma anders durchs Leben gegangen?

Gloria strich sich eine Strähne ihres schönen, schwarzen Haares aus der Stirn, zog an ihrer Zigarette und sah sich um, und Nina fragte sich, was wohl aus ihr geworden war. War sie glücklich? Hatte sie Familie? Einen Job? Welchen?

»Ich muss los«, sagte Gloria. »Ich habe es hier noch nie wirklich ausgehalten.«

Sie wandte sich zum Gehen.

»Hey, warte!«

»Was?«

»Tut mir leid, dass es so war. Mit deiner Mutter, meine ich.«

»Das spielt keine Rolle mehr«, sagte Gloria.

Sie warf einen Blick zurück zu Tims Grab.

„Wenigstens war sie okay zu meinem Bruder. Ich habe mir mein eigenes Leben aufgebaut.«

»Dann ist es also möglich.«

»Was?«

»Ein neues Leben zu beginnen.«

»Natürlich«, sagte Gloria. »Wir leben alle das Leben, für das wir uns entschieden haben.«

Als Nina durchgefroren in den Saal zurückkam und sich wieder an die Tafel setzte, dachte sie an ihr eigenes Leben, und an das Chaos der letzten Tage. Sie dachte an die polizeilichen Ermittlungen. Sie dachte an das Krankenhaus. An die Spritzen, die sie entwendet hatte. Sie fühlte sich grauenhaft, wenn sie daran dachte, was sie getan hatte. Und gleichzeitig war sie unglaublich froh, dass sie noch einmal davongekommen war. Sie würde noch härter arbeiten als je zuvor, sie würde keine Fehler mehr machen. Das schwor sie sich. Sie dachte an Jessie, die sie belogen hatte. Nina würde zu Kreuze kriechen und ihr alles erzählen. Sie dachte an Nicu. Gleich bei der nächsten Gelegenheit würde sie ihn besuchen. Ihm Schokolade mitbringen. Sehen, ob sie nicht irgendetwas für ihn und seine Mutter tun konnte. Oh, es gab so viel zu erledigen.

Als spürte er, dass sein Frauchen ihn brauchte, und sei es auch nur, um das Gedankenkarussell zu stoppen, das sich schneller und schneller drehte, stupste Billy, der sich unter dem Tisch zusammengerollt hatte, sie an. Sie streichelte sein struppiges Fell und musste plötzlich an die Worte denken, die Tim ihr hinterlassen hatte.

Es kommt alles in Ordnung.

Nina blickte sich um. Henri war ihrem Rat gefolgt und hatte sich mit der jungen Frau, mit *Tims Geist,* in eine Ecke zurückgezogen. Es sah aus, als hätte er geweint. Das Mädchen sagte etwas, das Nina aus der Ferne nicht verstehen konnte, aber sie beobachtete, wie Henri erst schockiert die Augen aufriss und schließlich schallend zu lachen begann. Frau Gehrke plauderte mit dem schwarzen Mann im Anzug, und der stumme Hans unterhielt die Frauenfußballmannschaft mit seinen besten Witzen.

»Du isst ja gar nichts«, sagte David neben ihr. »Bist du okay?«

Nina nickte.

»Hast du schon mit ihr gesprochen?«, fragte sie und deutete auf das junge Mädchen.

»Habe ich«, sagte David. »Sie hat mich gestern angerufen. Ich dachte, ich spinne, als ich einen Anruf von Tims Handy bekam. Von einem Mädchen, das mir sagt, es sei Tims Geist.«

Nina musste lachen.

»Das ist so eine verrückte Idee«, sagte sie.

»Total. Aber irgendwie auch genial«, sagte David. »Ich kann mir richtig vorstellen, wie er dagesessen und das alles vorbereitet hat. Es hat ihn garantiert wahnsinnig gemacht, nicht unsere Gesichter sehen zu können, wenn wir *seinem Geist* begegnen.«

»Das glaube ich auch.«

Nina überlegte.

»Hat er dir auch von seiner Radieschenliste erzählt?«

»Was ist eine Radieschenliste?«

»Dasselbe wie eine Bucket List. Die Dinge, die Tim noch machen wollte, bevor er die Radieschen von unten betrachtet.«

»Doch, ja«, antwortete David. »Jetzt wo du es erwähnst ... so eine hatte er schon als Kind, oder?«

Nina nickte.

»Und?«

»Tim ... oder besser *sein Geist* hat mir erzählt, dass es lediglich zwei Dinge auf der Liste gab, die Tim bis zu seinem Tod nicht verwirklichen konnte. Eines dieser beiden Dinge war, Gloria zu finden. Und ich frage mich, was das zweite war.«

»Frag sie doch«, sagte David und deutete auf das junge Mädchen, das sich immer noch mit Henri unterhielt.

»Habe ich schon«, sagte Nina lachend. »Gerade eben, bevor

sie sich Henri zur Brust genommen hat. Sie hat mir nicht geantwortet. Nur dieses nervige, enigmatische Lächeln gelächelt.
Ich wette, das hat Tim ihr aufgetragen, um das Ganze ein bisschen dramatischer zu gestalten.«

Sie sah, wie Henri das junge Mädchen umarmte und sich
ein paar Tränen wegwischte. Dann entschwand er Richtung
Theke.

Nina wandte den Kopf und schaute David, der rechts von
ihr saß, direkt an.

»Ich bin froh, dass du hier bist.«

Er sah sie nicht an, nickte nur.

»Ich auch.«

»Störe ich?«, fragte Henri, der, eine Whiskeyflasche und
vier Gläser in der Hand, in denen Eiswürfel klirrten, an den
Tisch zurückgekehrt war.

»Nie!«, antwortete Nina.

»Das will ich auch gemeint haben!« Henri setzte die Gläser
ab. »Schließlich bringe ich gute Gaben.« Er stellte die Flasche
dazu. »Da ist kein kalter Pfefferminztee drin, das verspreche
ich euch.«

»Es ist noch nicht einmal Nachmittag«, protestierte David.

»Mir egal«, sagte Henri. »Das Geistermädchen hat mich
fertiggemacht. Ich brauche einen ordentlichen Drink.«

»Geht mir genauso«, sagte Nina.

»Um diese Zeit?«, fragte David.

»Unbedingt«, sagte Nina.

David grinste.

»Ach, was soll's.«

»Na bitte!«, rief Henri triumphierend, setzte sich, öffnete
die Whiskeyflasche und füllte alle vier Gläser.

»Ach«, sagte David. »Ich habe euch ja noch gar nicht gezeigt, was ich gefunden habe.«

Er griff in seine Hosentasche, zog ein altes Polaroid hervor und legte es auf den Tisch.

Darauf waren vier grinsende Gesichter zu sehen. Das von Tim war am größten, weil er die Kamera gehalten hatte. Links von ihm, ihr Gesicht an Tims gepresst, um noch mit aufs Bild zu passen, Nina mit ihrem Pferdeschwanz. Hinter ihnen, Zeige- und Mittelfinger der einen Hand zum Victory-Zeichen erhoben, Henri, und rechts von Tim David, der seine beste Grimasse schnitt. Kurz betrachteten sie das Foto stumm. Nina erinnerte sich so gut an diesen Moment. An die Geräusche. Vogelgezwitscher und Waldesrauschen. Davids Gekicher. Tims heiße Wange an ihrer. Seltsam, dachte sie. Dieser Moment kommt mir wahnsinnig weit weg und gleichzeitig unglaublich nah vor.

»Auf Tim«, sagte Henri schließlich und hob sein Glas.

»Auf Tim«, echote David und tat es ihm nach.

Ninas Blick fiel auf das vierte Glas, aus dem niemand trinken würde.

»Auf Tim«, wiederholte sie, hob ihren Whiskey und nahm einen großen Schluck.

Er schmeckte nach Holz und Sommer und dunklem Honig. Henri lachte und schenkte nach, während Nina protestierte und schließlich doch trank.

»*Beautiful*«, sagte David, und sie lachten, wegen allem, trotz allem.

Und dann, ganz plötzlich, Billy friedlich schlafend zu ihren Füßen, David neben sich, in diesem kleinen Gasthof, unter alten und neuen Freunden, umgeben von Tränen und Gelächter und Geschichten, fühlte Nina sich zu Hause. Es war, als hebe sich die Finsternis, die sie umgeben hatte, seit sie vom Tod ihres besten Freundes erfahren hatte, als dringe wieder Licht durch zu ihr.

Sie dachte an Tim. Dachte an *Peter*. Versuchte sich vorzustellen, dass es stimmte, was Jessie zu ihr gesagt hatte. Dass ihr bester Freund irgendwie irgendwo noch am Leben war. Dass er als zehnjähriges Energiebündel durch die Gegend radelte. Im Wald einem echten Tiger begegnete. Von Gloria Englischvokabeln lernte. Den Kopf in den Nacken legte, um den Mauerseglern bei ihren Kunststücken zuzusehen. Dass er als Teenager sein erstes Mofa im Ententeich versenkte. Als letzte Amtshandlung, bevor er mit siebzehn selber aus dem Dorf wegzog, die nette Frau Müller mit dem Postboten verkuppelte. Dass er sich wegen einer Wette den Kopf rasierte. Dass er zwischenzeitlich dachte, dass er Journalist werden wollte. Dass er bei der Zeitung rausflog, weil er sich Geschichten ausgedacht hatte. Dass er sich seine erste eigene Kamera kaufte. Zwischenzeitlich in einer Punkband spielte. Dass er nach London ging. Dass er in seiner kleinen Bruchbude saß und die Postkarten schrieb, die eine Woche später bei Nina eintrafen. Dass er mit Mitte zwanzig begann, die Fotos zu schießen, die später Preise gewinnen würden. Dass er lachte. Einen Whiskey mit Bill Murray trank. Mit Emmi spielte.

Alles genau jetzt.

Nina leerte ihr Glas und trat an das Fenster, das Richtung Wiese hinaus ging. Die Wälder lagen ganz ruhig da. Plötzlich hatte sie wieder Tims Stimme im Ohr.

Der Wald ist verzaubert. Wenn Menschen ihn durchqueren, verändert er sie.

Es stimmt, dachte sie. Die Dinge ändern sich. Wir sind nicht mehr dieselben wie vor dieser Fahrt. So vieles ist anders. Wolff ist nicht mehr da. Das letzte Puzzleteil hat seinen Platz gefunden. Es gibt keine alten Rätsel mehr, die wir lösen müssen.

Alles, was wir jetzt noch tun müssen, ist leben.

Sie wandte sich um. Sah zu David herüber. Er blickte zurück.

Und das war das.

Danksagung

Ich möchte mich ganz herzlich bei all jenen bedanken, die mich bei der Arbeit an diesem Roman unterstützt haben.

Mein allergrößter Dank gilt meiner brillanten Verlegerin und Lektorin Regina Kammerer. Danke für deine Klugheit, deine Ermutigung, dein Vertrauen und deine Geduld. Du kannst dir gar nicht vorstellen, was mir unsere Zusammenarbeit bedeutet.

Vielen Dank an alle bei btb und Random House. Es ist eine Freude, mit euch Bücher zu machen. Ebenfalls bedanken möchte ich mich beim besten Literaturagenten der Welt, Georg Simader, sowie beim Team der Literaturagentur copywrite: Vanessa Gutenkunst, Caterina Kirsten, Felix Rudloff und Lisa Volpp. Und bei Ursula Waldmüller, Nora Wewers und Christina Hucke für guten Rat.

Darüber hinaus möchte ich mich bei allen bedanken, die Bücher und das Lesen lieben. Ohne euch wäre ich sehr, sehr einsam.

Jörn. Danke für alles. *Everything in its right place* – und zwar dank dir.

Zu guter Letzt möchte ich mich von Herzen bei meiner wundervollen Familie bedanken. Dieses Buch ist denen gewidmet, die fehlen.

Melanie Raabe, September 2019

Sollte diese Publikation Links auf Webseiten Dritter enthalten,
so übernehmen wir für deren Inhalte keine Haftung,
da wir uns diese nicht zu eigen machen, sondern lediglich auf
deren Stand zum Zeitpunkt der Erstveröffentlichung verweisen.

Wir haben uns bemüht, alle Rechteinhaber ausfindig zu machen.
Sollte uns dies im Einzelfall bis zur Drucklegung bedauerlicherweise
einmal nicht möglich gewesen sein, werden wir begründete Ansprüche
selbstverständlich erfüllen.

Dieses Buch ist auch als E-Book erhältlich.

Verlagsgruppe Random House FSC® N001967

1. Auflage
Copyright © 2019 by btb Verlag
in der Verlagsgruppe Random House GmbH,
Neumarkter Straße 28, 81673 München
Umschlaggestaltung: Sabine Kwauka
Umschlagmotiv: Getty Images/Julien Speranza/Eye Em
Satz: Uhl + Massopust, Aalen
Druck und Einband: GGP Media GmbH, Pößneck
Printed in Germany
ISBN 978-3-442-75753-4

www.btb-verlag.de
www.facebook.com/btbverlag

Melanie Raabe

Die Falle

Thriller

352 Seiten, btb 71417

**Sie kennt den Mörder ihrer Schwester.
Dieses Buch ist für ihn.**

Die berühmte Bestsellerautorin Linda Conrads lebt sehr
zurückgezogen. Seit elf Jahren hat sie ihr Haus nicht mehr
verlassen. Als sie im Fernsehen den Mann zu erkennen glaubt,
der vor Jahren ihre Schwester umgebracht hat, versucht sie,
ihm eine Falle zu stellen – Köder ist sie selbst.

»Liebe, Spannung, Tiefgang und ein Hauch von Stephen King:
Von all dem steckt etwas in dieser großartigen Geschichte.«
Stephan Bartels, Brigitte

SPIEGEL-BESTSELLER

btb